은퇴 형사 동철수의 영광

은퇴 형사 동철수의 영광

최혁곤 지음

시공사

차례

프롤로그 7

1막 립싱크의 왕 11

2막 한여름 밤의 해혼식 99

3막 실버타운, 하드보일드 파티 157

4막 서촌 냉면집 살인사건 209

5막 나비클럽, 미로게임 281

6막 녹슨 총알이 지나간 자리 339

에필로그 395

작가의 말 406

누가 나의 상사에 대해서 물었다.

"그분 별명이 왜 동자기 영감님인가요?"

내가 질문으로 답을 대신했다.

"혹시 은퇴한 이탈리아 축구 선수 인자기를 아십니까?"

"저 야구 팬입니다. 모태 쌍둥이네. 우리 그이는 곰돌이 팬이고."

"으음, 그렇다면 설명이 길어지는데…. 인자기는 90년대와 2천 년대에 걸쳐 명문 AC밀란에서 스트라이커로 크게 이름을 날렸지요."

"역시 처음 들어봅니다. 메시나 호날두는 아는데."

"이해합니다. 오래전 선수고 또 그 정도 급은 아니었으니. 드리블이나 스피드 다 압도하지는 못했죠. 하지만 그에겐 최강의 원킬이 있었습니다. 바로 위치 선정의 달인. 중계 화면 사각지대에서 갑자기 툭 튀어나와 골을 차 넣는 장면은 정말이지 압권이었죠. 우리 동자기 영감님이 그래요. 사사건건 결정적 순간에 꼭 존재감을 드러내시니까. 실력을 가장한 우연으로 현역 시절 꽤 많은 사건을 해결하셨다죠. 그래서 지방경찰청장까지 지내고 은퇴한 동철수 전 치안감을 그렇게 부르는 겁니다. 성과 이름을 따 붙여서 말입니다. 제가 붙인 별명이 아닙니다. 긴 세월을 함께 보낸 현장 형사들이 붙여준 겁니다."

"그럼 속된 말로 주워 먹기 잘하시는?"

"민감한 표현이긴 한데…. 절대 흠볼 생각은 없습니다. 최정상 유럽 축구 리그에서 10년 넘게 주전으로 뛰었다는 자체가 운으로 치부하기엔 불가능하니까. 단언컨대 재능이고 실력입니다!"

"재밌네요. 동철수, 아니 동자기 영감님 본인은 그렇게 불린다는 걸 아시나요? 싫어하실 것 같은데."

"아마도 즐기실 겁니다. 환갑을 훌쩍 넘겼지만 주위 눈총은 칭찬으로, 주위 불만은 관심으로 승화시킬 줄 아는 스펀지 같은 분이시라. 사실 요즘 그 나이면 영감님도 아니죠. 그래도 동자기 님에겐 왠지 영감 호칭을 붙여줘야 입에 짝짝 달라붙지 말입니다. 아무튼, 정년퇴직하셨다가 주위 요청이 아닌 본인의 자발적 의지로 서울경찰청 변방 부서 '미수반' 책임자로 컴백하셨지요. 이곳 청사 옥탑 사무실에 그런 분이 계신다는 사실만 알아주십시오."

주위에서 나의 상사에 대해 물으면 이렇게 구구절절 설명할 수밖에 없다. 사실은 이 정도로도 부족하지만.

셜록 홈스가 최초로 등장하는 소설《주홍색 연구》서두에 보면 동료 왓슨 박사가 세기의 명탐정을 본 첫인상에 대해 소개하는 장면이 나온다. 홈스는 매부리코에 키가 180센티미터가 넘고 바이올린 솜씨가 어쩌고저쩌고 하면서. 그 방식을 인용하면 동자기 영감님은 이렇다.

"머리숱이 적고 코가 납작하며 하관이 넓은 하마상이다. 어깨가 넓은 데 비해 키는 170센티에 많이 미치지 못한다. 인문학적 소양이 깊지 못하나 얕고 넓게 아는 잡학 박사다. 동네방네 간섭이 심하고 엉뚱한 질문으로 주위를 놀라게 하는 재주가 있다. 눈치 9단에 능청 연기의 달인이시다. 의전에 예민하셔서 잘 삐친다. 커피 애호가이고 반려견과 반려묘를 사랑한다. 그리고 노래방 흥에 능하시다."

1막

립싱크의
왕

가수왕 출신 하필이 죽었다. 사흘 전 점심, 나와 동 영감이 서울경찰청 건너편 서촌의 냉면집에 있을 때 그의 사망 소식이 식당 TV에서 뉴스 속보로 전해졌다. 자신의 집에서 자해를 했고 다음 날 주검으로 발견됐다. 앓고 있던 췌장암을 비관한 자살로 추정된다는 소식이 따라붙었다. 이제 겨우 쉰다섯. 생전에 TV 예능 프로에 출연해서 열창하는 영상이 자료 화면으로 흘러나왔다.

평소에 하필의 열혈 팬을 자처해 노래방에서 늘 그의 국민 히트곡 〈고독한 섬〉을 흥얼대는 동 영감은 비보에 충격을 먹었다. 냉면 가락을 입에 문 채로 한동안 넋 나간 표정을 지었다. 명복을 비는 말은 뜻밖에도 좀 냉정했지만.

"저렇게 허망하게 갈 바에야 냉동 보관이라도 하면 좋았을 걸. 어차피 돈은 넘쳐날 테고 처자식도 없으니 그 정도 과학적

도전은 괜찮을 법한데 말이지. 저작권은 다 누구한테 가려나? 예전에 사회에 환원하겠다고 했던 것 같은데. 아무튼 뒤끝이 탁해. 뭔가 깔끔하지 않다고."

역시나 독특한 현실 인식. 그래놓고선 냉면 그릇을 두 손으로 받쳐 들고 호록호록 육수까지 다 삼키는데, 그 모습이 천진해 보이기까지 했다.

"아닐세, 아니야. 다시 생각해보니 췌장 쪽이라면 그냥 보내주는 게 답인가 싶네. 그게 어디 완치가 쉬운가. 암 중에서도 제일 독한 놈이지. 수억만 금 들여도 안 되는 것을. 바로 자살로 나오는 걸 보니 경찰이나 언론도 조용히 묻어주자는 무언의 동조가 있었나 보군. 그렇지 않은가? 박희윤 경장."

동 영감이 추가로 떠든 건 병명 때문에 애플 창업자 스티브 잡스를 연상했기 때문인 듯했다. 그 정도 능력자도 못 고친 병이라는 걸 말하고 싶은 거겠지. 말끝마다 붙이는 '그렇지 않은가? 박희윤 경장'은 역시나 거슬렸다. 형사 세계에서 저렇게 계급을 붙여 부르는 상사가 어디 있단 말인가.

그 와중에 내 시선은 뉴스 자료 화면 속 하필 얼굴에 꽂혔다. 〈복면전설〉이라는 예능 프로인데, 원조 가수와 함께 모창 가수가 여럿 출연해서 복면을 쓰고 노래 대결을 벌인다. 작년 봄에 워낙 재밌게 본 회차라서 똑똑히 기억한다. 그때 참가했던 모창 가수들의 실력이 다 뛰어났고, 또 하필이 방송 말미에 이유 모를 독설을 퍼부어 논란이 됐었다.

그날 이후, 우리는 하필의 죽음을 잊고 있었다. 미수반과는 아예 무관한 사건으로 보였다. 드문드문 듣는 뉴스가 전부였다. 유산은 다 어디로 갈까, 왜 스캔들 하나 없이 홀로 살았을까. 호기심을 자극하는 가십만 따라붙었다. 고문 변호사가 조만간 유언장을 공개할 예정이라는 정도가 새로운 소식이었다. 90년대와 2천 년대를 주름잡았던 톱 가수의 죽음. 불의의 사고도 아니고 난치병을 앓아서인지 사건성을 의심하는 시선은 없었다. 예상대로 부검 없이 자살로 내사 종결됐고, 병원 장례식장에는 팬들의 조문 행렬이 이어졌다. 의외로 동료 연예인들은 많이 찾지 않았다.

그렇게 다 정리된 줄 알았는데 돌발 변수가 터져버렸다. 바로 오늘 아침, 한 유력 신문에서 내보낸 의혹 기사 하나. 사고가 나던 날 밤에 팬들로 추정되는 몇몇이 하필 자택 근처에서 서성대는 걸 봤다는 목격자 제보가 나왔다. 그게 서울경찰청장님 심기를 건드린 모양이다. 동 영감이 출근하자마자 부랴부랴 불려 갔고 그렇게 미수반 첫 번째 사건을 물고 왔다.

나는 신문기자 생활을 8년 했다. 사건기자 경력도 꽤 된다. 대충 감이 왔다. 연예인의 죽음은 대중의 관심을 끌기 마련이고, 불확실한 부분들을 미스터리한 의혹으로 잘 엮으면 박스기사로 나쁘지 않다. 진짜 확증이 있어서가 아니라 그냥 툭 던져보는 미끼. 재수가 좋아 걸리면 특종이고 그게 아니더라도 짭짤한 온라인 조회 수 장사를 할 수 있다. 미디어의 낡은 상술을 알 법한데도 서울경찰청장님은 공직에만 계셔서인지 예민해했다.

'티끌 같은 의심도 없게 하라.'

이게 그분 좌우명이라고 들었다. 얼핏 들으면 국민을 향한 경찰 고위 공직자의 정의로운 맹세 같지만, 실은 다 자신의 앞날을 위한 정지 작업이다. 미심쩍은, 그래서 혹여 나중에 책잡힐 수사보고서는 완벽하게 보강해서, 꽃길을 걷는 데 걸림돌이 없도록 하라!

그분은 현재 경찰 조직의 넘버 2. 향후 넘버 1인 경찰청장은 물론 여의도에 있는 둥근 지붕 입성까지 바라보고 계시다. 미수반은 그런 비밀 프로젝트 뒤치다꺼리를 위해 만들어진 부서였다. 총책이 동철수 영감이고 나는 어리바리한 행동대원인 셈이다. 나는 그런 사실을 몰랐다. 모든 걸 경찰에 들어오고 나서야 들었다. '미수반'이 '미제 사건 수사반'이 아니라 '미심쩍은 사건 조사반'이라는 것도. 그걸 전해 듣던 날 나는 심히 우울한 하루를 보내야 했다.

큰길에서 꺾어 들어간 샛길. 그 길이 끝나는 곳에 하필의 집이 있었다. 북한산 기슭과 접한 동네라 고풍스러운 대저택들도 많았지만 폭이 좁고 길쭉하게 솟은 3층짜리 주황색 벽돌집은 확실히 색감이 튀었다. 주변의 낮고 허름한 콘크리트 건물들과 비교하면 더 그랬다. 지붕이 뾰족해서 멀리서 보면 꼭 교회 종탑이나 시계탑 같기도 했다.

어린 시절 불가에서 수도승 생활을 했다고 알려진 하필이 속세에 나와 자리를 잡고 25년을 살아온 집이다. 뒤편에 우거진 삼나무 숲 그림자가 집터를 덮어서 음습한 기운이 풍겼다. 검은 새 떼가 상공을 빙그르르 날고 있었다.

현장 방문에 앞서 경찰 넘버 2가 비공식적으로 보내준 관할서 수사보고서는 정독하고 왔다. 머릿속으로 다시 한번 상황을 정리해보았다.

사고는 자택 3층 침실에서 일어났다. 하필은 흔들의자에 앉아서 자신이 목에 걸고 있던 단검 모양 펜던트로 목을 그었다. 막상 고통을 견디기 힘들었는지 휘적휘적 발코니까지 나와 그곳에서 몸부림치다 과다 출혈로 사망. 아침에 출근한 가정부가 발견해 경찰에 신고했고 동네를 돌던 순찰차가 무전을 받고 달려왔다. 현장 감식 결과, 사망 추정 시각은 전날 밤 10시 전후. 하필은 난치병을 앓고 있는 데다 약간의 알코올까지 섭취한 상태였다. 다분히 충동적인 행동을 부를 수 있는 상황이었다. 누군가와 다툰 흔적도 없었다. 결정적으로 흉기로 사용된 장신구용 펜던트에서 하필 자신의 지문과 혈흔이 검출됐고, 목 상처 부위와도 모양이 딱 들어맞았다. 사건성을 의심할 단서는 발견되지 않았다. 다만 현장에서 유서가 발견되지 않았는데 모든 자살 건에서 나오는 것도 아니고, 사고 다음 날 고문 변호사가 최근에 하필이 직접 유서를 수정해놓았노라 밝히면서 그 부분도 깔끔하게 정리가 됐다.

굳이 의심을 해본다면 타인의 방조나 본인 과실 정도일 텐데 그런 부분은 증명이 쉽지 않다. 증거는 없고 죽은 자는 말이 없으니.

고백건대 미수반은 다분히 정치적인 팀이다. 나 스스로도 재조사에 나서면서 무리하고 싶지 않았다. 큰 틀을 흔들지 않는 범위에서 미심쩍은 부분을 최적의 논리로 메꾸면 된다. 그러니까 서성대는 몇몇 팬을 봤다느니 하는 부정확한 제보에 휘둘리지 말고, 자살이 100퍼센트 명확함을 증명하면 될 일이다. 넘버 2가 앞으로 꽃길을 걷는 데 걸림돌이 없도록.

내가 나지막한 쇠창살 대문을 밀자, 동 영감이 앞장서서 집채를 향해 성큼성큼 걸어갔다.

마중 나오기로 한 사람은 보이지 않았다. 아직 약속 시간 전이라 가볍게 집 주변을 구경했다. 앞뜰에 높다랗게 솟은 소나무 세 그루가 반겼다. 원래 네 그루였는데 하나는 고사했는지 그루터기만 덩그러니 남아 있었다. 잔디도 군데군데 패였고 작은 연못에는 시커먼 물만 출렁거렸다. 전체적으로 조경 관리가 안 된 낡은 별장 같은 느낌이었다.

나는 어깨에 걸고 있던 숄더백에서 패드를 꺼냈다. 관할서 수사보고서를 다시 열었다. 현장 사진이 여러 장 첨부돼 있었다. 혹여 담당 형사들이 알면 기분 더럽겠지만 넘버 2는 오로지 앞만 보고 내달리는 분이라 아랫사람 기분 따위는 무시했다.

고개를 쳐들어 저택 3층 발코니를 올려다보았다. 하필이 사망한 곳. 가까이서 보니 꽤나 높았다.

언제 준비했는지 동 영감이 뒷주머니에서 하얀 장갑을 꺼내 손바닥에 대고 탁탁 쳤다. 어깨를 한 번 젖히고는 바로 쪼그려 앉아 땅바닥을 살피기 시작했다. 본인이야 증거 수집에 몰두

하는 베테랑 형사처럼 보이고 싶겠으나 내 눈에는 어설펐다. 감식반에서 이미 싹 훑었을 텐데 뭘 저리 폼을 잡으실까. 극단적으로 비유하자면 무리에서 소외당해 홀로 네잎클로버나 찾으며 노는 아이 같았다.

동 영감이 이번에는 한쪽 볼을 땅바닥에 붙이고 엉덩이를 번쩍 들었다. 건물 외벽에 붙은 배수관 끝에 손가락을 집어넣어 꼼지락거렸다. 빗물과 함께 뭔가가 흘러내렸는지 확인하는 작업이다. 역시나 수사 드라마를 너무 많이 보셨고 동선은 체계적이지 못하다. 현장 경험 부족. 나도 그 지적에서 자유롭지 못하지만 그런 내 눈에 거슬릴 정도라면 뭔가 잘못된 것이 틀림없다.

동 영감이 계급은 치안감, 보직은 지방경찰청장까지 지냈다. 소박한 인상과 달리 엘리트 길만 걸어와서 일선 현장을 잘 몰랐다. 요즘에야 경찰대나 간부 후보 출신도 현장부터 빡세게 뛴다지만 동 영감 초임 시절에는 꼭 그렇지도 않았다. 경무, 보안, 감사 파트를 주로 돌았고 해외 영사관 파견 경험도 있었다. 똥배를 내밀고 탐정 흉내를 내보려 하지만 어설픈 티가 났다. 형사는 낭만 직업이 아닌 극한 직업이고 이론과 실전은 확연히 다른 것을.

결과는 안 봐도 허탕. 동 영감은 무릎에 묻은 흙을 탁탁 털고 허리를 뒤로 쭉쭉 젖혔다. 숱 없는 이마를 긁적이며 엉뚱한 논리를 폈다.

"이런 사건은 보통 12촌 정도 되는 먼 친척이 나타나서 유산

상속을 주장해야 흘러가잖는가? 너무 잠잠한 게 이상해. 뭔가 탁하다고."

"제 눈에는 전혀 탁하지 않습니다만. 반장님이 출생의 비밀에 얽힌 이야기에 익숙하신 탓이겠죠. 하필 씨는 고아로 태어나서 젊은 날 속세와 인연 없이 살았습니다. 결혼 안 했으니 혈족이 없는 게 더 투명하지 않습니까?"

가수왕 하필은 고독한 괴짜에 가까웠다. 데뷔 때는 승려 출신 트로트 가수라고 해서 화제가 됐고, 나중에는 중독성 있는 노래로 화제가 됐다. 반짝이 재킷을 입고 엉덩이춤을 실룩실룩 추며 걸쭉한 목소리로 흥을 돋우면 어른이고 아이고 다 좋아했다. 무엇보다, 슬픈 가사를 신명지게 표현할 줄 아는 재주가 있었다. 그건 타인은 절대 흉내 낼 수 없는 그만의 것이었다.

하필의 지난 생을 찬찬히 들여다보면 어쩌면 우주 별에서 온 사람이 아닐까 싶었다. 지구 별에 홀로 떨어져서 주어진 삶을 소진하고 다시 우주 별로 날아간 사람. 저택 3층 발코니를 올려다보며 잠시 엉뚱한 판타지를 그려봤다.

불길한 새 울음소리가 들렸다. 검은 새 떼가 여전히 집터 상공을 선회비행하고 있었다.

"형사님들, 무엇을 좀 찾으셨습니까? 저희가 늦었지요. 하하."

언제 나타났는지 중년 남자 둘이 저택 현관 앞에서 우리를 맞이했다. 단정한 머리에 금테 안경을 낀 쪽이 먼저 말을 건넸다. 몸에 붙는 감색 스트라이프 재킷과 손에 든 가죽 가방이 지적인 느낌을 줬다. 건네는 명함에 박힌 이름이 문여경. 하필의 고문 변호사였다. 덧붙이는 말이 편치는 않았지만.

"미수반이라니. 아마도 미제 사건을 수사하는 곳이란 의미겠지요? 우리 하필 선생 사고가 미제 사건이란 의미입니까? 하하."

입가에 연신 쾌활한 웃음을 흘려대도 질문은 날카로웠다.

동 영감은 흠흠, 헛기침만 두 번 뱉고 달리 대꾸하지 않았다. 나는 안다. 두 번의 헛기침. 그건 동 영감이 당황했다는 본능적인 반응. 가래 끓는 소리를 뱉으면 그건 자존심에 상처를 입었다는 내면의 울부짖음. 나이에 안 어울리게 깔깔거릴 땐 상황무마가 목적이다.

옆에 덩치가 큰 빡빡머리는 매니저였다. 정확히는 하필이 소속된 매니지먼트사 대표. 가죽점퍼에 청바지를 입었고, 은색 미러 선글라스를 끼고 있어서 표정은 읽을 수 없었다. 레슬링 선수 출신인가 싶을 정도로 뭉개진 양쪽 귀와 근육질 체형이 눈길을 끌었다. 하필과 30년 동고동락했다니 나이가 꽤 있을 텐데 옷차림 때문에 가늠하기가 힘들었다.

서울청에서 보강 조사차 방문할 예정이라고 말해놓긴 했지만 주요 관계인 두 사람이 직접 나올 줄 몰랐다. 경찰의 사소한 정보라도 챙겨 들을 필요성을 느낀 모양이다. 조만간 유언장도 공개가 된다.

"하필 선생이 우울증이 있었던 모양이더구먼. 암 투병과 별개로 말일세."

동 영감이 이미 알려진 사실을 인사차 물었는데 매니저는 퉁명스러웠다.

"심하진 않았소만. 창작자 치고 그 정도 예민하지 않은 사람 없고. 천재과에 속하는 인간들은 대충 그렇지, 뭐."

이번에는 고문 변호사가 나섰다.

"하하. 그나저나 새로운 사실이라도 나왔습니까? 이렇게 듬직해 보이는 두 분을 윗선에서 직접 보냈다면 뭔가 있다는 얘기겠지요?"

뺀질뺀질 웃으면서 깜빡이도 없이 훅 치고 들어왔다. 당황한 동 영감이 버벅댈까 봐 대답은 내가 채 갔다.

"새로 무엇을 찾자는 게 아니라 유명인의 죽음이라서 한 번더 확인하자는 겁니다. 조사 과정에서 혹 놓친 게 없는지, 사실관계에 어긋남은 없는지. 사고 당일 밤 낯선 사람들을 봤다는제보가 나온 상황이라서…."

매니저가 선글라스를 벗었다. 양미간에 힘을 주자 인상이더 험해졌다.

"어느 바닥이나 분위기 흐리는 놈들은 있기 마련이지. 분수모르고 까부는 것들. 쯧쯧."

"혹시 짐작이라도?"

"그걸 찾는 게 경찰 일 아니오?"

까칠한 매니저 태도가 꽤 거슬렸다. 빈정거리는 건지 걱정을 하는 건지. 아니면 원래 성격이 그런 건지. 뭔가 아는 듯한 데 답하지 않았다.

변호사와 매니저 모두 하필과 긴 세월을 함께했다. 사실상 식구나 마찬가지다. 조용히 정리하고 싶어서일까. 가급적 사적인 감정은 드러내지 않으려고 애쓰는 것처럼 보였다. 각본 짠 듯 대답은 사무적이고 짧았다. 보통의 매니저였다면 내가 개를 무명 시절부터 밥해 먹여가며 키웠네, 봉고차에 태워서 전국을 몇천만 킬로 뛰었네, 온갖 호들갑을 떨었을 텐데.

사소한 궁금증이 하나 더 있었다. 내가 기습적으로 물었다.

"하필 씨가 작년에 〈복면전설〉에 출연했던데, 그거 자발적으로 결정한 일입니까?"

즉각 나오던 대답이 처음으로 막혔다. 둘이 서로 눈빛을 교환하더니 매니저가 얼버무리듯 말했다.

"자발적이니 그런 말은 맙시다. 좀 그렇잖소. 쉽게 휘둘릴 하필 형님도 아니고 내가 행사 마구 돌리는 악덕 업자도 아니고. 그거 오래전부터 출연 요청이 있었는데 미뤄뒀던 거요. 알다시피 그럴 상황이 아니라서. 뭔 바람인지 어느 날 갑자기 출연하겠다고 해서 사실 나도 놀랐고. 그런데 그게 이번 일이랑 뭔 상관이요?"

"투병 중에 몸이 힘들면 보통은 그런 일 귀찮지 않습니까?"

"그야 사람 기분따라 다른 거지. 살날이 많지 않았으니 한번 나가보고 싶지 않았을까 싶소만. 매사 그렇게 삐딱하게 보시나. 더 궁금한 건?"

나는 대답 없이 고개만 저었다.

"하하. 자, 그럼 둘러보시죠."

젠틀한 변호사가 도어 록을 풀고 현관문을 열었다. 동 영감이 갑자기 생각난 듯 물었다.

"아 참, 유언장 공개가?"

"하하. 사흘 뒤입니다."

"허허. 유산이 어디로 갈지 참말로 궁금한데. 미리 슬쩍 흘리는 거 안 될라나요. 허허."

"하하. 농담이라도 그런 말씀 마십시오. 우리 일은 신용에 금 가면 그걸로 끝입니다. 며칠만 참으시죠."

빡빡이 매니저가 입술을 뒤틀며 빈정거리듯 변호사를 꼬나봤다. 무심한 척 나는 그 장면을 놓치지 않았다.

저택 내부는 은은한 향내가 가득했다. 방금 피운 게 아니라 산사 대웅전처럼 진득하게 밴 냄새였다. 초조하고 산란한 마음을 진정시켜주는 효과가 있다고 들었는데, 동 영감에게는 그 반대로 작용해버렸다. 평소 굼뜬 걸음은 온데간데없고 신난 토끼처럼 나무 계단을 뛰어올랐다. 잊고 있었다. 동 영감이 가수왕 하필의 열혈 팬이란 사실을. 노래방 18번이 〈고독한 섬〉이라는 사실을. 안무까지 곁들여서 노래하는 모습을 본 적이 있다. 미수반이 결성되고 첫 회식 때였다. 스케이트 선수처럼 상체를 숙이고 어깨를 좌우로 흔들면서, 엉덩이는 뒤로 쭉 뺀 채 신명 나게 불러젖혔다. 지금 자기 우상의 사적 영역에 발을 디뎠다는 설렘이야 이해한다 해도, 아이돌 숙소에 들이 닥친 철부지마냥 저 무슨 경박한 행동이란 말인가.

70년대에 지었다는 집은 저택이라고 부를 만큼 크진 않았지만 그렇다고 작지도 않았다. 서양화를 그리는 여성 화가가 작업실을 겸해서 오래 살았고 그녀 사후에 하필이 매입했다. 주황색 벽돌로 올린 환한 외관과 달리 내부는 나무 자재를 많이 사용해서 곳곳이 삐걱거렸고 전체적으로 어두웠다. 살림살이에 실용적인 구조도 아니었다. 사실 고풍스럽다는 표현은 낡았다는 의미이기도 하니까.

사고가 일어난 곳은 3층이다. 내벽을 없애고 하나의 공간으로 터서 하필이 서재 겸 침실로 사용한 곳. 널찍한 공간에 비해 세간이 없어서 휑할 정도였다. 마치 비움의 미학을 실천하는 사람처럼.

내부는 사고 당시 그대로 보존 중이었다. 침대는 틀 없이 두툼한 매트리스만 방 모서리에 놓고 사용했다. 전신 거울과 작은 스툴, 차를 마실 수 있는 다용도 탁자와 원목 수납장이 보였다. 화살촉처럼 뾰족하게 생긴 스투키 화분 하나가 창틀에 놓여 있었다. 침실 가운데 놓인 흔들의자는 동떨어진 느낌. 거기서부터 시작된 붉은 핏자국이 비스듬한 곡선을 그리면서 창밖까지 드문드문 이어져 있었다. 그제야 사고 현장이란 게 실감 났다.

하나 더. 침대 머리맡에 하필 전신사진이 기울어진 채 걸려있었다. 상의는 벗고 하의는 편한 파자마 차림에 맨발. 음영이

짙은 흑백사진이었다. 움푹 팬 눈매와 핼쑥한 광대뼈. 몸이 깡마르고 늘씬해서 꼭 무용수 같았다. 사진만 보면 세상사 고민을 초탈한 승려보다 세상사 고민을 짊어진 고독한 사제가 더 어울렸다. 확실히 뭔가 어두운 사람이다.

희한하게도 범접하기 힘든 외모와 달리 그의 노래는 가벼운 트로트 계열이 대부분이다. 노랫말은 관념적 시구처럼 심오하나 리듬은 반복적이고 중독성이 강했다. '국민 야왕'은 누리꾼들이 붙여준 별명이다. 어느 밤, 어느 누구라도 술 한잔 들이켜고 신나게 불러젖힐 노래를 부른다고. 인생의 페이소스가 뚝뚝 묻어나는 노래를 부른다고. 그런 부조화의 매력에 대중이 더 열광했는지 모르겠다. 하필은 자기 노래 대부분을 작곡하는 재능을 보였고 사생활 관리도 잘해 생전에 불필요한 논쟁거리를 만들지 않았다.

동 영감은 기묘한 실내 분위기에 눌려서 바로 촐랑거림을 멈췄다. 자신이 알고 있는 무대 위 우상은 명랑하고 싱겁고 쾌활한 사람인데, 막상 머물던 공간은 무겁고 어둡다. 좀 심하게 말하면 주술적 기운이 작용하는 공간 같았다.

그렇다고 놀랄 만한 일은 아니었다. 기자 생활을 하면서 유명인들과 인터뷰를 해보니 대중에게 알려진 이미지와 실제가 다른 사람은 많았다. 묵직한 대하 역사물을 쓰는 소설가는 침을 튀겨가며 어찌나 많은 말을 래퍼처럼 쏘아대는지 질문을 못 할 정도였고, 유행어 제조기인 개그맨은 얼굴을 굳히고 단답형으로 답해서 당황했던 적이 있다. 하필도 그런 케이스였다. 하물며 그는 음악 방송이나 콘서트 정도 외에 사생활을 노출시키지 않았다. 그런 삶이 그의 캐릭터성을 극대화시켰다. 인기 정점에서 내려온 후로는 고독한 은둔자로 살았다. 자아를 대중에게 과하게 내보이면서 정신적으로 지치고 공허한 마음이 들었는지도 모르겠다.

나도 어릴 적부터 가수왕 하필을 봐왔지만 일부러 노래를 찾아듣지는 않았다. 수많은 사람들이 좋아하니 알량한 자존심에 굳이 그의 팬이고 싶지 않았다. 그래서 그의 죽음이 좀 멀게 느껴졌다.

시신이 발견된 장소부터 보고 싶었다. 점점이 떨어져 있는 핏자국을 따라서 갔다. 커튼을 젖히고 창을 밀면 바로 발코니로 이어진다. 나무 바닥에는 흥건했을 정도의 검붉은 혈흔이 말라붙어 있었지만 바닥 색깔이 중화를 시켜서 딱히 잔인해 보이진 않았다.

하필은 침실에서 자해를 했고, 막상 고통을 견디지 못해 이곳으로 나와 뛰어내리려고 했다. 하지만 그전에 과다 출혈로 사망. 그게 관할서 추론이다. 철제 난간 너머로 고개를 내밀고 밑을 봤다. 아래에서 올려다볼 때도 마찬가지지만 3층은 두려움을 느낄 만한 높이. 맨정신으로 투신하는 일은 힘들어 보였다.

시선을 조금 멀리 가져갔다. 북한산 전경이 한눈에 들어왔다. 능선을 따라 정상 쪽으로 온갖 꽃과 나무들이 어우러져 울긋불긋했다. 바람을 따라 숲이 물결치듯 일렁거렸다. 보는 각도만 조금 달라졌을 뿐인데 압도할 만한 풍경이었다. 그래서

일까, 하필은 서울 도심의 화려한 아파트 대신 낡고 외진 이 집을 고집했다. 부와 명성에 비해 소탈하게 살았다. 매일 아침 이 발코니에 서서 사시사철 변화하는 자연의 기운으로 섭리하는 법을 배웠던 걸까. 음악적 영감의 원천이었던 걸까.

다시 침실로 들어와서 패드를 손바닥에 얹고, 감식반에서 찍은 사진과 현장을 하나씩 대조해가며 돌아봤다. 세간이 없어서 특별히 눈길이 가는 물건은 없었다. 굳이 찾자면 탁자 위 커피 도구 정도. 왠지 녹차와 어울리는 분위기인데…. 그 또한 편견이겠지. 커피라는 음료는 애초 이슬람 수도사들이 각성제로 마셨다고도 하니까. 하필은 핸드 밀로 원두를 직접 갈아서 포트에 한가득 내려놓았다. 냄새를 맡아보았다. 상하진 않았지만 향은 날아가고 탕약처럼 탁했다.

"반장님, 이거….."

"그려. 봤네, 봤어. 역시 커피는 썩지 않는 신선식품이라지. 얼마나 모순적이면서도 아름다운 자연의 선물인가. 하필 선생이 커피 애호가라는 사실은 팬이라면 다들 알지."

"아니, 제 말은 그 뜻이 아니라."

"옳아, 이건 미국에서 공수된 유기농 제품이잖아. 구하기 쉽지 않았을 텐데. 역시 제대로 즐길 줄을 아는구면."

동 영감이 포트 옆에 뜯어놓은 포장지를 보고서 아는 체를 했다. 사건은 볼 줄 몰라도 물건은 볼 줄 안다. 소박한 외모와 어울리지 않게 고급 식재료에 일가견이 있다.

동 영감 커피 설교가 길어지려는 찰나 아래층에서 우리를 불렀다. 저택 2층에는 손님을 접대하는 응접세트와 드레스 룸이 있다. 여기저기 세간이 널려 있어서 그나마 살림을 사는 공간 같았다.

올림머리에 뿔테 안경을 쓴 땅딸한 중년 여성이 앞치마를 두르고 차를 내왔다. 집안일을 봐주는 가정부. 시신의 첫 발견자이기도 하다. 수사보고서에 따르면 이웃에 자신의 게스트 하우스를 운영하면서 격일로 근무해왔다. 오늘은 우리 방문 때문에 불려 온 모양이다.

"벌써 7년이 넘었네요. 원래 젊은 입주 가정부가 있었는데 말도 않고 사라졌대요. 그 뒤로 제가 살림을 맡아서 하게 됐죠. 코 닿을 거리에다가 벌이도 쏠쏠하고. 사실 이만한 부업이 없죠. 게스트 하우스 일이나 여기 일이나 비슷해서."

몇몇 질문이 오고 갔다. 그녀는 여전히 충격이 가시지 않는지 쟁반을 가슴에 꼭 품은 채 담담하게 답했다. 묵직한 저음이 신뢰를 줬다. 같은 질문을 많이 받았을 텐데 귀찮은 티를 내지 않았다. 시신을 발견하고 신고 과정까지 관할서 형사에게 밝힌 내용과 같았다.

"여사님. 최근에 하필 선생한테 평소와 다른 움직임이 있었는가? 예를 들자면 몸이 급격히 안 좋아졌다거나, 누가 협박을 해 왔다거나, 정신 줄을 깜빡깜빡 놓는다거나 하는."

동 영감이 빠한 질문을 했고 가정부는 과할 정도로 머리를 흔들었다.

"글쎄요. 매일 봐서 그런지 특별히…."

"하필 선생은 휴대폰이 없지 않은가? 뭐, 팬이라면 다 아는 사실이지만."

"외출이 잦지 않고 집 전화가 있어서 연락이 어렵지는 않았어요. 병원 가거나 공연 때야 소속사 직원과 같이 움직이니."

가정부가 매니저를 힐끔 쳐다봤고 매니저는 무심하게 찻잔만 응시했다. 그 모습을 본 동 영감이 엉뚱한 얘기를 끄집어냈다.

"어쩐지 방송에서 통 안 보인다 싶더니만 늘그막에 대인기피증까지 온 게로군. 당연히 사교성도 떨어졌을 것이고. 그러면 소속사 입장에선 곤란하지 않나? 요즘 돈벌이는 예능이 대세. 그러니까 예능하려고 가수하고, 예능하려고 연기하고. 스포츠 스타들도 은퇴 후에 지도자보다 예능인을 더 선호하고. 음반이 안 팔리는 시대에 음원 수입은 저작자가 다 챙겨 가니…. 하필 선생이 인물도 훤칠하겠다, 토크쇼에서 싱거운 소리 좀 해주면 짭짤했을 텐데. 흠흠. 그렇지 않나, 박희윤 경장."

바통을 그런 식으로 넘겨버리자 내가 민망해졌다. 매니저 눈치를 보며 더듬거렸다.

"그, 그야 그렇지만…. 예능도 적성에 맞아야지요. 또 하필씨는 뮤지션이니까 그런 식으로 소모되는 건 소속사에서 싫어했을 수도 있고. 아무튼 뭔가 혼란스럽군요. 그렇죠?"

내가 넌지시 바통을 넘겼으나 매니저는 아무 반응이 없었다.

동 영감이 간청해 드레스 룸으로 안내를 받았다. 굳이 둘러보지 않아도 될 장소인데 고집을 피웠다. 방문을 여는 순간 환한 빛이 달려들었다. 무대의상용 반짝이 재킷이 수십 벌 걸려 있었다. 각도가 바뀔 때마다 다양한 빛깔로 반짝거렸다. 검은 바지와 중절모. 선글라스와 액세서리도 모양별로 가지런히 정돈돼 있었다.

가수왕 하필을 특정 짓는 무대 아이템들이다. 늘 반짝이 재킷 안에 셔츠를 받쳐 입고 부적처럼 단검 펜던트를 걸었다. 장식장에 1998년, 2003년, 2006년 공중파 방송국 가수왕을 제패한 트로피가 보였다.

동 영감이 손바닥을 비비면서 뭔가 주저하더니 마침내 용기를 냈다.

"여사님. 입어봐도 될까?"

뿔테 안경알 너머로 가정부 눈이 동그랗게 커졌다. 말뜻을 못 알아들은 것이다.

"네에? 무얼?"

"으흠. 일련의 조사 과정이라고 해두게나. 사건을 더 잘 보기 위한…. 직접 무대의상을 착용하고 하필 선생이 어떤 기분에서 노래했는지, 어떤 기분에서 자살 충동을 느꼈는지 체크해보고 싶다고나 할까. 내 제자 중에는 시신과 똑같은 자세로 누워서 주변을 살피는 형사도 있다네. 살해당하기 직전에 무엇을 봤는지 확인하기 위해서. 똑같은 논리라네."

가정부는 고개를 끄덕이긴 했지만 미심쩍은 눈초리를 거두지 않았다.

동 영감이 갈색 중절모를 골라 쓰고 은색 반짝이 재킷을 걸치고 검은 선글라스를 꼈다. 역시, 같은 옷이라도 느낌이 살 리가 없다. 일단은 키 차이. 하필은 180이 넘고 깡말랐지만 우리 동 영감은 그냥, 짧다. 많이 짧다. 포대 자루를 뒤집어쓴 것 같았다. 그러거나 말거나 거울 앞에 서서 폰으로 자신의 모습을 담았다. 이리저리 포즈까지 바꿔가면서.

내 뒷골이 주뼛거리며 당기기 시작했다. 보강 조사 보냈더니 코스프레 놀이를 하고 앉았다. 최근 SNS를 시작했다더니 설마 사진을? 경찰 공직자 처세치고는 심히 한심스러웠다. 증거는 시간과 비례해 사라진다. 더 집중해서 살펴봐도 시원찮을 판국에….

동 영감은 미수반이 부실한 수사의 흠을 메꿔주는 충전재 역할을 해야 한다고 강조하지만 자신에게 엄격하지 못했다. 회의감이 몰려왔다. 업무가 계속 장난스럽게 흘러간다면 내 앞날을 위해서라도 결단을 내릴 수밖에.

결국 수박 겉핥기였다. 수사 초짜 둘이서 두어 시간 현장 둘러본다고 안 보이던 게 보일 리 없다. 혹여 나중에 문제가 생기면 경찰은 재조사까지 벌여가면서 최선을 다했노라 핑곗거리를 만들 순 있을 것이다. 어쩌면 넘버 2는 그런 것까지 계산에 넣었을 수 있다.

나지막한 대문 쇠창살을 밀고 나오면서 허탈함에 한 번 돌아봤다. 최고의 북한산 풍경을 조망할 수 있는 저택 입지는 참 절묘했다. 옆에 맞닿은 회색 단층 건물이 가정부가 운영하는 게스트 하우스인 모양이다. 왼쪽 건물에도 허름한 숙박업 간판이 내걸려 있다. 여행 트렌드가 변해서 구석구석 예쁜 동네를 찾아다니는 순례자들이 많다지만 다 운영이 잘될까 싶었다.

붉은 등산복을 입은 중년 남녀가 꽃다발과 카메라를 들고서 찾아왔다. 우리를 배웅하기 위해 따라 나왔던 매니저가 보자마자 인상을 구겼다. 서로 안면이 있는 모양이다. 그들 얼굴에 실망감이 번졌고, 하필이 사망한 발코니 대신 발코니가 올려다보이는 앞마당에 꽃다발을 놓고 합장했다.

동 영감은 이미 저만치 언덕길을 총총히 내려가고 있었다. 방송국 로고를 단 승합차가 올라오는 게 보였다. 고인 추모 다큐를 제작 중이라더니 취재차 온 모양이다.

동 영감 구두 뒤꿈치를 보고 걸으면서 몇몇 대화를 복기해 봤다. 가정부의 대답은 솔직하다고 판단된다.

"하필 선생이 집에 사람 들이는 거 엄청 싫어했죠. 손님 오면 2층 응접실에서 가급적 짧게 만났고. 변호사님이랑 매니저님도 마찬가지고. 집 공개를 한 적은 젊은 날 두어 번밖에 없다고 들었는데…."

성격에 대해서도 말했다.

"아이고. 예민하죠. 말 못 하게 예민하죠. 예전에도 그랬는데 암 발병 후에는 더했죠. 어떤 날은 말도 못 붙일 정도였어요. 신경질적이고 성마르고. 뭘 하는지 맨날 침실에 처박혀 종일 못 볼 때도 있고. 먼 산 보고 멍하니 있을 때면 치매 환자 같기도 하고. 사람이 좀 어둡다고 해야 하나. 중병에 걸리면 다 저렇게 변하나 싶더라고요. 돈 다 필요 없더라고. 건강이 최고죠. 뭐, 나한테야 잔소리 많은 고용주보다야 훨씬 좋았지만. 청소나 음식 불평도 안 하고…. 항암 치료가 지금까지는 잘됐다고 들었는데."

사후에 인간적 평가를 듣는 일은 슬프지만 그래서 더 정확하다. 하필의 삶은 화려한 무대 위 모습과 정반대였다. 철저하게 외로웠던 사람. 삶에 일찍 지쳐서 자발적 고립을 즐겼을 수도 있다. 동 영감은 자신의 경박함을 반성하며 줄곧 경건한 표정으로 듣기만 했다. 속으로 많이 놀랐으리라. 자신의 우상이 저토록 고독하게 살았다는 사실에.

빡빡이 매니저가 짜증을 못 이겨 막판에 폭발해버린 상황도 떠올려 봤다. 입 꾹 다물고 있기에는 못내 억울했던 모양이다.

"어차피 그렇게 갈 거 좀 베풀면 됐잖아. 재산 다 사회에 환원할 거라면서 평생 뒷바라지한 소속사 식구들 좀 챙기면 됐잖아. 그게 어렵나? 아픈 거야 자기 탓이지 남 탓할 것도 없잖아. 근데 싫대. 이유도 없이. 그게 이기적인 거지. 내가 돈 다 싸들고 가라고 그랬어. 지가 뭘 그리 대단하다고. 누구 덕에 평생 호사스럽게 살았는지도 모르고. 칫!"

변호사가 말렸으나 듣지 않았다. 붙잡는 손을 탁 뿌리쳤다. 계속 삐딱하더라니 역시 돈 문제였다.

어쩔 수 없이 얼굴보다 어깨 견장이 눈에 먼저 들어왔다. 이파리 네 개의 경사. 우리는 하필 집에서 나와 동네 초입에 위치한 파출소에 들렀다. 민원대 앞에 앉아 있던 백곰처럼 피부가 부옇고 덩치 큰 사내가 일어서서 맞아주었다.

"무척이나 슬픈 일이죠. 인기 스타 이전에 어릴 때부터 봐온 이웃인데…. 처음 시신을 봤을 때 믿기지가 않더라고. 어떻게 목을 그을 생각을."

회색 점퍼 가슴에 박힌 이름이 남만수다. 새벽 순찰 중이던 그는 사고 소식을 지령으로 듣고 맨 먼저 현장에 출동했다. 멀뚱멀뚱한 눈빛은 이웃집 아저씨처럼 선해 보이나 몸이 굼떠서 한직으로 밀려난 고참 냄새를 폴폴 풍겼다. 사람은 좋지만 무능한, 파출소마다 하나씩 꼭 있는.

그가 다시 머리를 긁적였다.

"서울청에서 업무차 오실 거면 미리 연락 좀 주시지 그러셨습니까? 당연히 제가 안내를 맡아야 하는데 하필 당직이라. 송구하게 됐습니다."

"아닐세, 남 부장. 여기 일손도 모자랄 텐데 그런 일로 귀찮게 할 수 있나. 이렇게 찾아오면 되지. 우리 업무도 상황에 맞춰서 움직이는 거니 격식에 신경 쓰지 말게나."

동 영감이 성까지 갖다 붙이며 아는 척해서 구면인가 싶었더니 그건 또 아니었다. 15만 경찰 조직이 얼마나 방대한데 일일이 다 알까.

경찰도 군인처럼 계급장이 위계질서를 정리해준다. 그러면서 적당히 부장이니, 주임이니 직급에 맞춰서 부르는 방식이 있다. 물론 내 눈에는 여전히 낯설지만.

우리는 분위기 칙칙한 응접 소파 대신 출구 옆 화단에 걸터

앉았다. 붉은 샐비어가 한가득 피어 있었다. 그새 잿빛 구름이 걷히고 북한산 봉우리에 맑은 햇살이 걸렸다. 백곰이 박카스를 하나씩 건넨다. 자신은 팔짱을 낀 채 곁에 주차된 순찰차 문짝에 기대섰다. 어느 범죄 없는 마을 파출소의 평온한 봄날 풍경 같았다.

"하필이가 인상은 차가와도 참 점잖았는데⋯. 명절 때마다 매니저 시켜서 선물 챙기는 일도 잊지 않고 말이죠."

백곰이 고인을 회상하듯 잠시 눈을 감았다.

"자네, 방금 선물이라고 했는가? 우리 경찰이 그래서야 쓰나?"

동 영감이 힐난하듯 째려보자, 백곰은 화들짝 놀라서 두 손을 들고 흔들었다.

"아이쿠, 청장님. 오, 오해이십니다. 말이 선물이지 으, 음료수와 떡 정도지요. 지금 드시는 것도 방범 문제로 얽힌 민원인이 가져온 겁니다."

순간 동 영감이 박카스 병을 입에 문 채로 동작 정지. 큼직한 두 눈만 끔벅거렸다.

"그, 그렇지. 작은 정성을 거절하는 것도 예의는 아니지. 대민 업무에 너무 경직된 자세는 좋지 않다네. 주민들과 스킨십 강화를 위해선 좀 유연한 대처가 필요한 법이고."

대화가 딴 길로 샐 것 같아 내가 거들었다. 얼른 일 끝내고 퇴근해서 책이나 읽으며 쉬고 싶었다.

"부장님은 평소에 하필 씨 얼굴 자주 보셨죠?"

"그럼. 오랜 이웃인데. 워낙에 안 나다니는 양반이지만 가끔 혼자서 산에도 오르고 동네 산책도 다니고 그래. 큰길로 통하는 길목은 여기뿐이니까 눈에 안 띌 수야 없지. 주민들과도 잘 지냈고."

진지한 대화를 이어가야 하는데 또 동 영감의 쓸데없는 호기심이 발동했다.

"하필 선생은 어떤 개를 키웠나? 이런 고즈넉한 동네에서는 같이 살살 다녀줘야 폼이 살잖은가. 치와와? 몰티즈? 아니면 포메라니안?"

"씨바."

"어엉?"

"씨바를 키웠…. 아니 정확히는 키웠었죠. 예쁜 여우처럼 생긴 놈이었는데 어느 순간 안 보이더라고. 벌써 7, 8년 됐을걸요. 제가 이 동네 출신이라 줄곧 봐왔잖습니까. 많이 짖는 놈인데다 이웃집 마당을 파헤쳐서 민원도 들어오고 했었죠. 돌볼 사람도 마땅찮으니 입양 보냈나 보다 했는데…."

동 영감이 실망했다. 사건과 무관한 질문이 이어졌다.

"길에서 하필 선생 마주치면 주민들이 사인받으려고 몰려들지? 막 귀찮게 하지?"

"뭘요. 등산객이나 그러지. 여기 주민들은 웬만하면 심기 건들지 않으려고 노력하죠. 다들 아는 겁니다. 제주도 바닷가에 효리가 산다면, 북한산 자락에는 하필이가 산다! 유명 연예인의 존재가 집값에 보탬이 되면 됐지 손해는 아니니까."

백곰은 말을 끊고 좌우를 한 번 살폈다. 목소리도 살짝 낮췄다.

"근데 청장님, 그거 아십니까? 하필이 카리스마가 장난 아니라서 막상 봐도 다가서기가 쉽지 않아요. 인상이 좀 차갑다고 해야 하나. 무대에서 노래할 때와는 완전 딴판입니다. 친절하지 않다는 게 아니라 분위기가 그렇다는 얘깁니다. 그래도 인사 잘 받아주고 사진도 찍어주고. 연예인 물 먹어서 매너 하나는 똑 떨어졌으니."

문제는 동 영감이다. 대화 흐름을 못 읽고 영양가 없는 질문이 속출했다.

"집값 얘기 나왔으니 말인데, 북한산 둘레길이 이쪽으로 뚫리면서 많이 뛰었지? 여기가 준관광지나 마찬가지잖아. 보니까 동네 게스트 하우스도 리모델링 많이 들어갔던데. 신축 중인 것도 여럿 보이고. 건물 올려서 카페나 식당으로 임대하면 괜찮으려나? 주식으로 굴리는 것보다 그게 나은가?"

백곰이 입을 딱 벌린 채 한동안 눈만 멀뚱거렸다.

파악당했다! 나는 그렇게 판단할 수밖에 없었다. 치안감까지 지낸 경찰 대선배를 향한 깍듯한 존대는 바로 사라졌다. 대신 백곰은 업자 모드로 돌변했다.

"최근에 많이 뛰었지요. 경치 좋은 곳을 그냥 놔둡니까. 여기는 거래 가능 지역이 정해져 있어서 희소성이 큽니다. 전 정권에서 규제 완화됐을 때 찜해둔 꾼들은 대박이 난 거고. 시경 앞 서촌이나 낙원상가 옆 익선동, 한강변 긴 망원동 같은 곳도

다 그렇다죠? 하여튼 다세대 하나 사서 1층 개조해 카페 열고 위층은 숙박 시설 만들면 번듯해요. 최근에는 캐리어 끌고 오는 일본인들도 눈에 띕니다. 그쪽 사람들이 요런 아기자기한 동네 좋아하잖습니까. 내 입장에서야 근무량 늘고 그렇긴 해도 북적대는 게 나쁘지만은 않더라고."

"그래, 남 부장은 투자 좀 했는가? 여기 출신이라니 손바닥 보듯 훤하겠구먼? 허허."

"크게는 아니고 조금. 예전에 하필이 옆집이 매물로 나온 적이 있어서."

"거기는 가정부가 운영하는 게스트 하우스 아닌가?"

"그쪽 말고 이쪽 말입니다."

백곰도 신바람이 났다. 업무는 어리바리하더니 땅 얘기가 나오자 말솜씨가 청산유수다. 마치 외지인과 현지인의 투자 상담 같았다. 파출소가 부동산 중개소로 돌변하는 순간이었다. 벽면에 붙은 지명수배자 전단이 그들에겐 매물판처럼 보이리라.

두 경찰 선배 대화를 듣고 있자니 민망함에 몸 둘 바를 모르겠다. 잠시 도로 쪽으로 눈길을 돌렸다. 다시 봐도 파출소 입지가 기막혔다. 대로변에서 동네로 진입하는 길 모서리. 검문소처럼 오가는 차량과 주민을 다 내다볼 수 있어 진짜 부동산 중개소를 열면 대박 났을 자리다. 그 말이 사실인 게 우리가 대화를 나누는 중에도 삼삼오오 등산객들이 오르내렸다. 화창한 봄가을 주말이면 여느 관광지처럼 북적댈 법하다.

일찍 퇴근하려면 동 영감을 더 방치해선 안 되겠다 싶었다. 작정하고 끼어들었다.

"선배님. 여기는 사건 사고가 흔한 동네는 아니잖습니까? 최근 하필 씨 관련해 특이 사항이 있었나요?"

"후배. 범죄는 인구수에 비례할 수밖에 없지. 하필이 집은 명소니까 잔잔한 소동이 끊이질 않아. 만취해서 그 앞에서 노래하는 사람도 있었고, 몰래 담 타 넘고 마당에서 사진 찍는 사람도 있었지. 그렇다고 그런 일들이 이번 자살과 특별히 연관 있다고 보이진 않네만. 이 동네는 말이야 별별 일들이 다 일어나. 딱 봐도 불륜인 남녀가 등산복 입고 나다니고, 오래전 여기서 딸이 실종됐다는 노모는 매년 봄마다 찾아와서 며칠씩 산길을 헤맨다네. 무속인들이 떼로 숲에 몰려와 무슨 접신 의식이라도 하는지 희한한 굿판이 벌어진 일도 있었고. 그러니 우리가 순찰 돌면서 하필이 집만 쳐다볼 수 없다고. 뭐 아직은 대충 견딜 만하지만…. 아무튼 내 말 이해하겠나?"

업무 얘기로 돌아오자 백곰은 바로 시무룩해졌다. 이마에 깊은 주름이 파이면서 말투에 무력감이 그대로 드러났다. 역시 솔선수범하는 경찰상은 아니다. 첫인상과 성격이 딱 맞아떨어지는 사람. 백곰이 그랬다.

"남 부장. 등산 온 남녀가 불륜인지 어찌 척 아는가?"

동 영감 이야기가 또 어긋나기 시작했다.

"불륜들은 보통 큰 배낭을 각자 메고 있지요. 근교에선 대부분 남편이 큰 걸 메고 부인은 허리에 색 정도 걸치잖습니까.

큰 배낭을 따로 멨다는 건 출발 지점이 다르다는 얘깁니다."

"놀랍군. 남 부장은 그쪽으로 밝은 듯하네. 허허."

"그쪽이라뇨? 치정은 강력사건의 주요 동기 중 하나입죠. 듣기 썩 좋지는 않습니다만. 허허."

둘은 은근히 신경전을 벌이면서도 같이 킥킥댔다.

손목시계를 봤다. 이런 식으로는 해 넘어가야 퇴근할 것 같았다. 정색하고 다시 사건 쪽으로 유도해야 했다.

"선배님은 이 동네가 고향이시라고?"

"응. 고등학교까지 다녔어. 어릴 적 개천에서 뛰놀고 그랬지. 그때는 개발 더딘 외진 곳이라 늘 아쉬웠는데…. 사람 마음이 원래 간사하지? 이 나이에 승진은 물 건너갔으니 번듯한 집 한 채 올려놓고 동네 순찰이나 돌다 퇴직하고픈 게 솔직한 심정이라네."

"선배님은 연고지라서 그렇고. 하필 씨가 이 동네를, 더 정확히는 자기 집에 애착을 가진 이유가 뭘까요?"

백곰이 고개를 갸웃거리자 잡학박사 동 영감이 끼어들었다. 어려운 단어까지 써가면서. 하필의 팬다웠다.

"여기 터 잡고 나서 발표한 노래마다 대박을 쳤다지. 자기 음악의 원류라고 생각할 거야. 그 정도 급 뮤지션들은 자신만의 정신세계와 틀이 있는 거라고. 집은 추후 박물관이 될 것이고 유산으로 남겠지. 밥 말리의 자메이카 집처럼. 퀸 보컬 프레디 머큐리의 잔지바르 집처럼. 자네들 같은 평범이들이 그 깊이를 헤아릴 순 없는 거고."

백곰은 혀로 입술을 핥으며 인상을 썼다. 밥 말리가 누군지 모르는 듯했고 같이 늙어가는 처지에 조금 더 늙은이한테서 훈계를 들으니 기분 참 지랄 맞구나, 그런 표정이었다. 땅값과 불륜 얘기를 꺼내는 순간 동 영감은 더 이상 존경받는 선배가 아니었다. 동 영감은 눈치 없이 계속 헛발질 중이고, 나는 짜증이 폭발 직전이고.

더 늦기 전에 내가 물었다. 오늘 방문 목적. 하필 집 근처에서 서성댔다는 제보 속 사람들의 존재. 참 빨리도 묻는구나 싶었다.

"아아, 우리도 기사 보고 알았어. 다들 고개 젓더라고. 순찰 돌면서 오가는 외지인들까지 어떻게 다 확인하느냐고. 말했다시피 하필이 집만 신경 쓸 순 없는 노릇이고. 암튼 그거 확인한답시고 탐문 인력 푸는 것보다 제보자 찾아서 족치는 게 더 빠를걸."

백곰이 모처럼 경찰처럼 말했다.

전철은 5분 후에 도착한다. 서울경찰청이 있는 경복궁역으로 가려면 충무로에서 3호선으로 갈아타야 한다. 미수반 앞으로 낡은 쏘나타 한 대가 배정돼 있지만 동 영감은 웬만해선 도보나 대중교통을 고집했다. 혈압과 혈당 조절에는 무조건 움직이는 게 최고라면서.

이래저래 세대 차 나는 콤비 활동은 서로 불편한 점이 많았다. 형사물을 보면 꼭 경험 많은 늙다리 하나, 체력 좋은 신참

하나가 짝을 이뤄 다니지만 그건 젊은 형사의 '속앓이'가 동반된 그림이다. 늙은 형사 입장에선 '가르침'이 동반된 그림이라고 우길 수 있다. 암튼 스크린 속에서나 환상의 콤비지 현실은 환장의 콤비다.

오늘 현장 방문에서 관할서 보고서에 실린 내용 이상의 정보는 얻지 못했다. 특이 사항 없음으로 보고하면 될 터였다. 몇몇 부분이 미심쩍다고 해도 증명 불가능한 의심일 뿐이다. 그래도 동 영감은 막상 빈손으로 돌아가기 뭣한 모양이다. 플랫폼에 서서 안절부절 손바닥을 비비다가 의미 없는 질문을 던졌다.

"박희윤 경장. 정황상 자살은 틀림없지? 타살 흔적이 없지 않나? 하필 선생 집에 몰려갔다는 사람들도 현실적으로 확인 불가하고. 받아쓰기 언론에 우리만 작살나는군. 그럼 어떻게 처리를 해야 하나? 내 고향 후배이자 학교 후배의 특명인데 깔끔하게 결론 내주고 싶다네."

아무 말 대잔치. 그러다가 나중에 사건을 뒤집을 증거라도 나오면 발뺌할 분이시다. 나름의 처세가 필요했다.

"판단은 반장님이 하셔야죠. 저야 지시에 따라 움직이는 말단 아닙니까."

"아니, 젊은 친구가 어찌 그리 복지부동인가? 현장을 둘러봤으면 자네도 생각이 있을 게 아닌가? 그런 소극적인 자세는 자존감을 제약하는 못난 태도일세. 아무거라도 괜찮네. 그냥 느낀 대로 말해보게. 자, 어서?"

역시 가볍게 치고 들어온다. 거저먹겠다는 속셈. 말려들면 곤란하다.

내가 계속 입을 다물자 동 영감은 어쩔 수 없다는 표정을 지었다.

"좋아. 우선 그 커피 말일세. 좀 이상하지 않던가?"

수사 경험 일천해도 보는 눈은 있어서 의심스러운 부분은 또 찍어낸다. 사실 나도 그게 가장 신경 쓰이던 참이었다.

"그렇죠? 확실히 그게 좀⋯."

"역시, 경찰 눈은 못 속이는군. 그래, 어떤 점이 그렇던가?"

"네? 반장님이 먼저 말씀을?"

"아, 나는 커피의 생명력에 감동받았다고 재차 말하려고 했던 걸세. 사건 발생 수일이 지났건만 상하지 않았더라고. 알지? 생두는 독해서 쥐도 안 파먹는다고. 신선식품치고는 비교적 관리가 편하지. 집주인이 고독하게 죽어가는 현장에서 강하게 견디는 생명력이라니. 경찰치고 너무 감성적인가? 허허."

가벼운 현기증이 올라왔다. 목구멍에 가시 같은 게 걸려서 울컥거렸다.

"아이쿠, 어련하시겠습니까. 좋습니다. 제 생각은 뭐냐면, 자살한 사람이 고급 커피를 개봉해서 포트 가득 내려놓았더라고요. 적어도 서너 잔 나올 양이죠. 그런데 마시지는 않았다 그 얘깁니다. 현장에 누가 더 있었을 가능성은 없는 것일까? 또 하나는 중병을 앓고 있으니 치사량 정도의 진통 약물은 갖고 있을 텐데 고통스럽게 목을 헤집듯 상처 냈다는 점도 그렇고.

굳이 미심쩍은 부분을 찾자면 그렇다는 얘깁니다. 이 정도 의심으로 큰 줄기를 바꾸긴 힘들겠지만."

동 영감이 눈을 크게 치켜떴다.

"놀랍군. 계속해보게."

"그게 다입니다. 더 생각날 것 같지도 않고."

요란한 소리와 함께 전동차가 진입했다. 대화는 끊어졌다. 우리는 좌석에 나란히 앉자마자 서먹함에 서로 휴대전화를 꺼내서 좀비처럼 고개를 처박았다.

포털 뉴스에 서촌 세입자 사연이 메인으로 올라와 있었다. 가게 힘들게 키워놨더니 임대료가 급등해 쫓겨나게 생겼다는 내용. 허리 꾸부정한 충청도 아줌마가 운영하는 수제빗집이다. 해장에 좋아 내가 즐겨 가는 단골집이기도 하다. 하필에 관한 기사도 보였다. 제목이 꽤 천박하다. 〈재력가 하필은 왜 독신을 고집 했나〉. 과거 행적을 중심으로 짜깁기한 것에 불과했다. 확실히 기삿거리로써 하필은 아직 살아 있었다. 요즘 미디어는 조회 수 나온다 싶은 검색어에는 하이에나처럼 달려드니까.

옆자리 동 영감은 짧은 다리를 쩍 벌리고, 안경을 이마에 건채 폰만 뚫어져라 봤다. 오른쪽 상단을 향해 치솟는 빨간 선 그래프가 화면에 떠 있다. 궁금했다. 이 엄중한 상황에 무엇에 빠져 있는지. 슬쩍 엉덩이를 갖다 붙이며 곁눈질로 훔쳐봤다.

젠장, 그러면 그렇지. 하필이 살던 동네의 부동산 매매가 추이. 투자에 관심이 없다더니 새빨간 거짓말이다. 지도 앱을 펼쳐놓고 하필의 집터 위치까지 확인하는 꼼꼼함을 보였다.

"쯧쯧. 다 좋은데 위치가 에러다. 쪼개져서 깔끔하지가 않아."

동 영감이 진지하게 중얼거렸다. 진짜 부동산 업자 모드였다.

"요 제품이어요. 견본용 재고가 하나 남아 있네요."

작업용 가죽 앞치마를 두른 공방 사장은 중년의 매부리코 여자였다. 강해 보이는 인상에 비해 말투에 수줍음이 많았다. 진열장에서 나무 케이스를 하나 꺼내 열어 보였는데 단검 모양 실버 펜던트가 누워 있었다. 날 끝이 천장 조명을 받자 더 날카롭게 반짝거렸다.

전철에서 다리를 쩍 벌리고 앉아, 부동산 시세 그래프에 빠져 있는 상사가 참으로 한심해 내가 진지하게 청했다.

"반장님, 사건을 최대한 단순하게 보면 어떨까요? 하나만 콕 찍어서."

"하나만 콕? 무슨 말인가?"

"하필 씨가 스스로 목숨 끊었다는 사실을 명쾌하게 증명하면 낯선 사람들을 봤다느니 하는 제보는 무의미하죠."

"그렇지. 다들 주둥이 닫아야지. 어떤 의심도 개소리일 뿐이고."

"감식 결과를 보면 펜던트 칼에 묻어 있는 지문, 혈흔과 상처 부위 모양까지 다 하필 씨와 일치합니다. 이거야말로 빼도 박도 못할 증거죠. 관할서에서 자살로 판단하는 데 결정적 영향을 미쳤고."

동 영감이 바로 솔깃해했다. 시세표가 떠 있는 휴대전화를 슬그머니 주머니에 감추더니 귀를 세웠다.

"옳거니. 그러니까 자네 말은 콕 찍어서 그 부분을 완벽하게 증명하자 이 말 아닌가? 방법이 있는가?"

마음이 급했는지 웬일로 동 영감이 선뜻 받아들였다.

"지금도 99퍼센트 확실합니다. 다만 흉기 출처에 대한 조사가 빈약해요. 바로 자살로 결론 나는 바람에 필요성을 못 느꼈을 수 있겠지만."

동 영감이 느끼한 미소와 함께 윙크를 날렸다. 우리는 급히 동대문역사문화공원역에서 2호선으로 갈아탔다.

하필이 착용하던 펜던트를 만든 공방을 찾는 건 어렵지 않았다. 수사보고서에 따로 언급은 없었으나 인터넷에서 바로 검색이 됐다. 문래동 골목 깊숙한 곳에 있었는데 규모는 작아도 정돈된 가게였다. 금속공예 작가 몇몇이 모여 창작도 하고 판매도 하고 그러는 모양이다. 사극용 소품으로 납품을 하는지 고대 왕관과 귀족 장신구를 착용한 유명 배우들의 포스터가 벽에 붙어 있었다.

나는 패드 화면을 열어서 정중히 매부리코 사장에게 사진을 한 장 보여주었다. 단검 모양 펜던트 끝에 검붉은 피가 굳어 있었다. 하필이 자기 목을 그은 바로 그 흉기. 매부리코는 보자마자 고개를 끄덕였다.

"맞아요. 저희가 제작한 것이어요. 설마 이렇게 사용될 줄은. 칼이기는 하지만 원래 그런 용도가 아니잖아요. 목걸이용

장신구잖아요."

매부리코가 망연히 나를 올려다보는데 감정 섞기는 싫었다. 일부러 건조하게 대꾸했다.

"그렇게 예민해하실 필요 없습니다. 죽겠다고 작정한 사람한테 도구가 중요할까. 그나저나 물건을 바로 알아보시네요?"

매부리코가 손끝으로 패드 화면을 최대한 확대했다. 칼자루 부분에 영문 이니셜이 보였다. H.P. 너무 작아서 잘 보이지 않을 정도였다.

"하필 님이 사용하실 거라서 제가 직접 새겨 넣은 것이어요."

그러면서 나무 케이스에서 꺼낸 견본을 손바닥에 얹어서 보여주었다. 거기에는 이니셜이 없었다.

"사장님. 개별 판매도 하시죠?"

"그럼요. 하필 님 목걸이로 알려져 있으니 소장 가치가 충분하죠. 온라인으로도 주문하고 직접 가게에 오시는 분도 계시고."

"혹시 지금까지 같은 이니셜을 새겨 간 손님이 있습니까?"

내가 진지하게 묻자 매부리코가 팔짱을 끼며 심각해졌다.

"저기, 형사님이 무슨 생각을 하시는지 알겠는데 그건 아니어요. 단연코 없답니다. 보통은 본인 이니셜을 넣거나 아예 새기지를 않죠. 싸구려 제품이 아니니 혹 나중에 중고 마켓에 내놓아도 값어치 안 떨어지게. 보여주신 사진은 하필 님 것이 확실합니다."

들어보니 다 일리 있는 말이다. 이로써 자살에 대한 의심은

다 사라졌다.

곁에 서서 견본만 만지작거리던 동 영감도 기분이 좋아졌는지 처음으로 입을 열었다.

"이보시게, 이거 한번 착용해봐도 될라나?"

그러면서 사장의 허락도 떨어지기 전에 바로 펜던트를 목에 걸고 거울 앞에 다가섰다. 열혈 팬으로서 뭣이라도 따라 하고 싶은 모양이다. 폰을 꺼내 또 사진을 찍었다. 문득 궁금증이 하나 더 생겼다.

"사장님, 혹시 생전에 하필 씨를 직접 뵌 적 있습니까? 이 목걸이가 어떻게 상징이 됐죠?"

"딱 한 번. 제 자랑 같지만 하필 님은 우연히 그 작품을 본 순간 마음을 빼앗겨버렸대요. 그 후 부적처럼 몸에 지녔는데 일이 술술 풀렸다고. 제게 이런 말씀을 하셨어요. 자기는 선악의 경계를 사는 사람이라고. 이성보다 본능에 더 지배받는 사람이라고. 생사에 얽매이지 않는 삶을 살고 싶은데 육신 한 몸 결단할 수 있는 도구를 늘 품에 지니고 싶었다고. 역시나 좀 어렵죠?"

모호한 말이다. 어디까지 진실인지, 무엇을 의미하는지 알수 없다.

"공방 매출에 타격이 있겠군요. 인기 상품인데 이제 찾는 사람 없을 테니."

나도 모르게 민감한 부분을 건드렸나 보다. 매부리코 얼굴에서 웃음기가 사라졌다.

"제 작품을 하필 님이 택한 것이지 제가 하필 님을 위해서 만든 건 아니에요. 디자인에 꽂혀서 외국에서 구매하는 분들도 계십니다. 찾는 사람 없다는 말은 불편하지요."

자존심이 한가득 녹아든 말투. 역시 창작자들은 예민하다. 잘 이어지던 대화가 어긋나는 걸 느꼈다.

동 영감은 하나 남은 견본이 맘에 들었나 보다. 바로 큰돈을 지불하고 즉석에서 구매했다.

"이 귀한 걸 손에 넣게 될 줄이야."

에둘러 말은 그렇게 했다. 충동구매가 부끄러운지 나무 케이스를 옆구리에 끼고서 재빨리 골목으로 뛰어나갔다. 성인용품을 몰래 사 들고서 내빼는 조숙한 소년 같았다. 내 용건은 아직 끝나지 않았는데, 구매자 명단도 챙겨야 하는데. 얼결에 동 영감 뒤를 쫓으면서도 뭔가 찜찜했다.

긴 하루였다. 서울경찰청 옥탑에 위치한 미수반 문을 열자마자 비만 강아지 덕분이가 달려와 반겨주었다. 사무실은 텅비어 있었다. 구석 자리에서 늘 모니터만 쳐다보는 주바리 선배는 말도 없이 외출을 했다. 설마 근무시간에 맛집 탐방에 나선 건 아니겠지. 아니면 용산서 실탄 사격장에 갔거나. 듣자니 주바리 선배는 총 잘 쏘는 능력자라 동료들 정례사격평가를 몰래 대신 봐준다는 소문까지 돌았다. 아무리 존재감 없는 변방 부서라도 지켜야 할 건 지키는 게 맞지 싶은데….

동 영감은 주바리 선배의 부실한 근태에 대해 어떤 잔소리도 하지 않았다. 내가 그랬다면 그냥 넘기지 않았을 텐데. 무슨 말 못 할 사연이 있으려니. 얼마 전 소갈빗집에서 한잔하며 넌지시 물어보기는 했지만.

"반장님. 주 선배 예전에 날렸던 형사였다면서요?"

"무엇이 궁금한가? 지금은 왜 그렇게 변했느냐를 묻는 말 같구먼."

"그렇죠, 뭐."

동 영감이 소주잔을 가볍게 입에 댔다가 내려놓았다.

"주 주임은 서울청에 떠도는 원혼 같은 존재라네. 자네도 언젠가 알게 되겠지."

"그러니 더 궁금하잖습니까?"

"박희윤 경장, 자네는 동료를 평가하는 자기만의 기준이 있는가?"

왜 또 저러실까. 질문에 질문으로 답하면 어쩌라고. 게다가 어렵기까지 하다. 둥글뭉수레한 대답만이 최선이다.

"사회생활이 짧아서 깊이 생각 안 해봤습니다."

"그렇겠지. 조직 생활을 하다 보면 별별 인간들 다 만나잖나. 나처럼 선량한 상사가 있는 반면에 부하들 들들 볶고 공을 가로채는 불량한 상사도 많고. 일이 아니라 사람 관계 때문에 조직을 떠나는 자가 한둘이 아닐 테지. 하지만 내게는 동료를 판단하는 명확한 기준이 있다네. 내가 조직을 떠났을 때, 그 사람을 계속 만날 것인가 그만 만날 것인가. 앞의 사람한테는 나는 최선을 다하고, 뒷사람한테는 최소한만 한다네. 주 주임 말이야, 내게 있어서 앞의 사람이야. 지금 자기 딴에는 열심히 살아가고 있는 거라고. 자네 눈에 거슬릴 수 있겠지만 날 봐서 좀 참아주게나."

"명쾌하시네요. 그럼 저는 앞사람입니까 뒷사람입니까?"

"자, 어서 들게. 소고기는 오래 구우면 질기다고."

책임자라는 자리 때문인지 그날 대충 피해 갔지만, 사실 나는 주바리 선배에게 어떤 관심도 불만도 없다. 내 영역에 간섭만 하지 않으면 웬만해선 참을 수 있다. 오랜 신문사 생활을 통해서 절감했다. 조직 구성원 간 갈등은 일의 분배와 사람 비교에서 시작된다. 타인에게 무덤덤해지기. 대신 할 말은 제때해서 나중에 후회하지 않기. 굳이 따지자면 내 직장 생활 철칙은 이 두 가지다.

북한산 기슭과 문래동 공방 정도 다녀온 게 고난의 일정은 아닐 텐데 동 영감은 회전의자에 앉자마자 퍼져버렸다. 고개를 젖히고 코까지 골았다. 넘버 2에게 '특이 사항 없음'으로 보고하면 될 테니 맘이 편해진 모양이다. 현장을 다시 둘러본다고 의문을 다 정리할 수 있을까. 관할서에서 결론 낸 사안을 들쑤시는 일은 더 부담일 테고. 대충 처리하자니 그건 무성의해 보인다. 그 와중에 흉기와 관련해 보강 수사까지 했으니 적절한 모양새는 갖춘 셈이 됐다. 내 마음 또한 한결 가벼워졌다.

동 영감이 늦은 오수를 만끽하도록 놔두고 간이 문을 통해서 옥상으로 나왔다. 어느새 나만의 안식처가 된 곳. 몇 번 가본 청사 3층 야외 흡연장은 늘 붐볐고 눌은 담뱃재로 바닥이 불결했다. 낯선 동료와 아는 출입 기자라도 만나면 멋쩍은 인사를 나눠야 했다. 옥상은 타인으로부터 아무런 방해도 받지 않는 공간. 잠깐의 격리는 머리 회전까지 빠르게 했다. 헬기 이착륙장과 냉각탑이 설치돼 뭔가 어수선해도 그런 거야 상관없었다.

난간 앞에 서서 파노라마처럼 펼쳐진 풍경을 바라보며 담배를 물었다. 안산에서 시작해 인왕산, 북악산, 북한산으로 이어지는 능선들. 그 품 안에 싸인 조선 궁궐. 보면 볼수록 명당은 명당이다. 위성 지도도 드론도 없던 그 옛날, 무학대사는 어찌도 저리 좋은 자리를 도읍으로 찍었을까. 부동산 개발 회사를 차렸다면 세계적인 기업으로 키웠을 안목이다. 속으로 히죽이 웃다가 나도 모르는 순간 웃음이 뚝 멎었다. 사소한 의문 하나가 고개를 쳐들었다. 찜찜했다. 아무래도 확인해봐야 할 것 같았다.

재빨리 담배를 비벼 끄고 자리에 돌아와 동영상을 하나 다운받았다. 가수왕 하필이 마지막으로 출연했던 예능 방송. 사망 당시 뉴스 자료 화면으로 사용됐던 〈복면전설〉이다. 대부분 원조 가수가 이겼으나 가끔 모창 가수들이 이변을 낳기도 했다. 시청자들은 그런 반전에서 희열을 느끼는 것이고.

하필이 출연했을 때도 다들 실력이 출중해서 음색만으로 누가 진짜인지 구분하기가 쉽지 않았다. 모창 가수라도 밤무대와 지역 축제를 업으로 뛰는 프로들이라 실력이 만만찮았다. 그래도 이변은 없었다. 창조와 흉내. 한 뼘 정도 실력 차일지라도 그 간극은 컸다. 결승에서 분패한 모창 가수는 그 자체로 만족하는 눈치였다. 가면을 벗고 소리쳤다.

"다들 대구에 놀러 오이소. 범화 시장에서 하필이 찾으면 다 압니데이."

그런 승부의 결과보다 내가 집중한 건 당시 논란이 됐던 발언들이다. 방송 말미에 MC가 덕담을 건넨답시고 건강을 물은 것이 화근이었다. 하필의 표정은 한없이 심드렁하고 시니컬했다.

"내가 죽거든 집을 음악 박물관으로 남길 생각입니다. 이 땅에 흘린 다른 흔적들은 가져갈 것이고. 내게 그 정도 권리는 있지 않겠습니까."

공인의 입에서 맥락 없이 튀어나온 죽음이란 단어. 온 가족이 즐겨 보는 오락 방송에서 유언장을 공표한 사람이 돼버렸다. 무대 뒤에 도열해 있던 참가자들과 무대 앞 방청객들이 다 놀랐고 순식간에 녹화장 분위기가 싸해졌다.

궁금했다. 당시 하필은 무슨 의도로 논란이 될 저런 멘트를 던졌을까. 단순히 기분 탓이었을까. 그때 이미 암은 발병했던 모양이다. 한순간 감정 조절이 안 됐고 주변 일들이 다 하찮아 보였고…. 방송사에서는 편집하면 됐을 일을 왜 굳이 살렸을까.

몇몇 인맥을 거쳐서 〈복면전설〉 담당 PD 전화번호를 얻었다. 수화기 너머 젊은 남자는 어떤 감정도 실리지 않은 목소리로 답했다.

"공자님 말씀보다 재미없는 예능은 없다지요. 논란을 만드는 워딩은 항상 먹히는 콘텐츠랍니다. 하필 씨 발언은 일부러 살린 것이고. 그래서 참 고마운 사람입니다."

시청률에 목숨 거는 제작 환경이야 이해 못 할 바 아니지만 말투가 왠지 섬뜩했다. 통화 말미에 이런 말도 덧붙였다.

"하필 씨 그런 발언이 처음은 아니랍니다. 예전 어느 인터뷰에서도 그랬대요. 그러니 저희를 비난하지 마십시오."

그러고 보니 동 영감도 그랬다. 오래전 기사에서 전 재산을 사회에 기부하겠다는 내용을 봤다고.

의심은 의심을 부른다. 이런저런 검색어를 쳐 넣고 인터넷을 뒤졌다. 정확도가 떨어지는 정보만 넘쳐났다. 언론사에서 제공한 관련 기사는 찾을 수 없었고, 웹을 떠돌다 하필의 팬클럽 카페까지 들어가게 됐다. 부부가 운영한다는 회원 수 47만 명의 거대 커뮤니티. 회원가입을 해도 바로 정회원이 되지 않았다. 자유 게시판 정도만 읽을 수 있었다.

"반장님, 해피하필 정회원 맞으시죠? 자료방에 접근할 수 있죠?"

잠이 덜 깬 표정으로 고개를 끄덕이면서도 동 영감은 아이디와 비밀번호를 쉬 내놓지 않았는데 닉네임 때문이었다.

'검은 물개'. 무슨 뜻일까. 동 영감은 수영을 못하는데. 뭔가 저급한 성적 뉘앙스를 강하게 풍겼다. 거기다 최우수 회원. 나는 겉으로는 무심한 척 속으로는 크하학 웃어주었다. 그리고 찾았다. 진짜로 자료방에 잡지 지면을 스캔해서 올려놓은 파일이 있었다. 10년도 더 된 인터뷰 기사였다.

월간 여성지였는데 독신 남성들 집을 찾아가서 이런저런 사생활을 엿보는 코너였다. 기사 질은 높지 않았고 신상 터는 게 전부였다. 파일을 확대해서 찬찬히 읽어보았다.

대충 이런 얘기였다. 우선, 자신은 노래와 결혼한 삶을 살고 있다. 요즘 들으면 꽤나 촌스러운 비유였다. 동 영감 말대로 재산을 나중에 사회에 환원하겠다는 내용도 있고, 살고 있는 집을 음악 박물관으로 꾸미고 싶다는 소망도 덧붙였다. 오래전 인터뷰고 징색하고 한 발언은 아니었다. 젊은 시절의 하필 얼굴 사진도 큼직하게 실려 있었다. 배경으로 북한산 진달래 능선이 보였다. 자택 발코니에서 찍은 게 분명했다. 그가 죽은 바로 그 자리.

공통점을 찾았다. '살던 집을 음악 박물관으로 남기고 싶다'는 발언. 정수리가 달아오르더니 머릿속에서 뭔가가 번쩍했다. 바로 가설이 하나 따라붙었다.

다시 수화기를 들었다. 사실관계 확인을 위해서 통화해야 할 사람이 또 있다. 모 유력 신문 사건팀 캡. 목격자 제보를 받고 처음으로 보도한 사람. 개 버릇 남 못 준다더니 예나 지금이나 비아냥을 입에 물고 산다.

"박희윤, 너 뭐니? 갑자기 연락해서 제보자를 가르쳐달라니. 기자가 기본을 모른다면 개매너지."

한 살 많은 선배이기는 하나 다시 볼일 없는 사람이다.

"형도 참. 아직도 순진하게 기자 윤리 운운하시네. 그래서 그 사람에게 피해가 간답니까? 이게 큰돈이나 사람 목숨 걸린 일입니까? 공익 차원에서 정보 교환해 다른 결론을 도출해낼 수 있잖습니까? 그리고 형, 저 이제 기자 아니거든. 경찰이죠. 따끈한 우리 정보와 바꿔 먹으려 했더니 싫으신가 보옵니다. 보답으로 가장 먼저 알려드리려고 했더니. 그럼 이만⋯."

동 영감이 영화 속 마피아 보스처럼 덕분이를 가슴에 품고서 해맑은 얼굴로 다가왔다.

"박희윤 경장. 다 끝난 일 아닌가. 뭘 자꾸 들쑤시나. 나 긴장되게."

"찜찜해서죠. 하필 씨가 자기 집을 음악 박물관으로 남기면 어떻게 될까요?"

"그게 왜 문제가 되나? 사유재산이잖아. 동네에 문화 공간이 들어서는 건 오히려 권장할 일이고. 유럽 가면 곳곳이 그런 박물관이라네. 하필 선생 팬으로서 엄청 기대가 되는구먼."

"만약 그런 유언 내용을 미리 알았다면? 공개되기 전에 막아야 했다면 범행 동기가 성립되죠. 자살과는 별개로 참 궁금하지 말입니다."

"방금 범행 동기라고 했나? 나 어지럽다고. 차근차근 설명 좀 해보게나."

"반장님. 집터 위치를 지도에서 다시 한번 봐주십시오."

"아하, 자네도 땅에 관심이 있는가?"

"또 하나. 하필 씨가 왜 발코니에 나갔는지도 알아야겠습니다. 모든 행동에는 이유가 있다지 않습니까. 고통을 못 이겨서 뛰어내리려고? 관할서의 편의적 해석일 뿐이죠. 이 사건이 한 치 의혹도 없으려면 그 부분이 명쾌하게 정리돼야 한다고 생각합니다. 궁금하지 않습니까?"

"아니. 전혀. 궁금하지 않다네."

"하필 씨의 팬이라면 그 정도 수고는 감수해야지 않겠습니까?"

"팬이니까 더 거리를 두고 싶네만. 친인척이 엮인 수사에서 해당 형사가 배제되는 것과 같은 논리지. 내 열정에 자꾸 기름 들이붓지 말게."

"그럼 혹시 청장님께서 하필이 왜 발코니에 나갔냐고 물으면 뭐라고 하실 겁니까?"

동 영감이 끙, 신음을 뱉었다. 가장 취약한 부분이다.

"자, 반장님. 다시 현장으로 가실게요."

"지금 당장? 롸잇 나우? 해 떨어지려고 하는데? 에구구. 어쩔 수 없구먼. 티끌 같은 의심도 없게 하라. 이게 참된 형사의 길인걸. 실은 나도 찜찜한 걸 참고 있었다네. 집터에 관한 자네 추리는 내 가면서 듣도록 하지."

동 영감을 모시고 오는 게 아니었다. 못 이기는 척 놔두고 왔어야 했다. 환갑이 훌쩍 넘은 은퇴 경찰에게 육체적 순발력을 요구하는 일은 무리였다. 어둠 속에서 발을 헛디디면, 와당탕 소음이라도 내서 발각되면, 주거침입죄를 따지고 들면 머리 아파진다. 하지만 어쩌랴. 동 영감은 이미 내 등 뒤에 반려견처럼 찰싹 붙어 있는걸.

해가 넘어가자 사위에 어둠이 깔렸다. 어렴풋한 달빛만이 사물 윤곽을 구분해주었다. 눈앞에 낡은 뾰족지붕 저택이 북유럽 괴기소설 무대처럼 모습을 드러냈다. 전나무 숲에서 흘러든 밤안개가 드라이아이스처럼 집채를 휘감자 묘한 두려움이 일었다. 낮과는 다른 으스스한 풍경이었다.

다시 찾은 현장. 가슴 높이의 쇠창살 담장을 타 넘는 일은 어렵지 않았다. 물론 나의 경우였다. 동 영감은 짧은 다리를 끌어 올리다가 몇 번 미끄덩거려야 했다.

"집에는 어떻게 들어가야 하는가?"

현관 앞에 멈춰선 동 영감 목소리에 난감함이 묻었다. 내가 보란 듯이 도어 록 비밀번호 네 자리를 꾹꾹 눌렀다. 문 안쪽에서 잠금쇠 돌아가는 소리가 큼직하게 들렸다.

"반장님, 그냥 관찰의 힘이라고 해두겠습니다."

실내는 어두컴컴했고 진득한 향내는 여전했다. 잠시 멈춰서서 눈이 어둠에 익기를 기다렸다. 다이소에서 산 초저가 손전등을 가져갔으나 불빛을 밝히기는 싫었다. 발각되면 의미가 없으니까.

나무 계단을 한 발 한 발 더듬어 3층 침실로 향했다. 걸음을 옮길 때마다 삐걱대는 나무 비명이 불길해서 거슬렸다.

우리가 한밤에 잠입한 이유는 단순하다. 현장에서 상황을 재현해보고 싶었다. 하필은 자살 직전에 어떤 심정이었는지, 왜 그런 충동적 결단을 내려야 했는지, 발코니에는 왜 나갔는지. 다 결론 난 사건인데 정색하고 재방문을 요청하면 주위 시선을 끌 터였다. 오늘 낮에도 느꼈지만 관계인들은 우호적이지 않았다. 다들 한통속처럼. 삐딱하게 실실대는 매니저가 특히 그랬고. 그런 눈길을 피해 은밀히 확인해야 했다.

3층까지 올라와서 침실 문을 열었다. 조심성이 없어서일까 밤눈이 침침해서일까. 동 영감이 갑자기 손전등 스위치를 눌러버렸다. 나는 화들짝 놀랐는데 정작 본인은 대수롭잖게 액자에 불빛을 들이댔다.

다시 하필 전신사진과 마주섰다. 큼직한 두 눈동자가 번들거렸다. 동 영감이 궁금해하는 건 사진이 아니다. 바로 액자의 각도. 우리가 방문했을 때 살짝 기울어져 있었는데 동 영감은 그걸 찜찜해했다. 누군가가 고의로 액자를 건드렸으며 뒤 패널에 일기장이나 유서 같은 게 붙어 있을지 모른다고 주장했다. 역시 수사 드라마를 너무 많이 보셨다. 하지만 인사권을 쥔 나의 상사이고 굳이 말릴 필요성도 못 느꼈다. 확인 작업은 또 나름대로 의미가 있으니까.

내가 묵직한 액자 아랫부분을 살짝 들자 동 영감이 쪼그려 앉아서 손전등 불빛을 틈새로 집어넣었다. 요리조리 비춰가며 한참을 살폈다.

"무엇이 보이옵니까?"

내가 끙끙대며 물어도 동 영감은 답이 없었다.

"반장님. 무엇이 보이옵니까?"

재차 묻자, 동 영감은 손전등을 끄면서 엉뚱한 답을 했다.

"자, 시작하세나."

밤 10시가 막 넘어섰다. 하필의 사망추정시각. 액자 확인 작업이 멋쩍어서인지 동 영감이 직접 대역을 자처하고 나섰다. 하필의 분신처럼 감정 듬뿍 실어서 해보겠다며 의지를 보였다.

침실 가운데 놓인 흔들의자에 앉았다. 잠시 후, 공방에서 직접 구매한 펜던트로 목을 긋는 시늉을 해 보였다. 흐윽! 굳이 불필요한 효과음까지 입으로 훅훅 내가면서 연기에 몰입했다. 손바닥으로 목을 움켜잡고 일어서서 핏자국을 따라서 휘적휘적 걸었다. 커튼을 거칠게 걷어 젖히더니 발코니로 나갔다. 흐윽! 다시 한번 효과음. 한 손으로 난간을 붙잡고 거친 호흡을 토해냈다. 진짜 생사를 넘기 직전처럼 리얼한 연기였다. 무릎을 꿇고 주저앉나 싶더니, 바로 상체가 무너지면서 그대로 뻗어버렸다. 절명! 건전지가 방전되는 순간처럼 사지 움직임이 동시에 멎었다. 그 상태로 몇 초 흘렀을까. 동 영감이 스프링 달린 보블헤드 인형처럼 발딱 일어났다. 바로 불만을 쏟아냈다.

"뭐야. 딱 봐도 부자연스럽네. 꽉 끼는 속옷을 입은 것처럼 말일세. 뛰어내릴 생각이었다면 왜 곧바로 발코니로 나가지 않았을까? 왜 실내를 굽이돌아서 나갔냐고?"

동 영감이 웬일로 날카로움을 뽐냈다.

"게다가 펜던트를 왜 굳이 목에서 벗어서 손에 쥐어? 창문 열고 나가기 힘들게."

지켜보는 내 눈에도 그랬다. 미묘한 이질감. 눈으로 그려본 동선과 재현해본 동선은 확실히 느낌이 달랐다.

최초 의문의 반복이다. 하필이 발코니로 나가서 죽은 이유. 고통을 빨리 끊고 싶어 했다는 건 관할서의 자의적인 결론일 뿐. 차라리 생의 마지막 순간에 능선 풍경을 보고 싶어 했다면 어떨까. 아니다. 한밤에는 볼 수가 없다. 죽은 사람 속을 들여다보는 일은 역시 어렵다. 창작자 특유의 비이성적 감성까지 엮이면 더더욱.

여러 생각에 빠져 있는데 어디선가 익숙한 소리가 반복적으로 들렸다. 삐걱삐걱. 나무 계단의 비명. 귀 기울여보니 누군가가 올라오고 있었다. 소리는 조금씩 가까워졌다. 동 영감과는 절로 눈빛이 마주쳤다. 급히 숨을 만한 곳을 찾았지만 휑한 침실 안에서는 보이지 않았다. 창문으로 나가 발코니 벽에 바짝 붙어 섰다. 동 영감이 내 귀에 속삭였다.

"누굴까?"

"현관 비밀번호를 아는 사람."

"무슨 일일까?"

"한 가지는 확실하죠. 하필 씨 죽음이 신경 쓰이는 사람."

"권총 챙겨 왔는가?"

"상황실 무기고에는 가본 적도 없습니다만."

"이런. 준비성이 부족해서야. 쯧쯧."

위기 순간에 부하 탓하는 상사라니. 얄밉다 못해 치사하다. 인기척이 점점 커졌다. 마침내 침실 문이 조심씩 열리면서 틈새로 옅은 불빛이 스며들었다.

발코니를 둘러봐도 묘책은 없었다. 외벽에 붙은 배수관이라도 타볼까 했더니 부식이 심했다. 사람 몸무게를 지탱하기엔 역부족이다. 난간 아래를 내려다봤다. 역시나 아찔한 높이. 썩은 내 나는 연못에라도 뛰어들어야 할 판인데 그 짓은 차마 못 하겠다. 왜 이딴 일에 목숨 걸어야 하는가. 하물며 우리는 경찰 아닌가.

아니나 다를까, 동 영감도 같은 생각을 한 모양이다. 내 귀에 다시 속삭였다.

"박희윤 경장. 우리가 왜 쫄고 있는가? 죄지은 것도 아닌데 말이지. 멍청하지 않나?"

"그야 결론 난 사건 들쑤신다는 말 나올까 봐 반장님이 몸 사려서 그런 거죠. 저야 옳으나 그르나 지시에 따라 움직이는 말단 아닙니까."

달칵. 침실 스위치가 올라갔다. 환한 조명이 들어왔다. 동 영감이 조금 큰 소리로 속삭였다.

"어쩔 수가 없군. 나만 믿게."

극단적인 상황에 몰리자 팀의 책임자로서 당당해지고 싶었나 보다. 말리고 자시고 할 새도 없이 다이소 손전등을 성화봉처럼 쳐들고 달려 나갔다. 커튼을 확 걷어 젖히며 침입자와 과감히 맞섰다.

"끼아악!"

동 영감이 밤하늘을 찢는 소리를 내질렀다. 전의를 불태우는 기합이 아니었다. 겁에 질린 비명이었다. 하얀 긴 옷을 입은 여자가 긴 머리를 가슴까지 늘어트린 채 우리를 노려보고 서 있었다. TV 브라운관 안에서 기어 나오던 공포 영화 속 소복 귀신과 비슷하게 생겼다.

"끼아악!"

동 영감이 재차 겁에 질린 비명을 내질렀다. 손전등을 허공에 내던지고 바로 내 등 뒤로 숨어들었다. 그리고 내 어깨를 사정없이 앞으로 떠밀었다.

두려움에 남녀노소 어디 있다고. 나라고 안 무서울까. 소름으로 온몸이 오싹했다. 다리가 후들거려서 걸음을 뗄 수 없었다. 동공이 파르르 떨려서 사물이 겹쳐 보이기까지 했다. 퇴마를 위해서 아무 주문이라도 막 내질러야 했다.

"물렀거라! 호이짝! 호이짝!"

놀랍게도 소복 귀신이 움찔거렸다. 주문이 먹혔다는 얘기. 그건 귀신이 아니라는 얘기. 더 용기를 냈다. 과감하게 두 눈을 부릅뜨고 정면을 응시했다. 겹쳐 보이던 시야가 합쳐졌다. 마침내 보았다. 하얀 소복이 아니라 품이 넓은 하얀 원피스 잠옷이었다. 올림머리를 푸니 긴 생머리가 얼굴을 절반쯤 덮었다. 뿔테 안경까지 벗으니 완전 딴사람이었다.

그랬다. 가정부였다. 서로 깜짝 놀랐고, 서로 안도의 숨을 쉬었다. 그녀 뒤쪽에 큰 움직임이 하나 더 있었는데 경찰복을 입은 백곰이었다. 옆구리에 권총을 차고 출동했다. 가정부가 짜증을 한가득 뿜었다.

"아이고 놀래라. 대체 이게 무슨 짓입니까? 관리인인 제 허락도 없이. 비밀번호는 또 어떻게 아셨습니까? 아무리 형사님이라도 이건 좀….”

동 영감이 내 등 뒤에서 머리를 긁적거렸다. 목소리가 들릴 듯 말 듯 작았다.

“나야 안 된다고 했네만 이 젊은 친구가 확인할 게 있다면서. 우리가 여기 있는 건 어찌 알았나?”

가정부가 창밖으로 턱짓했다. 자신이 운영하는 게스트 하우스 쪽이었다.

“빨래 널다가 침실에서 불빛이 움직이는 걸 봤다고요. 커튼도 펄럭거리고. 집이 비어 있으니 도둑이 들었구나 싶어 급히 파출소에 신고한 거고.”

백곰이 양손을 허리에 얹은 채 거들었다. 권총 때문인지 지금은 진짜 경찰 같았다.

“청장님, 이런 식의 조사는 문제 소지가 있는뎁쇼?”

동 영감이 끄응, 신음을 뱉었다. 변명거리도 없거니와 파출소 소속 따위가 감히 자신에게 따지고 들자 기분이 상한 것이다. 최악 상황에서도 권위와 의전에는 예민한 분이시라.

백곰이 눈치 없이 더 불을 질렀다. 기왕 관계가 꼬여버린 거 일부러 까칠하게 구는 것 같기도 했다.

“일단 상부에 보고해야겠습니다. 신고 들어왔으니 그냥 넘길 순 없죠. 그러니까 미리 말씀을 하시지 그러셨습가?”

잔소리까지 듣자 동 영감 얼굴이 완전히 일그러졌다. 자존심에 심각한 내상을 입은 듯 보였다. 그건 절대 못 견뎌하는 분이신데. 아니나 다를까, 보란 듯이 먼저 칼을 뽑았다.

"방금 상부에 보고라고 했는가? 허허. 그럴 필요 없다네. 사실 미수반은 자네 둘을 진작부터 의심하고 있었고 지금은 야간 잠복 중이었다네. 바로 덫에 걸려드는군. 허허."

역시 대책 없이 내지르신다. 그래도 상황을 만드는 재주는 타고나서 바로 우위를 점한다. 늘 뒷수습이 안 돼서 문제지.

막무가내 공세에 당할 장사 없다고 가정부와 백곰은 입을 벌리고 벙쪄버렸다. 영문도 모른 채 죄인 취급을 받았다. 둘은 서로 눈빛을 맞췄다가, 다시 우리를 보았다.

"아이쿠, 청장님. 대체 왜 이러시는지?"

백곰 목구멍에서 어이없다는 탄식과 묘한 긴장이 함께 터져나왔다.

"남 부장. 피해 갈 생각은 말게."

"아니 피해 가고 말고 이유라도 알아야죠. 우리가 작당해서 하필이를 해하기라도 했단 말씀인가요?"

"잘 아는군. 바로 그거야. 이유라면 있지."

"말이 과하십니다. 작당이라뇨. 우리는 다 오랜 이웃입니다."

"계속 우길 텐가? 땅! 바로 이 집이 들어서 있는 땅 때문이지!"

동 영감이 검지로 바닥을 가리키며 비장의 카드를 던졌는데, 상대 급소를 정확히 찔러버렸다. 럭키 펀치였다.

둘의 낯빛이 순식간에 굳었다. 비밀을 들킨 자들처럼. 동 영감도 눈치를 채고 더 거칠게 치고 나갔다.

"왜, 찔리는가? 자네들 이 집 양옆에서 게스트 하우스 운영하지. 당연히 장사는 안 될 테고. 동네 뜨면서 신축 건물 줄줄이 들어서는데 요즘 누가 그런 꼬질한 데를 가나. 내가 위성지도 보면서 확인했네. 하필 선생 꼬드겨서 쪼개진 터를 다 합쳐서 호텔 신축하려고 했던 게 아닌가. 북한산 최고 풍광을 가졌으니 단숨에 랜드마크가 되겠지. 남 부장. 내 말이 틀렸나? 내가 자네한테 부동산 땅값 물어봤지? 날 한심하게 비웃더니만 이제 내 의도를 알겠는가? 이런 말이 있지. 시체의 최초 발견자를 의심하라. 하물며 동기까지 가졌다면야. 공권력을 가진 자는 정의롭다는 믿음도 이제 깨져버렸네. 자네는 내가 사랑하는 경찰 조직에 배신감을 줬어."

비밀을 들킨 둘은 아무 말도 하지 못했다.

"또 하나. 여사님께 묻겠네. 왜 119나 112가 아니라 파출소로 신고했는가? 보통 동네 파출소 전화번호는 잘 모르지 않나. 특히 그런 다급한 상황에서."

가정부가 머뭇거리며 곁눈으로 백곰을 봤다.

"그, 그야. 잘 아는 만수가 있으니 그게 더 낫겠다 싶어서."

동 영감이 바로 말꼬리를 낚아챘다.

"그렇지. 파출소에 친한 남 부장이 있기 때문이지. 어릴 적부터 아는 동네 친구이자 현직 경찰이며 내일의 호텔 동업자. 어떻게든 가장 먼저 알려야 했던 게지. 하필 선생이 갑자기 가버렸으니 프로젝트에 차질이 없는지 상의해야 했고. 이 집이 영구히 박물관으로 남게 되면 호텔 신축의 꿈은 물거품 아닌가. 어쩌면 여사님이 파출소에 신고하기 전에 남 부장은 이미 여기 와 있었던 게 아닌가 싶어. 나중에 순찰 돌다 지령받고 온 걸로 꾸몄을 테고. 통화 내역 확인하면 나오겠지만 뭐 그렇게까지 하고 싶진 않네."

"청장님, 상상이 과하십니다. 그럴 이유가 있습니까?"

"상상이라…. 자네들 혹시 하필 선생이 남겨놓았을지도 모를 유서를 찾았던 게 아닌가? 박물관 얘기가 명시된 게 툭 튀어나오면 곤란할 테니 없애버리려고. 액자 뒤까지 샅샅이 뒤진 다음에야 안도했겠지. 꿈이 사라진 건 아니니까. 오히려 기회일 수도 있고. 그런데 이를 어쩌나. 허를 찔려버렸네. 다음 날 고문 변호사 발표를 듣고 아찔했겠지."

둘은 아무 말 하지 못했다. 동 영감은 더 확신에 찼다.

"신문사에 제보한 사람은 여사님이 맞지? 그치?"

가정부가 깜짝 놀랐다. 어떻게 알았느냐는 표정.

"남 부장이 팁을 주더군. 제보자를 찾으려면 제보받은 기자를 족치는 게 제일 빠를 거라고. 흠흠. 우리는 시키는 대로 했네. 그 기자가 그러더군. 연락처를 남기진 않았지만 묵직한 중저음 목소리를 가진 여성이라고. 여사님은 아직도 이 땅의 기자들을 믿고 그러시는가?"

가정부는 입술을 꽉 물었다. 하지만 째려보는 눈빛은 만만찮았다.

"왜 뒤늦게 제보를 했을까? 살인사건처럼 꾸며서 어떻게라도 판을 뒤흔들 생각이었어. 미제사건으로 남으면 당분간 현장 보존을 해야 할 터이니. 여사님도 관리인 역할을 계속할 수 있을 것이고. 일단 시간을 끈 다음에 묘수를 생각하려 했겠지. 자네들 참 나쁜 사람들이야. 돈에 눈이 멀어 수사를 혼란에 빠트리다니. 뒤끝이 탁해.”

동 영감이 일련의 과정을 현란한 래퍼처럼 쏟아붙였다. 재능이라면 재능이다. 하지만 상대는 맷집 좋은 백곰. 기습적 연타 몇 대 정도로는 무너지지 않았다. 바로 반박하고 나섰다. 아니 반발에 가까웠다.

“좋습니다. 그래서 뭐가 잘못됐습니까? 하필이는 자살해서 죽었습니다. 사고 직전 수상한 사람을 둘 본 것도 사실입니다. 우리는 본 대로만 말했습니다. 살인사건이라고 의심한 건 정작 청장님 아니십니까? 그리고 어느 누가 피해라도 봤습니까? 호텔 신축을 추진 중인 것은 사실인데, 자본주의 사회에서 세속적 욕망이 나쁜 겁니까? 우리가 개입해서 뭐가 바뀌었습니까? 땅 사기를 쳤습니까, 살인을 했습니까? 아무 일도 일어나지 않았잖습니까? 터를 합쳐서 가치를 높이는 작업은 서로에게 이득이 되는 겁니다. 경찰이면 자기 땅 재산권 행사도 못합니까? 충실하게 동네 순찰만 돌아야 하냐고요!”

백곰의 몰아치는 랩도 만만찮았다. 동 영감은 말문이 막혀버렸다. 논리에서 달리자 감정적으로 얼버무렸다.

“의리가 없잖아! 30년 이웃에 대한 의리! 7년 고용주에 대한 의리!”

순간, 가정부가 까르르 웃음을 터트렸다. 소름이 돋을 정도로 날카로운 고음. 목소리 굵직한 인상 좋은 아줌마에서 표독한 마녀로 돌변하는 순간이었다.

"웃기셔라. 내가 7년간 온갖 수발들면서 그렇게 사정사정했는데 뒤통수를 쳐. 하긴 그 똥고집 진짜 못 말리지. 공짜로 얻겠다는 것도 아니고 정당한 대가를 지불한다잖아. 내가 투자자 다 모아놓았고 합당한 가격에 매입하겠다는데 그냥 싫대. 지분 더 주겠다는데 그것도 싫대. 다 썩어가는 집에 꿀을 발라놨나 애인을 숨겨놨나. 세 집 땅 합쳐서 증축하면 투자가치가 최소 열 배야. 북한산 최고의 조망을 가진 호텔 주인이 되는 거라고. 근데 협조 안 하겠대. 그냥 이유 없이 싫대. 그 일로 다신 귀찮게 하지 말래. 그런 개지랄은 이기적인 거지. 완전 미친 거지. 우릴 엿 먹이는 거지. 일부러 알 박는 거잖아. 쳇! 다 뒈져가면서도 그 꼬장한 성질 못 버리더라. 그 인간 잘 뒈졌어. 자, 그래서 형사 나리. 그래서 우리가 뭘 잘못했는지?"

가정부는 분에 못 이겨 입술을 씰룩거렸다.

협공에 동 영감이 되레 궁지에 몰렸다. 말문을 닫고 머뭇거렸다.

"청장님. 지금 이러시는 거 아랫사람한테 예의 없는 겁니다."

백곰 얼굴이 불쾌해지면서 불곰처럼 변했다.

다들 유치한 말꼬리 잡기 싸움이다. 나 또한 후회막급이다. 괜히 설익은 추론을 동 영감에게 떠벌렸다가 황당한 상황을 만드는 빌미를 제공했다. 정보 보고의 의미였는데, 급하게 판을 벌리고 임기응변 용도로 써먹을지 몰랐다. 동 영감 앞에서는 자나 깨나 말조심. 새삼 깨달았다.

서둘러 자리를 뜨고 싶은 마음뿐인데 혼자 내뺄 수도 없었다. 말다툼에 말려들기는 더 싫어서 발코니 쪽으로 돌아섰다. 하필이 그토록 사랑했다는, 가정부와 백곰도 그토록 탐내는 북한산 능선 풍경이 지금은 어둠에 다 묻혔다. 멀리서 개 짖는 소리만 들려왔다. 여전히 풀리지 않는 의문. 하필은 왜 발코니로 나왔을까. 의미 없는 행동은 없다. 일본 에도시대 유명한 무사가 벚꽃 꽃잎이 눈처럼 흩날리는 나무 아래를 찾아서 할복했다는 얘기가 불현듯 떠올랐다. 그조차 생을 마감하는 장소로써 의미를 가진다. 이 발코니는 하필에게 어떤 의미였을까.

앞마당을 내려다보았다. 진짜 투신하려고 했을까. 동 영감이 소복 귀신에 화들짝 놀라서 내던진 손전등이 잔디 위에 뒹굴었다. 거기서 뿜는 가는 빛줄기를 따라가보았다. 진실의 문으로 인도하는 빛줄기면 얼마나 좋을까.

동 영감 허세는 끝까지 죽지 않았다.

"다들 딱 기다리라고. 증거 챙겨 올 테니. 젊은 경찰 시절 내 별명이 뭔지 아나? 검은 물개야. 한 번 물면 절대 놓지 않는 개라고."

찜찜한 기분으로 서촌 냉면집 골방에 퍼져 앉았다. 지난밤에 그런 개망신을 당했는데도 동 영감은 점심부터 식욕이 왕성했다. 힘든 때일수록 더 잘 먹어야 한다면서 돼지 편육과 만두에 소주까지 주문했다. 사실 나는 열량 충전을 위해서 통인 우체국 뒤편에 있는 파스타집에 가고 싶었으나 메뉴 선택권은 없었다. 동 영감은 일을 핑계 삼아 그냥 낮술을 하고 싶었던 모양이다.

잔을 부딪쳤다. 동 영감은 꼬들꼬들 삶은 고기를 달달한 양념장에 찍어서 한참 맛을 음미하고 나서야 입을 열었다.

"애매하게 됐어. 괜히 들쑤신 꼴이야. 그냥 자살로 퉁칠 것을. 남 부장이 진짜 상부에 보고하려나? 내 친애하는 청장이 그 소식을 들을 테고 미수반은 첫 업무부터 신뢰가 바닥을 찍겠지. 큰일 하는 후배 도우려다가 폐만 끼치는 꼴이 됐어. 이를 어찌할까. 뒤끝이 왜 이리 탁할까."

안절부절 동 영감이 원망하듯이 나를 봤다. 두 가지 불치병이 동시에 도졌다. 남 탓과 결정 장애. 해결 방법은 하나뿐이다. 내가 유도하는 수밖에. 슬프게도 그건 연대책임을 져야 한다는 의미다.

"이왕 일이 이렇게 됐으니 조금 더 들여다보시죠? 자살과 별개로 배경 수사를 더 해보자는 겁니다. 그 작업도 나름 의미 있죠. 남 부장이랑 가정부의 악의를 밝혀냈잖습니까. 그 자체가 범죄는 아니지만 파면 팔수록 뭔가 계속 나오는 게 꺼림칙합니다."

"그렇지. 남 부장 참 괘씸하지. 사람 그렇게 안 봤는데 경찰의 수치야. 박카스 얻어 마실 때부터 느낌적으로 찜찜하더라니. 퉤퉤. 정리를 하자면 결국 자살은 맞지만 범행 의도가 있는 사람들을 추가로 밝혀냈다는 거지? 하필 선생이 그렇게 스스로 가지 않았다면 진짜 험한 일 당했을 거라고 생각하니 끔찍하다네. 그나저나 악의는 증명할 수 없으니 보고서에 쓰기 뭣한데…. 구두 보고라도 해야 하려나. 어쩌면 이런 걸 최태평 청장이 원했나 싶기도 해. 역시, 낮술에 편육은 진리로군. 회색 뇌세포를 마구 춤추게 하는구먼. 머리를 맞대니 얘기가 술술 뿜어져 나오네. 으하하."

"반장님. 아직 갈 길이 멉니다. 근원적인 문제. 즉 낯선 사람들의 실체와 하필 씨가 발코니에 나간 이유. 그 둘은 아직 미궁입니다. 그걸 명쾌하게 정리해야 한 치 티끌도 없다고 보입니다만."

"아아. 내 마음은 그냥 여기서 매조지고 싶네만."

"죽은 하필 씨를 위해서라도 그러시면 곤란합니다. 어젯밤 일을 겪고 나니 악의를 가진 인물이 주변에 더 있으리라 느껴집니다. 남 부장과 가정부는 집터를 노렸습니다. 까칠하게 굴던 빡빡이 매니저와 뺀질이 변호사도 뭔가 속셈이 있어 보이지 않습니까?"

"그들이 왜? 하필 선생 우호 세력이 아닌가?"

"살아 있을 때나 그렇죠. 소속사 입장에서 하필 씨가 저렇게 가버리면 남는 게 없습니다. 음원 수입도 없겠다, 공연 수입도 없겠다. 꽤 투자를 했을 텐데 본전도 못 뽑으니 허망하죠. 반장님 말씀처럼 예능에 나가지도 않았었고요. 어제 매니저 눈빛 장난 아니었죠. 막판에 성질 폭발하는 거 보셨잖아요."

"에헴. 예능 얘기는 내가 다 의도를 가지고 던진 질문이라네. 역시 제대로 흔들어버렸군."

"네네, 어련하시려고요. 만약 변호사한테서 유언 내용을 미리 들은 매니저가 하필 씨를 겁박했다면. 어차피 사회에 환원할 유산인데 평생 뒷바라지해온 사람들에게 인간적 정리로 어느 정도 떼 줄 수 있지 않느냐, 뭐 이런 식으로. 하필 씨는 그걸 거절했고 매니저가 악감정을 가졌고."

"변호사는 자기 입으로 신용을 지키는 사람이라고 했잖은가?"

"반장님은 아직도 이 땅의 변호사를 믿고 그러십니까. 해를 달이라고 우기는 족속 아닙니까. 또 하필 씨뿐 아니라 소속사 법률 자문까지 해주고 있습니다. 그런 관계에서 신용이란 말은 무의미하죠. 그렇게 따지면 거기도 악의가 생기는 겁니다."

"갈수록 탁해지는군. 갑자기 생각났네만 우리가 저택을 나올 때 꽃 들고 찾아왔던 중년 남녀 기억하는가? 거기도 두 사람이라 신경이 쓰이는군."

"반장님, 그 사람들 어디서 본 적 없습니까? 기억을 더듬어 보시죠?"

"전혀. 결코. 나의 관찰력을 무시하는가?"

"팬클럽 해피하필을 운영하는 부부라더군요. 매니저가 아는 듯하여 물어봤습니다. 공연장에 그림자처럼 나타나고, 저택 앞에서 배회하다 하필 씨가 외출할 때 스토커처럼 따라붙어 동영상을 찍어 올리기도 한답니다. 콘서트 티켓과 기념품 공동 구매에도 관여하고. 마찬가지로 하필이 죽어버리면 47만 명의 회원을 거느린 팬클럽 운영도 타격을 입겠죠. 운영자 입장에선 예민해질 수밖에요."

"저런 호노자식을 봤나. 순수한 팬심으로 응원한 게 아니라 사업이었군. 팬클럽도 돈 따라서 세력화된다더니. 추악해. 나 바로 탈퇴할걸세."

"검은 물개 님. 꼭 나쁜 쪽으로만 볼 필요 없습니다. 이미 그런 시대가 된 걸요. 아이돌 쪽 팬덤은 이권 다툼이 더 심해요. 소속사와 마찰도 잦고. 아슬아슬한 공생 관계인 거죠."

"오호통재라. 사방에 그런 인간들밖에 없었다니. 하필 선생은 분명 외로웠을 거야. 그런 환경이 병세를 더 악화시켰을 거고."

"자초한 부분이 있습니다. 방송에서 괜한 언행으로 주변을 다 예민하게 만들어버렸으니."

"자네는 하필 선생이 영 그런가 봐. 왜 자꾸 까칠해."

"사실관계를 말씀드리는 겁니다. 아무튼 슬픈 일입니다. 사람은 가도 비즈니스는 남고."

"그렇군. 가수는 가도 노래는 남고."

동 영감이 혀를 차며 못내 씁쓸해했다. 술잔을 단숨에 비웠다. 소주를 한 병 더 시키려는 걸 겨우 달래서 일어설 수 있었다.

계산대 앞에 늘어져 앉은 냉면집 사장 얼굴에 수심이 깊었다. 모른 척하면 될 일을 동 영감은 그냥 넘어가지 않았다.

"백 사장, 얼굴이 왜 그런가? 걱정이 한가득일세. 늘그막에 결혼 조르는 동네 애인이라도 생긴 거야. 우하하. 요리 유학 다녀온 아들놈이 강남에 고급 레스토랑 냈다더니 잘되는가? 보람차겠어."

선한 인상을 가진 주인은 그저 멍하니 웃기만 했다.

동 영감이 계산을 치르는 동안 켜놓은 TV에 잠시 눈길을 가져갔다. 연예 정보 프로에서 하필과 관련된 소식이 흘러나왔다. 마지막으로 출연했던 영상이 또 자료 화면으로 사용됐다. 별 생각 없이 출연자들이 춤추는 장면을 바라보는데 나도 모르게 입이 떡 벌어졌다. 세상에. 순간적으로 숨을 뱉을 수가 없었다.

사무실로 돌아오자마자 다운받아놓은 영상을 다시 열었다. 이런저런 논란을 불렀던 하필의 발언들. 잘못 짚었다. 그게 중요한 게 아니었다. 한 출연자가 격렬하게 춤추는 장면에서 일시정지. 가슴 부분을 확대해 봤다. 그 멈춘 화면 위에 동 영감이 냉면집에서 실없이 흘린 한마디가 자막처럼 입혀졌다.

'가수는 가도 노래는 남고.'

강한 압박이 심장을 쪼였다. 머릿속 산소가 일시적으로 결핍된 기분이었다. 마침내 연결 고리가 이어졌다. 손목시계를 봤다. 서두르면 밤새 다녀올 수 있는 거리. 한잔 낮술에 기분이 좋은지, 동 영감은 이쑤시개를 문 채 단잠에 빠져들었다. 발그레 술기운이 오른 얼굴이 동자승처럼 해맑아 보였다. 출장 보고는 하지 않기로 했다.

"여러분들, 혹시 부부 싸움 빨랑 끝내고 싶어 하는 남편의 비장한 한마디가 뭔지 아능교? 이쁘면 다야! 이쁘면 다냐고! 바로 요겁니데이. 웃기지예. 알아놓으마 마누라 달랠 때 참으로 유용합니데이."

빨간 조끼에 검은 보타이를 맨 사회자가 한물간 농담으로 분위기를 띄웠다. 무대는 좁고 조명은 탁했다. 꿉꿉한 공기가 꽉 들어차고 퀴퀴한 냄새가 올라오는 지하 라이브 카페. 어둑한 내부는 옛 누아르 영화에서나 볼 법한 풍경 같았다. 목이 긴 맥주병이 쌓여 있고 질척한 농담에 끽끽끽 억지웃음을 내뱉는 중년들. 달콤 음란한 판타지와 냉혹하고 비루한 현실이 공존하는 공간이기도 했다.

의외로 손님이 많았다. 주말을 앞둔 밤이라서 더 북적댈 수 있겠지만 즐길 거리가 마땅찮은 지방에선 여전히 유효한 어른들 놀이터인 모양이다.

급히 내려온 출장이었다. 대구 변두리 재래시장 상가에서 하필 3호를 찾는 일은 어렵지 않았다. 얼굴이 함께 인쇄된 큼직한 현수막이 건물 외벽에 붙어 있었다.

〈복면전설〉이 낳은 대구의 스타, 하필 3호 전속 출연

조명이 깔리는가 싶더니 귀에 익숙한 전주가 흘렀다. 드디어 은색 반짝이 재킷을 입은 하필 3호가 모습을 드러냈다. 작년 방송에서 본 모습 그대로였다. 하필과 최종 대결을 펼쳤으나 한 끗 차이로 패한 남자. 머리 스타일과 얼굴 분장을 하필 비스름하게 하고 키 차이는 구두 굽으로 조절하니 대충 외모가 닮았다.

〈고독한 섬〉을 부른다. 목청 좋고 안무 좋고 엉덩이를 씰룩씰룩. 클라이맥스에서 손바닥을 들어 탈탈 터는 안무까지 판박이였다. 순식간에 무대를 휘어잡았다. 앞자리 몇몇이 자리에서 일어나 수줍게 어깨를 흔들어댔다. 히트곡이 이어지자 연이어 박수가 터져 나왔다.

두 차례의 짧은 공연이 끝난 후에야 3호를 만날 수 있었다. 대기실 옆 비상 통로에 놓인 플라스틱 테이블에 마주 앉았다. 시간이 밤 11시를 막 넘어섰다. 경찰 신분증 내보이는 일은 여전히 익숙하지 않았으나, 상대를 압박할 수 있는 강력한 무기였다.

3호 얼굴 분장은 땀에 거의 다 지워졌다. 가면이 벗겨진 실체는 그냥 평범했다. 너무 흔한 인상이라 길에서 봤으면 기억에 남지도 않았을 얼굴. 그가 미지근한 캔 맥주를 두 개 가져와 하나를 내 가슴 쪽으로 내밀었다. 바로 옆에 종이 박스가 쌓여 있는데도 거리낌 없이 담배를 빼 물었다. 내게도 담뱃갑째 권했으나 나는 고개를 저었다.

궁금한 점이 많아서 말이 조금 빨라졌다.

"인기가 엄청나군요? 이거 몰라 봬서⋯."

"방송의 힘이라 캐야 되나. 〈복면전설〉 나오고 나서부터 일이 술술 풀리더라꼬. 전에는 업주들한테 출연 좀 시키달라꼬 사정사정하고 댕겼는데 이젠 먼저 연락이 오이. 크흐."

"이름 뒤에 붙은 3은 뭡니까?"

"별거는 아이고, 보통은 톱스타 이름 한 글자씩만 슬쩍슬쩍 바꿔서 예명으로 사용하잖은교. 근데 그기 엄청 촌시럽더라 꼬. 우리는 뭔가 달라야지 싶어서 숫자를 붙이기로 한 거야. 하 필 모창으로 먹고사는 맨 위에 형님부터 막내 놈까지 내려가 면서. 서로 흉보지 말고 잘 뭉쳐보자는 의미랄까. 실력자만 멤 버가 될 수 있다는 보증이기도 하고."

"모창 가수 모임이 따로 있더군요. 하필 씨 팬카페에서 보기 는 했지만."

"필사모라고, 지금 전국에서 16번까지 뛰고 있지. 안부도 묻 고 정보도 교환하고 글치 뭐. 무대 의상도 공동 구매하면 싸잖 은교. 군기 잡고 그런 거 없으이 오해는 마소. 요즘 시대에 그 런 건 말이 안 되는 기고."

3호는 사투리가 심했다. 어떤 말은 바로 못 알아들을 정도였 다. 희한한 건 하필 흉내를 낼 때만은 발음이 정확했다. 생존을 위한 힘인 걸까.

"제가 그때 〈복면전설〉을 직접 시청했습니다. 마지막에 이 길 수 있었는데."

내가 슬쩍 띄워주자 3호 입가에 미소가 번졌다.

"뭐. 그거 이기가꼬 뭐할라꼬. 근데 그날 하필이 형님이 이 상킨 하더라. 날 뭉개려고 필사적으로 용을 쓰는 기라. 질투를 하나 싶더라꼬. 그런 걸로 쪼잔한 사람이 아닌데. 돌이켜 보이 죽을 날 다 돼서 그랬나 싶기도 하고."

"다들 하필 씨 좋아하죠? 그러니 모창도 열심히 하는 거고. 닮고 싶기도 할 거고."

"그런 말은 마소. 다 그렇지도 않고. 먹고살라꼬 하다 보이 그리 된 거지. 나도 마흔 넘으이 딴 재주가 없더라꼬."

고민 없는 즉흥적인 대답. 평소 생각도 그렇다는 방증이다. 약간 씁쓸하긴 했으나 어쩌면 내가 듣고 싶었던 대답이기도 하다.

탐색전은 여기까지. 단도직입으로 치고 들어갔다.

"하필 씨가 죽을 때 사용한 흉기가 뭔지 아시죠?"

"단검 펜던트라메? 자기 목에 걸고 있던 거."

"정확히 알고 계시네요. 그나저나 3호 님도 펜던트 착용하던데 오늘은 안 보입니다?"

내 기습에 3호 눈이 휘둥그레졌다. 입을 절반쯤 벌리고 혼란스럽다는 표정을 지었다.

"아아…. 나는 그런 거 안 키우는데?"

"이를 어쩌나. 방송 영상에서 이미 확인해버린걸요. 격렬하게 춤출 때 셔츠 밖으로 튀어나온 걸 봤습니다. 하필 씨 것과 똑같이 생겼던데?"

"갑자기 와 이카는데? 내한테…."

"다른 사람 놔두고 왜 나를 의심하느냐, 지금 그걸 묻는 거지요? 제가 여기 내려오는 기차 안에서 꽤 많은 일을 했습니다. 〈복면전설〉 PD한테 당시 출연자 명단 받아서, 그분들이 일하는 업소 사장님들께 사고 당일 밤 출연 유무를 확인했습니다. 여기 클럽은 그날 쉬었지요? 문래동 공방에서 단검 펜던트를 구입해 간 명단도 살펴봤습니다. 딱 한 사람이 겹치더군요."

3호가 눈을 깔고 입을 닫았다. 상황이 간단치 않다고 느낀 모양이다.

"3호 님. 하필 씨가 죽던 날 밤 자택에 찾아갔지요? 여기 들어올 때 봤는데 문짝에 업소 이름 큼직하게 써놓은 승합차. 그 차를 보고 누가 제보를 한 모양입니다. 신문 기사 보셨는지 모르겠지만. 자택에야 보안 카메라가 없지만 인근 도로까지 범위 넓혀서 시간대 확인하면 차량 추적하는 거 어렵지 않습니다."

밑져봐야 본전이다 싶어 넘겨짚었는데 제대로 먹혔다. 3호가 손바닥으로 이마를 짚었다. 말려들었구나. 뒤늦게 실수를 깨달았다는 낭패감. 바로 반박을 하는데 논리는 있었다.

"보소. 우리가 만약 나쁜 마음이 있었으마 눈에 띄는 차를 몰고 갔겠는교. 안 그래?"

틀린 말은 아니지만 또 다른 실수를 불렀다. 당황할수록 말을 아껴야 하거늘.

"우리라 함은?"

3호가 다시 이마를 탁 짚었다. 연달아 급소를 찔리자 표정이 석상처럼 굳어버렸다. 그제야 방어적으로 나온다.

"진짜 와 이카는데? 자살로 결론 났다메? 다 끝난 걸 가꼬."

이런 상황에서 유능한 형사는 어떤 식으로 풀어갈까. 더 몰아세울까, 살살 달랠까. 원하는 대답을 자기 입으로 먼저 내뱉는 건 최악의 방식인 줄 알면서 나도 모르게 그래버렸다.

"하필 씨가 그때 방송 마지막에 이런 말을 했지요. 이 땅에 남긴 흔적들을 수거해 가겠노라. 이 말을 혹시 사후에 자기 노래를 못 부르게 하겠다는 의미로 받아들인 거 아닙니까?"

"자기가 뭔 권리로?"

"네, 맞습니다. 저작권이야 법리 다툼이 있을 테고, 대중화된 작품은 더 이상 자신의 작품이 아니라는 말도 있지요. 하지만 방송에서 그런 말은 이미 거부할 수 없는 우상의 명령인 겁니다. 필사모 멤버들은 진의를 놓고 예민해졌을 것이고. 만약 그런 내용이 진짜 유언장에 들어간다면? 하필 씨 투병 소식은 팬카페에 꾸준히 올라왔습니다. 시한부 삶인 걸 생각하면 발등의 불이죠. 게다가 3호 님은 고생 끝에 이제 겨우 형편이 폈지 않습니까? 그래서 따지러 간 거죠? 그렇죠?"

3호의 모든 동작이 멈췄다. 낯빛이 서서히 달아올랐다. 바로 대답하지 않았다. 시간을 벌려는 속셈인지 새 담배를 물고 천천히 라이터 불을 붙이는데 손가락이 떨렸다. 희뿌연 연기가 천장에 달린 백열등 조명을 타고 물결처럼 흘러갔다.

"같은 질문 다시 하겠습니다. 하필 씨가 죽던 날 밤 그 집에 갔지요?"

3호가 길게 한숨을 내쉬더니 마침내 고개를 끄덕. 덧붙이는 말은 더듬기까지 했다.

"마, 그날 마침 클럽 쉬는 날이라…. 내가 여서 출발해가꼬 수원에서 막내 동생 하나 싣고서 따지러…. 아니 무, 문병을 안 갔능교. 만나긴 했지만 그게 다야."

"미리 연락도 없이 간 겁니까?"

"형님 휴대폰 안 키우잖아. 집 전화로 가정부한테 알렸는데 회신이 없더라꼬. 그카이 더 열이 확 받데. 우리를 무시하나 싶은 기. 무작정 쳐들어갔지. 맨날 집구석에 있다니 못 만날 일은 없겠다 싶어서."

"그 사실을 왜 경찰에 알리지 않았습니까?"

"형사님 같으마 신고하겠는교? 자살이라는데 뭣 하러."

"그럼 제게 보여주십시오. 3호님 펜던트 어디에 있습니까?"

다시 3호 표정이 단단하게 굳었다. 손가락 사이에서 담배 연기만 모락모락 피어올랐다. 잠시 계산에 빠진 듯하더니 맥 빠지는 대답을 내놨다.

"분실했어. 오래전에. 어디서 잃어버렸는지는 모르겠고."

얘기가 이런 식으로 풀려서는 안 된다. 미지근한 캔 맥주 마개를 거칠게 땄다. 한 모금 꿀꺽 삼키면서 참았던 승부수를 던졌다.

"목에 거는 물건은 웬만해서 분실하지 않지요. 일부러 벗지 않는 이상. 예를 들면 범행에 사용하기 위해서라던가."

3호 인상이 와락 일그러졌다.

"결국 그 말이 하고 싶어서 여까지 온 거가? 근데 우짜노? 그건 경찰이 찾아서 증명해야지. 안 글라? 내한테 물어보마 그렇다 카겠나. 안 그래?"

드디어 호전적 태도로 돌변했다. 나 또한 기분이 확 상했다. 죽은 자에 대한 애도까지는 아니더라도 예의 정도는 지켜야지.

"그 태도 실망스럽습니다. 그래도 지금의 당신을 있게 한 사람인데."

"실망? 우헤헤. 내 비록 그 이름에 빌붙어 살지만 그렇다고 쫀심 굽히고 살기는 싫다꼬."

"그럼 당신 음악을 하지 않고? 남 흉내나 내지 말고."

살짝 자극을 한다는 게 그만 과했다. 내 입에서 날아간 말이 화살처럼 상대 가슴에 박혀버렸다. 깨달았을 땐 늦었다. 3호 눈이 흉포하게 커졌다.

"방금 흉내라 캤나? 이 인간이 형사라꼬 오냐오냐하이. 이 게 꼬맹이들이 학예회에서 걸 그룹 흉내 내는 긴 줄 아나? 노래와 춤 10년 갈고닦아도 안 되는 놈 천지삐까리야. 알겠나? 내 정도 될라 카마 끕이 달라. 지금 이 시간에도 조용필, 나훈아, 싸이가 될라꼬 온갖 시다바리 해가며 노력하는 애들이 얼마나 많은지 아나? 여도 전쟁인 기라. 니기미. 뭣도 모르면서 주둥이 함부로 까지 말그래이."

내가 대꾸할 새도 없이 3호가 벌떡 일어섰다. 의자 다리가 콘크리트 바닥에 끌리면서 불쾌한 마찰음을 냈다. 나를 향해 눈알을 부라리며 치켜드는 턱 관절이 꿈틀거렸다. 조금만 더 자극하면 바로 주먹이 날아들 기세.

"형사 나리. 그거 마저 마시고 퍼뜩 서울 올라가소. 고속터미널 가면 심야 막차 있을 끼요."

"역시 뭔가 찔리는 게 있으시군. 흠흠."

"이 새끼가 정말 보자 보자 하이. 니 디질라고 환장했나."

한순간 3호의 왼손이 쓱 다가오더니 내 멱살을 움켜잡았다.

주먹 쥔 오른손은 금방이라도 내 얼굴을 향해 날아올 듯 부들 거렸다. 그때, 누군가가 우리 둘 사이에 몸을 들이밀며 말렸다. 사회를 보던 빨간 조끼였다.

"희달이 형, 또 와 이카는데. 여기 경찰이라메. 이카다가 우리 다 골로 갈 일 있나. 와 뻑하면 멱살질이오. 성질 좀 죽이고 사소. 제발요. 제발."

3호는 그제야 풀이 죽었다. 바로 어깨에 힘을 빼고 두 팔을 늘어뜨렸다. 빨간 조끼가 몸을 낮춰 살살댔다.

"형사님요. 용서해주이소. 이 행님이 원래 좀 그래요. 대신 지가 사과드릴게예."

희한하게 나는 공격을 받고도 화가 나지 않았다. 평소보다 더 침착했다. 어떤 기분 좋은 기운이 온몸에 퍼졌다. 감에 의존 하는 수사가 얼마나 비과학적인지 잘 알지만 이번에는 그러고 싶었다. 3호 얼굴을 노려보면서 구겨진 셔츠와 재킷 칼라를 천천히 폈다.

"오늘 얘기 잘 들었습니다. 증거를 앞에 놔두고 뵐 날이 있 겠지요. 공무집행방해 그딴 시시한 걸로 말고."

3호는 대꾸도 않고 분장실도 들어가버렸다. 자신의 행동을 후회하는 기색은 역력했다. 감정 조절이 안 되는 사람들의 전형이다.

비상 통로 문을 열자 다시 시끌벅적한 노랫소리가 달려들었 다. 어둑한 홀 내부는 여전히 불온하고 음란한 기운으로 끈적 거렸다. 휘적휘적 지하 계단을 올라왔다. 나도 모르게 노래 한 소절을 흥얼거렸다. 국민 히트곡 〈고독한 섬〉. 그새 입가에서 멜로디가 반복해 맴돈다. 지금 분위기에 딱 어울렸다. 어느 밤, 어느 곳에서나 부를 수 있다는 노래.

'외롭다고 말하지 마라. 고독은 즐기는 것. 비와 바람 친구 삼아 오늘을 살아야지….'

사위는 분무기로 뿌린 듯한 밤안개에 둘러싸였다. 시장통 한쪽에서 야채 썩는 냄새가 진동했다. 하필이 자신의 펜던트로 스스로 목을 뺐다는 불변의 진실에 균열이 생기려고 한다.

제보를 기사화한 신문사 선배에게 실망감과 고마움을 동시에 느꼈다. 확실치 않은 제보로 소란을 만들었고, 그 덕에 파묻혔던 진실이 드러났다. 노래 가사처럼 '알고도 속고 모르고도 속는 세상' 아니던가.

멱살 잡힌 목덜미가 뒤늦게 쓰라렸다. 동 영감한테서 부재중 전화가 세 통이나 와 있었다.

예전 TV에서 즐겨 봤던 〈체험 삶의 현장〉이 기억났다. 각계 명사들이 노동 현장에서 일일 봉사하고 받은 돈을 복지시설에 기부하는 프로그램. 당시 민물 양식장이 한 번 나왔었는데 출연자가 힘에 부쳐 그만 탈진해버렸다. 물속에서의 노동은 물 밖보다 몇 배나 고되다.

지금 내가 딱 그런 처지다. 오전에 일꾼 써서 양수기로 해도 될 일을 동 영감은 못 기다렸다. 하물며 부하를 동이 안 튼 새벽부터 차디찬 물속에 몰아넣었다. 양식장이 아니라 연못이었다. 물은 가슴팍까지 올라왔고 차디찬 냉기가 느껴졌다. 혼자서 이마에 등산용 헤드 랜턴을 두르고 양동이로 고인 물을 퍼내야 할 판이었다.

"어쩌겠나. 과학수사계에 방수복이 그것뿐인걸. 흠흠."

동 영감이 연못가에 뒷짐 진 채 서서 악덕 관리인처럼 내려다봤다. 대꾸해봤자 입만 아프다. 짜증은 일단 묻어두고 구멍 난 보트에 탄 생존자마냥 미친 듯이 팔을 움직였다. 수위가 조금씩 배꼽 아래로, 다시 허벅지까지 내려왔다. 예상대로 꽤 시간이 걸리는 중노동이었다.

"박희윤 경장. 무엇이 보이는가?"

동 영감이 물어도 대답하지 않았다.

"빡큐 경장, 무엇이 보이는지 묻지 않는가?"

재차 물어도 대답하지 않았다. 아니, 실은 듣고 싶지 않았다. 나는 지금 진실의 문 앞에 도착해 있다. 문을 여느냐 마느냐의 중대 기로. 집중해야 할 순간이다. 솔직히 긴장감 때문에 작업이 힘든지도 몰랐다.

지난밤 심야 고속버스를 타고 올라오는 도중, 휴게소에서 동 영감에게 전화를 넣었다가 지독한 잔소리를 들어야 했다.

"그러니까 그 짝퉁이들이 하필 선생 집에 떼 지어 방문했단 말이지. 정말 짝퉁이들스럽군."

"반장님, 표현이 좀…. 모창 가수나 커버 뮤지션 뭐 이렇게. 떼로 간 건 아니고 그냥 둘입니다."

"짝퉁이들이 아니면 뭔가! 자신이 섬기던 가수가 죽었는데 안면 몰수에 거짓말이나 하고. 자기네 주장대로 하필 선생을 해하지 않았다면 있는 그대로 경찰에 이실직고했어야지. 그런 시민 정신이 없으니 이렇게 꼬여버린 게 아닌가. 의리 없는 짝퉁이들."

"아시잖아요. 그런 일 겪으면 본능적으로 신고하기 힘든 거. 겁도 났을 테고 또 사인이 자살로 나왔으니 숨기고 싶었던 거죠. 그리고 섬겼다기보다 직업적인 이해관계가 맞습니다. 모두 하필 씨를 좋아했던 건 아니니까. 그 부분이 진짜 의외였지만."

"그래? 싫은 주군 밑에서 헤헤거리며 빌붙어 산 거네. 더 실망스러운데. 그리고 자네도 참 이해심 넓군. 나 힘들어할까 봐 혼자 멀리 출장을 가고. 전화를 세 통이나 걸었는데 답신도 없고. 목구멍으로 카바레 병맥주가 술술 넘어가던가?"

카바레가 아니라 클럽입니다. 병맥주가 아니라 캔 맥주고요. 말대꾸하려다가 참았다. 동 영감이 통화를 점점 삐딱한 쪽으로 몰고 갔다. 보고 없이 출장을 갔다고 크게 삐친 것이다. 내가 건진 성과가 너무 커서 드러내놓고 꾸짖지는 못했지만 뒤끝은 확실히 있는 분이라 바로 일로써 응징했다. 나는 동서울터미널에 내리자마자 부랴부랴 현장으로 불려 왔다. 동 영감의 까칠한 감시 아래, 3호의 거짓 주장을 뒤집기 위해 연못 안에서 필사의 양동이질 중이다.

멀리 떨어져 있어서 보이지 않던 남자. 그가 지금 유력한 용의 선상에 들어왔다. 지난밤 클럽에서 내 먹살을 강하게 잡았을 때 느꼈다. 통제되지 않는 살기. 하필을 만나서 언쟁이 있었고 그런 식으로 흥분해버렸다면? 붉은 조끼 사회자처럼 말려줄 사람도 없었다. 동행한 막내는 그때 차 안에 남아 있었다고 하지 않았던가.

드디어 물이 발목 높이까지 빠졌다. 고무장갑을 낀 손으로 연못 바닥을 훑었다. 헤집을수록 역겨운 물비린내가 풍겼고 비위가 약한 내 속은 메슥거렸다. 썩은 모래와 나뭇잎이 뒤섞여 나왔다. 들짐승 뼈라도 튀어나올까 봐 겁이 났다. 숨을 참아가며 인내를 가지고 작업했고, 마침내 검지 끝에 수초처럼 길쭉한 뭔가가 걸려 올라왔다. 표면 흔적이 지워지지 않도록 최대한 조심해서 다뤘다. 물속에 잠겼어도 크게 훼손되지 않았다면 지문을 뜰 수 있다. 유전자 채취도 가능하다.

굳은 허리를 뒤로 쭉 폈다. 척추를 타고 정수리까지 쩌릿한 쾌감이 솟구쳤으나 동 영감 앞에서는 티를 내지 않았다. 머릿속으로만 두 주먹을 쥐고 외쳤다. 예스! 한 유명한 범죄 전문가가 그랬다. 살인사건 수사는 교집합을 찾는 게임이라고. 이번 경우도 마찬가지다. 의문은 풀렸다. 어느새 날이 환히 밝았다. 저 멀리 북한산 정상이 보였다.

수목장이 열렸다. 고인이 행자 생활을 한 산사에 임시로 안치돼 있던 유골이 생전 바람대로 자작나무 아래 묻히게 됐다. 잎이 우거져 하늘도 잘 보이지 않는 어둑한 숲속이 이제 영혼의 안식처가 됐다. 고요하고 고독한 땅. 하필은 영면해서도 외부 시선이 차단된 이런 곳을 더 편안해할는지 모르겠다.

소식을 듣고 마을 사람들이 숲으로 모여들었다. 멀리서 팬들이 찾아왔다. 여전히 연예계 동료들은 보이지 않았다. 그래도 미디어 관계자까지 족히 200명은 넘어 보였다. 자택에 꽃을 들고 찾아왔던 중년 부부가 영상 촬영용 카메라를 든 채 주변을 집요하게 서성거렸다.

"나의 우상이 떠나는데 배웅을 안 할 수야 없지 않나."

동 영감도 중절모에 검은 양복을 차려입고 몸소 발걸음을 했다. 덕분에 미수반에 배정된 낡은 쏘나타가 처음으로 서울을 벗어나서 움직였다.

하필과 행자 시절을 함께 보냈다는 스님의 독경이 나직이 흘렀다. 나는 먼발치에서 눈은 살짝 내리깔고 귀는 열어놓았다. 마스크를 쓰고 작업복을 입은 장례업체 직원들이 절도 있게 손을 놀렸다. 추모목 아래 구덩이에 유골함을 안치한 후 흙으로 되메웠다.

"형사님요."

누군가가 불러서 돌아봤다가 깜짝 놀랐다. 3호였다. 장례식에 어울리지 않는 낡은 회색 추리닝 차림이다. 앞으로 모은 두 손목이 천으로 둘둘 결박돼 있다. 뒤쪽에 덩치 큰 사내가 둘 보였다. 사복을 입어서 경찰관인지 교도관인지 알 수 없었다. 넘버 2는 힘이 세다. 무리를 해서라도, 자신의 권한으로 배려할 수 있는 부분은 신경을 썼다. 가수왕 하필의 자살에 의구심을 품고 재조사를 지시했더니 살인사건으로 드러났다. 이런 반전 스토리는 길이길이 그의 공적으로 남을 것이다.

3호 표정이 한없이 초췌했다. 그새 흰머리가 한 움큼 늘었다. 무대 분장이 다 벗겨진 모습은 그냥 평범한 중년 아저씨에 불과했다.

"마, 이제 반짝이하고는 영영 굿바이지예. 정 이빠이 들었는데. 그 옷 입고 전국 행사장 안 가본 데 없고."

"그보다 더 잘 어울리는 의상이 있지 않겠습니까? 오랜 시간 죗값을 치러야겠지만."

"글쎄. 다시 무대에 선다…. 그게 가능키라 할란가."

3호는 두 눈을 감으면서 한숨지었다. 그러다가 문득 궁금한 게 생각난 모양이다.

"까놓고 뭐 하나 물어보께요. 형사님이 보기에도 다른 사람 흉내 내서 먹고 사는 기 별로던교?"

"별로라뇨. 즐거움을 주는 일이니 오히려 존중받아야죠. 대단한 재능이기도 하고. 유튜브만 봐도 커버 영상이 넘쳐나지 않습니까. 모창으로 시작해서 이젠 월드 스타가 된 캐나다 사람도 있고. 하필 씨가 주변에 냉랭했던 이유는 그냥 개인 성향 때문이라고 생각하면 됩니다. 스스로가 못 받아들인 겁니다. 자기 안의 감정 대립이라고나 할까. 솔직히 일반인들 눈에는 별난 사람이 맞잖습니까. 거리를 두고 떼놓으려 할수록 더 닮아가려고 집착하는 여러분들이 부담스러웠던 거죠."

"글케. 뭔 말인지는 알겠는데 그걸 이해할라 케도 참 안 된단 말이지. 서운키도 하고."

"오해입니다. 하필 씨가 냉랭한 사람이긴 해도 여러분을 싫어하지는 않았습니다."

"글쎄…. 지금에야 뭔 말인들 못 하겠는교."

"하필 씨는 웬만해선 손님을 자기 방으로 들이지 않습니다. 그날 커피도 직접 내렸죠? 드문 일입니다. 7년을 일한 가정부도, 30년을 일한 매니저도 그런 대접을 받아본 적이 없답니다."

3호가 어, 하면서 살짝 입을 벌렸다. 숲속에 한 줄기 바람이 휘돌다가 숲 밖으로 빠져나갔다.

"내가 고마 흐…, 흥분해가꼬. 귀찮아서 얼른 차 한 잔 멕여 보낼라 카는지 알았지. 희달 씨, 앞으로 다른 사람 노래 부르는 일은 그만하지. 하필이 형님의 싸한 그 한마디에 그만 욱해가꼬. 또 자꾸 희달이라고 부르잖아. 내 본명인데 순간 얼굴이 확 달아오르더라꼬. 왜 그랬는지 아직도…. 끝까지 들어봐야 했는데 나도 모르게 예민해져가꼬."

"저도 그 부분이 안타깝습니다. 차를 대접한다는 건 달리 말하면 천천히 이야기를 들어주겠다는 의미죠. 본명을 알고 부른다는 건 관심이 있다는 의미고."

"익숙지가 않았다고! 불편했다고! 나도 모르게 멱살을 움켜잡았는데, 하필이 형님이 내 얼굴을 빤히 보며 입술을 실실 쪼개데. 씨바, 조롱하는 거 같아서 더 엿 같았고! 내 목에 걸고 있던 날카로운 뭔가가 손에 꽉 잡혔어. 눈 떠보이 나는 그냥 멀리 도망치고 있었고. 내가 뭔 짓을 했는지 기억에도 없어. 진짜야. 펜던트 줄이 뜯기면서 거기 놔두고 온 것도 나중에야 알았어. 기억나는 건 그기 다야. 젠장. 그날 뭔가 지대로 꼬여버렸어."

"아시죠? 처음에 어떻게 자살로 결론 났는지? 당신을 살인자로 안 만들려고 하필 씨가 노력한 거."

3호가 고개를 두 번 끄덕였다. 결박한 손목을 들어 눈 주변을 훔쳤다.

죽기 직전, 하필의 행동은 놀랄 만했다. 목에 출혈이 심했지만 남아 있는 의식을 아껴서 흉기로 사용된 3호의 펜던트를 처분하려고 했다. 휑한 방 안에서 적당한 곳을 찾지 못했으리라. 생각난 곳이 발코니에서 내려다보이는 연못. 힘겹게, 힘겹게 그곳까지 가서 한 손으로 난간을 짚고 다른 손으로 펜던트를 연못에 던졌다. 그리고 자신의 펜던트를 벗어서 목 상처 부위에 한 번 더 깊이 그은 다음 피 묻은 손으로 꽉 쥐었다. 자신의 소행임을 강조하기 위해. 어차피 시한부 인생. 결단에 후회는 없었으리라.

나의 고된 노동은 결실을 봤다. 연못 바닥에서 3호가 착용하던 펜던트가 나왔다. 감식으로 지문을 찾을 수 있었다. 극미량의 DNA도 추출했다. 펜던트에는 영문 이니셜이 아닌 작은 한글이 새겨져 있었다. '희달'. 3호 본명이다.

하필은 개인주의자고 독설가였으나 죽는 순간에는 인간적인 배려를 잊지 않았다. 그 사실은 친필 서명이 들어간 유언장에도 드러났다. 사흘 전 멋쟁이 변호사를 통해서 공개됐는데 예상 그대로였다.

우선, 전 재산은 불우한 환경의 아이들을 위해 복지시설에 기부. 둘째, 자신이 만든 음악 콘텐츠의 판매 중지. 셋째는 살던 집을 음악 박물관으로 영구히 보존. 오래전 잡지 인터뷰에서 밝힌 내용과 같았다. 그때 농담처럼 던진 말은 다 진심이었다. 그리고 단서 조항이 하나 달려 있었다.

'필사모 회원들 창작 활동을 지원하기 위해 필요한 금액은 남겨둔다.'

멋쟁이 변호사는 친절하게 설명을 덧붙였다.

"유언장은 오래전에 작성됐습니다만 단서 조항은 하필 선생 자신이 살날이 많지 않다는 걸 알고 최근에 추가한 내용입니다. 지난 봄, 마지막으로 TV에 출연한 후에 심경 변화가 있었답니다."

사건 전모가 공개되자 대중들은 가수왕의 타살 사실에 놀랐고, 죄를 감춰주려고 흉기를 스스로 없앴다는 데에 더 놀랐다. 인터넷에 감동했다는 글이 넘쳐났다. 유언장 공개와 맞물려 모든 걸 다 주고 떠난 무욕의 예술인으로 칭송받았다.

넘버 2가 청사 기자실에서 어깨를 으쓱하며 직접 브리핑을 했는데 드문 경우였다. 우리는 그 뉴스를 서촌 냉면집에서 낮술을 먹으며 지켜봤다. 동 영감이 웬일로 공을 빼앗겼다고 삐치지 않았다. 미수반 존재감을 증명한 걸로 만족하는 눈치였다.

사건 종료. 내 마음속 의문은 아직 종료되지 않았지만. 전개가 꾸역꾸역 이어진 느낌이랄까, 결말이 인위적으로 연출된 느낌이랄까.

무엇보다 합리적으로 설명되지 않는 하나의 의문이 전체를 혼란스럽게 했다. 바로 자신의 집에 대한 집착증. 육신도 노래도 다 버리고 간다는 사람이 그것만은 버리지 못했다. 그 티끌 같은 미련이 모든 비극을 촉발했다.

그가 죽던 순간을 상상해봤다. 대체 무엇을 지키기 위해 그토록 적극적이었던가. 동 영감 말대로 뭔가 탁하다. 지금 당장은 알 수 없지만 세월이 흘러 언젠가 진짜 전모가 밝혀지겠지. 영원한 비밀은 없으니까. 그게 세상 이치니까.

곁에서 3호가 계속 흐느꼈다. 슬픈 일이다. 어느 누구도 탓할 수 없는. 내가 위로한답시고 한 말이 그만 훈계처럼 돼버렸다.

"우상은 존중까지만. 찬양은 병이지요. 제 보기에 하필 씨는 딱 그런 사람입니다. 자발적으로 고립을 즐기는 사람. 필사모 멤버들은 그런 정서를 좀 못 읽은 게 아닌가 싶습니다. 겉모습은 100퍼센트 닮아가려고 했지만 속마음은 많이 달랐던 거죠. 다른 사람 예술 세계에 갇힌 여러분 재능에 짠함을 느꼈을 수도 있고."

3호가 대충 고개를 끄덕였는데 내 말뜻을 온전히 이해한 것 같진 않았다.

주변이 웅성대기 시작했다. 이 엄숙한 자리에 몇몇이 반짝이 재킷을 입고 온 이유를 알았다. 어둑한 숲속 여기저기 환한 기운이 섞여 있다 싶더니만, 어느새 하필 1호부터 하필 6호까지 자작나무 아래에 일렬로 섰다. 수목장 마지막은 그들의 시간이다. 하필 분장을 하고 서는 마지막 무대이기도 하다.

〈고독한 섬〉이었다. 반주는 없었다. 하필 1호가 먼저 노래를 시작했다. 2호가 다음 소절에서 음을 합쳤다. 다음은 4호였다. 마치 아카펠라 그룹처럼 클라이맥스에서 모두의 목소리가 하나로 모였다. 노래가 빨라지며 일제히 소리쳤다. 어느 순간 엉덩이를 좌우로 슬렁슬렁, 입매는 히죽히죽. 한 박자 쉬었다가 다들 동시에 팔을 높이 쳐들었다. 어떤 수목장에서도 볼 수 없는 흥이었다. 그 풍경에 누구는 미소를 머금었고 누구는 더 눈시울을 붉혔다. 애잔하고 신명 나는 숲속의 마법이었다.

두 어깨를 축 늘어트린 동 영감 목소리가 깊은 슬픔에 젖었다.

"박희윤 경장, 지금 저 친구들 울고 있는 거라네. 너무 슬퍼서 울면서 노래하는 거라고."

"네?"

"다들 팔을 쳐들고 주먹을 꽉 쥔 채 춤추고 있잖은가. 원래는 손바닥을 펴서 팔랑팔랑 흔들어줘야 하거든. 슬픔에 겨워지금 그게 안 되는 거라네. 고개를 들고 있지? 선글라스 아래로 눈물이 쏟아지려는 걸 참고 있을 거야. 슬픔을 견디는 중이라고. 나는 다 알 수 있지. 하필 선생의 열렬한, 아니 영원한 팬이니까."

그러고는 차마 공연을 지켜볼 수 없었던지 뒷짐을 지고 돌아섰다. 삶의 기쁨과 슬픔을 담은 노랫소리만 자작나무를 타고서 허공법계에 메아리쳤다.

기분 탓일까. 하필의 노래가 아닌 생애를 따라갈수록 그의 삶 전체가 위선적인 립싱크처럼 들렸다. 진짜 얼굴은 가리고 겉모습으로 대중을 현혹하는 피에로나 변검술사처럼. 어쩌면 하필은 자기 자신을 무서워했던 게 아닐까. 대범한 척 살았지만 사실 내면은 겁 많고 나약한 삶.

수목장이 끝났다. 사람들이 여러 갈래로 흩어져 하산을 시작했다. 나는 한동안 꼼짝 않고 서 있다가, 마침내 자작나무 아래에 아무도 없을 때 한 발 한 발 그쪽으로 다가갔다. 추모목에 걸어놓은 나무 명찰을 살포시 만져보았다.

가수왕 하필, 이곳에 잠들다.

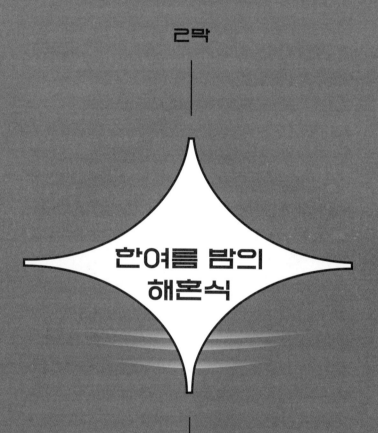

2막

한여름 밤의
해혼식

경복궁 서쪽에 있는 마을이라고 서촌이다. 세종대왕이 태어나서 자랐고 화가 정선이 걸작을 그린 곳. 시인 이상과 윤동주의 흔적이 남아 있기도 하다.

10년 전만 해도 다들 사대부들이 모여 살았던 북촌 한옥마을로 나들이를 다녔으니 서촌이 관광지로 뜬 지는 얼마 되지 않았다. 골목마다 예쁜 가게들이 들어서면서 사람들 발길이 잦아졌다. 창작자들이 많이 살아서 예로부터 예술혼이 넘쳐흐르는 동네라는데, 지금은 기름진 고기 냄새가 넘쳐흐르는 동네이기도 하다.

그런 서촌이 한눈에 내려다보이는 서울경찰청 옥탑 사무실. 문 앞에 '미수반' 팻말이 붙어 있다. 멤버라고 해봐야 나까지 합쳐서 셋. 눈치코치와 위치 선정의 달인 동자기 반장님이 책임자시다. 경찰 직제가 모두 팀제로 바뀌었는데도 굳이 팀장 대신 반장으로 불러주길 원했다. 〈수사반장〉의 최불암처럼. 그 단어에는 그리움이 있다면서. 그래야 모양새가 살고 책임감이 생겨 일에 능률이 생긴다나 뭐라나.

40대 중년 주혜순 경위는 일명 '주바리'로 통했다. 바리스타처럼 커피를 잘 내린다고 주바리인지, 홍콩 액션 스타 주윤발처럼 총질을 잘한다고 주바리인지는 모르겠지만. 아무튼 노땅 형사들은 다들 그렇게 불렀다. 오래전 범행 현장에서 같이 경찰 일을 하던 남편을 잃었다고 들었다. 그 때문인지 인상이 좀 어둡고 말수가 적었다. 업무에 큰 뜻 없이 맛집 블로그나 관리하면서 소일했는데 몸에서 내뿜는 기운만은 간단치 않았다.

나는 처음에 적응하기 힘들었다. 기자질했던 내 까칠한 성격까지 더해지니 그야말로 분위기 산만한 각자도생의 팀. 어떻게 이런 조합으로 꾸려졌는지. 우연찮게 강력 사건을 몇 건 해결한 공으로 경찰에 특채로 들어오긴 했지만, 내게는 조직에 충직성이 생기지 않았다. 범죄를 다루는 현장. 마음가짐이 달라야 한다는 걸 알면서도 막상 겪으니 혼란스러웠다. 시간이 필요한 부분이다.

아무튼 서촌이 가장 잘 내려다보이는 서울경찰청 옥탑에는 이렇게 셋이 산다. 아, 살찐 반려견 덕분이까지 모두 넷이다.

행사장 벽에 걸린 빔 프로젝터 스크린에 옛날 결혼식 영상이 흘렀다. 촬영한 지 수십 년은 된 듯 색이 바랬고 이따금 화면 떨림 현상도 보였다. 얼굴 가득 행복한 미소를 머금은 젊은 신랑 신부가 맞절을 하자 하객들의 박수가 터져 나왔다. 순박하게 생긴 사회자 얼굴도 스쳐 갔는데 어디서 본 듯 낯이 익었다. 땅딸하고 머리숱이 풍성한 하마상의 남자. 더 놀라운 사실은 영상 속 결혼식이 치러지는 장소가 지금 내가 와 있는 시골 대저택이었다.

검은 예복을 차려입은 노부부가 테이블에 나란히 앉아서 옛 영상을 응시했다. 얼굴선이 굵고 건장한 체구의 남편은 턱을 손에 괸 채 회한에 잠긴 표정을 지었고, 긴 생머리에 얼굴을 하얗게 화장한 부인은 감정이 북받치는지 손수건으로 눈 부위를 훔쳤다. 두 사람 모두 얼굴 주름에 세월의 흔적이 선명했지만 나는 알아볼 수 있었다. 바로 결혼식 영상 속 주인공들. 즉, 그때 신랑 신부가 33년 만에 다시 결혼식장을 찾은 것이다. 리마인드 웨딩이라도 치르나 싶었는데, 그들 등 뒤에 오늘 행사를 알리는 현수막이 떡하니 붙어 있었다.

탁해서·사채원 해혼식

해혼식? 무슨 뜻인지 금방 감이 안 왔다. 양복을 차려입고 곁에 서 있는 동 영감에게 물었다.

"반장님. 대체 무슨 행사랍니까?"

"자네 한자 못 읽나? 쯧쯧. 결자해지의 해. 즉, 혼인을 풀다. 이혼의 고급스러운 표현이랄까. 그니까 이제 저 두 사람 헤어져서 살겠다는 거지."

"아니, 그런 걸 굳이 사람 불러 모아서 널리 알려야 합니까? 저 같으면 민망할 것 같은데."

"사실 나도 소식 듣고 당황했네. 해혼식이 오래전 인도 풍습이라는 말도 있더군. 그래도 노령 인구 느는 시대에 나름 의미 있는 행사일 수 있잖은가. 깔끔하게 헤어지는 뒷모습이 얼마나 아름다운지를 지켜보세나."

맙소사. 그제야 나는 오늘 행사 전모를 깨달았다. 동 영감이 친구가 이혼하는 자리에 초대를 받았고 나는 수행 비서처럼 따라나선 것이다. 서울에서 기차와 택시를 갈아타고서 이 깊은 산골까지. 옛 결혼식 영상 속 사회자 정체도 깨달았다. 바로 머리숱이 풍성하던 시절의 동철수 영감님!

"어떤가, 박희윤 경장. 두 유명 인사의 해혼식에 초대받은 그 자체로 즐겁지 아니한가? 경험해보지 못한 낯선 문화를 목도하는 일이 신기하지 아니한가? 후반생에 결혼의 울타리에서 벗어나 새 길을 가고자 하는 자들을 축하해주고 싶지 아니한가?"

동 영감이 달뜬 표정으로 속삭였다.

"아니요. 전혀요. 그저 혼란스럽습니다."

나는 도리도리 고개를 흔들었다. 내 또래에서 비혼주의를 선언하고 기념으로 파티를 연다는 기사를 봤을 때와 비슷한 문화 충격이었다. 노부부 이혼이 정장 차림 하객들을 불러 모아서 치러야 할 행사인가. 보통 사람 사고방식으로 보면 과했다.

하지만 두 사람 다 남다른 인생을 사는 유명인이라 가능하겠다 싶었다. 남자는 170만 명의 구독자를 거느린 유튜브 채널 '살림옹' 주인공이고, 부인은 전위적 장르에 천착한 꽤 알려진 시인이다. 역시 창작자들 사고 구조는 뭔가 달랐다.

동 영감이 엉뚱한 설명을 보탰다.

"우리나라 사람들은 말일세, 어두웠던 과거나 사회의 치부를 감추기보다 더 들춰내서 콘텐츠로 승화시키는 재능을 가진 거 같아. 군부독재나 국가 부도, 빈부 격차를 다룬 영화도 쓱쓱 만들고 아카데미 상도 타고. 노부부의 이별도 그런 연장선에 있지 않을까 싶네만."

"반장님, 그거랑은 비유가 좀⋯."

"아무튼 33년 전 결혼식 그대로 오늘 재현될 걸세. 그때 내가 사회를 봤었지. 감회가 새롭다네. 결혼을 푸는 해혼. 그간 무탈하게 살아줘서 서로에게 고맙다는 인사. 재산 다툼으로 구역질 나는 다른 사람들에 비하면 꽤 깔끔한 이별이지."

내가 보기에는 다 말장난에 불과했다. 정확히는 법적 걸림돌을 정리해서, 남은 생 주변 눈치 안 보고 짜릿하게 살아보리라 이거 아닌가.

동 영감은 눈을 지그시 감고 두 팔을 벌려서 식장 공기를 온몸으로 흡입했다. 진심으로 부러워했다. 동 영감이 표는 안 내지만, 용인 전원주택에 사는 사모님과 별거 중이라는 사실은 청사 내 공공연한 비밀이다.

눈앞에서 벌어지는 상황에 적응을 못 해서 넋 놓고 있는데 젊은 카메라맨 하나가 다짜고짜 렌즈를 내 얼굴에 쓰윽 들이

댔다. 행사 촬영을 담당하는 젊은 남자였다. 챙이 짧은 작업 모자를 쓰고 주머니가 많이 달린 조끼를 입었다.

"젊은 하객님! 한 말씀 부탁."

나는 우물쭈물 아무 말도 하지 못했다. 너무 순간적이었고 익숙지 않은 상황이었다. 카메라 렌즈가 바로 동 영감에게로 옮겨 갔다.

"친구야. 새 출발을 응원하네. 파이팅!"

밋밋한 대답이지만 동 영감은 임기응변의 달인답게 당황하지 않았다. 부럽다면 부러운 재능인 것이고.

이것저것 정신없이 돌아가는 상황을 보자 살살 짜증이 올라왔다. 행사 내용을 알려주지도 않고 먼 길을 끌고 오는 상사나, 별 희한한 행사를 벌이는 상사의 친구나, 초면에 다짜고짜 렌즈를 들이미는 카메라맨이나.

"근데 반장님, 왜 저와 동행하자고 하신 겁니까? 보아하니 사적 용무이지 공적인 출장은 아닌 듯합니다만."

"이런 행사에는 예측 불가한 사고가 잘 터지지 않는가. 과거 악연이 엮여 감정싸움이 벌어시기도 하고."

"혹시 저를 현장 보안 요원으로?"

"꼭 그렇게 직설적인 표현을…. 그렇다고 사설 보디가드를 우르르 부를 순 없지. 행사장에 덩치들 늘어서 있으면 모양새 다 깨진다고."

자책했다. 후회해봤자 늦었다. 대나무 숲속 별장에서 근사한 하룻밤. 그런 신세계를 경험시켜주겠다는 동 영감 포장술에 낚인 내가 바보였다. 미리 알았더라면 어떤 비겁한 핑계를 대서라도 이 주말에 따라나서지 않았을 것을.

그뿐만이 아니라 내려오는 길도 강행군이었다. 서울에서 먼 남쪽 지방. 이 폭염 속 몸에 꽉 끼는 양복을 입고서, 느려터진 열차를 타고 들어본 적 없는 읍 단위 마을에 내렸다. 휑한 역전에서 택시를 타고 대숲 별장까지 또 20분을 달려야 했다.

읍내 역에서 이미 지칠 대로 지쳐버렸는데 다행히 택시 기사는 점잖은 양반이었다. 낯선 이들이 어디에서 왔는지 캐묻지 않았다. 이 동네 인심이 후하니, 골짜기 물이 좋니, 하나 마나 한 자랑도 하지 않았다. 되레 질문은 떠벌리기 좋아하는 동 영감 쪽이었다.

"기사 양반, 요즘 여기는 별일 없는가? 너무 조용해."

"시골은 다 그렇죠."

"완전 죽은 느낌일세. 내 살 때와 천지 차이야. 관광객은 아예 없고. 숨어 살기에 딱 좋군."

"어제 혜화당 가는 손님이 한 분 탔습니다만. 나이 지긋하고 덩치 좋은. 셀카 봉까지 들고서요."

"오오! 그 사람이 바로 혜화당 주인일세. 셀카 봉이 아니라 흔들림 없이 영상을 찍을 수 있는 특수 카메라야. 유명한 유튜버라네. 기사님은 모르시는가?"

"글쎄요."

동 영감이 뭔 말을 더 떠벌리려는 찰나, 기사가 라디오 볼륨을 높였다. 라틴 리듬의 영화음악이 흘러나왔다. 유명인과의 친분을 자랑하고 싶었던 동 영감은 입을 다물 수밖에 없었다. 푸웃! 튀어나오는 웃음을 억지로 참다 보니 내 입에서 희한한 소리가 나버렸다.

덕분에 조용히 차창 밖 풍경을 내다볼 수 있었다. 수직으로 내리쬐는 8월의 태양빛은 맑았다. 드넓은 들판이 한참 이어지다 마침내 대숲이 보이기 시작했다. 초록 물결이 한 번 일렁이자 청정한 바람이 여기까지 불어오는 느낌이었다. ㅅ 자 지붕을 가진 2층짜리 하얀 건물이 대숲 안에서 모습을 드러냈다. 남국 휴양지에 온 듯한 아름다운 풍광이었다. 일주문처럼 생긴 나무 출입문에 현판이 걸려 있었다.

혜화당

동 영감이 술자리에서 농담으로 이런 말을 한 적이 있다. 남자가 나이 들어서도 셋만 관리를 잘하면 주눅 들 필요 없다고. 머리숱과 코끝, 뱃살.

혜화당 주인은 근사하게 늙었다. 숱이 풍성한 그레이색 머리칼은 단정한 느낌을 줬고 콧대는 서양 배우처럼 뾰족했다. 길고 탄탄한 몸은 검은 예복이 늘씬하게 어울렸다. 상상 속 중후한 키다리 아저씨 느낌이었다. 셋 다 해당 사항이 없는 동 영감이 왜 그런 말을 했는지가 1차 의문이었고, 혜화당 주인과 동갑내기 고향 친구라는 사실이 2차 의문이었다.

"저 자식 어릴 때부터 잘 처먹고 곱게 자라서 젊어 보여. 세

살 영양 여든까지 간다고. 게다가 과하게 허풍쟁이야."

동 영감은 그런 비유로 탁 사장을 견제했다.

옛 결혼식 영상이 끝나자마자 바로 식이 진행됐고, 동 영감이 33년 전처럼 해맑은 표정으로 사회자석에 자리를 잡았다.

"자, 지금부터 해혼식을 시작하겠습니다."

식이라고는 하지만 엄격한 격식이 있는 건 아니었다. 다들 테이블에 앉아 있는 노부부 주변에 서서 가볍게 축하를 해주는 자리였다.

노련한 유튜버답게 노부부 앞에는 자신들을 비추는 근접용 카메라가 설치됐고, 출장 온 카메라맨이 하객들 뒤에서 전체 장면을 담았다. 마치 작은 스튜디오 안에서 예능 토크쇼를 찍는 분위기였다. 하객이 많지 않아서 집중력이 있었고 다들 호기심에 눈빛이 반짝거렸다. 간간이 웃음도 터졌다.

주위를 둘러보니 초대받은 사람은 10여 명. 주로 탁 사장 고향 친구들이었다. 동 영감은 경기도 출신이지만 군인이었던 아버지를 따라서 이곳에서 초등학교를 졸업했다. 당시에는 탁해서가 너무 잘살고 잘난 척해서 몹시 싫었다고. 그래도 돌고 돌아 다시 만나 둘도 없는 친구로 지내는 걸 보면 사람 인연이란 함부로 할 수 없는 모양이다.

탁해서는 대지주의 외아들이었다. 탁 씨 집안이 대를 이어 온 부자이기는 하지만 1950년대에서 1980년대까지가 가문의 전성기였다. 지평선 너머까지 드넓은 평야와 대밭, 저수지를 소유했고 마을 사람 대다수는 탁 씨 집안에 의존해 생계를 유지했다.

하얀 외벽에 검은 지붕을 얹은 2층짜리 혜화당은 원래 50년 전 이곳 일꾼들을 위해서 지어졌다. 당시로서는 꽤 큰 건물이어서 외지인 숙소로도 이용되고 마을 행사도 열렸다. 33년 전 결혼식 영상을 보면 시끌벅적한 잔칫집이 마치 영주 가문의 도련님 장가가는 날을 연상케 했다. 하지만 벼농사는 쇠락하고 고속도로가 다른 쪽으로 뚫리면서 탁 씨 가문은 대농의 명성을 잃었다. 엎친 데 덮친 격으로 혜화당 옆, 가문이 대를 이어 살던 99칸 기와집도 소실됐다. 어쩌면 그 화마가 가문 몰락의 징조였다. 탁해서 아버지가 시골 땅을 조금씩 처분하면서 서울에서 몇 번 사업을 일으켜보려고 했지만 크게 망하기만했다. 가문의 몰락과 함께 동네는 쇠락했고, 외아들 탁해서가 물려받은 것은 낡은 혜화당과 방치된 대밭이 다였다. 물론 그조차도 일반인은 꿈도 못 꾸는 유산이지만.

동 영감이 자신이 아는 얼굴을 한 명씩 설명해주었다. 주걱턱에다 깡말라서 해골 체형을 가진 사람은 이 지역 군수였다. 그 옆에 앉은 통통한 남자와 통통한 부인은 읍내에서 주유소를 운영하는 곽 사장네. 지팡이를 짚고 아랫배가 과하게 볼록한 사람은 정년퇴직한 김 교장이다.

선글라스를 낀 쇼트커트 여성은 동 영감도 처음 본다는데, 들어보니 범죄물을 주로 쓰는 드라마 작가라고 했다. 사채원 여사의 친한 후배이기도 하고. 체형이 크고 허스키한 목소리에 블랙 진 차림이라 중성적 매력을 풍겼다. 도수 높은 안경에 큰 양복을 입어 꼭 허수아비처럼 보이는 사내는 사채원 여사가 거래하는 출판사 주간이었다.

하늘색 원피스를 입은 40대 여성은 군수가 데리고 왔다. 그 외 서울에서 영상 제작을 위해 내려온 카메라맨과 피로연 준비를 하는 몇 명의 읍내 호텔 직원들. 혜화당 1층 홀에 모인 사람은 그 정도였다. 참석자들 연배가 많아서 경로잔치 느낌일 줄 알았는데 다들 정장을 빼입고 와서인지 제법 격식이 느껴졌다. 시중을 드는 숙소 관리인 노부부 빼고는.

탁해서가 먼저 의자에서 일어서서 두 손을 앞으로 모으고 함께 살아온 세월에 대한 소회, 앞으로의 계획 등을 밝혔다.

"우리 사이가 특별히 나빠지고 그런 건 아닙니다. 다만 감정이 무뎌졌다고 할까. 서로의 앞날을 위해 변화가 필요한 때라고 직감한 겁니다. 물론, 해혼은 내가 먼저 이해를 구했습니다. 왜냐면 새로운 인연이 나타났거든요. 하하."

아찔한 느낌이었다. 새로운 인연이 나타났다는 말은 바람을 피웠다는 뜻 아닌가! 심각한 얘기를 가벼운 농담처럼 뱉어서 더 놀랐다. 하객들은 입을 벌린 채 표정 관리를 하지 못했다. 동 영감 얼굴에도 당황한 빛이 스쳐 갔다. 이번에는 사채원 여사가 자리에서 발딱 일어섰다. 치켜 올라간 눈매 때문에 인상이 좀 세 보였다. 그래서인지 목소리까지 음산하게 느껴졌다.

"사람으로 태어나 학교 가고 결혼하고 자식 낳고 병들어 죽는다. 나는 오래전부터 삶의 질서에 회의감을 가졌더랬습니다. 변치 않는 진실은 태어나고 죽는다 이 둘밖에 없습니다. 이제 그 진실을 받아들여 삶의 질서에서 자발적으로 이탈하고자 합니다."

사채원 여사는 침을 한 번 삼키더니 뭔가를 읊었다.

"잘 가라, 내 청춘의 자국. 지난한 그리움 태워 새날 한낮을 비추리. 이 구절로 해혼사를 갈음합니다."

동 영감이 내게 살짝 물었다.

"뭔 말이래? 현학적이라 못 알아듣겠다. 역시 삶의 파괴자야."

"그러게 말입니다."

이혼을 흔쾌히 받아들이겠다는 건지, 마지못해 받아들이겠다는 건지. 뭔가 복선을 만들어놓은 것 같기도 하고 인생을 통달한 현자의 말씀 같기도 하고. 하객 중 의미를 이해할 만한 감성을 가진 사람은 없어 보였다. 드라마 작가만 고개를 끄덕였다.

오래전 결혼식 때 주고받은 반지를 다시 교환하는 순서가 이어졌고 마지막은 여느 행사가 그렇듯 단체 사진 촬영. 하객들이 노부부 뒤쪽에 둘러서서 자리를 잡았고 카메라맨이 그들 앞에 쪼그려 앉았다. 동 영감이 나를 계속 손짓으로 불렀지만 사양했다. 업로드될 영상에 얼굴이 담기는 게 싫었다. 혹시 아는 사람이 보면 민망할 것 같았다. 군수와 동행한 여자도 같은 생각인지 비켜서 있었다. 나이로 보아 부인은 아닐 테고, 그렇다고 딸도 아닌 듯했다. 둘의 관계가 계속 호기심을 불러일으켰다. 혹시 수행 비서일까. 아니다. 이런 사적인 주말 행사에 동행할 리 없다. 그래선 더더욱 안 될 일이고. 아무튼 우리

둘만 멀뚱히 카메라맨 뒤에서 한곳에 모인 하객들을 구경했다. 각기 다른 표정들. 자식 다 잘 키워놓고 노후를 보내고 있는 동창 모임 사진처럼 편안하게 느껴졌다. 사채원 여사 왼손에서 뭔가 반짝거리는 물건이 반사됐는데 자세히 보니 검은 가락지였다. 조금 전에 교환한 결혼반지가 오버랩되면서 뭔가 기분이 묘했다.

해혼식이 끝났다. 환호와 박수가 터져 나왔다.

"이보게 친구야. 너무 대책 없이 내뱉은 거 아닌가? 나 사회보다가 심장 멎을 뻔했어. 중간에 말 끊고 싶었다고."

해혼식이 끝나자마자 동 영감이 탁 사장을 바깥 테라스로 끌고 가서 야단을 쳤다.

"허허. 동철수. 심사숙고한 일이야. 어차피 한평생 아닌가. 감정에 솔직하고 싶기도 했고 저 정도 발언은 해줘야 화제성이 생겨서 구독자들이 들여다보지 않겠나."

"아무리 그래도 그렇지, 애인이 생겼느니 이딴 말은 입 밖에 뻥긋도 말아야지. 감정에 솔직한 거랑 그걸 다 표현하는 거랑은 또 다르잖은가. 배다른 애라도 생긴 거야? 혹시 사모님이 의뢰한 흥신소 애들한테 결정적 증거라도 잡힌 거야? 그래서 이 지경에 이르게 된 거야?"

탁 사장이 살포시 얼굴을 붉혔다.

"허허. 동철수. 내 비록 여자를 좋아해도 부끄러운 짓은 안 했다네. 이제 나이도 먹었고 젊은 시절 웬만큼 놀아봤고. 앞으로 다른 사람한테 상처 주는 삶은 살지 않으리라 다짐했네."

"그야 알지. 학창시절 내내 봐왔잖아. 하지만 상처란 건 본인이 의식하지 못하는 사이에 다른 사람이 느낄 수 있다고. 아무튼 새로운 인연이 생겼다는 말은 참말로 아찔했다네. 나처럼 조용히 별거 형식으로 지내는 것도 괜찮던데? 우리 그분은 용인 전원주택에, 나는 지금 광화문 오피스텔에 머물러. 주말에 가끔 내려가서 밥 한 끼 차 한 잔 마시니 구속감 없는 새 정분이 쌓이더라고."

두 사람 대화를 듣고 있자니 서로의 어두운 부분을 감싸주는 전우애가 강하게 올라왔다. 끈끈하고 찰진 우정이었다.

그래도 살림 잘 사는 할배, 일명 '살림옹'과의 만남은 즐거운 경험이었다. 집에서 요리하고 운동하고 옷 잘 차려입고 여행 다니는 일상만 찍어서 올려도 1년에 몇억 원씩 버는 남자. 직접 보니 확실히 나이에 비해 사람이 고여 있지 않고 흐르는 느낌이랄까. 건들건들 풍류와 해학이 있으면서 말투에서 깊은 배려가 느껴졌다. 그런 건 삶에 여유가 있어야 가능한 일이다. 늘 안절부절 결정 장애에 쫓기는 동 영감과 대비가 됐다.

"그보다도 탁 사장. 내 궁금해서 그러는데 부인이 쉬이 허락하던가? 애가 없어서 부담이 덜했나 봐."

동 영감은 먼 테이블에서 드라마 작가와 담소를 나누고 있는 사채원 여사를 공공의 적 대하듯 째려봤다.

"으음. 어떻게 이야기를 해야 할까. 우리 부인은 통상적인 삶의 방식을 벗어나서 살아온 사람이야. 젊은 시절 아이를 안 갖겠다는 요구도 내가 존중해줬지. 하여튼 기대 없이 던졌는데 바로 받아주더라. 즉석에서 딜이 완성됐어. 깜짝 놀랐다네."

"흠. 딜의 완성이라? 뭔가 느낌이 짠하게 오는구먼. 혹시 부인에게도 애인이 생겼나? 그렇다면 이에는 이."

그러면서 애 다루듯이 내 어깨를 툭툭 쳤다.

"이 친구가 불륜 뒷조사에는 대단한 스킬을 가졌네. 이웃집 개와 눈 맞아 집 나간 우리 집 개도 바로 찾아줬지. 가수왕 하필 살인사건의 진실을 파헤친 것도 이 친구야."

칭찬이 듣기조차 민망했다. 나도 모르게 까칠해져버렸다.

"반장님. 현직 경찰이 할 얘기는 아닌 듯합니다."

탁 사장이 얼굴 가득 느끼한 미소를 머금고 나를 쳐다봤다.

"허허. 젊은 친구. 부탁할 일 없으니 안심하게. 그리고 우리 동철수 너무 몰아세우지 말게. 다 한때 한 시절이라고. 아무튼 이렇게 만난 것도 인연이니 다른 생각 말고 만찬을 즐기게. 혜화당에서 직접 담근 죽엽주를 마셔봐. 노천탕도 깔끔하게 수리를 해놨지. 일본 온천장 하나도 안 부러울 걸세. 내 유튜브 채널에서도 곧 자랑할 것이야."

"그나저나 탁 사장. 서울 생활 접고 아예 여기로 거처를 옮긴다는 소문이 사실인가?"

"틀린 말은 아니네. 고칠 거 더 고치고 보안 시설 확충해서 내년 봄쯤 숙박 시설로 오픈할 걸세."

"뭐야? 진짜 뭔 일이 있는 게로군."

동 영감 걱정이 계속되자 탁 사장이 늘 손에 들고 있던 카메라를 아래로 젖혔다. 한쪽 눈을 찡긋하고 비밀처럼 속삭였다.

"이건 쇼야. 이해관계가 맞아떨어진…. 그러니 걱정 말라고."

"쇼?"

"앞으로 결혼 시장은 줄고 이혼 시장이 커질 걸세. 거스를 수 없는 트렌드지. 혜화당을 헤어지는 노부부를 위한 상징적인 명소로 만들어볼까 해. 해돋이하면 정동진! 버스킹은 홍대! 뭐 이런 거 있잖아. 비웃지 말게. 대박 아이템은 처음엔 비난받기 마련이야. 이건 무조건 먹힌다고."

탁 사장은 확신에 차 있었지만 내가 듣기에는 환상에 차 있었다.

"그, 그러면 사업 때문에. 굳이 이렇게까지…."

걱정 인형 동 영감의 걱정이 이어졌다.

"이보게, 동철수. 결혼 생활을 유지하면서 이혼 라이프 채널을 연다는 게 웃기잖아. 그건 구독자에 대한 기만이야. 싸구려 건강보조식품 파는 것보다 이게 훨씬 양심적이지. 안 그래?"

그때 저 멀리서 관리인이 급히 탁 사장을 불렀다. 탁 사장이 나비넥타이 매듭을 다시 가다듬고선 동 영감 어깨를 가볍게 쳤다.

"자, 더 자세한 얘기는 나중에 하세."

행사장 스피커에서 잔잔한 음악이 흘러나왔다. 이제 만찬의 시간. 바깥에서 대숲 노을 풍경에 빠져 있던 하객들이 다시 몰려들었다. 읍내 호텔에서 제공하는 출장 음식을 우습게 봤다가 깜짝 놀랐다. 봉긋한 조리모를 쓴 요리사와 유니폼을 입은 종업원이 미니 트럭에 재료를 싣고 와 즉석에서 서비스를 했다. 여름철 기운을 북돋아준다는 민어 모둠은 거의 전문점 수준. 호사스러운 먹거리를 앞에 두고서야 내 기분은 조금 풀렸다. 술이 저절로 들어갔다.

휴대전화가 요란하게 울렸다. 처음에는 꿈결인가 싶었다. 잠들기 전에 살림용 채널 영상을 몇 개 살펴보다가 스르르 잠에 빠졌는데, 그 영상 안에서 울리는 환청인 줄 알았다.

벨 소리가 끊어졌다가 다시 울렸을 때야 침대 머리맡에서 울리는 현실의 소리라는 걸 깨달았다. 액정 화면에 동철수 이름이 떴다. 잠기운이 확 달아났다. 이 새벽에 연락을 했다는 건 나쁜 소식을 의미했다. 역시나, 수신 버튼을 누르자마자 느릿한 평소와 달리 그분 말투가 빠르고 짧았다.

"얼른 와보게. 노천탕으로."

불길한 기운이 엄습하면서 정신이 번쩍 들었다. 배 속 숙취는 달아났으나 한쪽 머리가 깨질 듯이 아팠다. 지난밤 피로연 때, 나는 연로한 하객들과 어울리지 못하고 구석 테이블에서 술만 축냈다. 탁 사장이 죽엽주는 숙취가 없다고 하도 자랑을 해서 여러 병 들이켰는데 다 거짓말. 숙취 없는 술은 세상에 없다. 숙취가 없다면 술이 아니다.

지금 시각 5시 11분. 급히 창문부터 열어젖혔다. 냉기 없이 텁텁한 여름 바람이 들이닥쳤다. 밖은 옅은 톤의 어둠이 남아 있다. 내가 묵는 방은 건물 측면이라 노천탕은 보이지 않았다.

잠옷으로 입고 있던 반팔 운동복 차림 그대로 나섰다. 좁은 산책로를 따라 빙그르 돌자 대나무를 붙여서 만든 담장이 보였다. 그 안쪽에 돌로 만든 노천탕이 있었다. 이미 몇몇 사람이 주변을 둘러서서 막고 서 있었다. 그중 등에 용무늬 자수가 새겨진 붉은 가운을 입은 동 영감이 유독 눈에 띄었다. 뒷모습만 보면 마치 링에 오르기 전의 권투 선수 같았다.

사람들 어깨 너머로 돌바닥에 누워 있는 탁 사장이 보였다. 수영 팬티만 입은 채 한 손은 아래로 늘어트리고, 다른 손은 찢어진 머리를 누르고 있다. 머리에서 흘러내린 피가 물과 뒤섞여서 주변의 돌을 붉게 적셨다. 의식은 잃었지만 호흡은 살아 있었다. 곁에 슬리퍼 한 짝이 나뒹굴었다.

목장갑을 낀 관리인이 곁에 쪼그리고 앉아서 뭔 조치라도 해보고 싶어 하지만 두 팔을 어찌할지 몰라 했다. 사채원 여사도 두 손을 모은 채 바들바들 떨 뿐이었다. 아무도 구급 의료 지식이 없었다. 내가 얼결에 다가갔으나 마찬가지. 중앙경찰학교에서 분명 뭔가를 배웠는데 수업에 집중하지 않아서 기억이 아득하다.

"10여 분 전쯤에 지가 발견했습니다요. 바로 119에 연락을 했으니 곧 도착할 겁니다. 이거 당황스러워서는…"

낯빛이 하얗게 변한 관리인이 자신이 죄를 지은 양 말끝을 흐렸다. 작은 키에 등까지 굽어서 더 왜소해 보였다. 동 영감을 보고 해명하듯 덧붙였다.

"아마도 사장님께서 탕에서 나오다가 미끄러진 것 같습니다. 돌바닥에 뒤통수를 찧은 거고."

그러면서 손가락으로 한쪽을 가리켰다. 노천탕 돌과 흙의 경계. 길쭉하게 움푹 파인 자국이 보였다. 탁 사장 발뒤꿈치에도 흙이 묻어 있었다. 물기가 많은 경계 지점에서 발을 딛다가 쭉 미끄러진 걸로 보였다.

"경찰은 불렀는가요?"

동 영감 한마디에 관리인이 눈을 동그랗게 키웠다. 생각조차 못 해봤다는 표정. 아무 대답도 하지 못했다.

"이건 사고잖아. 경찰이라니. 안 될 일입니다."

잠옷 차림의 사채원 여사가 단호하게 끼어들었다. 그래놓고선 자신의 돌발 발언에 스스로 놀란 모습을 보였다.

"그이 평소에 혈압도 높았고 심장도 좋지 않았다고. 어제 술도 과했고. 괜히 사건 복잡하게 만들고 싶지 않아요. 내 말은 그런 뜻입니다."

주위 사람들에게 눈을 흘기면서 애써 얼버무렸다. 그런 태도가 되레 의구심을 증폭시켰다.

동 영감이 흘러가듯 중얼거렸다.

"그렇지. 아직은 법적으로 부부지."

마침내 앵앵대는 사이렌 소리가 새벽 공기를 깨웠다. 읍내에서 달려온 구급차는 노천탕까지 진입하지 못했다. 구급 요원들이 이송용 침대를 들고 달려왔다. 그다음은 영화에서 본 광경대로 흘러갔다. 늘어진 탁 사장 몸뚱이가 침대로 옮겨졌다. 잠옷 차림의 사채원 여사도 바람막이 숄만 어깨에 두른 채로 뒤를 쫓았다. 지지직, 지지직 대원들 무전기 소리도 들렸다. 노천탕 주변은 여러 사람들 발자국으로 엉망이 돼버렸다. 구급차 사이렌 소리가 점점 멀어져 갔다. 편한 옷차림으로 몰려나왔던 하객들이 놀란 가슴을 달래며 하나둘씩 흩어졌다. 마치 짧은 폭풍우가 스쳐 간 것 같았다.

대숲에서 갸르릉, 갸르릉 소리가 들렸다. 검은 길고양이였다. 낯선 사람을 두려워하지 않았다. 앞발을 세우고 앉아서 노란 눈동자를 반짝이며 나를 노려봤다.

"충분히 씻어냈습니다요."

처음에는 관리인이 하는 말의 의미를 바로 이해하지 못했다. 찬찬히 들어보니, 행사를 앞두고 어제 노천탕에 세제를 풀어 대청소를 했고 미끌미끌한 거품은 여러 번 헹궈냈다고 항변하는 것이었다.

관리인 입장에서는 그 일에 마음이 쓰였던 모양이다. 챙이 넓은 밀짚모자를 벗어 두 손으로 쥔 채 현장을 뜨지 못하고 굽실거렸다. 동 영감이 무심결에 내뱉은 '경찰 신고' 그 한 마디 때문이었다. 까무잡잡한 얼굴에 순박해 보이는 촌로. 한 일흔쯤 됐을까. 경찰인 우리에게 정당성을 인정받아서 책임을 벗어나고 싶은 눈치였다. 참으로 순진한 발상이었다.

동 영감이 뒤늦게 눈치를 챘다. 관리인을 부르는 적당한 호칭은 찾지 못했다.

"저기, 그러니까 제가 괜한 말을 해서 마음 불편하게 해드렸나 봅니다. 습관적으로 입에 붙은 소리인데. 괘념치 마십시오."

그제야 관리인 인상이 펴졌다.

"감사합니다. 그럼 저는 이만⋯. 손님들 아침 챙겨야 해서. 상황이 혼란스럽지만 맡은 소임은 해야지요."

내가 가볍게 물었다.

"어르신. 출근하셔서 바로 여기에 들렀다고 하셨는데 무슨 이유라도?"

뜻밖의 질문이었나 보다. 관리인이 우물쭈물했다. 뒤늦은 대답도 애매했고.

"글쎄⋯. 절로 발길이 닿았다고 해야 할까나. 최근에 수리를 해서 별 탈 없이 돌아가는지 신경이 쓰였나 봅니다요."

사고 현장에 이제 나와 동 영감만 남았다.

노천탕부터 살펴봤다. 약간 뒤틀린 원 모양이고 동네 목욕탕 중앙에 있는 온탕 정도 크기. 바닥에 평평한 돌을 깔아서 만들었다. 욕탕 가장자리에도 돌로 만든 디딤판이 있었다.

신발 밑창으로 돌바닥을 살살 문질러보았다. 미끄럽긴 해도 주의만 하면 위험할 정도는 아니었다. 역시 판단할 수 없다. 사고인지 사건인지. 실수로 미끄러진 것인지, 혹 누군가가 밀어뜨린 것은 아닌지. 저수지 쪽으로 탁 트인 정면 외에는 세 면이 대나무 담으로 둘러쳐져 있어 목격자가 없을 가능성이 컸다.

동 영감이 쪼그려 앉아서 돌과 흙의 경계 지점에 깊숙이 파인 부분을 손가락질했다.

"여길 보면 젖은 발이 꿉꿉한 흙에 닿은 순간 그대로 쭈욱 미끄러지며 머리를 바닥에 찧은 게로군. 탁 사장 뒤꿈치와 자국도 일치하고. 관리인 말대로 지금으로선 가장 합당한 추리야. 우리 주변에서 가끔씩 일어나는 일이고. 아파트 베란다에서 떨어진 돌에 맞을 확률이랄까. 탁 사장은 지독히 재수 없었던 게지."

동 영감이 허리를 쭉쭉 펴면서 잠시 하늘을 올려다봤다. 경찰이 아니라 영험한 무속인처럼 말했다.

"혜화당의 영광은 윗대에서 끝났어. 정성이 부족해 저주를 받은 거라고. 과감하게 미련을 버렸어야지. 돌아오는 게 아니거늘. 쯧쯧."

구매자가 없어 오랫동안 시골구석에 방치돼 있던 혜화당과 대숲이 주목을 받은 건 최근이었다. 레트로 감성이 유행하면서 몇몇 패션 화보 촬영지로 주목을 받더니, 60년대 배경의 한 영화 세트장으로 대여되면서 소위 대박이 났다. 탁 사장에게는 행운이라면 행운이었다. 이 먼 곳까지 출사해 풍경 사진을 찍어 올리는 사람들이 생겼다. 탁 사장 사업 계획은 거기에서 영감을 받았다. 여러 곳에서 팔라는 제안을 거절하고 직접 투자를 시작했다. 혜화당을 리모델링해서 숙박 시설로 오픈하는 게 목표였다. 강화도에서 오래된 직물공장을 그대로 박물관 겸 카페로 개조해 성공한 사례처럼. 그런 결정 한편에는 '가문을 망친 자'라는 꼬리표를 떼고 재건의 깃발을 꽂고 싶은 마음도 있었던 것 같다. 탁 사장은 그런 노후를 상상하며 들떠 있었다.

어느새 검은 고양이는 겁을 상실했다. 아예 대숲에서 나와 꼬리를 살랑거리며 노천탕 주변을 얼쩡대기 시작했다. 동 영감이 발을 쾅쾅 굴러도 꿈쩍하지 않았다.

"설마 저 냥이가 한밤 대숲에서 갑자기 튀어나오는 바람에 탁 사장이 화들짝 놀라서 자빠진 걸까? 그 자식이 개와 고양이를 겁나게 싫어하거든. 털에 알레르기가 있어서. 어둠 속에서 눈알 번뜩이면 좀 무섭긴 하지."

"반장님. 숲에서 뱀이나 짐승이 튀어… 아니, 설령 도깨비가 튀어나왔다고 해도 걔들을 탓하면 안 되죠. 본인 부주의입니다. 지병이 있는 데다가 피로연에서 술이 과했고요. 아무리 여름이라도 새벽은 새벽입니다. 그 몸으로 찬물에 들어갔으니."

"역시 냉정해. 그렇지. 멍이와 냥이는 늘 무죄야."

"어젯밤 불미스러운 소동 때문에 열받아서 한눈팔다가 그 랬는지도 모르겠습니다."

"탁 사장 그 정도 일로 멘탈 무너지지 않아. 그래도 뜻밖이긴 했지. 둘 다 애도 아니고. 쯧쯧."

피로연에서 일어나선 안 될 일이 일어나버렸다. 발단은 군수가 데려온 여자 때문이었다. 어쩌다 보니 카메라가 과하게 그 근처를 향했는데 불편했나 보다. 짜증이 폭발했다.

"제발. 그만 좀 해요. 싫다잖아. 에이씨."

자리에서 벌떡 일어나 냅킨을 테이블에 집어던지고 피로연 장을 나가버렸다. 군수까지 주걱턱을 쳐들며 편들고 나섰다.

"촬영도 정도껏 해야지. 신경 쓰여서 목구멍에 밥이 넘어가겠냐."

그 말에 사람 좋은 탁 사장도 발끈하고 나섰다.

"초대받고 왔으면 좀 응해주면 좋잖아. 조용히 말로 해도 될 일을 왜 분위기 깨고 그래. 자식, 완장 하나 차더니 되게 위세네."

"흥. 네놈이 아무리 나대도 이 동네의 왕은 나야. 허우대 멀쩡한 자식이 앞치마 두르고 찌개나 끓여대니 좋냐?"

탁 사장 얼굴이 바로 붉어졌다. 유치한 말다툼은 그렇게 시작했다.

"아이고 군수님. 우리 집에서 종노릇하던 집안 새끼가 지금 왕놀이에 빠져서 눈에 봬는 게 없나 보다. 죽은 마누라 동정표로 당선된 자식이. 너 한 방에 훅 날아간다."

"이 자식이. 뚫린 입이라고. 이딴 식이면 앞으로 거래 못 하지. 예끼! 어디 날로 처먹으려고."

둘을 말린 사람은 사채원 여사였다.

"유치하게 왜 이러십니까. 그만들 두시죠."

딱딱한 목소리에 위엄이 실렸다. 그제야 두 사람은 꾸지람들은 애들처럼 말싸움을 뚝 멈췄다.

축하 행사 자리에 절대 있어선 안 될 비난이었다. 다들 술이 과해서 순간 이성을 잃었다. 순탄하던 해혼식은 마무리가 좋지 못했다. 군수는 끝내 화가 안 풀리는지 자리를 박차고 나가버렸다.

진짜 어젯밤 소동이 탁 사장 사고와 관련이 있을까. 듣자니 군수는 내년 3선 연임에 도전한다. 감정이야 상했겠지만 비난에 단련된 정치인이다. 그리고 어쨌든 동창이다. 그 정도 다툼으로 무모한 짓을 하진 않았으리라.

"그나저나 박희윤 경장. 이런 얘기 꺼내기 싫지만 혹시 탁 사장이 가버리면 사채원 여사가 유산 다 가져가겠지? 자식이 없으니. 친구를 편드는 게 아니라 직업적인 책임감으로 묻는 거니 오해는 말게. 흠흠."

"오해랄 게 있습니까. 그런 의심을 안 하면 더 이상하죠. 이혼 신고를 아직 안 했다면 그렇겠죠. 저도 그 부분이 궁금합니다."

"그치? 묘한 시점에 어찌 이런 일이…. 탁하다 탁해."

노천탕을 다시 한번 쓰윽 훑어봤다. 탁 사장 말대로 일본 온천장 안 부러울 정도로 아담하고 예뻤다. 찬바람 부는 계절에는 온수욕도 가능하다고 했다. 그때 대나무 담장 아래에 등받이 없는 벤치가 눈에 띄었다. 왜 이제 봤을까. 당연히 있어야 할 자리에 있는 물건이라서 그랬겠지. 사고 처리에 휩쓸려 기본적인 관찰을 잊고 있었다.

"반장님. 갑자기 전래 동화가 하나 생각납니다."

"뭔 소리인가?"

"탁 사장님이 쓰러진 장면을 떠올려 보십시오. 방에서 과연 수영 팬티에 슬리퍼만 신고 왔을까요? 손님도 많은데 누군가와 마주치면 민망할 텐데요. 보통은 가운 같은 걸 걸치고 와서 벤치에 올려두지 않습니까?"

"옳거니. 전래 동화는…."

"선녀와 나무꾼."

조금만 늦었으면 놓칠 뻔했다. 우리가 1층 복도 끝 방을 찾아가 노크를 하자마자 방문이 벌컥 열렸다. 카메라맨은 이미 짐을 다 챙겼다. 초록색 야상을 걸치고 어깨에 배낭과 카메라 장비까지 멘 상태였다.

"하루살이 인생이라 저는 이만 찌그러질까 합니다."

능글능글한 첫마디가 그랬다. 탁 사장 일상을 제일 잘 아는 사람이라 방문했는데 우리를 불청객 보듯 했다. 복도로 나서려는 걸 내가 어깨를 잡고 막았는데, 바로 힘을 주면서 탁 떨쳐냈다.

"이거 왜 이러십니까? 어리다고 함부로 하지 맙시다. 탁 사장 쓰러진 건 안타깝지만 딱 봐도 사고잖아. 원래 심장 안 좋았고 혈압약도 먹었고. 냉수욕하다가 어지럼증 와서 자빠진 거지."

"눈으로 본 것처럼 말하시네."

"꼭 봐야 아나? 바로 각이 나오는데."

삐딱하게 쏟아지는 카메라맨의 불만을 제어할 수가 없었다. 내가 경찰수첩을 내보이자 그제야 배낭을 내려놓고 침대에 걸터앉았다.

"쓰발. 짜증."

동 영감이 뒷짐 지고 타이르듯이 말했다.

"그래도 월급 주는 사람이 저 지경인데 이런 태도는 아니지 않나?"

"월급? 아아, 얼마 전까지는 그랬지. 근데 이제는 서로 개인 사업자로 만나는 사이라서."

"같이 일하지 않는가? 합정동에 스튜디오도 있다고 들었는데."

"스튜디오는 개뿔. 다 지난 일이지. 원래 매일 출근했는데 최근 채널 조회 수가 신통찮아서 지난달부터 건당으로 계약하잡디다. 이번에도 이틀 계약으로 내려온 거고. 쉽게 말해서 나 잘린 거라고. 형편 좋았을 때는 상근으로 하면 좋겠다고 사정하더니만. 매일 영상 올리는 채널에선 월급제를 해야 촬영, 편집 비용 아낄 수 있거든. 뒤통수는 나도 제대로 맞은 겁니다. 그래서 오늘 여기서 퍼져버리면 하루 공치는 거고."

"그래서 탁 사장이 그제 혼자 내려온 거로군."

"네. 쪼잔하게. 원래 해혼식 에피소드는 2박 3일 일정으로 세 번 나눠서 업로드 예정이었는데 첫날은 본인이 알아서 한다며 이틀만 부탁하더라고. 일당 아끼려고. 크크."

카메라맨은 입술을 삐죽거리며 담배를 물었다. 실내 금연 경고문은 대놓고 무시했다. 젊은 사람치고 험한 바닥을 많이 굴렀는지 말도 행동도 좀 거칠었다.

"형사님. 오늘의 탁 사장 채널이 만들어지기까지 그동안 들어간 내 공이 얼만지 아십니까? 내가 카메라 잡고 나서 구독자 수 팍팍 뛰었다고. 그전에는 구려서 차마 못 볼 지경이었는데. 영상 흔들려 음악 따로 놀지 게다가 자막도 안 맞아. 다들 눈버린다고 악플 엄청 달렸었는데…. 그런데도 나를 팽시키네. 한창 잘나갈 때 번 돈을 이딴 곳에 몰빵해놓고 이젠 벌이 신통찮아서 오도 가도 못하는 외통수에 걸린 거지. 서울에 건물 사라고 내 그렇게 말했건만."

카메라맨이 작정하고 입을 열자 말투까지 빨라졌다. 쌓인 불만을 거침없이 쏟아냈다. 그 말이 사실이면 둘 사이엔 돈 문제로 악감정이 쌓여 있다. 한편으로 다른 생각도 들었다. 의식 불명의 대형 사고가 났는데 대놓고 현장을 떠나려고 했다. 오해를 살 행동인데 개의치 않았다. 자신은 사고와 무관하다는 자신감일까.

내가 달래듯이 물었다.

"그래도 목숨이 위태한 탁 사장님 위해서 한 번만 기억을 더 듬어봐 주시죠. 사고 날 때쯤 뭔가 수상쩍은 장면 못 보셨는지? 이상한 소리를 들었거나? 사소한 거라도 좋습니다. 카메라를 작가처럼 잘 다루시니 남다른 시야를 가졌다고 생각이 됩니다만."

감정이 널뛰는 사람한테는 이게 현실적인 접근법 같았다.

"지금 그 말은 뭐야? 탁 사장 자빠진 게 부주의로 일어난 사고가 아니라는 거야? 지금 내가 의심받고 있는 거야? 크하하. 돌아버리겠네. 시골 바닥에서 똥 오지게 밟아버렸어."

동 영감이 두 눈썹에 한껏 힘을 주고 허리를 세웠다. 저런 모습은 처음이었다.

"우린 경찰일세. 사고 현장에 있었으니 책임감을 가지고 모든 의심을 확인해야지 않겠나. 선의의 피해자가 없도록. 지금 자네 태도, 무례하군."

그제야 카메라맨은 자세를 바로잡았다. 담배도 슬그머니 비벼 껐다. 마지못해 잠시 생각에 잠기는 척했다.

"별거는 아닌데 저수지 건너편에서 불빛을 봤습니다. 두 개였나. 새벽안개 사이로 잠시 스르르 움직이는가 싶더니 사라지더라고."

"어떤 종류의? 혹시 영상을 촬영했는가?"

동 영감은 반색했지만 카메라맨은 고개를 저었다.

"거기까진…. 집중해서 본 건 아니라서. 나는 돈 안 되는 일에는 카메라 들지 않습니다."

내가 궁금하던 걸 물었다.

"최근에 채널 조회 수 빠져서 수입이 예전 같지 않다는 건 아는데, 그럼 탁 사장님은 왜 공중파 방송이나 강연은 안 하십니까? 지명도에 인물에 학벌에 언변. 충분히 탐낼 만한데. 혜화당 재건 사업에 바빠서 그러시나?"

"크하하. 역시 젊은 형사님은 예리하시다. 내부자끼리는 말 못 할 영업 비밀이 있는 법이지. 그래도 입이 근질근질하긴 하네. 이유를 한번 맞혀보시던지?"

"형사한테 어디 답을 찾아라 마라인가?"

동 영감은 몹시 불쾌해했고 카메라맨은 당돌했다.

"그니까 왜 나를 이런 똥 취급하냐고. 자업자득이지. 벌 받은 거라고. 아무튼 한숨 때리며 기다릴 테니 방해하지 마쇼. 딱

11시까지만 대기하죠. 읍내에서 열차 놓치면 끝장입니다."

실실 웃으며 그대로 침대에 드러누워 버렸다.

'도둑이 제 발 저린다'라는 표현이 딱 떨어지는 경우였다. 우리 앞에 제 발로 찾아온 사람이 있었다. 바로 이 지역의 왕님이라고 허세 떠는 주걱턱 군수. 카메라맨과 대화를 끝내고 방문을 나서자마자 양쪽 허리에 손을 얹고 사감 선생처럼 모습을 드러냈다. 소몰이 하듯이 우리를 복도 끝 층계참으로 밀고 갔다. 다짜고짜 압박조로 몰아세웠다.

"동 청장. 이거 누가 봐도 사고잖아. 일이 커지면 곤란한데 뭘 자꾸 이리저리 들쑤시고 다녀?"

"그야 조사해보면 알겠지. 자네가 뭔 걱정인가?"

"소문을 의식 안 할 수 없잖아. 이 동네 좁다고. 선거가 눈앞인데."

"피로연 때 다툰 거? 에이, 그 정도야 동창 술자리에서 흔히 있는 소동 아닌가. 아니면 동행한 여성분 때문에 그러는가? 허허. 보기 좋더구먼. 부럽네. 허허."

"웃어넘길 일이 아니라고. 그리고 나 두 번 다 사별인데 세 번째 결혼한다고 뭐가 껄끄럽겠나. 다만 주변 시선이 좀 그렇잖아. 나는 오늘 행사 때 계속 영상 찍고 그럴 줄 몰랐다고. 혼자 오는 건데 괜히 데려와서는. 아니, 아예 안 왔어야 했는데. 탁해서 자식이 하도 졸라서 애써 시간 냈더니만. 젠장. 아무튼 여기 주민들 다 양반인 척 고지식해. 사별한 지 얼마 안 됐는데 젊은 여자랑 돌아다니는 거 소문나면 분명 선거에 영향 미칠 거라고. 군수 자리 탐내는 인간들이 쫑알쫑알 말 퍼트리고 다닐 거고. 아무튼 내 이름 엮이지 않게 조용히 처리해주게."

"협박인가 부탁인가? 자네는 부인과 두 번이나 사별했다는 동정표로 당선됐는데 이제 그 효과는 못 누리겠군."

"아따, 뭘 말이 또 그렇게 삐딱해. 아무튼 일 키우지 말아달라고."

"오케이. 알아들었네. 대신 조건이 있어."

역시 둘 사이 우정은 까칠한 듯 끈끈하다. 계산법도 남달랐다.

"뭔가?"

"어제 소동 와중에 거래라는 건 대체 뭔가?"

군수는 팔짱을 끼더니 잠시 고민에 잠겼다. 다시 입을 열려다가 갑자기 내 얼굴을 쳐다봤다. 동 영감이 안심시켰다.

"걱정 말게. 입 무거운 친구야."

"좋아. 동 청장. 이건 정말 비밀이네. 한 귀로 듣고 잊어버리게. 탁해서가 말이야, 오래전에 사업을 제안해 왔어. 걔가 고향에 대한 애착이 그리도 강한지 몰랐어. 혜화당과 대숲을 명소로 개발하고 싶으니 도와달라고 하더라고. 성공해서 관광객 몰려오면 다 군수님 치적이 아니겠냐, 이렇게 말하니 솔깃하더라."

"잘됐네. 서로 윈윈 아닌가?"

"근데 말이야. 그 자식 요구가 갈수록 과해지는 거야. 혜화당은 자기가 투자해서 호텔급으로 새 단장할 테니 대밭 면적을 좀 늘려주고, 저수지 주변도 정비해달라고 하더라고. 개인 사유지인데 이게 말이 돼? 요즘은 이권 사업 관련해서 감사가 만만찮고 예전처럼 지역 유지들 친분으로 움직이는 그런 행정이 아니잖아. 뭐, 그것까지는 그렇다고 쳐. 근데 최근에 무슨 요구를 하는지 아는가? 혜화당의 치명적 약점이 뭔가?"

"음. 아무래도 교통이지."

"그렇지. 바로 KTX를 읍내 역에 세우게 해달라는 거야. 새로 건설 중인 노선이 이쪽 인근으로 지나가잖아. 내 아무리 동네의 왕이라도 KTX를 어떻게 세우나. 내가 무슨 헐크야."

"제2의 오송역이로군. 군수 하나 나선다고 될 일도 아니지. 국회의원이, 아니 전 군민이 나서도 될까 말까 아닌가. 여기 유동 인구가 얼마나 된다고."

"그렇지. 근데도 그 자식이 포기를 안 해. 지역구 의원 한 번 소개해줬더니만 바로 접근해서 직거래를 시도하더라. 나를 쏙 빼버리고. 그러니 내 입장이 어떻겠나. 얼마나 집요하게 달려드는지 목숨을 건 것 같았어. 사실 내 그 일이 부담스러워 오늘도 안 오려고 했던 거야."

"그러니까 친구들끼리 사업하는 거 아니라잖아. 단호하게 거절하면 될 일 아닌가?"

군수가 처음으로 말문이 막혔다. 얼굴빛도 어두워졌다. 시선도 약간 흔들렸다.

"그게 조금 복잡해. 암튼 그래."

"혹시 서류로 약속했나? 혹시 떡고물 받았는가?"

"예끼. 왜 계속 삐딱해. 그냥 구두로만…. 정치인이 검토해 보겠다고 말하는 건 정중한 거절의 뜻 아닌가. 근데 탁해서 이 자식이 확정된 사실처럼 유튜브에서 막 소문을 내더라고. 나 똥줄 타게 하려고 작정을 했는지."

"역시 탁 사장 꿈은 야무져. 추진력 있고 스케일도 커. 학교 다닐 때도 그랬지만. 그래서 땅값은 좀 올랐나?"

"흐음. 근데 진짜 희한해. 그게 마법은 마법이야. 가짜 뉴스를 타고 외지인들이 살살 땅을 살피러 오는 거야. 진짜 땅값이 움직이더라고. 신기하지? 그래서 탁 사장 어깨에 뽕 잔뜩 들어간 거고. KTX만 세우면 게임 끝이라면서. 기대치가 크니까 더 절박하게 매달렸을 수도 있고. 사실 이거 폭탄 돌리기인데."

"솔깃한 얘기로군. 주식 투자하는 거보다 그게 나으려나? 북한산 쪽도 그런 시설 계속 들어서고 하던데. 지금도 늦지 않았겠지?"

귀 얇은 동 영감이 또 엉뚱한 쪽으로 샜다. 내가 바로 잡아야 했다.

"군수님, 하나만 여쭙겠습니다. 지금 묵고 계신 방이 저수지 방향인데 혹시 이상한 소리를 듣거나 수상한 장면 못 보셨는 지요?"

"이제 와서 뭘 못 밝히겠나. 나 실은 사고 났을 때 깨어 있었어. 창을 내다보니 사람들 몰려드는 게 뭔 큰일이 터졌구나 싶더라고. 괜히 엮여서는 안 되겠다 싶어 안 내려갔던 걸세. 우리 그이가 온몸으로 말리기도 했고. 그래도 걱정은 돼 계속 창밖을 주시했네. 저수지 건너편에서 불빛을 봤어. 잠시 켜져 있다가 꺼졌고. 그리고 사라졌지."

카메라맨과 흡사한 이야기를 했다. 처음으로 공통점이 나왔다. 동 영감이 또 갓길로 빠졌다.

"그나저나 자네 세 번째 결혼식은 언제?"

"아직…. 선거 때문에 조심스러워. 그이 고향도 여기가 아냐. 두 해 전에 혼자 읍내로 흘러들어 왔더라고. 월급제 약사로 일해. 사귄 지도 얼마 안 됐어."

"그저 부럽네. 허허. 혈당 체크해보게. 달달함이 과해 쓰러질지 모르니."

동 영감이 철딱서니 없이 놀렸다. 가끔은 애 같다는 생각이 들었다.

군수가 애원하듯 동 영감 두 손을 꼭 잡았다.

"동 청장. 탁해서가 깨어나면 모든 진실이 밝혀지겠지. 우리 그이 존재를 지금 밝히는 건 안 돼. 당에 소문 들어가면 나 끝장일세. 여기는 인물, 공약 이런 거 안 따져. 당 공천이 장땡이야. 내게는 군수를 넘어 더 원대한 포부가 있어. 도민, 아니 대한민국 국민을 위해서 더 봉사하고 싶다고. 세 번 장가가는 게 뭔 죈가? 그럼 일부다처제 하는 저쪽 사람들은? 에이 씨팔, 괜히 엿 같은 일에 엮여서. 돌아버리겠네."

군수가 제 분을 못 참고 끝내 폭발해버렸다. 주먹으로 벽을 쾅 때렸다.

2층 중앙에 위치한 탁 사장이 머물던 방. 굳이 따지자면 혜화당의 스위트룸 정도 되는 곳이다. 다른 방보다 두 배 정도 컸고 중간에 나무 미닫이로 응접실과 침실이 구분돼 있었다. 널찍한 창문을 열자 저수지 전경이 한눈에 들어왔다. 쫙 펼쳐진 대숲 너머로 여명이 돋고 있었다. 노천탕으로 이어지는 산책로로 누가 오고 가는지 다 볼 수 있는 위치였다.

"아름답군요. 예전에 여자 친구와 놀러 간 발리 같습니다. 지금은 이 세상 사람이 아니지만."

새벽 풍경에 넋이 나가 나답지 않게 실없는 소리를 했다.

일단, 침대 옆에 펼쳐둔 여행용 가방부터 살펴봤다. 그다음 침대와 소파, 옷장과 화장실까지 다 들여다봤지만 목욕 가운은 찾을 수 없었다. 역시 노천탕까지 목욕 가운을 입고 갔고, 거기에서 벗어 놓은 걸 누가 가져갔다는 추리가 합리적으로 보였다. 부디 사람들 이해관계가 얽힌 사건이 아니었으면, 탁 사장이 부주의해서 일어난 사고였으면 좋겠다. 의식을 회복해서 혜화당 주인으로서 노후를 보낼 수 있으면 더 좋겠다. 평화로운 풍경을 보고 있자니 내 마음이 그랬다. 그래서 목욕 가운의 행방이 한없이 찜찜하고 어떻게라도 찾고 싶었다. 전모를 밝혀 혹시나 억울한 피해자가 생기지 않도록.

응접실 한쪽 벽에 붙은 책상이 보였다. 노트북 전원이 켜져 있고 곁에 연결 잭과 휴대전화도 놓여 있었다. 아쉽게도 탁 사장이 사용하는 아이폰은 비밀번호가 걸려 있었다. 혹시나 하는 기대감으로 마우스로 노트북 화면 아래를 긁어보았다. 빙고! PC용 카카오톡이 로그인 상태였다.

"영장 없이 사생활을 훔쳐보다니. 죄 짓는 기분일세."

동 영감이 구시렁댔으나 내 귀에는 들어오지 않았다. 지금 상황에선 의미 없는 걱정이다. 사고와 관련된 정황을 빨리 찾으려면 통신 내역을 확인하는 게 가장 확실한 방법. 지난밤에 몇몇과 주고받은 메시지부터 읽어봤다. 우선 카메라맨과 서울에 있는 영상 편집자에게 지시를 내린 게 있었다. 촬영한 영상을 공용 웹하드에 올려놓을 테니 모레까지 작업을 끝내고 순차적으로 업로드할 것.

사채원 여사와 나눈 내용도 있었다.

[당신 원대로 다 됐소. 거래는 끝났으니 뒷말 없었으면 하오. 부디 행복하구려.]

사채원 여사 답글은 없었다. 웃는 모습의 토끼 이모티콘으로 대신했다.

거래라는 말을 오늘 참 여러 번 들었다. 여기서 거래는 또 무슨 의미일까. '당신이 원하는 대로'란 말도 마찬가지. 금방 떠오르는 생각은 혹시 이혼을 부인이 먼저 원했던 걸까.

"특별한 거리는 없군. 다툰 흔적도 없고. 역시 우연한 사고인가 봐."

동 영감은 안도하는 눈치였다. 내 마음도 그랬다.

탁 사장은 작업 중 잠시 노천탕에 다녀올 생각이었다. 그래서 노트북을 끄지 않았다. 시간순으로 정리해보면, 해혼식을 마치고 새벽에 일어나서 자신이 찍은 영상 파일을 웹하드에 올리고, 카메라맨과 편집 담당자에게 업무 지시를 내렸다. 이후 노천탕에 갔다가 미끄러져서 참변을 당했다. 때마침 관리인이 발견해 119에 신고를 했다. 흐름은 자연스럽고 별다른 의심은 없었다. 다만 사라진 목욕 가운. 그게 문제였다.

책상 위를 다시 훑어봤다. 탁 사장은 이런저런 디지털 기기를 다루는 데 능했다. 동갑 친구인 동 영감과 비교되는 능력이다. 우리 그분은 커피집 주문 기계 앞에서도 늘 헤매는데.

기분 탓일까. 탁자 위가 뭔가 허전하다고 느껴진 건.

사고든 사건이든 가장 먼저 청취를 해야 할 사람은 목격자와 배우자다. 수사의 기본이다. 하지만 지금은 그럴 수 없는 상황. 목격자는 없고 배우자는 구급차를 타고 가버렸다. 동 영감이 내게 전화번호를 하나 건넸다.

"자네가 연락해보게."

껄끄러운 지시였다. 보나 안 보나 병원 수술실 앞에서 초조해하고 있을 사람에게 시시콜콜 캐묻는 일은 부담스럽다.

"사모님과 친분 있는 반장님이 하시는 게….".

"내가 일을 떠넘기는 걸로 보이나? 그게 아니잖은가? 이런 경우 친분 있는 사람은 마음이 약해져서 객관적으로 경청할 수 없단 말일세."

비겁한 변명입니다, 라고 대들려다가 참았다. 완전히 틀린 말은 아니다. 늘 악역은 나의 몫.

휴대전화 너머에서 들려오는 목소리는 의외로 차분했다. 급박함도 느껴지지 않았다.

나는 장황히 이쪽 상황을 설명하고 정중히 저쪽 상황을 물었다. 사채원 여사는 다행히 나의 존재를 인지하고 있었고, 경찰이라는 사실도 알았다. 탁 사장은 지금 뇌에 큰 출혈이 생겨 응급수술 중. 상상했던 장면 그대로였다. 다만, 머리 상처가 깊어 읍내가 아니라 인근 광역시에 있는 대학병원까지 내달렸다고 덧붙였다.

제일 궁금한 점부터 물었다.

"탁 사장님 목욕 가운 가지고 계시지요? 실내에서나 욕탕 갈 때 입는?"

사채원 여사 대답은 명쾌했다. 채널 구독자한테서 선물로 받은 회색 제품을 즐겨 입고 이번에도 챙겨 왔다고 했다. 해혼식 전에 방에서 입고 있는 모습을 봤다면서.

"탁 사장님 평소 노천욕을 좋아하시나요?"

그 질문에 대한 대답도 즉각적이었다.

"그이가 혜화당에서 가장 애정을 가지고 공사한 곳입니다. 그 안에 앉아서 해질녘 저수지 풍경을 보면 천국이 따로 없다고 했지요."

"혹시 구급차 안에서 남긴 말씀은 없으십니까?"

"아무 말도. 의식을 찾지 못했으니."

"경황없으실 텐데 이런 질문 송구합니다. 혹시 이혼 도장은 찍으셨는지? 관례적인 질문입니다. 너무 기, 기분 나빠하지는…. 잠시만…. 아앗…."

내가 당황해하자 동 영감이 내 얼굴을 빤히 봤다.

"왜 그러는가?"

"사모님이 전화를 끊어버렸습니다. 버럭 화를 내며 저보고 미친놈이라고 하시네요."

"역시 삶의 파괴자야. 사차원이고."

저수지에 새벽안개가 피어올랐다. 카메라맨과 군수가 노란 불빛을 봤다는 건너편까지 가보기로 했다. 지척에 보여도 곡선로라서 20분 이상은 걸어야 하는 거리다. 방치해놓은 사유지인 탓에 비포장 둑길은 여기저기 돌부리가 튀어나와 험했다. 길섶에 잡초가 무성하고 방범등은 보이지 않았다. 계속된 무더위에 물비린내까지 풍겼다. 혜화당에서 내려다볼 땐 아름다운 경치에 일조했지만 가까이서 보니 지저분했다.

"탁해서 그 자식. 그렇게 집이 부자인데도 성공에 대한 집착이 강했어. 이재에 밝아 손해 보는 짓은 안 하는 놈이었지. 그렇다고 남에게 해를 끼치지도 않았고. 아마도 장사꾼 피를 물려받은 게 아닌가 싶어. 미끈하게 생긴 데다 말재주도 있었고. 평생 사업 꼬라박다 늘그막에 유튜버로 확 피나 싶었는데 이혼하는 날에 황당하게 자빠질지 누가 알았겠나. 그렇게 쉽게 갈 놈이 아닌데. 인생 참…."

동 영감이 중얼중얼 혼잣말을 했다. 논리를 가지고 사건을 따져야 하는데 자꾸 감정에 기댔다. 치안감까지 지낸 경찰답지 않게.

내가 잠시 뜸을 들인 다음 입을 열었다.

"반장님, 밖에 알려진 것과 달리 최근에 탁 사장님 사정은 별로였어요. 어젯밤에 궁금해서 그 바닥 좀 뒤져봤습니다."

"그래? 구독자 170만 명이면 큰돈 번다고 하던데."

"네. 잘나갈 때야 그랬죠. 그런데 최근에 비슷한 콘셉트의 경쟁 채널이 계속 생겼더라고요. 왕년의 인기 탤런트 채수종이 가정주부 캐릭터 들고 나와서 구독자를 확 빨아 갔습니다. 인지도 측면에서 확실히 차이가 나니까. 1인 크리에이터란 게 중국집 사장님도 하고, 탈모증 환자도 하고, 동성 연인들도 하고, 일흔 넘은 해녀 할머니도 하고…. 남다른 삶 혹은 전문 기술이 있으면 다 뛰어드니 경쟁이 장난 아니더라고요. 반장님이 강조하셨듯이 우리 민족은 어떤 사소한 재능도 콘텐츠로 승화시킬 줄 아는 DNA를 가졌잖습니까. 또 잘 버는 만큼 재투자를 확실히 해야 합니다. 요즘 먹방은 그냥 라면 10개씩 처먹는 게 아닙니다. 고급 별미를 세련되게 먹어줘야 합니다. 한 운영자는 아예 참치를 통째 잡더라고요. 탁 사장님 채널이 최근 정체된 게, 유행에 맞춰서 새로운 포맷을 개발해야 하는데 안주했죠. 구독자 170만 치고는 조회 수가 훨씬 못 미쳐요. 덩치는 큰데 실속은 없으니 선순환이 안 된다고 할까. 그러니 광고도 줄고 협찬 문의도 없죠."

"으음. 그 세계도 힘들군. 나 같은 노탱이들 눈귀를 현혹시키는 가짜 뉴스 통로라고 해서 아예 관심 끊어버렸더니만. 탁 사장이 영원히 흥할 줄 알고 사업 왕창 벌려놨던데 난감했겠어. 당장 인건비부터 체납되니 카메라맨도 악감정 가졌던 거고."

"그래서 혜화당을 수리하고 해혼식 같은 별난 행사를 벌였나 싶더라고요. 이 시골에서 아기자기한 노후 라이프를 새로운 콘텐츠로 활용해보려고. 긍정적인 시도로 보입니다."

사위는 완전히 동이 텄다. 시야가 환해지면서 둑길은 잘 보였지만 두 개의 불빛을 목격했다는 지점을 정확히 찾기는 불가능했다. 눈대중과 실제 각도 차이는 컸다. 하지만 추측은 가능했다. 잡풀 사이로 낡은 초소가 하나 보였다. 저수지 감시용으로 만든 곳 같았는데 페인트칠이 벗겨지고 군데군데 콘크리트 블록이 깨진 채 방치돼 있었다. 저수지 방향으로 사격구처럼 네모난 구멍이 뚫려 있었고 거기를 통해서 보면 혜화당이 한눈에 들어왔다. 숨어서 사람들 동태를 살필 수 있는 곳. 그게 목적이라면 이곳이 틀림없다.

초소 안에 담배꽁초가 몇 개 떨어져 있었다. 필터에 흙이 말라붙어서 누렇게 변한 것도 있고 새것처럼 하얀 것도 보였다. 하얀 필터는 최소 하루 이틀 전에 피운 게 분명하다. 그건 노란 불빛을 유발한 누군가가 여기 머물렀다는 의미. 그렇게 봐도 무방하지 않을까.

동 영감도 같은 생각을 한 모양이다.

"얼른 챙겨 넣게?"

"네?"

"꽁초는 증거의 보고이지 않나. 타액, 지문, DNA에 밝아서

껐으니 신발 자국까지."

비닐봉지 따위가 있을 리 없다. 할 수 없이 손수건을 꺼내서 꽁초를 얹고 두 번 접었다. 수사 드라마에서 본 장면 그대로.

흔적을 하나 찾으면 다른 흔적은 잘 보이기 마련이다. 무른 흙길에 새겨진 두 줄의 타이어 자국. 그 자국이 길게 이어지다가 움푹 파인 웅덩이 앞에서 끊어졌다. 흙탕물 안에 큼직한 돌이 하나 놓여 있었다. 여러 겹으로 일그러진 타이어 자국도 보였다.

"한쪽 바퀴가 웅덩이에 빠진 게로군. 빠져나오려고 용쓰다가 타이어가 헛돌았고. 돌을 가져다 괴고서야 탈출한 거네."

동 영감 말은 사실이었다. 바로 옆 길섶에 한 부분만 풀이 자라지 않아 맨땅이었다. 그 자국이 웅덩이 안 돌 모양과 일치했다.

둑길은 차가 드나들기에 폭이 좁아 위험했다. 밤이 되면 방범등 하나 없어서 더 무서울 테고. 게다가 사유지. 어떤 목적을 가지지 않는 한 방문할 만한 곳이 아니었다.

내가 웅덩이 안 돌덩이를 손가락으로 가리켰다.

"반장님, 여길 보십시오. 위 표면에 심하게 마모된 흔적이 있습니다. 이 정도면 차체 아래를 심하게 긁었겠는데요."

"그렇군. 일단 혜화당에 들어온 차부터 확인해보세. 그나저나 차는 왜 끌고 들어온 걸까. 설마하니 차 안에서 거시기를 하려는 커플이 왔었나. 허허."

"요즘 누가 이런 데서 그 짓을 합니까. 읍내에도 러브호텔이 있던데."

"오호. 자네도 참. 자세히도 봤군. 그럼 근사한 새벽 풍경 찍으려고 온 사진작가는 어떤가? 여기가 명소로 떴다면서."

"혜화당에서 내려다본 대숲과 저수지가 멋지지 이쪽에서는 꽝인데요."

동 영감이 무안한지 바로 말을 돌렸다. 역시 그분의 특기.

"탁해서 그 자식, 이렇게 쉽게 제 발로 갈 놈이 아닌데. 정말이지 사건이 탁해. 탁하다고."

목욕 가운을 훔쳐 간 나무꾼은 대체 누구일까. 또 우연히 목격된 두 개의 불빛과 탁 사장 사고는 관련이 있을까. 혜화당에 머무는 얼굴들이 한 명 한 명 스쳐 갔다.

해가 떠오르자 슬슬 열기가 느껴졌다. 물비린내를 품은 습한 바람이 불어왔다. 오늘도 한낮에는 35도 찜통더위가 예고돼 있다. 둑길을 되돌아갈 생각을 하니 벌써 지친다. 앞서 걷는 동 영감 등짝이 축축하게 젖어 있었다.

혜화당에 다다랐을 때 고양이가 산책로를 가로막고 앉았다. 이번에는 두 마리였다. 사람을 겁내진 않았으나 경계심이 많아서 동 영감이 손짓으로 불러도 다가오지 않았다. 사소한 일에 과하게 집요한 동 영감이 고양이를 쫓아 대밭으로 뛰어 들어갔다. 그리고 그곳에서 사기대접 식기를 하나 발견했다.

혜화당 조식은 우거지 된장국에 잡곡밥. 읍내 호텔에서 가져온 식사는 소박해도 입에 맞았다. 저녁 만찬을 담당했던 직원들이 오늘 새벽에도 미니 트럭을 몰고 와서 배식을 했고, 질 좋은 원두커피까지 챙겨주었다. 뜨뜻한 국물이 배 속에 들어가자 숙취가 확 풀렸다. 편두통은 바로 사라졌다. 입맛이 점점 아저씨화돼서 뜨끔하기는 하지만.

동 영감도 트림을 하면서 똥배를 탁탁 두드렸다. 그제야 겨우 화가 풀린 모양이다.

"그 관리인 뭐야. 세상에 믿을 사람 없다더니 면전에서 거짓말이나 하고. 뭐 절로 발길이 닿아서 노천탕을 가봐? 배신감 확 올라오네."

"출근해서 맨 먼저 하는 일이 대숲 길냥이들 밥 챙기는 일이었나 봐요. 외롭게 이곳을 지키다 보니 다 친구로 느껴졌겠죠. 거짓말에 악의는 없어 보입니다."

"그럼 사실대로 말하면 됐잖아."

"반장님이 말씀하셨잖아요. 길냥이가 대숲에서 갑자기 튀어나오는 바람에 탁 사장님이 놀라 자빠진 게 아닌가 하는 걱정. 소심한 성격이 얼굴에 다 드러나잖아요."

"봤지? 자네 나를 그토록 비웃더니…. 나야 불가능한 설정까지 염두에 두고 수사하는 사람 아닌가. 설마 관리인이 탁 사장 심장 안 좋은 걸 알고 일부러 고양이를 풀지는 않았겠지? 탁 사장은 호텔 전문 인력을 끌어들여서 혜화당을 새로 오픈하려고 했다고. 실직 위협을 느꼈을 수도 있지 않나. 적은 월급에도 긴 세월을 지켜온 곳인데."

"그건 너무 나갔습니다. 탁 사장이 죽어도 불안한 건 마찬가지니까. 또 동물로 공포심을 조장해 사람을 죽일 수 있는 확률이 얼마나 될까요. 거의 상상에 가깝죠."

"흠흠."

"결과론적으로 길냥이 밥 챙겨주러 간 덕에 쓰러진 탁 사장님이 발견됐고 바로 119에 연결됐습니다. 살아난다면 생명의 은인이죠. 그때 못 봤다면 아마 벌써….'

동 영감은 멋쩍어지자 또 말을 돌렸다.

"그러고 보면 다들 뱃속에 불만 한 가지씩은 품고 있군. 역시 혜화당은 저주가 쌓인 곳이야."

사실이다. 카메라맨은 임금 체불로, 군수는 개발 사업 문제로 꼬여 있다. 아직 확인 못 했지만 사채원 여사와는 유산 문제가 불거질 수 있다. 겨우 관리인만 의혹에서 벗어났다.

배식이 끝나갈 즈음 동 영감이 식판을 들고 읍내 호텔 직원에게 슬슬 접근했다.

"자네들 혹시, 아침에 트럭 몰고 오면서 혜화당 쪽에서 나오는 수상한 차량 못 봤는가?"

앳된 남녀는 동시에 눈길을 피하면서 말끝을 흐렸다.

"글쎄…. 눈여겨보지 않아서요."

사고 소식은 당연히 전해들었을 테고 딱 봐도 말려들고 싶지 않다는 대답. 한적한 시골 도로라고 해도 1시간에 차 한 대다니는 길이 아니다. 중간에 다른 마을로 빠지는 교차로도 많다. 의미 없는 질문이었다.

동 영감은 멋쩍음을 감추고 자신이 묻고 자신이 답했다.

"표정을 보고 싶었다고. 돌발 질문에 어떻게 반응하는지. 순박한 청년들이야. 거짓말할 관상은 아니네."

땡그랑!

드라마 작가가 숟가락을 바닥에 떨어트렸다. 침울한 분위기 탓에 유난히 소리가 크게 들렸고 하객들 시선이 일제히 쏠렸다. 집주인 부부가 모두 없어서인지 다들 긴장감 품은 공기를 안 깨려고 조심조심 움직였다. 얼른 식사를 끝내고 떠나고 싶어 했다. 경찰인 우리를 의식하는 게 확연히 느껴질 정도였다.

그러고 보니 드라마 작가와는 말 한 마디 섞지 않았다. 왠지 범접하기 힘든 기운을 풍겨 말 붙이기가 쉽지 않았다. 대화를 틀 만한 접점도 없었고.

떨어진 숟가락을 천천히 줍는 그녀의 손을 보는 순간, 목격하고 말았다. 약지에 낀 검은 가락지. 흔한 빛깔의 반지는 아니다.

머릿속이 혼란스러웠다. 묘한 그림이 연상됐다. 타인의 사랑 방식을 두고 참견할 필요는 없지만, 어쩌면 동 영감 판단이 맞을 수 있겠다 싶었다.

우리는 커피를 한 잔씩 들고 밖으로 나왔다. 산책하는 척, 시선을 피해가며 주차장에 세워둔 차량들을 살폈다. 범퍼 아래가 크게 긁힌 흔적은 어디서도 찾지 못했다. 특히 읍내 호텔의 미니 트럭을 기대했는데 빗나갔다.

조용히 테라스 구석 자리로 가서 저수지를 보며 나란히 한숨을 내쉬었다. 지금껏 잘 보이지 않던 초소가 이제는 잘도 눈에 띄었다. 유일한 단서인 두 개의 불빛과 사라진 목욕 가운.

아무 것도 해결하지 못해 약간 절망감이 들었다. 의문만 가슴에 품은 채 돌아가야 할 시간이 다가왔다.

"박희윤 경장. 그래도 찾아가보는 게 도리 아닌가. 만나지는 못하더라도 말일세."

병원에 간들 면회가 불가능하니 나는 바로 서울로 가고 싶었으나 동 영감 생각은 달랐다. 역시 친구는 친구다.

20여 분 걸리는 읍내를 거쳐, 1시간을 더 달려야 하는 광역시 대학병원까지 택시로 가기로 했다. 부인을 만나서 얘기를 좀 듣고 그곳에서 KTX로 상경하면 될 듯싶었다.

갑작스런 방문에 놀랄까 봐 내가 미리 사채원 여사에게 문자를 보냈다. 가겠다는 걸 거절하지는 않았으나 글귀에 냉랭함이 묻어났다. 탁 사장 수술은 방금 끝났고 의식은 아직 회복하지 못했다고 전했다. 안정이 되면 서울 강남에 있는 병원으로 옮기고 싶다고 덧붙였다.

호출 택시를 불러야 했다. 다행히 여느 읍면 지역 택시가 다 그렇듯이 어제 들어올 때 탄 택시에서 광고 명함을 받아두었다. 전화를 걸어 혜화당으로 1시간 후에 와달라고 예약을 걸었다. 내려올 때는 멀어서 몸이 힘들었는데, 올라갈 때는 마음에 짐을 얹고 가야 해서 힘들게 생겼다.

"끝내 목욕 가운은 찾지 못했군. 찜찜해."

동 영감이 혀를 차며 한탄했다. 지나가면서 그 얘기를 들은 관리인이 걸음을 멈추고 굽실거렸다.

"플라스틱 바구니도 함께 사라졌습니다요."

이건 또 무슨 소리인가. 관리인이 설명을 보탰다.

"노천탕에 늘 플라스틱 바구니를 놔두지요. 옷가지를 담을 수 있게. 그게 없어진 걸 보니 아마 바구니째 들고 간 모양입니다."

바구니째? 이제 누군가가 가져갔다는 사실은 분명해졌다. 그게 어떤 목적인지는 여전히 애매하지만.

하객들이 하나둘 혜화당을 떠나기 시작했다. 말릴 방도는 없었다. 관리인 부부가 달려가 현관 앞에서 일일이 배웅을 했다. 노부부는 또 쓸쓸히 고양이를 친구 삼아 살아가겠구나 싶었다.

누군가가 뒤에서 말을 걸었다.

"거 봐. 별거 없지? 누가 봐도 사고잖아. 쓸데없는 곳에 힘쓰지 말고 다른 도둑들이나 잡게."

뒤돌아보니 군수였다. 짐을 챙겨서 나서는 길이었다. 약사가 곁에서 가볍게 고개를 숙였다. 지난밤 소동이 민망했는지 우리 눈길을 피했다. 대신 저수지를 배경 삼아서 셀카를 찍었다. 그 난리를 치고도 예쁜 풍경을 두고 떠나기는 아쉬웠던 모양이다.

"두 분 같이 한 장 찍어드릴까요? 여기가 포토 존인데."

"그건 다음에요."

내 제안을 그녀는 단칼에 거절했다. 군수만 주걱턱을 문지르며 멋쩍어했다.

"동 청장. 우리 그만 가볼 테니 나중에 꼭 결과 알려주게. 사업 관련해서는 입조심 당부하고."

사라지는 두 사람 뒷모습을 보면서 약사에 대한 호기심이 피어올랐다. 이곳이 고향이 아닌 사람. 사진에 예민했던 사람. 단체 촬영 때도 비켜나 있었던가. 동 영감도 뭐가 마뜩찮은지 고개를 갸웃거렸다.

"저 여자도 참. 자기가 찍는 건 좋고 찍히는 건 싫다 이거지. 별날세."

그 말을 듣는 순간 의문 하나가 뇌리를 쿵 쳤다. 머릿속에서 절로 검색을 시작했다. 혜화당에 도착한 이후 장면 하나하나를. 해혼식을 진행할 때 노부부의 테이블, 탁 사장과 동 영감이 대화할 때의 모습을 떠올렸다. 노트북과 휴대전화가 놓여 있던 책상이 허전했던 이유도 알았다. 투수들이 항상 손 안에 야구공을 굴리듯, 크리에이터들이 손에서 놓지 않는다는 그것.

"반장님. 카메라가 사라졌습니다. 흔들림 없이 찍는다는 그거요."

"그래?"

"탁 사장님은 카메라를 들고 노천탕에 간 겁니다. 영상 올리고 싶다고 어제 분명히 말했으니, 사람 없는 새벽에 찍으려고 했겠죠. 촬영 후에는 가운과 함께 카메라도 플라스틱 바구니에 넣어뒀고. 그게 통째 사라진 겁니다. 그 과정에서 우발적 다툼이 있었는지까지는 알 수 없습니다. 중요한 건, 옷이 아니라 카메라를 훔치는 게 목적이었다는 겁니다."

"쪼잔하게 그걸 어디다 팔아먹으려고"

"팔아먹는 게 아니라 카메라에 녹화된 영상이 문제라면요."

나는 승용차에 올라 막 출발하는 군수 커플을 바라보았다. 머릿속이 다시 검색을 시작했다. 장면이 하나하나 지나가고 마침내 한 컷에서 멈췄다.

"반장님이 이 동네가 숨어 살기 좋은 동네라고 하셨죠?"

"내가 그랬었나?"

"반장님. 서울에 계신 전지전능 청장님 찬스 한 번 쓸 수 있을까요?"

"사랑하는 고향 선배 부탁이라면 기꺼이 들어줄 걸세. 경찰 조직이 사방팔방 입김이 안 닿는 곳이 없을 거야. 그래 무엇을 알아봐야 하는가?"

"면허증에 관한 겁니다. 그리고 전화번호."

"불법일 텐데."

"그러니까 청장님 찬스를 쓰겠다는 거 아닙니까. 급해요."

나는 탁 사장이 사용하던 스위트룸으로 달려갔다. 카메라맨을 깨워서 웹하드에 옮겨놓았다는 영상도 확인해야 했다.

"그래서, 약사가 자기 얼굴 드러내는 걸 싫어했던 거군. 동영상 올리면 누가 알아볼까 봐."

동 영감은 택시 차창을 살짝 내리면서 물었다.

"네. 예전 서울에서 약사로 근무할 때 조제 과실이 있었답니다. 환자와 소송까지 엮여서 마음이 너덜너덜해질 정도로 고생했나 봐요. 재취업이 쉽지 않았을 테니 아는 사람 없는 이곳

읍내에 온 겁니다. 조용히 살려고. 거기서 이 지역의 왕님과 눈이 맞은 거고."

나는 차마 군수 실명을 입에 올릴 수 없었다. 염문은 원래 택시 기사가 잘 옮기니까. 우리는 지금 광역시에 있는 대학병원을 향해 달려가는 중이었다.

약사 면허를 조회해 알아낸 정보는 그 정도였다. 해혼식에서 보여준 까칠한 행동이 조금 이해가 됐다. 문제는 도둑맞은 카메라와 연관성일 텐데, 군수가 사고 당시 약사는 자신과 함께 객실에 있었다고 주장했다. 의심은 거기서 막혀버렸다.

운전대를 잡고 앞만 보고 있던 기사가 그제야 궁금증이 생긴 모양이다. 우리가 먼 곳의 병원까지 가는 이유가. 당연히 대답은 동 영감 차지.

"혜화당 주인이 크게 다쳐서 수술 중이라네."

"유명하다는 그분 말씀입니까?"

"그려. 읍내서는 힘든 모양인지 곧바로 대학병원으로 실려 갔다네."

"이런, 쯧쯧. 그래도 거기가 뇌수술 잘합니다. 좋은 결과 있겠지요."

택시가 톨게이트를 빠져나가 고속도로에 진입하자 읍내 전경이 한눈에 들어왔다. 그 풍경을 내려다보는데 왜일까? 관자놀이가 조이면서 몸이 붕 뜨는 기분은. 주체할 수 없는 혼란에 빠졌다. 방금 들은 말 때문이다.

"반장님. 청장님 찬스 한 번 더 가능할까요?"

"한 번이 어렵지 두 번이 어렵나. 이번엔 뭔가? 바로 알아보겠네."

나는 대답 대신 옆자리 동 영감에게 긴 문자메시지를 보냈다. 동 영감이 안경을 이마에 걸고 찬찬히 휴대전화 화면을 읽더니 눈을 휘둥그레 떴다. 폰으로 바로 뭔가를 보내고 받으며 열심히 조몰락거렸다.

휴가철인데도 이 지역 고속도로는 막히지 않았다. 예상 시간보다 빨리 도착하겠구나 싶었는데, 휴게소를 얼마 앞두고 동 영감이 갑자기 앓는 소리를 했다.

"기사 양반, 내 변이 급해서 그러니 휴게소에 잠시 들러주게."

기사는 무표정한 얼굴로 고개를 까닥했다.

"미터기는 켜놓겠습니다."

"혹시 담배도 한 대 얻을 수 있겠나? 장을 비운 다음에는 그게 순서 아닌가. 기왕 늦은 거 기사님도 요금 신경 쓰지 말고 냉커피 한 잔 하고 오시게."

한적한 휴게소였다. 주차장은 휑했고 콘크리트 바닥이 불판처럼 펄펄 달아오를 정도의 땡볕이었다. 동 영감이 화장실로, 기사는 편의점 방향으로 길을 갈라섰다. 나는 택시에 남아서 앞 유리 너머로 두 사람 뒷모습을 지켜봤다.

도둑맞은 목욕 가운, 아니 도둑맞은 카메라와 두 개의 불빛. 그 둘의 조합을 마침내 찾았다. 넘버 2가 얼마나 빨리 신상 정보를 확인해주느냐가 관건일 뿐.

잠시 살림용 채널에도 들어가봤다. 사고 소식은 아직 전해지지 않았다. 당연히 해혼식 영상도 올라오지 않았다. 170만 명까지 키워놓고 불의의 사고로 방치될 거라고 생각하니 몹시 아깝다는 생각이 들었다. 구독자 늘리려고 얼마나 많은 노력을 했을지. 황금 알을 낳는 거위는 그냥 얻어지는 게 아닌데.

장을 비운 동 영감과 냉커피를 마신 기사가 또 동시에 모습을 드러냈다. 땡볕에 걸어오는 두 사람 다 표정이 편안해 보였다. 기사 얼굴을 처음으로 제대로 봤는데 별 특징은 없었다.

택시가 다시 달리기 시작했다. 내비게이션대로면 30분만 더 달리면 목적지다. 화장실에 숨어들었던 동 영감이 넘버 2에게서 만족할 만한 정보를 얻은 모양이다. 민감한 질문을 너무 태연하게 뱉었다.

"아참, 기사 양반. 나는 그냥 크게 다쳤다고만 했는데 그게 뇌수술이라는 건 어찌 알았는가?"

택시가 잠시 꿀렁거렸다. 차선을 밟은 것 같기도 했다.

"그야…, 대학병원 갈 정도라면 그 정도 위험한 수술이 아닐까 짐작했습니다."

무뚝뚝하던 기사 목소리에 작은 떨림이 생겼다.

"그렇군. 그럼 혹시, 장지철이라는 이름을 아시는가?"

이번 질문에는 기사가 대답하지 않았다. 차체가 다시 꿀렁거렸다. 동 영감이 조수석 앞에 붙어 있는 면허증을 노려보면서 중얼거렸다.

"장지철. 그자는 오래전 서류를 위조해서 부동산 사기를 친 사람인데 아직 검거를 못 했다네. 해외로 밀항했느니 중병에 걸려서 죽었느니 하는 소문도 있었고. 시효가 얼마 안 남았지. 내 생각에는 밀항보다 등잔 밑이 어둡다고 지방 어디에서 가짜 신분으로 숨어 사는 게 아닌가 싶어. 예를 들자면 가명으로 택시를 몬다거나. 위조 전문가에게 그 정도는 일도 아닐 테니."

동 영감의 화법이 먹힌 걸까, 막힌 걸까. 차량 속도가 갑자기 빨라졌다. 차창 밖 풍경이 획획 밀려 나갔다. 거친 질주가 위협적으로 느껴졌다.

"기사 양반. 내가 왜 캐묻나 궁금하지? 우리 경찰일세. 진지하게 묻겠네. 오늘 새벽 혜화당에 왜 갔는가? 아니 정확히는 왜 카메라를 훔쳤는가? 불빛 두 개를 목격한 사람이 있더구먼. 바로 옆에서 본 택시 헤드라이트와 승차등. 현장을 벗어날 때 바퀴가 웅덩이에 빠져서 어쩔 수 없이 헤드라이트를 올렸고, 또 출발하면서 얼떨결에 승차등을 켜지 않았는가? 직업적 습관은 무서운 걸세. 아, 증거는 또 있네. 휴게소에서 내가 변을 보면서 확인했지. 기사 양반이 건넨 담배가 저수지 초소에 버려진 것과 같은 종류더구먼. 거기 묻어 있는 지문도 한번 대조해볼까 해. 그리고 택시 아랫부분이 돌에 긁힌 흔적도 방금 휴게소에서 확인했고. 그렇지 박희윤 경장?"

나는 고개를 최대한 크게 끄덕거렸다. 운전기사가 백미러를 통해서 잘 볼 수 있도록. 동 영감의 능청 연기는 언제 봐도 일품이다.

기사는 더 버티기 힘들다고 판단한 걸까. 처음으로 반응했다. 여전히 무뚝뚝했다.

"혜화당 주인이 택시를 타자마자 카메라를 들고서 혼자 뭘 중얼중얼하는 겁니다. 이상한 사람이다 싶었는데…. 다음 날 영감님한테서 유명한 유튜버라는 이야기를 듣고 깜짝 놀랐습니다. 처음으로 영상을 찾아봤습니다. 가슴이 덜컥 내려앉더군요. 영상 속에 스쳐가는 수많은 얼굴들. 분명 내 얼굴도 곧 나올 것만 같았습니다. 이 악물고 버틴 도피 생활입니다. 시효가 눈앞이라고요. 분명 누군가는 날 알아볼 겁니다. 카메라를 훔쳐서 부숴버리고 싶었습니다. 그게 다입니다."

"그래서 저수지 건너편에 택시를 세워놓고 뒷길로 혜화당에 숨어들었지. 들키지 않으려고. 동네 지리야 훤할 테니."

기사의 침묵이 인정한다는 의미로 보였다.

"아참, 혜화당 주인이랑 노천탕에서 서로 마주쳤는가?"

가장 중요한 질문을 동 영감은 또 흘러가듯이 물었다.

기사는 대답하지 않았다. 그는 폭력범이 아니라 지능범. 계산이 빠르고 현명한 대처법을 알고 있다. 감정적 대답이 어떠한 결과를 낳을지도.

택시가 광역시 경계에 진입했다. 거대한 전자 부품 공단이 펼쳐졌다. 조금 더 달려가자 좌우로 아파트 단지들이 나오면서 높은 방음벽이 이어졌다. 도로 끝 꼭짓점에는 수십 층 높이의 은빛 빌딩들이 군집을 이뤄 미래 도시처럼 반짝거렸다. 택시는 무중력 상태에서 외부 힘에 의해 둥둥 떠밀려 나아가는 느낌이었다. 어떤 소음도 무게감도 느껴지지 않았다.

"자, 이제 다 같이 탁 사장이 깨어나기를 간절히 기도할 시간이군. 나는 친구를 위해서, 기사님은 감형을 위해서라도 말일세."

동 영감 말이 한없이 쓸쓸했다. 얼굴빛이 몹시 어두웠다. 경박하게 떠벌린 일을 자책하고 있지 않을까. 어제 낮, 택시를 타자마자 친구 자랑만 하지 않았어도…. 그 사소함 하나가 생사가 걸린 사건을 촉발해버렸다. 말의 무게, 말의 책임을 다시 생각하게 했다.

기사는 꼼짝하지 않고 운전대만 꽉 잡았다. 동 영감은 팔짱을 끼고 침묵했다. 나는 눈길을 어디 둬야 할지 몰랐다. 불편한 정적이 이어졌다.

이번처럼 불명확한 사건은 처음이다. 탁 사장은 자신의 실수로 넘어졌는가 아니면 택시 기사와 마주쳤는가. 사 여사는 다른 사랑을 찾아 떠났는가. 탁 사장이 깨어나야만 다 명확해진다. 지금은 사기를 치고 숨어 지내던 용의자가 눈앞에 있다는 것만 진실이다.

사건의 끝이 혼란스러웠다. 차 안 공기가 텁텁해 차창을 열었다. 분지 지형인 도시에는 바람이 불지 않았다. 몹시 끈적거리는 8월의 습기만 얼굴에 달라붙었다. 마침내 저 멀리 하얀 병원 건물이 보였다.

3막

실버타운,
하드보일드
파티

여름이 가고 가을이 왔다. 하늘이 높고 파랬다. 기온과 습도가 떨어졌다. 서울경찰청 옥탑 미수반 사무실 창밖으로 아름다운 풍경이 펼쳐졌다. 인왕산 바위 봉우리와 그 아래 좁은 골목이 실핏줄처럼 얽힌 서촌, 그리고 경복궁 지붕들의 위엄. 확실히 아름다운 계절이다.

하지만 경찰은 계절과 함께 움직이지 않는다. 범죄와 다투다 보니 특유의 삭막한 분위기가 있다. 짝을 지어 다니는 사복형사들, 조도가 높지 않은 실내 형광등, 낡아서 철컥대는 사무기기 소음과 제복 직원들의 딱딱한 듯 일사불란한 움직임. 청사 안에는 늘 진한 사람 체취가 떠다니는 것 같았다. 그런 무채색의 풍경들. 내 눈앞에 매일 무성영화 같은 분위기의 일상이 일렁거렸지만 싫지 않았다. 역설적이게도 어둑하고 묵직한 분위기는 활력을 빼앗아 가기보다 심적 안정을 줬다.

내 지나온 청춘이 떠올랐다. 기자 생활 8년은 목숨까지 위태했던 갈팡질팡의 시간. 연쇄살인범에게 애인을 잃었고, 신문사에서 실직했고, 친구 카페에 죽치고 앉아 멍한 나날을 보냈다.

긴 고립의 시간이었다. 고립은 그 원인을 찾는다고, 시간이 흐른다고 해결되지 않았다. 극적인 시발점이 필요했다. 바로 동철수 반장과의 만남. 나는 경찰이 되었고 비로소 나의 시간은 나의 것이 되었다.

동 영감이 연락 두절이다. 닷새 예정으로 휴가를 떠났고 어제가 복귀일인데 돌아오지 않았다. 이틀째 무단결근인 셈. 원래라면 행선지를 널리 떠벌리는 분인데 이번에는 그러지 않았다. 그냥 연기처럼 사라졌다.

"포상 휴가라던데. 청장님이 허락하셨겠지."

주바리 선배 한마디가 내 괜한 걱정에 찬물을 끼얹었다.

포상 휴가? 금시초문이다. 지난번에 멋들어지게 해결한 가수왕 살인사건을 말하는 모양이다. 그러면 공을 나눠서 공평하게 둘 다 휴가를 가는 게 맞지 않은가. 한 사람만 가야 할 상황이라면 당연히 내게 우선권이 있지 않은가. 사건 해결 기여도를 따지면 말할 필요도 없다. 길목에서 팀원 공적을 채 가는 위치 선정의 달인. 이탈리아 축구 선수 한 사람이 떠올랐다. 이거였구나! 당하고 나서야 실감 났다.

화가 차오르지만 미수반은 서울경찰청장 직속 부서이고 넘버 2가 허락을 했다는데 누가 시비를 걸까. 배알 꼴려도 하소

연할 곳이 없다. 속앓이할 바에는 생각을 바꿔먹는 게 낫다. 상사 없는 사무실은 바로 천국.

주바리 선배는 진작 그 이치를 터득해서 근태가 무너졌다. 정시 출퇴근은 지켰으나 근무시간에 사격장을 드나들었다. 언젠가 총 쏠 일이 있겠지라면서. 깨알 같은 글씨가 적힌 옛날 노트를 펴놓고 또 뭔가를 열심히 끄적거렸다.

나는 그 정도까지 대범하지 못해 커피와 빵 한 조각 사다 놓고 책이나 뒤적이는 정도였다. 그제 대림미술관에 산책 갔다가 사 온 서양화가 전숙희 화보집을 펼쳤다. 지난주부터 회고전을 하고 있는데, 그림도 잘 그렸지만 그보다 가수왕 하필의 집을 지은 사람이라는 사실이 내 호기심을 강하게 자극했다. 화보집에는 작가의 생전 일상을 담은 흑백사진도 다수 수록돼 있었다. 볕 좋은 날, 마당에 유화 캔버스를 내걸고 붓을 놀리는 화가 얼굴이 한없이 행복해 보였다. 자세히 보니 지금 소나무 자리가 예전에는 우물터였다.

민원 부서가 아니니 외부 전화도 없다. 블라인드 틈 사이로 온화한 초가을 볕이 들어와 책상에 앉았다. 비만 강아지 덕분이가 살살 움직이며 적당한 생활 소음을 냈다. 사방이 평온함 그 자체였다.

희한한 건 그런 즐거움은 딱 하루였다. 안 먹던 떡을 먹고 얹힌 사람처럼 다음 날부터 가슴에 답답증이 시작됐다. 몰래 포상 휴가를 떠난 사실은 얄밉지만 평소 성격을 보면 대책 없이 무책임한 분은 아니니까.

일단 전화부터 걸었다. 휴대전화 신호음이 넘어가는 동시에 노랫소리가 울렸다. 걸 그룹 핫식스의 〈러버러버〉는 흔히 들을 수 있는 컬러링이 아니다. 한참을 울려도 받지 않았고, 대신 사무실 어디선가 미세한 진동음이 들렸다. 나는 휴대전화를 턱 사이에 끼우고 여기저기 뒤적이며 진원지를 찾았다. 동 영감 책상 쪽이었다. 컬러링 소리가 커질수록 불길함도 함께 커져갔다. 책상 맨 위 서랍을 열자 그 안에서 휴대전화가 부르르 떨고 있었다.

맙소사! 며칠 새 온 부재중 전화가 10여 통 쌓여 있고 배터리는 바닥 직전이다.

휴대전화조차 놔두고 떠난 포상 휴가. 이걸 어떻게 해석해야 할까. 번잡한 일상과 떨어져서 힐링하겠으니 날 건드리지 마오. 그 짓거리 아닌가. 매시간 연락이 닿지 않으면 형사도 아니라면서 훈계하던 분 아닌가. 아니다. 이번에는 내 안의 촉이 불길한 신호를 보내고 있다. 손등으로 이마 땀을 닦았다.

일단 용인에 있는 본가로 전화를 걸었다. 동 영감은 퇴직 후 고급 전원주택단지에 살았다. 반려견 덕분이와 무늬만 와이프에 가까운 불문과 교수님과 함께. 덕분이와 함께 컴백한 지금은 서울경찰청 뒤 주거용 오피스텔에서 생활한다. 주말마다 본가로 내려간다고 하지만 거짓말. 인근 맛집에서 고상한 여인과 어울리는 모습이 목격됐다. 본인은 아는지 모르겠지만 파경설이 청사에 파다했다. 그건 사모님 쪽도 마찬가지. 내 전화에 성의를 보이지 않았다.

"어머, 박 형사님. 저도 바깥양반 본 지 좀 됐는데… 이쪽으로 따로 연락은 없었고. 그 나이에 뭔 일이야 있겠어요. 천성이 엉뚱하고 낙천적인 사람이잖아요."

"그래도 반장님이 휴대전화까지 놓고 떠나셨습니다. 덕분이 밥도 안 챙기고."

우아한 발성의 사모님은 아예 걱정도 하지 않았다.

"맘 편히 생각하세요. 그이 젊었을 때부터 칠칠치 못하게 우산, 지갑 다 놓고 다녔어요. 유럽 여행 가서는 글쎄 나를 트램에 두고 내렸다니깐. 호호."

세상에. 경찰이 먼저 걱정을 하고 되레 가족이 경찰을 안심시킨다. 그래도 사모님의 우아한 말투가 묘하게 안심이 됐다. 금슬이 어떻든 세상에서 동 영감을 가장 잘 아는 사람이 괜찮다지 않은가. 그래도 두고 간 휴대전화가 신경 쓰였다. 혈압약통은 챙겨 간 걸 보니 더 그랬다.

곁에서 지켜보던 주바리 선배가 무심하게 한마디 던졌다. 시선은 여전히 모니터를 향해 있었다.

"희윤 씨. 걱정 말라니까. 우리 반장님 불사조야."

불사조. 어떤 정치인을 칭할 때는 욕, 어떤 야구선수를 칭할 땐 칭찬의 의미다. 동 영감에게는 칭찬인지 욕인지 모호했다.

주위 반응이 냉담해도 혹, 나중에 후회할 일이 생길까 봐 재킷을 걸쳤다. 파트너에 대한 최소한의 예의. 사무실에서 도보 5분 거리에 있는 오피스텔에 가보려는데 책상 위 전화기가 울렸다. 동 영감이 아닌 내 자리로 걸려 오는 경우는 드물었다.

약간 주저하다가 수화기를 들었다. 고운 남자 목소리가 흘러나왔다. 발성이 얼마나 청아한지 나이를 가늠하지 못할 정도였다. 까탈스러운 민원인이 아니라는 사실에 일단 안도했고, 그 때문에 상대의 첫마디를 제대로 듣지 못했다.

"청장입니다."

"네?"

"청장입니다만. 동철수 선배 일로 연락드렸습니다. 전화 받으시는 분 박희윤 경장 맞지요?"

동철수라 함은 반장님 본명이 아닌가. 그를 선배라고 편히 부르는 사람은 이 건물에 딱 한 사람밖에 없다. 바로 7층의 최태평 청장님! 수사보고서를 수시로 빼내주는 넘버 2!

반사적으로 허리를 쫙 펴고 수화기를 두 손으로 움켜잡았다. 기자 시절에는 경찰이 겁조차 나지 않았는데 이젠 절로 반응해 버리다니. 봉급쟁이 조직원의 비애랄까. 뭔가 씁쓸했다.

10분 후 나는 청사 옥상 난간에 서 있었다. 바로 곁에는 넘버 2가 서 있었다. 우리는 나란히 차렷 자세로 나라님이 사시는 북악산 아래 청와대를 바라보았다.

먼발치에서 넘버 2를 몇 번 봤지만 대화를 나누는 건 처음이다. 보고 또 봐도 꽃중년. 180센티가 넘는 신장에 어깨가 널찍하다. 그레이 빛이 도는 풍성한 머리숱. 포마드를 발라서 8 대 2로 나눈 가르마가 근사했다. 어깨에 태극무궁화가 세 개 달린 청색 제복이 위엄을 더했다. 거기에다 부드러운 인상과 미성의 소유자라니. 칙칙한 경찰 조직에서 그런 풍모는 단연 연예 인급 존재감을 뿜냈다. 자발적 팬클럽이 생길 정도였다. 그 좋은 목소리로 들려주는 얘기는 충격적이었지만.

"동철수 선배에게 문제가 생겼습니다."

"문제라니요. 반장님은 휴가 중이십니다. 휴대전화도 던져 놓고 힐링 캠프로 여행을 떠나신 듯합니다."

"그게…. 실은 잠복근무 중입니다. 힐링 캠프가 아니라 힐링 힐이고."

"잠복근무? 제게는 아무 말씀 안 하셨는데. 또 본인 스스로 일을 찾아 나서는 스타일은 아니잖습니까?"

"그게, 다 이 못난 후배 때문입니다."

최태평 청장이 뒷짐을 지고 자책의 한숨을 내쉬었다.

"청장님, 걱정 마십시오. 우리 반장님 불사조입니다. 그 연세에 뭔 일이야 있겠습니까?"

최태평 청장이 하늘을 올려다보며 거듭 한숨을 지었다.

"차진구라는 정치인 아시죠? 노동 현장 출신에 4선 의원을 지냈는데. 기자 생활했으니 모를 리가 없겠지요."

그렇다. 모를 리 없다. 강성 이미지의 작달막한 남자. 그래서 '짱돌'이라고 불렸던 정치인. 누구는 심지 굳은 광장의 투사라 하고, 누구는 무책임한 선동꾼이라고 했다.

"제 기억으로는 몇 달 전에 정계에서 은퇴하셨죠. 지난 총선에서 젊은 신인에게 충격적인 패배를 당한 데다 건강 문제도 있어서 어디 실버타운에 들어갔다고 지라시에서 본 것 같습니다만."

"정확히 알고 계시네. 지금부터 잘 들으셔야 합니다. 한 달 전에 차진구 의원이 실버타운 근처에 산책 나갔다가 괴한의 습격을 받았습니다. 검은 마스크를 쓴 남자라고 하더군요. 한쪽 다리를 다쳐서 한동안 고생했죠. 아직 범인은 잡지 못했습니다. 언론에도 알려지지 않았고."

"그거랑 우리 반장님 잠복수사와는…."

"그것이 참…. 차진구 의원이 사흘 전에 재차 습격을 받았습니다. 같은 장소에서. 거기가 좀 외져서 CCTV 사각지대인 모양입니다. 지금 실버타운 관리소는 비상 상황이랍니다."

"반장님이 그 일 때문에 급파됐군요. 상황이 위중하면 베테랑 수사관을 보내셔야죠?"

말해놓고 바로 후회했다. 상사 흉을 보는 것 같아서. 깐족대는 게 좋지 않은 버릇인 줄 알면서도 그래 버렸다. 제 먹던 우물에 침 뱉기인데. 넘버 2에게 속내를 들킨 것 같아 부끄러웠다.

"박희윤 경장. 여자 기숙사에 잠입하려면 여성이어야겠지요? 실버타운에 잠입하려면 노인이라야 합니다. 의심 안 받으려면 어쩔 수 없는 선택입니다."

넘버 2는 그런 비유를 했지만 바로 수긍되지는 않았다. 아무리 그래도 수사 능력과 별개로 나이를 기준으로 삼다니.

"공개수사하면 되지 않습니까?"

"바로 그게 문제입니다. 거기 입주민들 쟁쟁한 사람들입니다. 경찰이 들락날락거리는 걸 원치 않아요. 혹시 차진구 의원

후견인을 아시나요?"

"네. 예전 기사에서 봤습니다. 고집스레 한길을 걸어온 원로 정객의 역정에 감동받아서 노후 자금을 댔다는 백세그룹 회장님."

"국내 10위권의 재벌가이지요. 힐링힐이라는 초호화 실버타운을 운영하는 곳이 바로 계열사인 백세건설입니다. 그런데 보안에 허점이 있다는 사실이 알려지면 명품 브랜드 이미지에 직격탄일 테고 차진구 본인도 일단 조용한 수사를 원해요. 혜택을 받았으니 그룹 측 입장을 배려할 수밖에. 참고로 백세그룹은 예전부터 우리 서울청 행사에도 많은 도움을 주고 계십니다. 흠흠."

경찰 행사 후원. 슬그머니 내뱉은 끝말이 장사치처럼 들려 넘버 2에게 처음으로 실망했다. 관리자가 되면 어쩔 수 없는 모양이다. 이번 건도 분명 그룹 쪽에서 부탁을 받았으리라. 언론에 알려지기 전에 소리 소문 없이 해결하려고 동 영감을 급파했는데 일이 꼬여버린 것이고.

"그럼 잠입 중인 반장님이 SOS를 보내왔습니까? 뭔가 난처한 상황이군요. 신분이 노출됐거나."

"네. 걱정입니다. 그러니까 박 경장이 그걸 좀 알아봐줬으면 해요. 만약 이번 일이 잘못되면 내 앞날이 어떻게 될지 뻔하지 않습니까. 최태평 이름 뒤에 관련 검색어로 '실버타운 수사 은폐 의혹'이 따라붙을 텐데 그런 불상사는 피해야지요. 나를 흠집 내고 싶어 하는 좌파와 우파, 동쪽과 서쪽의 음해 세력들이

가만히 있겠습니까? 우리 조직 안에도 날 모함하는 자들이 득실하더군요. 아무튼 박 경장만 믿겠습니다. 아 참, 기왕 가는 길에 차진구 의원한테 한 가지 사실 확인을 부탁드립니다. 백세그룹 임원 하나가 경찰에 뭔가를 보내왔어요. 아무튼 행운을 빕니다."

최태평 청장이 갑자기 입가에 온화한 부처님 미소를 머금고 악수를 청했다. 거친 일선 형사의 손이 아니었다. 굳은살 하나 없이 매끈하고 따듯했다. 그냥 방긋이 웃었을 뿐인데 내게는 거부할 수 없는 명령으로 다가왔다.

"충성! 최선을 다하겠습니다."

나도 모르게 감읍해 넘버 2가 내민 두 손을 맞잡았다.

실버타운은 공기 좋은 시 외곽에만 있는 줄 알았다. 서울 도심 한복판 남산 바로 아래에 이렇게 멋진 곳이 있을 줄이야. 밝은 적색 지붕을 얹은 스페인풍 석조 건물은 울창한 나무와 높은 담장에 가려서 밖에서 잘 띄지도 않았다. 한눈에 봐도 수용 인원이 많아 북적대는 대형 단지가 아니라 소수 부유층을 위한 고급 단지였다. 바로 옆에 종합병원이 있고 지하철역에서 가까웠다. 단지 후원은 남산 산책로와도 이어지는데 이 모든 게 계획된 입지였다. 듣자니 입주 비용만 20억 원대에 매달 관리비가 서민 한 달 월급이라니 일반인은 꿈도 못 꾸는 곳이란다.

내가 명동 백화점에서 산 생과자 박스를 들고 힐링힐 정문에 들어서자 감색 제복에 명찰까지 단 젊은 보안 요원이 어깨까지만 살짝 숙여서 인사를 건넸다. 과하지 않은 세련된 친절. 내가 신분증을 내보이자 목에 거는 출입증을 내줬다.

　드디어 단지 중앙에 있는 라운지에서 동 영감과 상봉했다. 연락 두절 나흘 만이다. 상황 적응에는 왕인 분이시라 잠입 형사가 아니라 마치 오래 산 입주민처럼 태연히 나를 맞았다. 납작한 골프 모자를 쓰고 한쪽 손에 스윙용 가죽 장갑을 끼고 있어서 처음엔 몰라볼 뻔했다.

　"일단 주위부터 한 번 보게? 딴 세상 같지 않나?"

　인사도 없이 건넨 첫마디였고 나는 곁눈으로 휙 훑었다. 진짜 시간이 멈춘 딴 세상 같았다. 살다 보면 고급스러운 분위기에 가끔 주눅 들 때가 있는데 여기가 그랬다. 샹들리에가 달린 높은 천장에 크림색 대리석으로 치장한 공간은 유럽 귀족들 사교 클럽에 온 기분을 들게 했다. 통유리 창 너머로 따뜻한 볕이 쏟아져 들어왔다. 푹신한 카펫이 깔린 소파에 앉아 누군가는 차를 마시며 책을 읽고, 누군가는 마주 앉아 체스를 뒀다. 음료를 마실 수 있는 바도 한쪽에 보였다. 복도를 따라 영화관, 노래방과 당구를 칠 수 있는 공간도 늘어서 있다.

　"반장님. 왜 저한테 아무 말씀 안 하셨습니까?"

　"극비 수사였다고. 그런 건 가족한테도 말하지 않는 법이지."

　"그럼 왜 저를 부르신 겁니까? 그것도 청장님 통해서. 제가 거절할 수 없게끔."

　"물론 나 혼자서도 해결 가능한 미션이야. 근데 시간이 걸리겠더라고. 경찰이 아니라 위장 신분으로 움직이니 제약이 많더란 말일세. 시간을 줄여보자는 의미이니 기분 나빠하지 말게."

"휴대전화는 일부러 놔두고 오신 겁니까?"

"그럴 리가. 깜빡 잊고 안 가져온 걸세. 하루 이틀이면 미션 클리어일 줄 알았더니 사흘 나흘이 되더란 말일세. 쩝."

대답 하나는 진짜 막힘이 없다. 되레 내가 약이 올라 따지듯이 물었다.

"위장 신분은 또 뭡니까?"

동 영감이 좌우를 살피더니 손바닥으로 입술을 가리고 속삭였다.

"여기서 내 이름은 동요한이야. 은퇴한 원양어선 사업가지. 취미는 골프와 노래 부르기. 하나 있는 아들놈은 미국에서 공부하는 걸로 돼 있어. 잘 기억해두게. 나를 부를 때 실수하지 않도록."

"아니, 들키면 어쩌시려고? 골프도 못 치시잖아요."

"들킬 리가 있나. 이곳에서 나의 존재를 아는 사람은 사건 해결을 부탁한 센터장과 피해 당사자인 차진구뿐이라네."

"그나저나 범인은 미궁인가요?"

"그게 참…. 진짜 귀신 곡할 노릇이라네."

그 부분에서 동 영감이 깊은 한숨을 내쉬며 등을 소파에 젖혔다. 하루하루 즐거운 인생, 스트레스 따위는 모르는 분인데 의외로 심적 압박이 심해 보였다. 자신만만 잠입 수사에 나섰는데 능력 부족을 절감한 모양이다. 그렇다고 사실을 인정하기는 싫고.

"차 의원은 지금 어디에 계십니까?"

"병원 갔어. 이틀에 한 번 통원 재활 치료. 그 양반 기상 시간, 식사 시간, 운동 시간은 칼이야. 내 두 번 찾아가서 신분을 밝히고 면담했는데 까칠함이 장난 아냐. 범인을 못 잡고 있으니 기분은 이해되는데 정나미 뚝 떨어지더라고. 날 부하 다루듯이 닦달하니."

그때였다. 누군가가 우리 곁으로 다가왔다.

"동 사장님 손님이 오셨나 보군요. 이 잘생긴 젊은 분은 누구신가?"

조금 전까지 마주 앉아서 체스를 두던 금슬 좋아 보이는 부부였다. 딱 봐도 명품인 회색 카디건을 커플로 입었다.

"허허. 송 박사님. 미국에서 경영학 박사과정에 있는 제 아들놈입니다. 출국 길에 애비 보러 잠시 들렀답니다."

동 영감은 입술에 침도 안 묻힌 채 거짓말을 했다.

"좋으시겠군요. 그래, 아드님은 미국 어디에 계신가?"

그러면서 남자가 내 눈을 빤히 쳐다봤다.

헛! 내 이럴 줄 알았다. 어설픈 거짓말은 하는 게 아니다. 미국은 예전에 출장 한 번 다녀온 게 전부다. 순간 떠오르는 이름은 하나밖에 없었다.

"오클라호마에 있습니다. 중부에 있는."

남자가 배시시 웃었는데 그 의미를 모르겠다. 혹시 그 대학에 경영학 박사과정이 없는지, 아니면 아이비리그가 아니라고 얕보는지, 아니면 동 영감과 내가 부자지간치고 너무 안 닮아서인지. 뭔가 들켰다는 기분이 들었다.

부부가 사라지자마자 내가 따지고 들었다.

"반장님. 왜 거짓말을 하신 겁니까?"

"기죽지 않으려고. 여기서는 자기보다 잘난 사람들은 은근히 질투하고 못난 사람들은 깔보는 경향이 있어. 다들 부자면서 그게 또 그렇더라고. 그렇다고 내가 뭣이 부족해서. 방금 말 건넨 저 부부 누군지 알겠나?"

듣고 보니 낯이 익다. 부인 얼굴을 다시 보자 명확히 떠올랐다. 한때 방송에서 이름깨나 날렸던 부부 의사. 자신들 이름을 내걸고 건강보조식품을 팔아서 큰돈을 벌었다고 들었는데 세월이 흘러 이런 곳에서 만날 줄이야.

주위를 좀 더 돌아봤다. 구석 테이블에서 독서를 하는 사람도 안다. 대하 사극에서 임금 역을 자주 맡았던 원로 탤런트였다. 볕 좋은 창문 앞에서 지그시 눈을 감고 앉은 사람은 한때 날렸던 바둑 기사가 분명하다. 동 영감은 유명 셀럽들과 이웃으로 지내는 호사를 누리는 중이었다.

"자, 얼른 움직이세. 사건을 원점에서 재검토해보자고."

동 영감은 그제야 진짜 속내를 드러냈다.

"속이 타서 죽을 지경입니다. 뉴스에 빵 터지기라도 하면 혼자 뒤집어써야 할 판입니다."

가장 먼저 들른 곳은 라운지 뒤쪽에 위치한 관리보안센터.

호텔리어처럼 감색 유니폼을 착용한 직원 몇몇이 자리에 앉아 있고 센터장 책상은 파티션 너머 안쪽에 따로 마련돼 있었다.

센터장은 우리를 보자마자 하소연을 쏟아냈다. 마흔 초반 정도의 상대적으로 젊은 남자였다. 흔히 연상되는 아파트 관리소장과는 달랐다. 무테안경에 양복 차림이 단정한 대기업 샐러리맨 느낌을 줬다.

동 영감이 소파에 다리를 쩍 벌려서 앉으며 거들먹댔다.

"이제 걱정 말게. 새로 합류한 친구가 이런 사건 해결사라네."

그러면서 내 어깨를 툭툭 쳤는데 센터장은 그 말을 믿지 않는 눈치였다. 안 봐도 뻔했다. 처음에 와서 얼마나 거들먹거렸을지. CCTV 영상만 확보되면 바로 사건 종료라고 믿었겠지만, 그게 불가능한 상황이 오니 막막했겠지. 좌충우돌하다가 모양새 더 구겨지기 전에 급히 나를 호출한 것이고.

"형사님, 후문 CCTV에서 뭔가 찾지 못하셨습니까? 그나마 현장에서 제일 가까운 건데. 우리 직원들도 살펴봤지만 형사님 눈은 좀 다르지 않습니까?"

동 영감이 고개를 흔들었다.

"몇 번을 돌려 봐도 검은 마스크를 쓴 괴한은 안 찍혔어. 남산 산책로에서 내려와 다시 그 길로 사라진 게 확실해. 당일 몇몇 등산객이 힐링힐 후문 앞까지 구경 삼아 내려오긴 했지만 차진구 의원이 다친 시간대와 차이가 있었다네."

"이번 일이 알려지면 곧 분당에 문 여는 힐링힐 입주에 타격을 입습니다. 보안에 구멍 있다고 난리 칠 테고. 자산가들은 이런 부분 엄청 예민합니다. 회장님께서 직접 전화까지 주셨다고요. 조기에 수습 못 하면 저는 모가지입니다. 그룹 복귀는 물 건너가고요. 제발 좀 살려주십시오."

센터장은 안달이 났다. 동 영감이 위로랍시고 건넨 말은 영 생뚱맞았고.

"차진구 의원이 이해해줘서 그나마 다행이야."

"꼭 그런 것만도 아닙니다. 첫 번째 사고 일어나고 화가 엄청 나셨습니다. 어느 날 갑자기 날 부르더니 단지 내 CCTV 설치 현황을 들고 오라고 난리 난리 치셨죠. 직접 범인 잡겠다고. 제가 겨우 어르고 달래서, 그룹 통해 동 반장님께 도움 요청 드린 거고."

두 사람 대화를 듣자니 안타까운 마음이 들었다. 결과론적으로 초기 대처가 미숙해 화를 키웠다. 바로 수사에 들어갔으면 해결이 수월했을 텐데. 또 범인이 찍히지도 않은 CCTV에 목매다가 시간만 잡아먹었다.

내가 센터장에게 정중하게 요청했다.

"입주민과 직원 명단 좀 부탁드려도 될까요?"

센터장은 바로 고개를 흔들었다.

"곤란합니다. 명단이 외부에 새 나가기라도 하면 더 감당 안 됩니다."

나를 신뢰하지 못할 사람 취급해서 기분이 상했다. 센터장 대신 동 영감을 째려보았다. 기본적인 수사 자료도 챙기지 않았느냐는 경멸의 눈빛으로.

"허허. 박희윤 경장. 너무 쪼지 말게. 안 그래도 오늘쯤 요청할 생각이었다네. 일단은 CCTV 확인 후에 다음 단계로 넘어가려고 했지. 허허."

동 영감이 얼굴색도 안 바꾸고 번지르르한 변명을 늘어놓았다. 나는 한 번 더 요청했다.

"센터장님. 차 의원 사고를 미제로 남기는 것과 입주민 명단을 제공하는 것. 어느 쪽이 더 위험부담이 클까요. 우리는 대한민국 경찰입니다. 명단을 외부에 유출하는 짓 따윈 하지 않습니다."

센터장은 무테안경을 손등으로 밀어 올리며 마지못해 고개를 끄덕거렸다.

동 영감은 직속상관이 아니라 가이드처럼 나를 현장으로 이끌었다. 보통은 내가 앞장서면 동 영감이 뒤따르면서 폼을 잡는데 지금은 반대 양상. 겉으로 큰소리쳐도 심적으로 쫓기는 게 분명하다. 넘버 2의 특명이었으니.

사고 당일 차 의원이 걸었던 동선을 따라 나섰다. 동 영감은 고리가 달린 출입 키를 검지에 끼워서 계속 빙그르르 돌렸다. 부모가 사준 외제 차를 자랑하는 철부지 애처럼.

"무선호출 기능이 내장돼 있다네. 단지 근처에서는 요기 작은 버튼을 누르면 의무실과 집이 동시에 연결되지. 갑작스러운 심장마비도 걱정 없어."

동네를 크게 한 바퀴 도는 코스였다. 미리 돌아본 동 영감 설명에 따르면, 우선 힐링힐 정문을 나와 언덕을 따라가면 나무로 지은 공예 박물관이 보인다. 건물 옆으로 난 계단은 바로 남산 북측 산책로와 합쳐진다. 도심을 내려다보며 한참 걸으면 우측에 눈에 잘 띄지 않는 좁은 샛길이 나오는데, 힐링힐 후문과 이어졌다. 사고는 그 샛길에서 일어났다.

"근데 반장님, 왜 처음에 사건을 공개하지 않았을까요?"

내가 궁금한 것부터 물었다.

"차진구 최대 후원자가 누군가?"

"아. 그 얘기는 청장님한테 대충 들었습니다만."

"백세그룹 천영세 회장이 차진구를 오래 후원해왔고 정계 은퇴 후에도 편히 여생을 보내도록 거처를 마련해줬지. 차진구가 보기와 달리 청빈하게 살았는지 모아둔 재산이 거의 없었다네. 한편으로는 피습 소문이 퍼지면 힐링힐 이미지가 어떻게 되겠나. 향후 분양에 타격이 있겠지. 센터장도 그걸 걱정하지 않던가."

"그 정도 논리로는 약한데. 그렇다고 영원히 묻을 순 없잖습니까?"

"아예 손 놓고 있었던 건 아니라네. 첫 사고 나고 보안 요원들이 자체 조사를 하는 중에 일이 또 터진 거야. 그래서 부랴부랴 내가 급파된 것이고."

"센터장 말로는 차 의원이 입 놀리고 싶어서 근질근질해 한다면서요? 관심받는 걸 워낙 좋아하는 분이시라."

"그냥 액션이야. 허세라고. 자기가 어떻게 범인을 잡아. 내 조용히 만나봤는데 실상은 그렇더라고. 처음에야 부글부글 흥분해서 그랬겠지만 일단 크게 안 다쳤고, 그룹 사업과도 엮여 있다니 바로 이해하데. 재벌 타파를 외친 양반이 노후를 재벌 후원에 기댄다는 게 아이러니지만. 하여튼 참 마음에 안 들더라고. 그런 스타일."

대충 돌아가는 분위기는 이해됐다. 재벌 총수의 개인적 후원이라고는 하지만 생전에 어떤 친분이 있었는지 궁금했다.

그새 공예 박물관을 지나서 북측 산책로까지 올라왔다. 푹신한 우레탄이 깔려 있고 차량이 다니지 않아서 도심 트레킹이나 조깅 코스로 유명한 곳이다. 매년 초가을에 외국 관광객들도 많이 참가하는 맨발 걷기 대회가 열린다. 올해는 벌써 행사를 치렀는지 몇몇 곳에 치우지 않은 안내용 깃대가 꽂혀 있었다.

"박희윤 경장. 검은 마스크가 차진구를 표적으로 노린 건 확실하지? 같은 장소에서 두 번이나 일어났으니 무차별 범행은 아닐 거야."

"그건 먼저 투입되신 반장님이 판단하셔야죠?"

"의견을 물어보는 거잖나. 내가 말도 않고 잠입 수사 왔다고 삐친 건가?"

"설마요."

"아마도 범인은 숲에 잠복해 있다가 차진구를 노린 게 분명해. 실버타운 내부는 사실상 침입이 어려우니 외출할 때를 노린 거고. 차진구는 당뇨가 있어 매일 이 길을 걷는다더군. 그걸 파악하는 건 어렵지 않았을 테지. 범행 동기는 의원 시절 원한이려나?"

"반장님. 너무 편한 해석입니다. 정황은 그렇다 쳐도 물증은 없죠."

"그럼 내부자 소행인가? 옛 원한이 아니라 실버타운 입주 후에 생긴 갈등 같은 거. 소음을 유발했거나 추태를 부렸거나. 그래놓고선 외부인 소행처럼 조작한 거지. 아무튼 뭔가가 탁해."

동 영감 특기인 갈팡질팡이 또 시작됐다. 나는 대충 고개를 끄덕여주었다. 그리고 잠시 하늘을 올려다봤다. 미세먼지 하나 없는 멋진 초가을이 이어지고 있었다. 1년 내내 요즘 같으면 좋으련만.

"그나저나 박희윤 경장. 차진구는 그간 원한 살 일 많았겠지?"

"한 보따리는 될 겁니다. 워낙 언행이 직설적이라. 그런 스타일에 반해서 또 지지하는 사람도 많았고. 그러니 평생을 절반의 아군과 절반의 적군에게 둘러싸여 살아왔죠. 들쑤시고 투쟁하여 승리하리라. 간단히 말해 이게 차 의원 스타일이죠. 나 같으면 제풀에 지쳐서 뻗어버렸을 것 같은데 어디서 그런 에너지가 솟는지. 세상이 변해 물리적 투쟁을 앞세운 정치 행태는 수명이 다했다고 하는데 희한하게 선거 국면에서 지역 정서만 자극하면 그게 또 먹히니⋯."

동 영감은 내 얘기를 진지하게 듣지 않고 멋진 초가을 하늘만 올려다보고 있었다. 2인 1조 형사들은 가끔 감정 조절이 어럽다.

드디어 샛길 입구에 다다랐다. 나무판을 깔아 연결해놓은 짧은 등산로였다. 힐링힐 후문까지 100미터나 될까. 차 의원은 이 길로 귀가하던 중 뒤따르던 괴한에게 떠밀려서 고랑에 떨어졌다.

"반장님. 위치가 애매하긴 하네요."

"내 그렇다고 하지 않았나. CCTV가 달린 실버타운 안도 아니고 보행자 많이 다니는 남산 산책로도 아니니. 가장 가까운 카메라가 힐링힐 후문 바로 위에 붙어 있는 녀석이라네. 저쪽에 보이지? 남산 산책로와는 400미터도 넘고. 여기가 공유지라 맘대로 카메라 달고 그러지 못한다네."

"CCTV나 유전자 검사가 없던 시절엔 어떻게 수사했나 싶습니다."

"그때도 잡을 범인은 다 잡았네. 형사들의 고된 발품으로. 이번 사건도 CCTV 없다고 지레 포기하지 말고, 인간 내면을 들여다봐야 하는 고차원 수사라고 여기고 전력을 다해주게."

"지레 포기는 반장님이…."

"경비실에 물어보니 여기가 한적해도 오가는 사람이 아예 없진 않다더군. 이 길 아니면 정문으로 멀리 돌아서 남산에 올라야 하니. 산책로에서 후문 앞까지 내려오는 외부인도 가끔 뜬다고 하고."

"그건 왜요?"

"집 구경하려고. 최고급 실버타운 안은 어떻게 생겼는지 몰래 훔쳐본다네. 하여튼 우리나라 사람들 별나."

동 영감이 시계를 봤다.

"슬슬 가보세. 차진구가 병원에서 돌아올 시간이네. 시간 하나는 철저한 양반이야. 젊은 시절부터 유명했지."

정치인 차진구를 키운 건 광장이었다. 정권을 탈환했을 때 감격에 겨워 광화문에서 밤새 울었고, 정권을 빼앗겼을 땐 시위대 맨 앞줄에서 구호를 외쳤다. 위기 때마다 목숨을 건 단식 농성으로 지지 세력 결집을 끌어냈다. 몇 번의 정치 격변기에도 그는 자기 별명 '짱돌'처럼 강인하게 살아남았다.

내 기억 속 차 의원은 그런 이미지였다. 어느새 일흔 노인이 된 그가 지금 눈앞에 있다. 한쪽 발에 깁스를 한 채 휠체어에서 응접실 소파로 옮겨 앉는 중이다. 작달막한 체구에 두꺼비처럼 튀어나온 눈. 30여 년을 TV 뉴스에서 봐온 얼굴. 지난 총선에서 정치 신인에게 충격적인 패배 후 떠밀리다시피 정계 은퇴를 해서인지 활력은 예전만 못해 보였다. 피습 때 허리와 다리를 다쳐서 통원 치료를 담당하는 남자 간호사가 곁에서 도와줘야만 움직일 수 있었다.

차 의원이 머무는 실내는 고급 주거형 콘도와 비슷했다. 아파트로 치면 20 중반 평형쯤 될까. 혼자나 부부가 생활하기에 좁지도 넓지도 않았다. 방 두 개에 화장실이 두 개. 거실에 응접세트도 마련돼 있다. 24시간 호출 가능한 비상벨도 침대 머리맡에 보였고. 베란다 너머로 막 단풍이 들기 시작한 남산의

가을 풍경이 들어왔다.

"이야, 사건 해결이 난망한 모양이로군. 못 보던 얼굴이 충원된 걸 보니."

차 의원이 나를 보자마자 약간 빈정댔다. 초면에는 보통 악수를 청하고 이름 정도는 물어보는 게 순서 아닌가. 격려 대신 군기를 먼저 잡겠다는 술수인가. 동 영감 얼굴이 살짝 달아올랐다.

"의원님. 저희도 해결에 최선을 다하고 있습니다. 목격자가 없다 보니 그게…."

"그게 능력이다. 듣자니 자네 지방청장까지 지냈다던데 왜 그리 무딘가?"

"네? 아 예. 더 집중하겠습니다. 의원님께서 도와주시면 조만간 성과가 있지 않을까 합니다. 그래서 말인데 의원님께서는 매일 저녁 정문으로 나가서 산책로를 돌고 후문으로 귀가하신다고 들었는데 그런 일상을 아는 사람은 누가 있을까요?"

"글쎄다. 그걸 일일이 알 수가 있나. 나야 대중을 일일이 모르지만 그들은 내 얼굴 알아보겠지. 질문 자체가 미스야."

맞다. 위축된 나머지 동 영감이 무의미한 질문을 던져버렸다. 허점을 보자마자 바로 쑤셔버리는 차 의원도 참 정 떨어진다. 권위적이고 성마르기까지 해 대화가 힘들었다.

"하나만 더 여쭙겠습니다. 검은 마스크가 접근했을 때 특별한 느낌이 없으셨는지요? 어디서 본 것 같다거나, 뭔가 독특한 냄새를 풍겼거나."

"지난번에도 같은 질문을 했지. 마찬가지다. 그걸 알면 내가 사건을 해결했겠지. 역시 무뎌."

동 영감이 다시 한 방 먹었다. 안쓰러워 내가 달라붙었다.

"의원님. 저녁 산책 나가실 때 복장 말입니다."

"사건과 무관한 질문은 말라."

"그럼 저기, 백세그룹 천영세 회장님 후원과 관련…."

"어허. 젊은이가. 경고를 듣자마자 무시하네."

철저하게 무시당하는 건 바로 나였다. 다음 질문은 꺼내지도 못했다.

"그만하지. 그리고 앞으로 찾아오지 말게. 벌써 세 번째 면담 아닌가. 내가 아는 건 이미 다 말했고 형사들 자꾸 들락거리는 거 보고 싶지 않다. 나 젊은 시절 반독재 시위하다가 경찰서에서 고문당했던 사람이야."

동 영감 얼굴이 더 붉어졌다. 자리가 권위를 만든다더니, 기세고 거침없는 4선 의원 앞에선 천하의 동 영감도 좀 무기력했다.

현관에서 초인종 소리가 들렸다. 고운 인상을 풍기는 부인 둘이 꽃꽂이 화분과 종이 박스를 들고 응접실로 들어왔다. 동 영감과 비슷한 또래 같은데 곱게 차려입고 허리도 꼿꼿해서 노인 느낌은 들지 않았다.

"의원님. 오늘은 기분이 좀 어떠신가요?"

"이야! 여사님들. 감격입니다. 이렇게 들여다봐 주시고."

"우리 나이 때는 특히 관절을 조심해야 한대요. 뼈가 잘 붙지 않는다고. 이거 연골에 좋은 한약입니다. 제 딸이 운영하는 한의원에서 한 재 지었습니다."

"어이쿠, 이런 거 안 챙겨주셔도 괜찮은데. 나야 오랜 민주화 투쟁으로 체력이야 단련된 사람 아닙니까. 허허."

차 의원 목소리가 한없이 쾌활해졌다.

"의원님도 참. 이제 그런 말씀은 마세요. 자기 자신이 제일 중요하죠. 나이 들어 건강 잃으면 나머지는 아무 의미가 없답니다."

그러면서 부인들 시선이 갑자기 동 영감에게 향했다. 며칠 전 새로 입주한 사람과 차 의원의 관계가 궁금한 모양이다.

"아, 얘가 알고 보니 고향 후배더군요. 인사 왔기에."

차 의원이 우리를 향해 눈을 깜빡였다. 그만 가보라는 신호였다. 나는 궁금한 게 너무 많은데 말도 몇 마디 못했다.

쫓겨나다시피 나오는데 응접실 머리맡에 걸어둔 커다란 사진 액자가 눈길을 끌었다. 4선 의원 차진구와 전직 대통령이 순대국밥 집에서 소주를 들이켜는 사진. 그의 영광과 좌절이 그 사진 한 장에 다 응축된 느낌이었다.

"봤지? 이웃들 병문안 오니 목소리부터 발라당 뒤집어지는 거. 정치 공약 뒤집듯이 말이야. 저런 인간 밥맛인데. 나이 다섯 살 많은 게 뭔 계급장이라고 나보고 이래라저래라 하인 취급이야."

동 영감이 심하게 언짢아했다. 언짢긴 나도 마찬가지였다. 부하 직원 앞에서 상사를 모욕 주는 언행은 최악이다. 차 의원이 그걸 모를 리 없다. 동 영감과 나를 길들이려는 의도가 분명하다.

단단히 삐쳐서 걸어가는 동 영감 뒤를 조심조심 뒤따르다 라운지 안내 데스크 뒷문으로 누가 나가는 게 보였다. 직원들이 다니는 전용 통로 같았다. 내 눈이 틀리지 않다면 조금 전에 본 남자 간호사. 차 의원 치료 담당이니 얘기를 좀 듣고 싶었다.

재빨리 따라붙었다. 지하 1층으로 내려가는 비상계단을 두 칸씩 달려 의무실 앞에서 겨우 간호사를 부를 수 있었다. 다행히 간호사는 나를 기억했고 이런저런 질문에 호의적이었다. 가슴에 단정하게 단 명찰을 보니 의무실에 근무하면서 피트니스 센터 트레이너 일을 겸하는 듯했다. 짧은 머리, 선한 눈매, 가지런한 치아. 거기에 비해 몸은 탄탄하고 팔뚝이 굵다. 장정 체형을 가진 미소년 같았다. 차 의원 근황부터 물었는데 대답도 시원시원했다.

"병원 오가실 땐 주로 정계 개편 얘기를…. 나라가 걱정스럽다며 지금 대통령 욕하시고, 보좌관이랑 바람피운 의원도 있다고 그러시고. 아, 야한 농담을 잘하세요. 그럴 땐 침 튀겨가면서 굉장히 신나하시죠."

"듣기 힘드시죠?"

간호사는 단호하게 고개를 저었다.

"아닙니다. 저희는 환자분들 모든 얘기를 집중해서 들어요. 사실 저는 정계 개편 뜻도 잘 모릅니다. 바람피웠다는 의원도 아는 사람이라야 재밌을 텐데 모르는 이름이고. 그냥 맞장구만 열심히 쳐드리죠. 즐거워하시는 얼굴 보면 되게 보람찹니다. 사실 치료 효과도 있거든요."

"차 의원님 다치신 거는 좀…."

"처음 다친 부위는 거의 아물었는데 다시 그렇게 되시는 바람에…. 두 번째가 더 심해요. 재활이 좀 오래 걸리지 싫습니다. 주사 요법과 병행하면 빠를 텐데 싫다고 하셔서. 독한 약물 대신에 순리대로 치료하시겠다고."

"사고 이후 의원님 짜증 많이 느셨죠?"

"몸이 불편해서 그렇지 기분은 괜찮아 보여요."

"의외군요. 다행이라면 다행이고."

간호사는 턱을 만지며 생각에 잠기더니 좀 진지한 얘기를 꺼냈다.

"처음 입주하고 두어 달은 좀 외로워하셨습니다. 하루는 정원 벤치에 혼자 계시더라고요. 식사도 계속 혼자 하셨고. 딱히 취미가 없으시니 어울리지 못하고…. 다들 캐나다를 지루한 천국이라고 하잖아요. 의원님한테는 여기가 그랬던 모양입니다. 너무 화려한데 너무 조용해서. 제가 수영이나 포켓볼을 배워보라고 권했는데 관심 없어하시더라고요. 그냥 정해진 시간에 밥 먹고 산책하고 정치 대담 프로나 신문 보시고."

둘러보니 지하층은 체력 단련을 위한 공간으로 꾸며 놓았다. 수영장과 마사지실, 헬스장이 완비돼 있었다. 특히 수영장 너머 나무로 짠 노천탕이 시선을 확 빼앗았다.

"차 의원님이 적응하기 힘들었던 이유가 뭘까요? 그 달변가가."

"살아온 환경도 다르고 관심 분야도 달라서죠. 여기 입주한 분들은 다 자기 세계에 빠져서 삽니다. 최대한 인생 즐기면서. 의원님은 맨날 재미없는 옛날 얘기만 하십니다. 제가 집중해서 안 들으면 젊은 사람들이 정치에 무관심해서 나라가 이 꼴이라고 혼내시고."

"어떤 분위기인지 알 것 같습니다."

"계절별로 한 번씩 입주민들이 지인을 초청해 가든파티를 엽니다. 색소폰 연주자도 부르고 와인도 마시고 장기 자랑도 하고. 다들 근사하게 정장 차려입고 꽤나 멋을 부리시죠. 의원님은 지난 행사 때 버럭 화를 내시고 먼저 자리를 뜨셨어요. 뭐가 못마땅했는지. 분위기 싸해지고."

"그래도 최근에 적응을 잘하신 모양입니다. 이웃들이 문병도 오고."

"네. 그 와중에 사고가 터졌어요. 목발 짚고 움직이시니까 어느 순간 말도 건네고 안면도 트게 됐죠. 의원님이 정치인인지 모르는 분도 계시더라고요. 서로 그렇게 무심해도 유대감을 갖게 하는 게 하나 있는데 바로 건강입니다. 누가 아프다고 하면 자기 일처럼 다가서는 거 보고 깜짝 놀랐습니다. 제가 아직 젊어서 그렇겠죠. 어르신들만의 공감 영역은 따로 있는 듯합니다. 그나저나 이런 거 왜 물어보시나요?"

"별일은 아니고 저는 의원님이 잘 지내시는지 조용히 확인하러 왔습니다."

거짓말은 할수록 는다. 내가 눈을 찡긋했다. 간호사는 대충 알아듣는 눈치다 싶더니 느닷없이 되물었다.

"형사님 맞으시죠? 직원들은 대충 눈치로 알고 있습니다. 사건 해결을 위해서 부자지간으로 위장해 잠복 중이라고. 센터장님이 말조심 당부하면서도 협조할 건 또 하라고 하셔서."

"그랬군요. 어쩐지. 그럼 입주민들은?"

"모릅니다. 지금도 다들 의원님이 실족해서 다치신 걸로 알고 있습니다. 보안 문제는 여기 직원들 책임과도 직결되는 만큼 다들 알아서 입조심하죠. 안 좋은 소문나면 어떤 악영향을 미칠지도 알고. 어쨌거나 저희 생계를 책임져주는 직장이니까."

"동료들의 책임감, 단결력 보기 좋습니다."

"딱히 그런 것보다 여기처럼 정규직 일자리 구하기가 쉽지 않아서죠. 가끔 까탈스러운 입주자분 만나면 영혼까지 털리지만 아직은 버틸 만해요. 사실 제 꿈은 경찰이었습니다. 바바리 휘날리며 현장 다니는 형사님을 보니 되게 부럽습니다."

내 얼굴이 잠시 화끈거렸다. 누군가는 하찮게 여기는 직장이 누군가에게는 꿈이다. 하지만 나도 별난 상사 덕에 영혼은 가끔 털린다.

처음 수사를 진행할 때 두 가지 실수가 있었다. 첫 번째는 비공개로 돌려서 속도를 떨어트린 점이고, 두 번째는 피해자로부터 단서를 끌어내지 못한 점이다. 동 영감 책임이 크다. 그런데도 내가 합류하자 바로 심적인 안정을 되찾더니, 거처로 돌아와서는 아예 소파에 퍼져버렸다. 차 의원한테서 받은 모욕감은 싹 잊은 듯 해맑은 얼굴로 엉뚱한 소리까지 해댔다.

"나도 노후를 여기서 보내고 싶네. 아무 걱정 없이 고상한 이웃들과 어울리면서 내 전성기 시절을 추억하고 싶다고. 하필 선생의 노랫가락이나 흥얼거리면서 말이지."

그러면서 수사는 내게 슬쩍 떠미는 느낌이었다. 희한한 건 내 안에서 거부감 대신 강한 수용 욕구가 꿈틀댔다. 차진구란 인간에 대한 집요한 궁금증 때문이었다.

동 영감이 은퇴 사업가로 위장해서 머무는 302호는 주인이 사망해서 당분간 비어 있는 곳. 차 의원 집과 구조가 비슷했다. 남산 전망이 아니라 명동이 내려다보이는 점이 달랐다.

나는 작은방에 틀어박혀서 동 영감이 건넨 USB 파일을 패드에 연결했다. 커튼을 닫아 암실로 만든 다음 최대한 화면에 집중했다. USB 안에는 두 개의 파일이 들어 있었다. 앞의 파일은 첫 사고가 나던 날 후문 CCTV 영상. 화면은 사고 현장과 불과 50미터쯤 떨어진 곳을 비췄다. 보안 요원이 먼저 훑어봤고 동 영감이 두 번째로 확인했다지만 검은 마스크의 흔적은 찾지 못했다고 했다. 미덥지 못해 내 눈으로 살펴보고 싶었다.

역시나, 4배속으로 돌려봐도 지루한 작업이다. 사고가 발생한 저녁 6시 전후를 집중해서 살폈지만 특별한 뭔가를 찾지 못했다. 영상은 그저 같은 장면을 그림처럼 비출 뿐이다. 유일하게 사람이 등장하는 장면은 산책로 쪽에서 내려온 세 명의 등산객들. 길을 잘못 든 게 아니다. 신발도 벗고 쇠창살 대문에 올라붙어 단지 내부를 훔쳐봤다. 마치 부동산에 미친 작자들 같았다.

계속 지켜보자니 눈앞이 몽롱해지면서 화면 속으로 빨려 들어갈 것만 같았다. 검은 마스크를 쓴 괴한이 존재는 할까. 실체를 본 사람은 피해자 차 의원뿐이다. 진술마저 의구심이 들 정도였다.

뒤의 파일은 두 번째 사고가 나던 날 영상인데 아예 맹탕. 사람은커녕 흔한 청설모 한 마리 안 보였다. 화면 아래 타이머가 없었다면 정지 화면으로 착각할 정도였다. 불과 50미터 거리에서 사람이 다쳤는데 렌즈에 담긴 풍경은 평온함 그 자체였다.

차 의원이 초저녁에 운동복 차림으로 힐링힐을 나서는 모습이 정문 CCTV에, 다친 차 의원을 싣고 북측 산책로를 내려가는 구급차는 관제 CCTV에서 확인했다. 검은 마스크는 어디에도 보이지 않았다.

잠시 막막해졌다. 영상에서 어떤 단서라도 얻을 줄 알았다. 손바닥에 살짝 땀이 고였다. 그래도 포기할 순 없었다. 스스로를 격려했다. 단서가 없는 게 아니라 찾지 못한 것뿐이라고.

잠시 숨을 돌리면서 명동 야경을 내다보았다. 동 영감이 영혼 없이 떠든 말이 기억났다. 내면을 들여다봐야 하는 고차원 수사라고 했던가. 뭔가 말장난 같던 말.

방향을 틀어 다른 쪽을 공략해보기로 했다. 어렵게 입수한

'힐링힐 입주민 현황' 카드. 센터장은 여전히 나를 불신해서 출력한 서류 대신 사이트에 접속해서 열람할 수 있는 비밀번호를 제공했다. 내일 정오까지만 사용이 가능하다는 조건까지 달아서.

힐링힐에는 총 서른 가구 마흔일곱 명이 살고 있었다. 지금 한 채는 비어 있고, 세 명은 장기 여행을 떠나서 부재 중. 예상대로 의사, 검사, 교수 등 전문직 출신이 다수였다. 만약 살인 사건이었다면 그들 한 명 한 명 탐문해 차 의원과의 관계를 면밀히 들여다보겠지만 지금은 그 방대한 일을 할 여력도 없고 소모적으로 느껴졌다.

직원은 관리, 보안 파트 합쳐서 모두 스물두 명. 가구 수에 비하면 확실히 많다. 게다가 젊은 전문 인력이 대부분이다.

예상대로 작년에 입사한 남자 간호사는 물리치료사 자격증도 가지고 있었다. 보안 담당 직원들도 관련 학과를 나왔다. 라운지 데스크를 지키던 올림머리 직원은 영어 능력자였다. 명문대 경영학과 출신의 센터장은 그룹에서 파견 형식으로 나와 있었고.

역시, 타인의 이력을 훔쳐보는 일은 재미나다. 한 명 한 명 다 확인하고 나니 문득 걸리는 얼굴이 있었다. 되돌려서 다시 봤다. 정확히는 얼굴 때문이 아니라 성씨 때문이었다. 최근 분명 이 성씨를 가진 사람을 어디선가 봤는데⋯. 이렇게 연달아 두 명을 만날 확률은 얼마나 될까.

모니터를 쉬지 않고 봤더니 피로감이 몰려왔다. 안구가 바짝 말라서 따끔거렸다. 동 영감은 아직도 응접실에서 코미디 프로를 틀어놓고 낄낄 웃고 있었다.

"반장님. 퇴근하겠습니다. 내일 와서 하루 더 살펴야죠."

"허허. 여기선 반장님으로 부르지 말라니까. 그리고 오늘 자고 가게. 방도 비어 있겠다 식당에서 건강한 아침밥도 챙겨주는데 뭔 걱정인가. 내가 코 고는 일도 없을 게야."

동 영감이 극구 붙잡았다. 본인은 사건에서 발을 빼면서 해결에는 안달 나 있었다. 묘한 이중 심리였다.

"세면도구도 안 챙겨 왔습니다. 또 저는 맥주라도 한 캔 까야 피로가 풀리는 체질이라."

"내 바로 사다 드리리. 나도 속이 탄다네. 맨발로라도 뛰어갔다 오리라."

깜짝 놀랐다. 이 야심한 시각에 부하 심부름을 손수하시겠다니. 하지만 노구의 상사를 편의점에 보낼 순 없다. 결국 괜한 말을 꺼낸 내 잘못이다. 말을 섞으면 매사 이런 식이다. 조심하는데도 어느 순간 길목을 선점하고 있는 동 영감에게 턱 걸려들었다. 소개팅이 잡혀 있다거나, 아버지 제사라고 하는 편이 차라리 나았을걸. 결국 낯선 곳에서 자야 했고 내가 맨발로 지하철역 앞 편의점에 다녀와야 했다.

한밤의 남산 아래 동네는 고즈넉했다. 잘 정비된 옛길을 따라 도심 야경을 보면서 걸으니 운치가 있었다. 근사한 환경에서 노후를 보내는 사람들이 부러웠다. 남산 야간 트레킹을 하려는지 몇몇이 등산화를 신고 스쳐 갔다.

편의점에서 캔 맥주를 사서 나오는데 아는 얼굴을 둘 만났다. 바로 옆 치킨집 바깥 테이블에서 센터장과 정문 초소 보안 요원이 한잔 걸치고 있었다. 그들도 나를 알아봤다.

"자고 가시나 봅니다? 그래 뭘 좀 알아내셨습니까?"

센터장이 많이 궁금해했다.

"아직은. 하지만 곧 진실이 드러나겠지요. 내일 아침 한 번 더 현장을 둘러볼까 합니다. 확인하고 싶은 게 있어서."

불쾌한 센터장 얼굴에 미소가 번졌다.

"우와. 뭔가 실마리를 찾으셨군요?"

"네. 차 의원님 옷 때문입니다."

말수 없어 보이던 보안 요원까지 덩달아 캐물었다.

"옷이랑 대체 무슨 상관이? 그런 경우도 다 있습니까?"

"차차 말씀드리겠습니다. 안 그래도 따로 요청을 드리려고 했는데…. 첫 번째 피습이 있던 날, 그러니까 지난달 23일이죠. 그날 후문 CCTV 영상은 이미 다 봤습니다. 22일과 24일 것도 좀 부탁드립니다."

"문제없습니다. 규정상 한 달 치를 보관하고 있습니다. 내일 바로 지시하죠."

센터장이 고개를 크게 끄덕했다.

동 영감과 한 공간에서 자는 일은 처음이다. 가끔 출장 가서도 객실은 따로 사용을 했으니. 약속대로 코는 골지 않았다. 대신 이를 빠드득 갈았다. 새벽잠이 없어야 할 사람은 동 영감일 텐데, 밤새 문틈으로 새 나오는 괴음에 잠 못 든 사람은 나였다. 잠들기 전, 맥주를 한 캔씩 까면서 동 영감이 잡담처럼 꺼낸 뜻밖의 얘기 때문이기도 했다. 그분은 늘 중요 단서를 하찮게 취급해 가슴에 품고 계신다.

"자네 차진구 만났을 때 옷차림은 왜 물어본 건가? 뭔가 미심쩍었나?"

"산책 나갈 때와 같은 복장을 하고 있어서요. 이웃들은 다 잘 차려입은 멋쟁이던데. 본인이 편해서 좋다면야 할 말 없지만 매일 추리닝 같은 거 걸치고 다니면 주위에서 싫어할 수 있죠. 힐링힐 품격에 안 맞는다고. 흐흐. 반장님도 바로 골프 남방으로 갈아입으셨잖아요."

"흐흠. 그렇긴 하지만 이번 사건과 관련 있다고 보이진 않네. 차진구를 일일이 챙겨주는 사람이 없으니 그런 쪽 감각은 둔했을 걸세. 또 백세그룹 회장과의 관계는 왜 물었나? 거기는 경찰의 오랜 후원사야. 너무 까칠하게 들이대진 말게."

"신경 쓰입니다. 차 의원과 어떤 돈독한 인연이 있어서 노후를 돌봐주는지. 예전에 차 의원 보좌관이 자살한 사건이 있었습니다. 자칫 의원직까지 상실할 뻔했던 큰 사건이었죠. 최근 그것과 관련된 제보가 경찰에 접수됐나 봅니다."

"자네는 정보도 참 많군. 그 일도 이번 사건과 직접 관련은 없지 않나. 우리 업무는 검은 마스크를 찾는 일일세. 거기에만 집중해주게."

나는 마지못해 고개를 끄덕거렸다. 동 영감은 직속 부하의 실망한 표정을 보니 편치 않았던 모양이다.

"그 보좌관 얘기가 궁금한가?

내가 고개를 주억거리자, 동 영감은 입술을 쩝쩝 다시더니 캔 맥주를 새로 땄다.

"좋아. 당시 내가 그 자살사건 수사에 살짝 발을 담갔었지. 백세그룹 얘기가 살살 흘러나오자 바로 상급 기관에서 압력이 있더라고. 내가 윗선 심기를 건드려가면서 무리하는 사람은 아니지 않은가. 차진구가 엮인 물증도 없었고. 통장 내역 이런 거 다 깨끗했거든. 결국 보좌관 개인 일탈로 정리됐지."

"혹시 보좌관 가족관계를 아십니까?"

"오래전 일이라 정확치는 않네만 아들인가 딸인가 하나 있 었지. 장례식에 갔었는데 계속 우는 애를 보니 짠하더라. 그 보좌관도 나만큼 드문 성씨여서 기억하네. 아무튼 이번 일과는 아무 관련이 없네."

세상에! 나도 모르게 손안의 맥주 캔을 찌그러트렸다. 가슴에 달고 있던 명찰 하나가 떠올랐다. 소파에서 벌떡 일어났다. 맨발로라도 뛰어갔다 오리라. 동 영감이 의미 없이 내뱉은 그 한마디가 내 안의 촉을 깨우더니 마침내 단서가 이어졌다. 집 구경하러 온 등산객들과 차 의원 운동복. 보좌관의 자살과 희귀한 성씨. 앞은 범행의 증거, 뒤는 범행 동기와 결합이 됐다. 영문을 모르는 동 영감은 오징어 다리만 씹어댔다.

새벽 5시가 막 지났다. 나는 응접실 소파에 앉아 패드를 무릎에 얹은 채 날밤을 샜다. 입주민 관리 사이트에 다시 접속해한 사람 얼굴만 집중해서 살폈다. 넘버 2가 특명과 함께 보내준 자료도 열었다. 최근 백세그룹에서 구조조정 당한 임원이 경찰에 보내온 제보. 지난 두 정권에 걸쳐 백세그룹이 급격히 사세를 키우는 과정에서 다수의 정관계 인사들에게 정치자금을 살포하고 인허가 도움을 받았다는 게 핵심이다. 오래전, 처음 말이 나오고 동 영감이 수사에 가담했을 당시에는 그룹 측과 중개자 역할 의혹을 받던 보좌관이 자살해버려 물증을 확보하지 못했다. 차 의원도 연루설로 곤욕을 치렀지만 결국 개인 비리로 결론이 나버렸다.

이번에는 달랐다. 그룹 내부자 제보이니만큼 결정적 증거가 있었다. 천영세 회장 서명이 있는 한 장의 각서. 지능범죄수사대에서 이미 진위 여부를 들여다보기 시작했다. 내가 나설 일은 아니었다. 검은 마스크를 찾는 일이 우선이다. 넘버 2 지시대로 차 의원에게서 하나의 사실만 확인하면 된다.

창밖을 봤다. 조금 있으면 동이 튼다. 동 영감이 탁자 위에 던져둔 출입 키를 들고 밖으로 나섰다. 새벽 공기가 내려앉은 후원은 고요했다. 이슬을 품은 나무가 싱그러운 향기를 뿜어냈다. 어둠이 가시기 직전의 잿빛 시간. 눈앞에 우뚝 솟은 남산타워 조명이 더 영롱하게 반짝였다.

후문으로 가서 철제 대문 위 CCTV를 올려다봤다. 검은 마스크를 찍지 못했지만 사건 해결에 큰 공을 세웠구나. 그렇게 말해주고 싶었다.

문을 밀고 샛길을 걸었다. 좌우에 늘어선 곧은 소나무가 새벽녘에는 사람들 그림자처럼 무서웠다. 이곳이 범행 현장으로 변할 줄 누가 알았을까.

내 최초 의문은 거기에서 시작됐다. 범행이 일어났는데 알고 보니 감시 사각지대였다. 이 전제가 잘못됐다. 감시 사각지대라서 범행 장소로 택해졌다. 이것이 맞다. 그걸 파악하고 있는 사람은 누구일까. 그러면서 차 의원과 악연이 있는 사람.

그때였다. 인기척이 있다 싶더라니 누가 소나무 사이에서 스윽 모습을 드러냈다. 어깨가 벌어지고 덩치가 큰 남자. 마스크에 후드까지 썼다. 얼굴이 명확하게 보이지 않지만 나는 안다. 그의 정체를.

주먹싸움으로 당해낼 자신은 없었다. 여기는 감시가 미치지 못하는 지역. 여차하면 차 의원과 똑같은 방식으로 당할 수 있겠다 싶었다. 그제야 덜컥 겁이 났다.

검은 마스크가 점퍼 주머니에서 뭔가를 꺼냈다. 찰칵. 금속성의 울림. 한순간 내 심장을 겨냥해 팔을 쭉 뻗을 것만 같았다.

"어떻게 눈치챘지? 늙다리 형사는 완전히 헤매던데."

"첫 사고가 나던 날, 후문 CCTV에 등장하는 사람은 등산객 셋뿐이었지. 그들 발을 보고 알았어. 왜 다들 우스꽝스럽게 맨발로 철제 대문에 매달렸을까. 내부를 더 잘 보려고? 아냐. 그들은 남산 맨발 축제에 다녀오는 길이었어. 그런데 축제는 사고 전날 열렸거든. 또 차 의원은 매일 같은 복장으로 산책을 나가. 최근에 비가 오거나 황사가 불지도 않았다고. 매일 맑은 풍경이었지. 영상을 바꿔치기했다고 확신했어."

"내가 왜 그랬는지도 알겠군?"

"당신은 차 의원을 밀치고 남산이 아니라 후문으로 도망쳐 온 거야. 당연히 그 모습은 CCTV에 찍혔을 것이고 경찰이 수사에 나서면 들통나겠다 싶었겠지. 그렇다고 영상을 지워버리면 더 의심받잖아. 그래서 전날 녹화분과 맞바꾼 거야. 보안 전문가에다 담당 업무였으니 그 정도는 일도 아니었을 테고."

"대단해. 등산객이 녹화돼 있는지는 나도 몰랐는데."

"그래서 나는 우발적 범행이라고 생각해. 계획적으로 차 의원을 노렸다면 CCTV가 없는 남산 산책로 쪽으로 튀었을 테니."

"지금 상황에서 위로는 필요 없지."

"그렇지. 사고를 친 이유야 짐작하지만 그렇다고 굳이 그렇게까지…."

"어렵게 구한 직장이야. 열심히 일해서 정규직이 됐고 좋아하는 사람도 생겼어. 겨우 내 삶이 정상 궤도에 올라섰다고. 그런데 그 인간이 눈앞에 떡하니 나타난 거야. 보좌관이던 아버지를 자살로 내몰고 우리 가족을 파탄 낸 그 새끼가. 실실 사람들 비꼬며 허세 작렬하는 그런 인간과 매일 얼굴 맞대고 살 생각하니 역겹더라."

"그래서 목숨을 노렸나?"

"알잖아. 해칠 의도는 없었다는 거. 그냥 겁 먹여서 이곳에서 내쫓고 싶었어. 아니면 두 다리 분질러서 방구석에 오래 드러눕게 하던지. 그사이에 내가 다른 곳으로 전근 갈 수 있으니까. 왜 그랬는지 몰라. 그냥 기분이 그랬어. 뒤에서 쾅 밀어트리고 골짜기에 처박히는 꼴을 보고 싶었다고. 때마침 기회가 주어진 거고."

"그게 다야?"

"그게 다냐? 정치인의 탈을 쓴 악마를 봤지. 그 새끼 소시오패스야. 욕 처먹을 짓 골라서 하고도 히죽히죽. 멘탈이 강해서 온갖 비난에도 꿋꿋하다고 칭찬하는데 그거 다른 사람 기분 따윈 신경 안 쓰는 새끼라서 그래. 그게 정계 실세로 버텨온 비결이야. 지지자들은 다 속고 있는 거라고. 그런 건 가까이 있지 않으면 안 보이잖아. 다 사기극인데. 크크."

검은 마스크가 한 발짝 다가왔다. 어둠 속에서 섬뜩한 칼날이 빛났다.

"지금 그 행동, 범행을 인정하지 않겠다는 거지?"

"아쉬워. 그래서 더 포기할 수 없다고. 당신만 없었으면 완벽했는데."

"살인은 죗값이 다를 텐데?"

검은 마스크는 대답하지 않았다. 긴장을 했는지 나이프를 쥔 손이 덜덜 떨렸다. 내가 살살 달래봤다.

"이봐, 백세그룹은 당신 아버지를 죽음으로 내몬 회사야. 왜 집착하냐고."

"그렇지 않아. 도리어 감사해. 아버지는 변변한 뭣 하나 남겨준 게 없는 사람이었어. 그룹에서 취업을 도와줬을 때 내게 남긴 유산이라고 생각했지. 태어나 처음으로 아버지 덕을 보는 거라고. 그래서 고마웠어. 기업에 돈을 요구한 차진구가 나

빼던 거지. 어느 누가 실세 정치인의 요구를 거절할 수 있겠어. 어쩔 수 없었던 상황이라고. 나와 같은 피해자라고."

뜻밖의 반응에 깜짝 놀랐다. 너무 다른 상황 인식. 세상에나.

그때였다. 빡! 뭔가 내리치는 소리가 들렸다. 갑자기 검은 마스크가 어깨를 움켜쥐면서 휘청거렸다. 건장한 체구는 한 번에 쓰러지지 않았다. 나이프 쥔 손을 힘겹게 치켜드는 순간 빡! 다시 뭔가가 팔목을 장작 패듯 내리쳤다. 윽! 비명과 함께 검은 마스크가 넘어갔다. 나이프가 바닥을 굴러 고랑에 떨어졌다. 옅은 어둠 속에서 동 영감이 위풍당당한 모습을 드러냈다. 골프채를 어깨에 얹고 용무늬 자수가 놓인 붉은 가운 자락을 휘날리면서. 무협 소설의 주인공처럼. 후문에서 긴급 호출을 받은 보안요원이 달려 나오고 있었다.

내가 주머니 속에 숨겨서 누른 출입 키 버튼. 다행히 신호는 잘 닿았다.

동 영감이 으스댔다.

"실내 비상등이 깜빡이더라고. 바로 상황을 파악했지. 심장마비 노인네를 살린 게 아니라 죽기 직전의 형사를 살렸어. 허허."

범인을 잡았다. 사건 해결의 기쁨은 잠시였다. 결말을 보고 나면 늘 그렇듯 허망함이 밀려왔다.

"이야, 최태평 청장한테서 보고받았다. 시경 에이스 보내달 랬더니 진짜 일처리가 시원시원하구먼. 내 보답하겠네. 어디

원하는 자리 있는가? 청탁 한번 넣어봄세."

차 의원 허세는 식지 않았다. 얼마나 많은 사람들 가슴에 무책임한 빈말로 상처를 남겼을까. 우리가 굳은 표정으로 반응을 하지 않자 멋쩍은지 그냥 실실 웃었다.

"차진구 전 의원님."

동 영감 목소리에 잔뜩 힘이 들어갔다. 특히 '전' 자를 강하게 발음했다. 내가 아는 동 영감은 자신보다 높은 지위에 있는 사람을 절대 비꼬지 않는데 의외였다. 이어지는 말은 더 아슬아슬했다.

"여기를 그만 뜨시지요. 시설이 좀 못하더라도 이런저런 정치판 얘기 나눌 분들 많은 동네에서 사셨으면 합니다. 스스로 서민의 벗이라고 말씀하셨잖습니까."

차 의원이 눈을 동그랗게 뜨고 쳐다보았다.

"이제 뭐가 문제인가. 범인을 잡았는데. 그런 조언은 주제넘어. 정객에게 몇 번의 테러는 훈장이야. 면도칼 테러가 두고두고 회자되듯이 말이다. 자네가 걱정할 일이 아니다."

"차진구 전 의원님. 제 얘기는 그런 뜻이 아닙니다. 여기가 위험해서가 아니라 어울리지 않아서 그러시라는 겁니다."

동 영감이 같은 얘기를 반복하자 차 의원은 분위기가 심상찮다고 판단한 모양이다. 두꺼비처럼 툭 튀어나온 눈알을 굴리며 우리를 위아래로 훑었다.

"말이 거칠구나. 지금 그 태도 뭔가? 어디다 대고 나가라 마라야. 조언과 참견은 구분하게. 최태평이가 믿을 만한 사람 보낸다더니 잡것들이군. 솔직히 너희 둘 처음부터 맘에 안 들었다."

역정을 내면서 목발을 짚고 소파에서 벌떡 일어섰다. 분위기가 더 험악해질 듯해 내가 재빨리 거들었다.

"네네. 의원님 말씀대로 범인은 잡혔습니다. 정문을 지키는 보안 요원이 다 실토했고 동기도 말씀드린 그대로입니다."

"동기? 글쎄. 나는 기억에 없는 일이라니까. 아니 설사 기억에 있더라도 보좌관의 사적인 과오다. 몰래 일 벌려놓고 수습하지 못해 극단을 택한 것이지. 사과를 받을 사람은 오히려 나다. 나도 피해자란 말이다. 그 일이 내 명예에 먹칠할 뻔했다고. 결국 아무 것도 나오지 않았지. 그게 무관하다는 증거 아닌가? 그 아들놈 말일세, 제 애비를 탓해야지 왜 나를 해코지해서 인생을 망치나. 쯧쯧. 젊은 놈이라 안타깝지만 내게 선처는 기대 말게. 백세그룹 천 회장에게도 폐 끼치지 않았으니 잘된 일이고. 사고가 난 곳은 시와 협의해서 보안 카메라 보강하면 될 일이다. 뭣이 문제인가?"

"의원님!"

참으려 했는데 나까지 짜증이 확 차올랐다.

"보안 요원이 범행을 시인한 건 맞지만, 그건 첫 번째 사건에 한해서입니다. 두 번째 사건은 완강히 부인합니다."

"뭔 소리인가? 어떻게든 죄를 경감받아보려는 개수작 아닌가. 한 번이든 두 번이든 나를 해치려고 한 사실은 변함이 없지. 그게 팩트다."

동 영감은 더 듣고 있기가 거북한 모양이다. 숨소리가 과하게 거칠어졌다. 목구멍에서 꺼억거리는 소리를 뿜어냈다. 폭발 직전의 징후. 한 발 앞으로 나섰다. 내가 처리하겠다는 뜻이었다.

"의원님. 같은 장소에서 같은 사건이 연달아 일어났으니 저희도 동일인을 염두에 두고 수사를 했습니다. 근데 두 번째 사건과 관련해서 티끌 같은 증거도 찾지 못했습니다. 참 희한한 일이죠. 결국 피해자 진술에만 의존하는 사건. 그 결론은 하나뿐입니다. 자해. 달리 말하면 의원님이 스스로 일으켰단 뜻입니다."

실내 공기가 멈췄다. 동 영감은 차 의원과 눈빛 마주치기가 불편한지 살짝 고개를 돌렸다.

"이야! 자네들 진짜 놀랍군. 내가? 왜? 왜 그런 멍청이 짓을 하나? 통원 치료 받으러 다니는 게 얼마나 귀찮은지 아나? 증거 없다고 했지? 만약 나를 설득하지 못하면 바로 청장한테 따질 걸세. 자네들 목을 내놓아야 할 것이야. 말에는 책임이 따르는 법이다."

목을 내놓으란 말에 동 영감은 주눅이 들었는지 분노를 했는지 어깨를 부르르 떨었다. 나도 될 대로 되라였다. 반감이 치솟아 일부러 히죽거렸다.

"흐흐. 귀찮다는 그 통원 치료 말입니다. 의원님이 여기 입주하신 후 가장 행복했던 시간이 아니었나 싶습니다만. 의사를 만나서 자신이 누군지 떠들고, 옆자리 환자가 얼굴 알아봐주면 어깨에 힘 들어가고, 동행한 간호사에게는 이런저런 뒷담화를 떠드는 재미에 말입니다."

나는 차 의원 눈치를 살피며 말을 이었다.

"의원님은 평생 사람들에게 둘러싸여 살았습니다. 욕을 먹든 칭찬을 받든 항상 무리의 중심에 있는 걸로 족했습니다. 하지만 금배지 떨어진 이제는 아무도 우러러보지 않습니다. 잘난 이웃들은 철저하게 무관심하고…. 의원님에게는 견디기 힘든 소외감, 그리고 고독한 환경이었겠지요. 그런데 다리를 다치고 나서 놀라운 경험을 하게 됩니다. 이웃들이 말을 걸어오기 시작하는 겁니다. 부인들이 꽃을 들고 문병을 오고, 간호사가 귀를 기울여줍니다. 너무 즐겁습니다. 그리고 다리가 낫고 통원 치료가 끝나갈수록 불안해집니다. 그들이 다시 멀어질까 봐."

나는 양미간에 힘을 주고 차 의원을 쏘아봤다. 두꺼비처럼 튀어나온 차 의원의 두 눈알이 어디를 향할지 몰라 헤맸다. 제대로 찔렀다. 느낄 수 있었다. 판단이 틀리지 않았다.

동 영감이 내 엉덩이 뒤로 손을 내밀어서 꼬집었다. 정도껏 하라는 신호. 살점을 너무 얇게 집어 비명을 지를 정도로 아팠지만 참았다. 엄중한 순간이었다.

"부디, 의원님 얘기를 가슴 열고 들어줄 말벗이 많은 곳으로 가십시오. 여기 사람들은 총선이니 대선이니 별로 관심 없습니다. 건강식을 섭취하고 골프 스코어를 줄이고 재산 증식의 기쁨이 삶에 더 이롭다고 여깁니다. 이건 옳다 그르다 판단의 문제가 아닙니다. 삶을 누리는 방식이 다른 겁니다. 의원님 권위에 굽실댈 사람 없고, 의원님 중심으로 돌아가지도 않습니다. 머무를수록 울화통만 쌓일 겁니다. 진심 의원님을 위해서 드리는 말씀입니다."

내가 살짝 고개를 숙였다. 동 영감도 마지못해 고개를 숙였다. 조금 긴 침묵이 흘렀다. 차 의원 얼굴이 살짝 붉어졌다. 목소리가 한 옥타브 가라앉았다. 안타깝게도 현실을 인정하지 않았다.

"지금 얘기는 자네 상상인가? 나 스스로 부상을 입었다는 그 말. 거기는 카메라 사각지대 아닌가?"

내가 바로 대답했다. 과할 정도로 씩씩한 목소리로.

"증거가 있느냐 없느냐, 그 질문에는 답하지 않겠습니다."

"이야! 젊은 놈이 갈수록 무모하군. 왜?"

"증거가 없다고 하면 허위사실 운운하며 윗선을 통해서 우리를 꾸짖을 것이고, 증거가 있다고 하면 윗선을 통해서 회유하려고 들 것입니다. 저야 의원님 방식을 오랫동안 봐왔잖습니까."

"그래서 증거를 보여주지 않겠다? 그걸로 나를 협박하겠다? 패기인 줄 알았더니 똘기가 과한 놈이구나. 껄껄."

"협박으로 들으셨다면 죄송합니다. 조언쯤으로 생각해주십시오. 그리고 증거는 바로 이 안에 있습니다."

나는 왼쪽 가슴을 손바닥으로 두 번 탁탁, 쳤다.

차 의원이 큰 눈을 껌뻑이며 헷갈린다는 표정을 지었다. 코트 안주머니에 물증이 있다는 것인지, 아니면 마음속 심증이 있다는 것인지. 그게 나의 노림수였다.

무거운 공기가 흘렀다. 가습기에서 물 뿜어내는 소리만 쉭쉭거렸다. 될 대로 되라. 내 공세는 거침없었다.

"의원님이 힐링힐에 들어온 건 백세그룹 회장님이 후원해서가 아닙니다. 진실은 그 반대에 있죠. 의원님이 회장님을 협박했죠. 과거 사업 승인 허가 때 돌봐준 대가. 그때 뇌물을 각서로 받은 겁니다. 은퇴 후에 노후를 보장받기로. 그러니 통장에 돈거래 흔적이 남지 않았던 것이고. 그 건과 관련해 그룹 내부자 제보가 있었습니다. 의원님께서 소명하셔야 할 겁니다."

이번만큼은 차 의원도 민감할 수밖에 없었다. 눈을 부라리며 무슨 말을 하려는 찰나, 나는 다시 가슴을 두 번 탁탁, 쳤다.

"증거를 물으신다면 여기에 있습니다."

차 의원 다리가 부들거렸다. 격한 숨을 토해내더니 소파에 털썩 주저앉았다. 눈을 감고 목발을 지팡이 삼아 턱을 괴었다.

"사람들은 나와 얘기하길 좋아했지. 눈빛들이 다 그래. 한마디 한 마디 경청하려고 애쓴다고."

"일방적 소통일 뿐입니다."

"닥쳐라!"

차 의원 목소리가 크르르 끓었다. 나를 매섭게 쏘아봤다. 한마디만 더하면 목발로 내 머리통을 후려칠 기세였다. 역시 사람은 쉽게 안 변한다. 자아가 단단한 사람. 타인의 감정이 자신에게 침입하는 것을 용납지 못했다.

"제 대학 시절에 의원님이 대정부질문 하는 모습을 도서관 식당에서 TV로 본 적 있습니다. 당시 실세였던 총리의 실정을 몰아세우며 이런 말씀을 하셨지요. 그 총리는 우리나라 반도체 산업을 세계 최고까지 성장시킨 분이십니다. '시대를 이끌어왔다는 사람이, 시대에 뒤처지는 순간은 알지 못했다.' 저는 그 말이 몹시 통쾌했습니다. 주제넘게 지금 의원님께 같은 말씀을 드리고 싶습니다. 우리 정치사에 발자국을 남기셨지만 시대에 뒤처지는 순간은 깨닫지 못하셨습니다. 그만큼 시간이 흘렀지 않습니까. 물러서는 건 절대 지는 것이 아닙니다. 저는 과오를 인정할 줄 아는 정치인이 좋습니다."

동 영감과 나는 다시 한번 고개를 숙였다. 손을 앞으로 모으고 살살 뒷걸음질로 물러났다. 충정을 고한 신하들이 처분을 기다리며 퇴진하는 모습처럼. 널찍한 응접실에 홀로 남은 노정객의 최후가 한없이 쓸쓸해 보였다. 베란다 너머로 보이는 남산이 초록빛에서 불그스름한 빛으로 시나브로 변해가고 있다.

누구는 그를 행동하는 정치인이라고 하고 누구는 권모술수의 달인이라고 했다. 차 의원이 어떤 결정을 내릴지 예단할 수 없다.

하지만 서울경찰청 미수반의 임무는 여기까지. 어쩌면 힐링힐에서 일어난 피습사건도, 그룹 내부자 제보도 언론에 전모가 공개되지 않을 수 있다. 세상은 그렇게 움직이니까. 하지만 세상 모든 비밀은 언젠가 드러나는 게 또 거스를 수 없는 진리다.

동 영감이 뒷짐을 지고 걸으며 따지고 들었다.

"차진구가 되레 백세그룹을 협박했다니 대박이었네. 진짜 증거는 있는가? 설마 그 후폭풍을 내가 책임져야 하는 건 아니겠지? 왜 그 사실은 미리 보고하지 않았나?"

나는 웃으며 가슴을 두 번 탁탁, 쳤다.

넘버 2의 빅 픽처였다. 그는 다 계획이 있었다. 피습사건 해결이 동 반장의 특명이었다면, 백세그룹 제보 건은 나의 특명이었다. 그 사실은 넘버 2와 나 둘만의 비밀로 남겨두고 싶다.

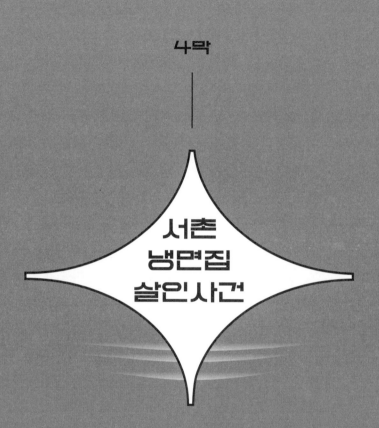

4막

서촌
냉면집
살인사건

처음에는 잘못 찾아온 사람인 줄 알았다. 민원 부서도 아닌 미수반 옥탑 사무실에 외부인이 무슨 볼일이 있을까. 그동안 방문객은 오며 가며 호기심에 들여다보는 동료들뿐이었다.

그런데 서른 중반쯤 보이는 사내가 문 앞에서 기웃거리더니 동 영감과 눈이 마주치자마자 큰 걸음으로 쳐들어왔다. 꽁지머리를 하고 아래턱에만 기른 수염, 칼라 없는 흰 차이나 셔츠에 통 넓은 검은 바지를 입었다. 두 손을 바지 주머니에 찌르고 건들건들 걷는 걸음이 뭔가 불안감을 자아냈다.

"아니 이게 누군가. 〈행복면옥〉 명섭 군 아닌가. 아버지 일은 참으로 슬프다네. 세상에 어떻게 그런 불상사가 일어날 수 있는지. 경찰이 명예를 걸고 해결할 터이니 조금만 참게."

동 영감 말을 듣고서 방문객 얼굴을 다시 보게 됐다. 어째 한두 번 봤다 싶더라니 자주 가는 냉면집 주인 아들이었다.

지난 추석 때 참으로 안타까운 사건이 일어났다. 서촌 〈행복면옥〉 백 사장이 자신의 가게 안에서 죽은 채로 발견된 것. 끈으로 목을 조른 흔적이 뚜렷이 남아 있는 타살이었고 내부는 여기저기 어지럽혀져 있었다. 쉽게 풀릴 줄 알았던 수사는 예상치 못한 난관을 만나면서 아직 해결되지 못했다. 살인사건 수사야 종로서 관할일 테니, 피해자 아들이 오늘 여기를 찾아온 목적은 따로 있으리라.

"어머, 오랜만이다. 가게 접는다는 소문이 여기까지 들리더라."

맛집 전문 주바리 선배도 안면이 있는지 인사차 근황을 물었는데 꽁지머리는 그냥 뚱한 표정을 지었다. 동 영감은 고개를 끄덕이면서도 못내 아쉬움이 남는 모양이다.

"어쩌겠나, 사정이 그러하다면…. 내 이 혓바닥이 영원히 〈행복면옥〉을 그리워할 걸세. 백 사장은 정말 좋은 사람이었다네. 진정한 면발 장인, 아니 면발 스페셜리스트라고 해야 하나. 그건 좀 과한 표현인가? 뭐, 그건 그렇고 나를 찾아온 용건은 무엇인가?"

꽁지머리는 삐딱한 표정 그대로 입만 열었다.

"아저씨. 요즘 가게 치우다 보니 자연스레 아버지 유품을 정리 중인데…. 다른 문제는 없어. 근데 딱 하나, 요게 걸리네."

그러면서 사진이 프린트된 종이 한 장을 회의용 탁자 위에 올려놓았다. 회색 도자기로 만든 중국산 술병이었다. 한자로 흘려 쓴 붉은 상표가 붙어 있었는데 한눈에 봐도 꽤 고급주로 보였다. '마오타이'나 '수정방'은 들어봤지만 이건 낯설었다.

"우리가 단골 장사라서 보관해온 술이 꽤 돼. 냉면집에 웬 키핑이냐며 웃겠지만 저녁에 편육이랑 한잔씩 즐기는 영감님들 꽤 있거든. 무지 촌발 날리는 짓이긴 한데 아버지가 그렇게 운영을 해왔으니 내가 태클 걸 생각은 없고. 아무튼 가게 접는다고 싹 내다 버리긴 찜찜해서 지금 술병 주인한테 일일이 연락 중인데 이것만 연락처가 없더라고. 귀찮게시리."

"자네 마음은 알겠네만 대충 처리하지? 술 한 병 가지고 뭘…. 요즘은 길에서 만 원짜리 한 장 주우면 자기 주머니에 살포시 넣어주는 게 경찰력을 아끼는 매너라고."

"다들 그러라고 하는데…. 근데 이쪽 잘 아는 손님이 우연히 보더니만 한 병에 50만 원도 더 나가는 거라네. 물량 자체가 귀해서 구하기도 어렵다고 하고."

가격에 놀란 주바리 선배 눈이 휘둥그레지더니 슬금슬금 다가와 탁자 모서리에 걸터앉았다. 동 영감도 쓰고 있던 안경을 이마에 걸고서 종이를 두 손으로 받들었다. 한쪽 눈을 찡긋 감고 국보급 도자기 감정하듯 형광등 불빛에 비춰 보았다.

꽁지머리는 관심을 끄는 데 성공했다고 생각했는지 한 호흡 쉬었다가 말을 이었다.

"술 보관할 때 보통 명함이나 이름표 붙여놓는데 여긴 없더라고. 또 선반 서랍장 안에 따로 놓여 있었고. 외부에서 비싼 술 가져와 마실 정도면 아버지랑 꽤 친분이 있는 사람? 그 정도는 유추가 가능한데…. 직원들한테 물어봐도 다들 모른다고 하니. 쩝."

"명섭 군. 그러니까 가게를 정리하려는데 이 비싼 술병을 어찌해야 할지 모르겠다, 행여 나중에 법적 분쟁이 없도록 나보고 주인 좀 찾아달라. 지금 그런 얘기지?"

"뭐, 네."

"좀 급하지 않은가? 아버지 장례 치른 지 얼마나 됐다고. 사건도 아직 해결이 안 됐지 않나?"

동 영감이 정곡을 찌르자 꽁지머리는 또 입을 내밀고 삐죽거렸다.

"그렇다고 무작정 가게 놀리면 어쩝니까. 이게 다 범인 못 잡고 수사 질질 끌어서 그런 건데. 종로서 형사한테 따졌더니 찍소리 못하던걸. 칫!"

첫인상도 삔질거려서 별로였지만 말문이 터지니 더 밉상이다. 최소한 내 눈에는 그랬다. 친분 있는 경찰을 찾아와서 다짜고짜 반말 섞어가며 술병 주인을 찾아내라니. 철이 없는 건지 원래 삐딱한 건지. 단호하게 거절 의사를 밝혀야 할 타이밍. 악역은 아무런 이해관계가 없는 나의 몫 같았다.

"저, 사정은 알겠지만 여기는 심부름센터가 아닙니다. 세금은 국민 치안을 위해 써야지요. 그런 사적인 일에 공권력을…."

그때 동 영감이 한 손은 자기 뚱배를 누르고 다른 손은 들어 올리며 내 말을 끊었다.

"알겠네. 생전의 정으로 해보세. 식당 주인과 단골손님 관계였지만 함께 살아온 세월이란 게 있으니 간단히 연을 끊을 수야 없지. 살인사건도 아직 수사 중이라고 하니 그것도 궁금하고."

경찰 업무를 이토록 사사로운 감정으로 처리해도 되는가. 권한을 남용해 주변 민원 해결해주는 일이야말로 진정 적폐가 아닌가. 지금의 의뢰는 미수반 본연의 업무에도 맞지 않다. 하다못해 잃어버린 개나 고양이를 찾는 일은 생명체를 구한다는 보람이라도 있지만 이건…. 그래도 거기까지는 참으려고 했는데 동 영감이 애 다루듯 내 등짝을 탁탁 두드렸다.

"마침 여기 이 친구, 박희윤 경장은 무엇을 찾아내는 데는 귀신같은 재능을 가졌다네. 예전에 집 나간 우리 집 개 행방도 단박에 알아냈지. 내가 내일 가게에 잠시 들르도록 하지. 술병이 놓여 있던 자리도 살펴보고 단골 명부라도 들춰봐야 단서가 나오지 않겠나."

꽁지머리가 고개를 끄덕이는가 싶더니 또 바로 갸웃거렸다.

"아저씨. 단서 그러니까 갑자기 신경 쓰이는 게…. 아버지가 가끔 심야 손님 이야기를 했거든."

"심야 손님? 웬 악성 바이러스 같은 이름인가. 싸구려 칵테일 같기도 하고. 크하하."

동 영감이 껄껄댔으나 꽁지머리는 진지했다.

"한밤에 가끔 들른다고 그랬어. 심야 손님이 다녀간 다음 날은 아버지 기분이 좋았고."

"그 간격이 얼마나 되는가?"

"자주는 아니고. 두어 달에 한 번?"

"듣자니, 자네는 술병 주인이 심야 손님이라고 확신하는 게 로군."

"확신이라기보다…. 아저씨는 우리 아버지 좀 알지? 솔직히 사교성 제로잖아. 평생을 주방에 들어앉아 면만 뽑아댔으니 바깥세상이 어떻게 돌아가는지도 모르고. 나 같으면 감옥 같았을 텐데. 암튼 맨날 죽을상 하다가 심야 손님이 다녀간 다음 날은 좀 달랐어."

"흐음. 빙빙 돌아서 결국 칵테일스러운 별명을 가진 사람을 찾아달라는 거네. 그리고 명섭 군. 아버지에 대한 그런 식의 비난 편치 않네."

꽁지머리는 그제야 손으로 머리를 긁으며 히죽거렸다.

동 영감이 갑자기 끄응 앓는 소리를 냈다. 자식 놈 계략에 말려든 걸 뒤늦게 깨달은 모양이다. 지금 내색해봤자 자신만 부끄럽다. 애써 너그러운 표정을 지어 보였다.

"의뢰비는 필요 없네. 다만, 주인을 찾지 못하면 술병은 내가 갖는 걸로 하지. 백 사장과의 옛 추억을 떠올리며 혼자서 한잔하고 싶다네."

동 영감이 잠시 경찰 본분을 잊고 센티한 사립 탐정 흉내를 냈다. 의문의 사건을 무료로 해결해주는 일. 그런 건 하드보일드 영화에서나 가능한 낭만적 설정 아니던가.

분위기가 묘하다고 판단했는지 주바리 선배가 슬쩍 끼어들었다.

"〈행복면옥〉 상호가 너무 아깝다. 50년 전통을 자랑하는 서촌 냉면계 양대 산맥인데. 한자리에서 그만큼 장사한 집이 어디 흔한가. 우리 그이가 거기 물냉면 엄청 좋아했지. 두 그릇씩 후루룩 비우곤 했었는데 말이야."

맛집 블로거답게 그 방면에 관심이 집요했다. 살인사건 해결보다, 비싼 술병 주인보다, 50년 전통 노포의 운명이 더 궁금한 모양이다.

꽁지머리가 다시 뿌루퉁 인상을 썼다. 두 손을 바지 주머니에 거칠게 찔러 넣었다. 남 가게 일에 그만 참견하라는 액션으로 보였다. 그간 주변의 이런저런 간섭에 꽤나 시달렸나 보다. 그렇다고 꽁지머리 행동을 곧이곧대로 받아들여선 안 된다. 내 눈에는 보통내기가 아니다. 동 영감의 빈틈을 쓰윽 파고들더니 바로 움직이게 만들었다. 어리숙함을 가장해 원하는 걸 뽑아내는 능구렁이가 세상에서 가장 무서운 법이다.

"방금 보셨죠? 자기 아버지가 그렇게 갔는데도 엉뚱한 짓 하며 다니는 거. 냉면 가게가 갑자기 확 기운 것도 제 탓인 줄 모르고. 프랑스 유학 시켜놨더니만 겉멋만 들어서는. 쯧쯧."

꽁지머리가 돌아가자마자 주바리 선배가 발끈했다. 평소에 남 흉은 안 보는 사람인데 의외였다. 그녀는 서울경찰청에서 직장 생활 대부분을 보낸 덕에 서촌 식당가 성장사와 몰락사를 꿰뚫고 있었다. 〈행복면옥〉 속사정에도 빠삭했다. 동 영감은 피해자와의 친분 때문인지 바로 호기심을 보였다.

"그렇다면 주 주임, 백 사장 죽은 게 혹시 냉면집 경영난과 관련이 있는 건가? 근데 타살이라며? 그럼 말이 안 맞잖아?"

술병 주인을 찾아달라는 의뢰를 받았는데, 몇 마디 주고받다 보니 얘기가 살인사건 쪽으로 흘러가버렸다. 한 달 전에 일어난 속칭 '서촌 냉면집 살인사건'. 단순하지만 기이했다.

지난 추석날 밤, 〈행복면옥〉 백 사장이 식당 안에서 주검으로 발견됐다. 그날은 명절이라 영업을 쉬었고, 여행을 다녀오면서 들른 아들이 밤 9시쯤 발견해서 경찰에 신고했다. 검시 결과 사망 추정 시각은 당일 새벽 1시 전후. 즉, 전날 영업을 마치고 가게에 혼자 남아 있다가 변을 당했고, 20시간쯤 흐른 뒤에 발견된 셈이다. 백 사장은 마당 평상에 등을 기댄 채 바닥에 주저앉아 숨졌다. 아마도 범인은 피해자 등 뒤에서 끈으로 목을 강하게 졸라 살해한 걸로 추정됐다. 목에 삭흔이 선명하게 남아 있었다. 평상 주변을 오간 사람이 많은 탓에 용의자 지문이나 발자국을 특정하는 데는 실패했다. 범행 도구도 현장에서 나오지 않았다. 실내 곳곳을 뒤진 흔적이 있어 명절을 노린 빈집 털이범 소행이 아닐까 의심했다.

종로서 강력팀은 처음에 쉽게 생각했다. 한쪽은 방범 CCTV를 중심으로 사망 시간대 용의자 색출에 나섰고 다른 쪽은 피해자를 둘러싼 주변 탐문 수사를 벌였다.

그러기를 며칠, 이런저런 가능성이 하나둘 배제되자 팀원들은 살살 긴장을 타기 시작했다. 그 와중에 최초 발견자인 아들이 유력한 용의자로 떠올랐다. 동기가 있었는데 바로 거액의 보험금. 경찰은 옳다구나 하고 반색했다.

주바리 선배가 꽁지머리에게 유독 까칠하다 싶더라니 사건과 관련해 주위들은 소식이 있었다.

"그제 경찰 동기 모임을 했어요. 마침 냉면 사건 맡고 있는 종로서 김 팀장도 잠시 얼굴을 비쳤는데, 얼마나 속이 탔으면 소주 대신 냉수를 마시더라니깐. 볼에 큰 점 있는 점박이 김 팀장 아시죠? 다들 궁금해하니까 몇 마디 털어놓긴 하던데…. 진짜 백 사장 이름으로 생명보험 가입해놓은 게 떡하니 나오더랍니다. 4개월 전에 들었고 수령액은 10억. 수령인은 당연히 방금 다녀간 아들놈이고. 자살이라면 못 받겠지만 타살이 맞다니…. 확실히 수상쩍죠?"

동 영감이 팔짱을 끼고 앉아 고개를 끄덕였다.

"흐음. 정황상 명섭 군이 1순위 용의자라는 거네. 그건 무지 슬픈 일인데."

"그런데 결정적 한 방이 없나 봐요. 사망 추정 시간대에 그 자식이 차에 애인 태우고 안면도로 놀러 갔다는데 사실로 확인됐답니다. 추석이라 가게 쉬는 바람에 시신 발견이 늦어졌고 영업시간 외에는 매장 CCTV 작동 안 하니. 가게 주변은 샛골목이 미로처럼 엮여 있는 데다 현장에선 목을 조른 범행 도구도 안 나왔고. 다른 용의자는 딱히 없는 상태라네요. 초동수사를 안이하게 했나 싶어 부랴부랴 사망 시간대 넓혀서 뜬눈으로 지하철역과 대로변 방범 CCTV 다시 훑는다는데 글쎄요. 수사가 막히면 다른 가능성을 뚫어야 하는데 점박이 팀장이 워낙에 황소고집이라. 아직 아들놈 알리바이 깨는 데 미련을 못 버리고 있더라고."

내가 살포시 거들었다.

"주 선배, 알리바이 조작 가능성이라 함은 백 사장 시신을 차 트렁크에 싣고서 안면도까지 갔다가, 돌아와서 현장처럼 위장해놓는다. 그런 가능성을 말하는 거죠?"

"그 자식 차량 트렁크 깨끗하대. 시반을 보면 시신이 옮겨지지도 않았고. 아무리 철딱서니 없어도 애인까지 동행하는데 그 짓은 무리다 싶어. 상상만 해도 끔찍하다. 어우."

주바리 선배가 어깨를 흔들며 몸서리쳤다.

"그렇다면 살인 자체는 청부했을 가능성이 크죠. 범행 시각에 애인이 알리바이를 증명해줄 테니 자신은 보란 듯 바닷가를 노닐고. 어쩌면 그쪽이 더 자연스럽네요. 요즘은 의뢰인과 청소부 두 쪽 다 신분 노출 안 하려고 안면 없는 사람을 쓴답니다. 그걸 주선해주는 중개인이 또 따로 있고. 애초 접촉면이 없으니 특정하기 힘든 거죠."

"점박이 팀장이 왜 그걸 모르겠어. 직접 죽였든 청부를 했던 엮인 정황은 확실한데 증거가 안 보이니 오기 뻗친 거고, 어떻게든 아들놈 옭아매보려고 집착하는 거지."

"이해는 갑니다. 조바심이 극에 달할수록 가진 용의자를 놓지 않으려는 경향이 강해진다죠. 정작 이해가 안 가는 건 아들 쪽 아닙니까? 자식이 말이야, 유명한 냉면집 후계자로 태어났으면 해피한 인생인데 사고나 치고 다니고."

"그러게. 서촌에 임대료 뛰어서 다른 세입자들은 가게 키워 놓고도 피눈물 흘리며 쫓겨나는 판국에. 뭐든 적성에 맞아야 한다지만 걔는 그냥 뱃대지에 기름 쫙 낀 거야. 부자지간이 삐 걱대는 이유가 있을 텐데 거기까지는 나도 잘 모르겠다."

주바리 선배는 속어까지 써가며 꽁지머리를 힐난했다. 맞장 구를 쳐주고 싶었는데 나도 모르게 다른 속내가 나와버렸다.

"그래도 가업 잇는 게 쉽지는 않죠. 선배 말대로 뭐든 적성 에 맞아야 하니까. 외국에서는 전문 경영인이나 함께 일해온 종업원한테 후계를 맡기는 경우가 꽤 있던데. 독자니까 장남 이니까 가업을 이으라고 의무감을 지우는 건 전근대적 느낌이 강하잖아요. 한 번 사는 인생, 자기가 필 꽂힌 다른 꿈이 있을 수도 있는데…. 그 인간 말투 보면 밥맛이지만 그 부분에 대해 선 욕할 생각 없습니다. 흠흠."

옆에서 잠시 조는 줄 알았던 동 영감이 좀비처럼 눈을 희번 덕거렸다.

"박희윤 경장. 만약 자네 아버지가 유명한 식당을 물려준다 는데 적성에는 안 맞아. 그럼 거절할 텐가?"

"어우, 반장님. 그런 잔인한 질문을. 적성이란 건 돈이 만드 는 겁니다. 돈이 또 매너를 만들죠. 냉면이면 어떻고 쫄면이면 어떻습니까. 건물까지 넘겨주면 퍼펙트죠."

나는 바로 찌그러졌다. 동 영감은 입술 한쪽을 올리며 씨익 웃더니 다시 졸기 시작했다.

〈행복면옥〉은 서촌 핵심 상권인 세종마을음식문화거리 끝자락에 있다. 유동 인구 넘쳐나는 지하철역 앞과 비교하면 그나마 한적했다. '내부 사정으로 당분간 휴업.' 나무 대문 위에 붓글씨체 안내문이 부고문처럼 쓸쓸하게 나붙었다.

〈행복면옥〉은 오래된 한옥집이다. 묵직한 나무 대문을 밀고 들어서면 중앙에 마당이 나오고, ㄷ 자 집채는 여러 개의 방으로 나뉘어 있다. 툇마루에서 하늘을 올려다볼 수 있어서 운치가 넘치고 채광도 좋았다. 근래에 개조 공사를 해서 대들보를 놓고 투명한 유리 지붕을 올린 게 눈에 띄었다. 요즘 유행하는 종로 일대 한옥 카페들이 다 저런 식이다. 눈비가 와도 마당이 젖지 않으니 공간 활용이야 효율적이겠지만, 전통 한옥과는 이질적 결합이라 갑갑함도 있었다. 그 때문인지 가게 내부는 순환되지 못한 무겁고 어둑한 공기가 가득 찬 느낌이었다. 미처 빠져나가지 못한 백 사장 원혼이 한구석에 똬리를 틀고 앉았나 싶었다. 한 사람이 일생을 쌓아온 터전에서 사라지면 이런 괴이한 분위기가 남는 것일까.

동 영감이 깊은 상념에 젖었다. 듣자니 젊은 경관 시절부터 다닌 단골집이라고 했다. 똥배를 내밀고 뒷짐을 진 채 구석구석을 돌아봤다. 미닫이 문틀이 뜯겨 나간 골방 안으로 고개를 들이밀었다. 얼마 전 저곳에서 가수왕 하필이 죽었다는 소식을 들었다. 돌이켜 보니 그날 백 사장이 허허 웃긴 했지만 눈빛은 슬퍼 보였다. 마치 자기 운명을 미리 알았던 사람처럼.

"박희윤 경장. 예전에 내가 광역수사대 후배들이랑 여기서 낮술 퍼먹고 나가다가 대문 문턱에 발등이 걸려서 엎어진 적이 있다네. 얼굴 다 갈아엎고 딱지까지 앉아서 난리를 쳤지. 한동안 후시딘 연고를 볼에 듬뿍 바르고 다녀야 했다네. 크하하. 근데 잠시 지방 발령 받고선 돌아왔더니 어라? 아예 문턱을 떼버렸네. 내가 다친 게 계속 마음이 쓰였던 게지. 백 사장은 그런 친구야. 꽁하고 답답한 구석이 있어도 속정 많은. 자식 농사 말고는 다 괜찮았는데. 쯧쯧."

동 영감이 문턱에 걸려 엎어지는 장면을 상상하자 절로 입 밖으로 웃음이 샜다. 어디서나 존재의 흔적을 남기는 분이시니.

꽁지머리가 계산대 앞에서 찡그린 얼굴로 우리를 맞았다. 오늘도 교복처럼 흰 차이나 셔츠에 통 넓은 검은 바지. 허리에 짧은 앞치마를 둘렀는데 제법 셰프 품새가 풍기긴 했다.

여느 노포들처럼 〈행복면옥〉도 한쪽 벽면에 유명인들 사인이 줄줄이 붙어 있었다. 연예인과 스포츠 스타 이름도 보이지만 단연 눈길을 끄는 건 현직 대통령이 당 대표 시절 식당을 방문했을 때 찍은 사진. 가보처럼 커다란 액자로 만들어놓았다. 백 사장이 두 손을 배꼽에 모으고 몹시 수줍은 미소를 머금은 채 대통령 곁에 서 있었다.

곁에서 다른 사진을 들여다보던 동 영감이 뜻밖의 질문을 했다.

"명섭 군. 이분이 창업주이신가? 그러니까 자네 할아버지?"

꽁지머리는 무심하게 고개만 까딱.

동 영감이 다시 그윽한 눈빛으로 누런 흑백사진을 응시했다. 배경은 이곳 〈행복면옥〉이다. 목에 수건을 두른 창업주가 평상에 퍼져 앉아서 탁주를 마시고 있다. 고된 일과를 끝낸 뒤의 휴식 시간처럼 보였다. 그 곁에 무릎을 꿇고 앉은 앳된 청년은 젊은 날의 백 사장이 분명하다. 창업주는 볼이 축 늘어져 불도그처럼 험한 인상이지만 부자가 저렇게 마주 앉으니 가게 이름처럼 제법 행복해 보였다.

꽁지머리가 마지못해 몇 마디 거들었다.

"할아버지에 대한 기억은 거의 없는데…. 평양 시내 냉면집에서 일하다가 전쟁 때 월남해서 70년대에 여기 터 잡았다는 것밖엔. 평상에서 하늘 보며 술 푸는 걸 좋아하셨대. 그 버릇을 아버지가 물려받아서는…. 자기 가게에서 그러는 거 영 프로답지 않잖아. 뭐, 그건 그렇고 이거나 좀 봐주시죠."

꽁지머리가 계산대 아래에서 두툼한 명함첩을 꺼내 올려놓았다. 모두 여섯 권이나 됐다. 백 사장은 세월순으로 단골들을 꼼꼼하게 정리해놓았다. 요리사 특유의 순서의 중요성이 작용했는지 모르겠다. 꽁지머리는 이들 중 한 명이 심야 손님이라고 단정했다.

"그분만 찾아주면 땡큐죠. 아저씨 알죠? 나 찜찜한 거 질색인 거."

말투 하나 행동 하나 참 철딱서니가 없다. 〈행복면옥〉이 거쳐온 50년의 흔적도 다 역사일 텐데 애써 지우고 싶은 사람처럼.

손님 술병을 보관해온 나무 선반은 계산대 뒷벽에 걸려 있었다. 이미 많이 정리를 해서 듬성듬성 자리가 비었다. 문제의

50만 원짜리 술병은 선반 끝 작은 나무 상자에 따로 보관돼 있었다. 동 영감이 상자 뚜껑을 들었다. 붉은 천 위에 보물처럼 놓인 술병과 술잔 두 개가 모습을 드러냈다.

"원래 이런 모습이던가?"

동 영감이 물었고 꽁지머리가 고개를 끄덕. 술병은 사진으로 본 그대로고 술잔은 용도치고는 좀 컸다. 차라리 찻잔에 더 어울렸다. 그 둘의 조합이 묘하게 어색했는데 동 영감도 같은 생각을 한 모양이다.

"잔이 왜 이래. 비싼 술이라도 술 인심 하나는 후했나 보군."

의문을 제기하자 꽁지머리가 양쪽 어깨를 들어 올렸다.

"그게 뭐 중요하나. 얼른 심야 손님이나 찾자고요. 아마도 외부에 노출되는 걸 꺼리는 VIP가 아닐까 싶은데. 한밤중 가게에 숨어들어 고고하게 술잔을 들이켜는 그런 그림이 떠오르네."

꽁지머리는 희망 사항을 너무 쉽게 내뱉었다. 나는 속으로 피식 비웃어주었는데, 동 영감에겐 그 한마디가 그만 엉뚱한 상상력에 불을 댕기고 말았다.

"노출을 꺼리는 VIP라…. 그럼 혹시 청와대에 계시는 그분? 퇴청 후 걸어올 수 있는 거리니까 뒷문으로 숨어들어 국정 운영에 지친 심신을 한 잔 술과 편육 몇 점으로 달랬던 걸까. 자네 아버지를 통해서 바닥 민심도 듣고 고민 상담도 하고 말일세. 그러다가 새벽닭이 울기 전에 파란 지붕 아래로 되돌아갔다? 이런 시나리오인가?"

꽁지머리 얼굴이 한순간 환해졌다. 원했던 답을 들은 모양이다.

"와우! 역시 아저씨야. 액자 사진 보셨겠지만 대통령으로 취임하기 전부터 단골이었으니 충분히 가능한 얘기지."

들을수록 기가 찼다. 두 사람 다 태생적으로 이야기를 좋은 방향으로만 해석하는 나쁜 버릇을 가졌다. 그건 나이와 상관없겠지. 나도 모르게 냉담해졌다.

"좋습니다. 두 사람 생각이 그렇다면 간단한 방법 놔두고 왜 고민하십니까. 술병에 묻은 지문 조회하면 바로 나오겠죠. 싸구려 칵테일 이름 같은 심야 손님이 대체 누군지. 그렇지 않습니까?"

동 영감이 눈을 동그랗게 키우면서 손뼉을 두 번 쳤다. 가로채기 달인답게 바로 말끝을 채 갔다.

"그렇지. 역시 나랑 생각이 같아. 이 방법 저 방법 골똘히 고민해봐도 그게 제일 확실하겠더라고."

꽁지머리 눈빛도 반짝였다. 기대치가 한껏 차올랐다.

"와, 그게 사실이면 마케팅용으로 대박인데. 널리 널리 알려야지. 식당 주인과 대통령의 참우정이라니. 아버지도 참, 그런 콘텐츠를 활용할 생각은 않고 주방에 꽁 박혀서 살았으니. 바깥세상은 휙휙 바뀌는데. 이제 내가 다른 방식으로 풀어나갈 거라고."

동 영감 눈썹이 양미간으로 몰리더니 목소리가 살짝 높아졌다.

"이보게 명섭 군. 그건 아니지 않은가. 두 분 사이에 우리가 모르는 인간적인 신뢰 같은 거, 밖으로 알려지지 않은 우정 같은 거, 그런 게 있다면 조용히 지켜드려야지. 현직 신분으로 드러내놓고 여기 드나들기 곤란했을 테지. 광고 효과로 비칠까 봐. 다른 자영업자와 형평성 문제도 있고. 워낙 배려 깊은 분이시잖아. 아무튼 지문 대조부터 해보세. 내 조용히 작업할 터이니 부디 소문은 내지 말게."

나도 꽁지머리를 흘겨보며 거들었다.

"가게 접는다고 들었는데 뜬금없이 마케팅 운운하니…. 그분 입소문 따라 가게가 죽었다 살아났다 하는 겁니까?"

꽁지머리가 바로 째려봤으나 나는 무시했다. 그보다 진짜 지문 검색창에 그분 이름이 1순위로 뜨는 건 아닐까. 아니다. 그럴 리가 없다. 그런 술이라면 누가 건들지 못하게 자물통이라도 채워놨어야지.

동 영감이 신줏단지 모시듯 보자기에 싸 들고 온 술병을 3층 과학수사계로 가져갔다. '아피스'라고 불리는 지문 검색 시스템에 넣으면 짧게는 하루, 늦어도 사나흘이면 지문 주인을 찾을 수가 있다. 일부분만 남은 쪽지문이면 시간이 더 걸리거나 검색 불가 판정을 받을 수도 있겠지만.

문제는 지문 검색을 하려면 공식 절차를 밟아야 할 터인데 동 영감 수완을 믿어보는 수밖에. 끈적이는 인간관계를 이용해서 어떻게든 결과를 얻어 오리라. 청와대 그분 이름이 계속 신경을 긁었다. 황당무계한 상상도 막상 눈앞에 결과가 떨어지려고 하자 긴장됐다.

별별 걱정을 하다 보니 생각난 게 또 있었다. 인터넷 검색창에 '행복면옥'을 쳐보았다. 어마어마한 양의 포스팅이 나왔고 언론에 소개된 기사와 영상도 넘쳐났다. 전통 있는 냉면집이긴 하지만 맛이 예전만 못하다는 평가가 최근 부쩍 늘었다. 주고객층도 젊은이보다 중장년이었다.

식당이 별점으로 평가받는 시대다. 다들 생존을 위해서 먹지 않는다. 미식 그 자체가 하나의 유희이며 라이프스타일이 됐다. 그런 현상은 음식을 제공하는 입장, 즉 요리사나 식당주 입장에서 보면 기회이자 위기를 의미했다. 〈행복면옥〉은 후자였다. 대중 입맛에서 조금씩 멀어지는, 특별한 계기가 없으면 명성 회복이 힘든 상황으로 내몰렸다. 그 내리막의 중심에 꽁지머리가 있었다. 더 세세한 궁금증은 책상 너머 주바리 선배가 답해주었다.

"자고로 한 우물을 파야 하는데 아들놈이 곁눈질해댔지. 프랑스 요리 학교 유학 보냈더니 헛바람 잔뜩 들어서 연예인급 셰프 소리를 듣고 싶었나 봐. 청담동에 성처럼 생긴 건물을 임대해 레스토랑 열었는데 쫄딱 망했대. 그 정도 흉내 내는 요리사는 많잖아. 사고 친 게 이번만은 아닐걸?"

"가업은요?"

"그러니까. 평생 면 뽑는 아버지가 초라해 보였거나 메밀 알레르기가 있지 않고서야 어쩜 저리 무심할까. 외아들이니 어차피 유산은 다 자기 거라는 계산이 섰던가 봐. 백 사장이 부인과는 젊었을 때 사별했고…. 시아버지가 워낙에 무섭고 별나서 며느리와 사이가 그렇게 안 좋았대. 가족이 아니라 식모처럼 부렸다더라. 혐오스러운 전근대적인 발상이지. 시름시름 앓다가 죽었다는데 그 자식 반감이 혹시 거기서 생긴 건가?"

"그런데 요즘 다시 가게에 나오잖아요? 마음을 돌려 먹었나?"

"흐흐. 희윤 씨, 그건 아니지. 보통 드라마에서 사업에 실패하거나 도덕적으로 물의를 일으키거나 하면 어떻게 해? 다들 고향집에 내려가서 후일을 도모하지? 현실도 그래. 그 자식 레스토랑 쫄딱 말아먹고 서촌으로 돌아온 지 얼마 안 됐어. 일손 모자란 틈을 타 슬그머니 눌러앉은 거지. 〈행복면옥〉 주방장이 참다 참다 독립해서 나가버렸거든."

"주방장이요?"

"평생 잡아 둘 수 있나. 어디 가면 〈우래옥〉 출신, 〈을밀대〉 출신 이런 타이틀 걸고 신장개업 많이 하잖아. 도의상 가까이서는 못 내고 멀리 일산 쪽에 차렸다더라."

"백 사장에게는 고난의 연속이었군요. 옆집은 서울시에서 주는 노포 인증도 받고 잘나가던데."

"아! 내가 사랑하는 〈효자면옥〉. 두 집은 선대부터 냉면 면발보다 더 질긴 악연이지. 백 사장 입장에선 서자 취급받던 옆집이 자기 가게를 추월해서 훨씬 좋은 평가를 받는 게 뼈아팠을 거야. 울화통 치밀고 자괴감도 들고. 그런 얘기가 진짜 〈TV

서프라이즈〉에 나와야 하는데."

'서촌' 혹은 '냉면'에 관심 있는 사람이라면 다 아는 이야기
란다. 70년대 〈행복면옥〉이 먼저 자리를 잡았고 장사가 된다
싶으니 바로 옆에 〈효자면옥〉이 따라붙었다. 경쟁하는 이웃집
과의 갈등을 다룬 일화는 많은데 딱 그런 경우였다.

"솔직히 평가해주세요. 주 선배가 보기에 두 집 어때요?"

"그 질문은 참 어렵다. 내 보기에 육수는 〈효자면옥〉이, 면발
은 〈행복면옥〉이 나아. 죽은 백 사장이 면발 하나는 진짜 장인
이었지. 뚝뚝 끊어지는 메밀에 마술 같은 비율로 전분을 쓱쓱
섞어서 습도 높은 여름이나 건조한 겨울에도 항상 최적의 식
감을 냈으니까. 물론 그 면발도 호불호가 있지. 쫄깃함 때문에
전분 많이 넣는 걸 좋아하는 사람도 있고, 뚝뚝 끊어지는 메밀
순면만 즐기는 사람도 있으니. 누구는 육향이 심심하다 그러
고 누구는 밍밍하다 그러고. 그게 평양냉면의 세계잖아. 네 맛
도 옳고 내 맛도 옳다!"

주바리 선배 얘기를 듣자니 더 궁금해졌다. 냉면이라는 음식
하나에 뭔 사연이 이토록 많이 담겼는지. 거기다 삐딱한 아들
놈 존재까지 신경을 살살 긁었고. 올백으로 올려 묶은 머리 모
양부터 겉멋 가득한 말투, 간들거리는 걸음걸이가 하나하나 다.

이웃집 〈효자면옥〉에 관한 포스트도 좀 살펴봤다. 자연스레
두 집이 비교가 됐는데 일단 육수 베이스가 달랐다. 〈행복면
옥〉은 고기로만 우려내고 스텐 그릇에 담아 손님상에 올린다.
〈효자면옥〉은 동치미 국물을 혼합해서 쓰고 방짜 유기에 담아

낸다. 창업 과정은 조금 전에 들은 그대로였다. 〈효자면옥〉 창업주인 심 씨는 원래 지금 자리에서 보쌈과 칼국수를 팔았는데 〈행복면옥〉이 손님들로 북적이자 간판을 바꿔 달았다. 심씨도 고기와 면 다루는 데 기본 솜씨가 있었던지 이내 무난한 냉면을 만들어냈다. 시작이 그랬으니 두 집 사이가 좋을 리 없었다. 불독처럼 생긴 다혈질의 〈행복면옥〉 사장은 손님 채간다면서 트집을 잡았고, 터줏대감인 〈효자면옥〉 사장은 원래 자신이 일궈놓은 상권이라고 반격했다. 맛 정체성을 놓고 지역감정까지 섞였다. '평양냉면의 평자로 모르는 인간'이라고 깔보면 '이북에서 내려온 빨갱이 집'이라고 몰아세웠다. 대중이야그런 다툼을 입에 올리기 좋아하니 이내 소문이 퍼졌다. 창업주들의 헐뜯기는 오래 계속됐고 자식 대까지 악감정이 이어졌다. '집적 경제'의 장점을 설명하기 힘든 그런 시절이었다.

묵은 갈등에도 두 집 다 장사가 잘됐는데 최근에는 〈효자면옥〉으로 확 기울어버렸다. 젊은 세대에 유행처럼 번진 냉면 열풍이 한몫을 했다. 연인끼리 이집 저집 순례하며 SNS에 사진 정도는 올려줘야 냉면 좀 아는 커플로 여겨졌다.

〈효자면옥〉은 그 기회를 놓치지 않았다. 가게를 현대식으로 고치고 포장 메뉴도 개발해 흐름에 적응했지만 〈행복면옥〉은 옛날 방식을 고집했다. 젊은 세대가 주도하는 온라인 맛 평점은 효자 쪽에 후할 수밖에 없었다. 〈행복면옥〉은 융통성이 부족했고. 아니, '맛의 타협'이 늦었다는 표현이 더 정확할 것이다.

사무실 문이 벌컥 열렸다. 과학수사계에 갔던 동 영감이 머리를 갸웃거리면서 들어왔다.

"나 참, 이렇게 황당한 경우가 있나."

지문 조회 결과가 나온 모양이다. 이렇게 빨리 모니터에 '일치' 신호가 떨어지는 경우는 드물었다.

"내 그쪽 팀장이랑 밀린 농담하는 새 뚝딱이네. 지문 검색 기술이 갈수록 발전한다지만 이렇게 빨…."

"강의는 됐고, 반장님 그래서 누구입니까?"

"비싼 술이라더니 백 사장이 진짜 아무도 건들지 못하게 보관했던 모양이야. 참 쪼잔한 양반."

"그러니까 누구냐고요?"

내가 짜증 투로 재촉하자 동 영감은 손등으로 이마의 땀을 찍어 눌렀다.

"그것이 참. 지문은 두 개밖에 없다는데…."

"한 사람은 알죠. 술병 만지작거린 아들. 그럼 나머지는 당연히…. 엇?"

"그렇지. 죽은 백 사장이지."

"그, 그럼 백 사장 자신이 혼자 마셨단 말인가요? 아니면 아들이 따라드렸나. 그럼 심야 손님은? 푸른 기와지붕 아래 그분은요?"

동 영감이 시선을 허공에 두고 잠시 생각에 잠기더니, 갑자기 두 손바닥을 세워 보였다. 또 무슨 말을 꺼낼까 불안해졌다.

"자자, 제군들. 내 말 끊지 말고 좀 들어보게. 이번 일을 계기로 우리 경찰 마인드도 좀 변해야 하지 않을까 싶어. 드디어 초자연적인 현상을 받아들일 때가 된 것이지. 다시 말해, 백 사장은 귀신에 씐 거야. 전문용어로 다중 인격. 종업원들이 다 퇴근한 야밤에, 가게 조명도 CCTV도 다 _끄고_ 홀로 앉아, 자기 안의 자아를 불러내 술을 마신 거지. 평상에서 밤하늘을 올려다보면서. 자자, 상상을 해보라고. 백 사장은 최근 상황이 미치도록 괴로웠을 거야. 자식 문제도 그렇고 가게 운영도 그렇고. 그 상황에서 또 다른 자아가 건네는 술잔은 일종의 위로였던 게야. 즉, 심야 손님은 백 사장의 분신! 상상력으로 조각된 자신의 이상형! 노년의 유일한 친구이자 기쁨! 뭐 이런 게 아니었을까?"

말문이 턱 막혔다. 어처구니없어서가 아니다. 술술 터지는 동 영감 말발에 놀랐고 빠져 듣다 보니 그럴 수도 있겠다 싶었다. 별별 사건이 다 일어나는 세상이니까. 다만 설명이 복잡할 뿐이다. 증명은 더 막연하고.

나도 모르게 고개를 세차게 흔들었다. 상상력은 차치하고 얼른 환각에서 깨어나서 현실감을 회복해야 한다.

"저기, 반장님 고견을 무시하는 건 아니고요, 아니 박수를 쳐드릴 만큼 멋집니다. 인정! 박수! 다만 검증 가능한 관점에서 먼저 살펴보고 다중 인격 케이스는 차선으로 남겨두는 게 어떨지요? 심야 손님은 어쩌면 술을 못하는 사람이 아니었을까요? 그래서 사장님 스스로 따라 마셨고. 그러면 설명이 되죠. 심야에 만난다는 게 꼭 술자리만을 의미하는 건 아니니까."

눈치 빠른 주바리 선배도 고개를 까닥하며 거들었다.

"맞네. 만났으니 한잔해야 한다는 건 주당들 관점이지. 희윤 씨 말대로 심야 손님은 술을 못하거나 아니면 멀리서 차를 가져왔거나."

자기 논리가 부정당하자 동 영감은 못마땅해했다. 그렇다고 더 강요하진 않았다. 애꿎은 안경만 이마에 걸치고 손바닥을 비벼댔다. 의뢰인에게 큰소리 쳐놨는데 일이 꼬이게 생겼으니. 하지만 늘 그렇듯 이내 당당한 표정을 되찾았다.

"그렇다면 박희윤 경장, 내 하나만 묻겠네. 기자 생활 했으니 잘 알 테지. 취재가 막혔을 땐 어떻게 해야 하는가? 그럼 수사가 막혔을 땐 어떻게 해야 하는가?"

무슨 속셈일까. 말려들면 안 된다. 일부러 얼버무렸다.

"그야 뭐. 상황에 따라 다르겠지만 일단은 열심히."

"그렇지. 막히면 막힐수록 더 열심히 달려야지. 그게 형사 정신, 기자 정신 아닌가. 각오하게. 이젠 어쩔 수 없이 체력전이 될 걸세."

동 영감이 시선을 틀어 책상 위에 쌓아둔 명함첩 여섯 권을 노려봤다.

서, 설마. 존재조차 불확실한 술병 주인 찾으려고 일일이 전화를 돌리라고? 두피가 화끈거렸다. 머리털이 일제히 곤두서는 느낌이다. 주바리 선배는 바로 눈치를 채고 21인치 모니터 아래로 얼굴을 쏙 숨겼다.

명함첩을 펼쳐놓고 텔레마케터처럼 전화해대는 '체력전'은 주바리 선배도 싫었나 보다. 젊은 시절 여자형사기동대에서 이름 날렸다더니 바지런히 움직였다. 낡은 쏘나타를 몰고 멀리 일산까지 가서 김철현을 만나고 왔다. 그는 얼마 전까지 〈행복면옥〉 주방장이었다. 백 사장 아래에서 일을 배워 25년을 동고동락했다는데, 몇 달 전 독립해서 냉면집을 차렸다.

주바리 선배는 출장 보고에 앞서 파마머리를 뒤로 꽉 죄어 묶고선 혈기 충만 형사의 눈빛을 번뜩였다. 저런 사람이 왜 긴 세월 동안 조직 부적응자가 됐을까. 범행 현장에서 죽었다는 남편. 나 외에 다들 그 사건에 대해 아는 듯한데 선뜻 입 밖으로 내지 않았다. 암묵적 누설 금지령이 있는 것처럼.

화이트보드 앞에 선 주바리 선배가 매직펜을 휘갈기며 김철현 이름 석 자를 적었다.

"심야 손님이란 말을 처음 들어본답니다. 물론 자신은 절대 아니라며 손사래 치는데 거짓말은 아닌 듯하고 또 그게 논리에도 맞죠. 백 사장은 오랫동안 같이 생활한 주방장한테도 심야 손님 존재는 비밀에 부친 모양입니다."

"주 주임. 그럼 대체 심야 손님은 누군가? 실체가 있기는 한 건가? 백 사장 말을 명섭 군이 잘못 알아들은 건 아닐까? 저기 자하문터널 너머 용하다는 박수무당 산다던데 내 다녀오리?"

동 영감이 속사포로 질문을 쏟아내더니 두 주먹으로 책상을 쾅 내려쳤다. 어금니까지 으드득 갈면서 분개했다. 연쇄살인 마를 눈앞에서 놓친 강력계 책임자처럼. 현실은 술병 주인을 찾아 헤매는 하찮은 일상인데.

주바리 선배가 새끼손가락으로 귀를 한번 후비더니 결이 좀 다른 이야기를 꺼냈다. 이번엔 화이트보드에 '행복면옥' 네 글자를 갈겨 적었다.

"그런데요 반장님. 김철현이가 백 사장이 죽던 날 밤 알리바이가 묘합니다. 추석 전날이라 일찍 가게 문 닫고 인근에서 종업원들이랑 가볍게 호프 한잔. 고향이 경북 영주라서 다음 날 일찍 가족과 출발했답니다. 그 밤사이 공백이 있는데 백 사장 사망 시간대와 일치합니다. 김철현이 말로는 고향에 챙겨 갈 선물 때문에 다시 가게에 들렀다는데, 그게 기껏 얼마나 걸린다고. 일산에서 밟으면 서촌까지 30분이면 충분하죠? 술을 먹었으니 대중교통, 아마도 택시를 이용했다면 추적이 힘들 텐데 점박이 팀장이 이런 부분까지 치밀하게 조사는 안 한 듯합니다. 일단 범행 동기가 짙지 않고 아들놈 알리바이 깨는데 목을 매느라. 아, 참고로 김철현이 아직 퇴직금 다 못 받았답니다."

역시 주바리 선배는 심야 손님 따위엔 관심이 없었다. 50년 전통의 냉면집에서 일어난 살인사건. 먼 길을 자발적으로 달려간 이유는 그 때문이다. 보고가 이어졌다.

"또 하나, 〈행복면옥〉이 알려진 것 이상으로 자금 사정이 최악이었대요. 다 아들놈 때문이죠. 간땡이가 부어가지고 청담동 레스토랑을 여는데 수억이 아니라 수십억이 빠져나갔답니다. 개 고집을 아무도 말릴 수가 없었답니다. 한옥 마당에 유리 지붕 올리는 것도 백 사장은 엄청 싫어했는데 밀어붙였다고 하고. 유행 따라가야 한다면서. 자식 이기는 부모 없다죠. 냉면집 아들은 사리를 말아 드려야 하는데 가게를 말아 드셨나 봐요."

"주 주임, 진지하게 보고할 땐 라임 넣지 말았으면 하네."

동 영감 눈썹이 꿈틀거렸다. 술병 주인을 찾으라고 했더니 엉뚱하게 살인 수사를 해 와서 지금 삐친 것이다. 나도 궁금증이 생겼다.

"주 선배, 아무리 그래도 쌓아둔 돈이 좀 있겠죠. 〈우래옥〉이나 〈필동면옥〉 정도의 명성은 아니더라도 단골 꾸준한 집인데. 냉면 단가가 싸지도 않고 임대료 걱정도 없으니."

"노 노. 가게 담보로 은행 융자 한도까지 받았는데도 빚 못막아서 사채를 당겼대. 서촌의 악질 고리대금업자 복마왕한테서 말이지. 아들 사업은 쫄딱 망하고 최악의 별점을 받지를 않나. 주방장마저 떠나고. 저렇게 동시다발적으로 악재가 터지기도 쉽지 않은데."

"주 주임. 앞뒤 설명 꼼꼼하게 넣어서 보고하게. 뜬금없이 최악의 별점은 또 뭔가?"

"아 참, 그 얘기를 깜빡했네. 혹시 혼나 킴이라는 음식 칼럼니스트 아세요? 혹평으로 유명한. 다짜고짜 혼내키는."

나는 고개를 끄덕였고 동 영감은 고개를 저었다. TV에 자주 출연하니 동 영감도 막상 얼굴 보면 알 법한 인물이다. 명문대 식품공학과 출신의 칼럼니스트이며 요리사다. 라면 회사에서 연구원 생활을 하다가 면 요리에 매료돼 길을 바꿨다고 알려져 있다. 뽀글뽀글한 파마머리에 새빨간 잠자리테 안경을 쓰고 꽉 조이는 재킷을 입은 남자. 가슴 안주머니에서 개인용 젓가락을 꺼내 시식대에 오른 면발을 푹 찔러서 높이 들어 올리는 모습이 상징이었다. 캐릭터성이 강하고 표현이 직설적이라 젊은 세대의 지지를 받고 있다.

"반장님. 정체불명의 민족 요리. 이게 몇 달 전 〈행복면옥〉이 혼나 킴한테서 받은 한 줄 평이라네요. 맛집을 다루는 TV 프로에서 대놓고 깠어요. 여름철 성수기를 앞둔 시점이라 타격이 컸죠."

동 영감이 마른입을 쩝쩝 다셨다.

"충격이로군. 내가 사랑하는 냉면집이 저딴 평가를 받다니. 자존심도 상하고 내 입맛이 구린가 싶기도 하고. 그렇다고 혼나 킴이 이유 없이 혼내킨 건 아닐 테지?"

"이런 설명을 했대요. 육수의 염도와 당도가 과해 균형을 잃고, 꾸미 육질이 퍽퍽하며 삶은 계란은 신선하지 못하다. 차라리 한옥 마당을 개조해 양식당을 열어라 등등 깨알 품평을 남겼죠."

"애송이 평론가 한마디에 50년 노포가 흔들린단 말인가. 그건 무지 슬픈 일인데. 지가 냉면 맛을 알아?"

동 영감이 감정적으로 접근할까 봐 내가 설명을 곁들였다.

"반장님. 그 사람 품평은 정색하고 까는 게 아니라 풍자라고 보시면 됩니다. 음식 맛에 정답 없잖아요. 요즘은 다들 자기 입맛 찾아서 잘 챙겨 먹어요. 세상 바뀌면서 평론 방식도 바뀐 거고 젊은 친구들은 거기에 호응하는 거고. 사실 감칠맛이 입안을 감싸고, 자다가도 생각이 나 벌떡 일어나는 맛에, 씹을 때마다 신선한 재료가 살아 꿈틀댄다는 표현. 진부함을 넘어 이제 쉰내 나잖습니까. 또 위생 불량에 불친절해도 오래된 맛집이면 용서가 됩니까? 맨손으로 나물 조물락조물락해놓고 엄마 손맛이라고 우기고, 주방 바닥에 재료 쏟아붓고 고무장갑으로 치대는 거 보면 정말…. 성공한 노포는 세월과 명성을 믿는 게 아니라 하나같이 맛과 청결을 유지하는 공통점이 있다고 혼나 킴께서 그러셨습니다."

주바리 선배가 엄지를 척 내밀었다. 동 영감은 불편한지 바로 말을 돌렸다.

"주방장 이름이 김철현이라고 했나? 거기도 좀 그래. 어려운 때일수록 자리를 지켜줘야지. 의리가 없어 의리가! 내가 가끔 팁도 찔러주고 했는데 배신감 확 올라오네."

"아, 그것도 백 사장이 사정조로 등을 떠밀었대요. 월급 챙겨주기 힘들다고. 매상이야 어찌어찌 유지가 됐는데 한꺼번에 너무 많은 돈을 융통해 이자 감당이 힘들었던 모양입니다."

"그 정도였나? 모든 비난의 화살이 명섭 군에게 향하는군. 가업 잇기 싫으면 아예 다른 일을 하던지. 어설프게 스테이크 굽는다고 기웃거려서는. 쯧쯧. 〈행복면옥〉의 불행이야. 효자동의 불효자고."

"반장님 그만!"

주바리 선배가 빽 소리치자 동 영감은 민머리를 문지르며 허허 웃었다.

"아 참 반장님. 김철현이 왈, 자나 깨나 가게일밖에 모르는 백 사장에게 생명보험을 강요한 것도 아들놈이랍니다. 하도 채근해서 거액을 불입하게 됐대요. 그즈음 백 사장이 평상에 앉아서 혼잣말로 한탄하는 걸 들었답니다. 자기 인생 탈 날지 모르겠다고. 타이밍 참 절묘하죠. 결국 보험금 듬뿍 남겨주시어 가게를 살리고 자신은 이승과 바이 바이. 그렇게 부자지간의 잔혹 동화가 완성됐죠."

"인생 탈 날지 모른다…. 흐음, 확실히 수상쩍군. 그럼 명섭 군이 술병 주인 찾겠다고 들쑤시고 다니는 거랑은 앞뒤가 안 맞지 않나?"

거기서 다들 말문이 막혔다. 동 영감이 팔짱을 끼고 체념하듯 두 눈을 지그시 감았다. 그러더니 갑자기 두 팔을 45도로 들어 올렸다. 요상한 신음을 흘렸다.

"으흐흐. 왔구나 왔어. 그분이 오셨다고."

일선 형사들은 믿는다. 불철주야 고생하는 자신들을 격려하기 위해 '수사의 신'이 접신해 난제 사건을 풀 힌트를 툭툭 던져준다고. 지금 동 영감이 그런 순간인 걸까. 별 기대야 없지만 부하로서 호응하는 시늉은 해야 했다.

"반장님, 뭔가 보이십니까?"

"박희윤 경장. 그전에 내가 뭐 하나 묻겠네. 지금 청와대 그분 지지율이 얼마인가?"

"40퍼센트대. 안정적이죠."

"장기적으로는 어떨 것 같나?"

"조금씩 떨어지겠죠. 민주국가에서 그 이상은 사실 힘들고."

"그렇지. 주식으로 치면 지금이 고점이지. 영악한 명섭 군이 노린 게 바로 그거야. 대통령이 즐겨 찾는 심야 식당. 그런 스토리텔링으로 가게를 포장해서 시세보다 훨씬 비싸게 팔아치우려고 한 거지. 비슷한 위치, 규모의 제주 민박집 중에서도 효리네 민박집이 시세보다 몇 배 비싸게 팔렸잖아. 아버지 속 모르는 명섭 군이 그 와중에 잔머리 굴린 거야. 그런데 기대와 달리 술병에서 그분 지문이 나오지 않은 거지."

"기대가 빗나가서 절망했겠네요."

"뭐, 절망까지야. 실망 정도는 했겠지. 투자한 게 없지 않나? 자기 돈 한 푼 안 들였다고. 친분 있는 나를 찾아와서 사정 얘기한 것이니. 혹시나 싶어서 던진 걸 우리가 덥석 문 거고."

"덥석 문 건 반장님이지 우리가 아니…."

"또 왜 이러나. 미수반은 원 팀 아닌가."

동 영감 추리치고 꽤 날카로웠다. 효리네 민박집까지 갖다 붙이니 그럴싸했다. 물론 허점은 있었다.

"반장님. 그렇다면 생전에 백 사장은 왜 아들에게 심야 손님 존재를 밝히지 않았을까요?"

동 영감이 목덜미를 움켜잡았다. 독침을 한 방 맞은 것처럼. 그래놓고선 되레 되물었다.

"왜겠는가?"

"으음. 대화의 질이 몹시 탁하군요. 애초 청와대 그분이 심야 손님이었다면 아무리 입 무거운 아버지라도 자식에게는 자랑했겠죠. 아들아, 산타클로스처럼 밤에 나라님이 다녀가셨네. 우리 집 냉면이 그만큼 맛있다는 뜻 아니겠니. 그런데 밝히지 않았다는 건 아들에게 밝히고 싶지 않은 사람. 즉, 껄끄러운 사이라는 유추가 가능하죠."

주바리 선배가 고개를 끄덕했다.

"그럼 이어지네. 사채업자겠지. 복마왕과 조직원들."

"주 선배, 심야 손님이 다녀간 후에는 백 사장 기분이 좋았다고 했습니다."

또 진도가 막혀버렸다. 다들 입을 다물었다. 자식에게 밝히긴 싫지만 만나면 좋은 사람이라…. 누굴까. 백 사장에게 지난 몇 달간 대체 무슨 일이 있었던 걸까.

"아무튼 지금 우리 눈앞의 과제는 살인사건이 아니지 않나. 어서 심야 손님을 찾자고."

동 영감이 대화를 정리하고 나섰다. 백 사장 부자와 관련해 이리저리 떠도는 소문이 불편한 모양이다. 블라인드를 올리더니 뒷짐을 지고 창밖 풍경을 한참 내려다봤다.

사실 심야 손님을 찾는 일이 살인사건과 무관하다고 단정할 수 없었다. 우선 백 사장 사망 시간대가 심야 손님이 찾는다는 시간대와 일치한다. 평소 잘 지내다가 그날 우발적 다툼이 벌어졌고, 강도 소행으로 위장하기 위해 실내를 어지럽혔을 수 있다.

또 하나. 백 사장은 체구가 크다. 나이야 있지만 노동으로 단련돼 단박에 제압할 수 있는 상대가 아니다. 살해범이 뒤에서 끈으로 목을 졸랐다면, 백 사장이 본능적으로 저항했을 터인데 목 주위에 큰 상처 자국은 보이지 않았다. 술이나 수면제를 먹었다는 소견도 없었다. 즉, 백 사장은 옴짝달싹할 수 없는 상태에서 당했다. 그렇다면 살해범은 둘 이상의 압도적인 완력이 있거나, 경계심 없을 정도로 친한 사람이 일격을 가했거나 해야 설명이 된다. 지금까지 나온 단서는 뭔가 앞뒤가 맞지 않았다. 면발과 육수가 따로 노는 느낌이랄까.

즐겨 찾는 노포의 몰락을 곁에서 지켜보고 있자니 착잡했다. 가업을 잇는 일은 가문의 자부심이지만 누군가의 희생이 강요되는 일인가도 싶었다.

쓰고 있던 두건을 벗자 짧은 그레이 머리칼이 자연스럽게 헝클어졌다. 아담한 체구에 온화한 인상. 응대하는 눈빛은 맑고 웃을 때 입주름은 자연스러웠다. 이런 얼굴을 두고 '곱게 늙었다'라고 표현하는가 보다.

〈효자면옥〉 심을숙 사장. 말투, 행동 하나하나 쾌활하면서 교양미가 있다. 오래된 맛집에는 응당 욕쟁이 할매가 산다는 통념을 깨주었다. 원피스 형태의 회색 개량 한복도 꽤 잘 어울렸는데 겉모습만 봐서는 긍정의 에너지가 넘치는 학교 선생님 같았다. 다만, 휠체어에 앉아서 낯선 방문객을 올려다보는 모습은 편치 않았지만.

우리가 〈효자면옥〉을 찾은 이유는 궁여지책이었다. 살인사건과 별개로 술병 주인을 찾는 작업은 계속되어야 했다. 지문 검색에 실패하면서 의뢰받은 일이 벽에 부딪친 상태였다. '체력전'을 강요하는 동 영감에게 반발해 내가 '탐문전'을 주장했다. 〈행복면옥〉과 관련된 주변 소문을 좀 더 모아보면 쓸 만한 단서가 나오지 않을까, 꿍꿍이가 있는 아들놈 주장만 듣다 보니 애초 정보 왜곡이 있을 수 있다, 나의 이런 주장이 힘을 얻으면서 명함첩을 보고 전화질해대는 상황만은 피할 수 있었다.

지푸라기라도 잡는 심정으로 맨 먼저 찾은 곳이 〈효자면옥〉이다. 〈행복면옥〉과 이웃해 있으니 혹 심야 손님을 목격한 종업원이 있을지도 모른다. 그런 막연한 기대감을 품고서.

동 영감이 술병 사진을 내보이며 전후 사정을 전하자 심 사장이 손바닥으로 입을 가리고 까르르 웃어젖혔다.

"어머나, 죄송해라. 드라마 같은 얘기라서 저도 모르게 그만. 심야 손님이라고 부르니 꼭 도둑님 같기도 하고. 하하. 이웃이 상을 당했는데 이러는 거 예의가 아니죠. 못 본 걸로 해주세요. 하하."

웃으면서 말했지만 표정은 '어쩜 그런 황당한 수사를 하시나요'였다.

동 영감 얼굴이 시뻘겋게 변했다. 많이 창피한 것이다. 탐문전을 주장한 나를 원망하듯 흘겨봤고, 나는 주먹으로 입을 막고 딴청 피우듯 눈길을 피했다.

〈효자면옥〉은 외관부터 〈행복면옥〉과 전혀 다른 분위기를 풍겼다. 2층짜리 건물을 현대식으로 리모델링해서 깔끔했다. 홀은 모두 입식 테이블이고 LED 조명이 은은하면서도 밝았다. 입구 기둥에 서울시에서 수여하는 노포 인증 마크가 훈장처럼 반짝거렸다. 오래되고 깨끗한 맛집. 그게 〈효자면옥〉을 본 첫인상이다.

동 영감의 거듭된 부탁에 심 사장은 난감해했다.

"사정은 압니다만, 저쪽 집과 관련해서 더 드릴 말씀은 없습니다. 저희도 그간 경찰에 꽤 시달렸답니다. 같은 말 반복하기 싫고 괜한 오해 사기도 싫고. 얼른 사건이 정리돼서 이런 불편한 분위기를 벗어나고 싶은 마음뿐입니다. 다들 아시잖아요. 말이 말을 낳는 시대인 거. 이런저런 억측으로 또 두 집을 엮으려고 들면 곤란하지요."

이해는 간다. 살인사건이 터져서 어수선한 와중에 술병 주인 찾는다고 또 다른 형사들이 기웃거리니 짜증이 나리라. 오랜 악연으로 얽힌 이웃이라면 더더욱. 지금 상황에서 우린 불청객일 뿐이다.

하지만 동 영감은 쉽게 포기할 분이 아니다. 끈적이는 인맥을 이용해 어떻게라도 뚫어낼 기세. 갑자기 오른쪽 무릎을 꿇더니 왼팔을 들고 연극 무대의 배우처럼 상대 눈동자를 응시했다. 휠체어에 앉은 심 사장과 눈높이가 딱 맞았다.

"제 비록 〈효자면옥〉 단골은 아닐지라도 예전 취객 다툼을 해결해준 성의를 봐서라도 부탁드립니다. 실은 저에게는 그간 이곳에 오고 싶어도 올 수 없는 이유가 있었답니다. 무언지 아십니까?"

'이유'란 단어가 심 사장 호기심을 자극해버렸다. 답을 기다리는 눈빛이 진지해졌다.

"사장님, 제가 동치미를 안 먹습니다. 아니 못 먹습니다. 저 키우느라 온갖 고생 고생하다 돌아가신 어머니 생각이 시큰하게 나서요. 생전에 동치미를 세상에서 제일 좋아하셨지요. 아련함에 눈물이 나서 저는 그 후로 절대 입에 안 댑니다. 그러니까, 동치미 국물을 육수 베이스로 쓰는 〈효자면옥〉과 저는 애초 합이 맞지 않단 말씀입니다."

으응? 이건 무슨 말이래. 지난번 회식을 한 무교동 철판 낙지집에서 동치미 국물을 몇 번이나 추가해서 후루룩 들이켜지 않았던가. 고혈압에 좋지 않다고 내가 말렸건만 듣지 않던 분 아니던가. 그런데 눈썹 하나 까딱하지 않고 입맛 장애를 강조하신다.

속 빤히 보이는 거짓말인데 심 사장 얼굴이 환히 펴졌다. 세상 희한한 게 저런 술수가 통하다니. 노년이 되면 알면서도 속아주는 관용이 생긴다더니.

"어쩐지…. 청장님이 저희 집에는 왜 안 오시나 서운했는데 그런 속사정이 있었군요. 네, 예전 취객 난동 때 도움 주신 거 기억합니다. 감사한 마음에 언제 식사라도 대접하려고 맘먹고 있었습니다만."

"그야 늘 환영이죠. 그보다 못 뵌 새 이렇게 크게 다치신 줄 몰랐습니다. 깜짝 놀랐습니다. 어쩌다가."

"가게 앞에서 짐 싣고 달리던 오토바이와 부딪쳤습니다."

"아니, 언제?"

"지난 대폭염 때니 벌써 두 해나 됐네요. 양쪽 무릎 관절이 으스러져 버렸다는데 받아들여야죠. 몸과 관련해서는 그게 익숙한 나이라."

"제가 없는 사이에 참으로 안타까운 일이 있었군요."

"다행히 세상 좋아져서 전동 휠체어 타면 쉬이 움직입니다. 힘이 들지도 않고. 보기가 좀 그래서 그렇지. 뒤쪽 별채에 머물면서 가게 일 챙기는 정도는 어렵지 않아요. 멀리 구경을 못 나가니 답답하긴 해도."

"따님은 요즘 어디? 통 안 보이는 것 같던데?"

"노욕이 화를 불렀나 봅니다. 강남에 직영점을 냈거든요. 딸애는 거기 살림 도맡아서 해요. 눈코 뜰 새 없이 바빠서 이쪽은 거의 못 들르네요. 이렇게 다칠 줄 알았으면 애초 시작을 마는 건데…. 사업만 왕창 벌려놔서는. 에휴."

깊은 한숨에 동 영감이 덩달아 한숨을 내쉬었다. 상대 기분 맞춰주는 재능은 진짜 타고났다.

"노욕이라뇨. 참으로 멋지고 대단한 일 아닙니까. 〈효자면옥〉을 일군 자부심이죠. 거기에 비하면 하찮은 술병 따위나 찾고 있는 제 신세는…. 에휴."

동 영감이 풀 죽은 모습을 보이자 심 사장 마음이 약해졌나 보다. 어쩔 수 없다는 듯 천천히 입을 뗐다. 영혼 없는 전략적 말장난에 불과한데 제대로 먹혔다.

"옆집과는 긴 세월 참 무심하게 살아왔습니다. 아시다시피 선대에 안 좋은 일이 있었죠. 주위에서 라이벌이니 떠들어대도 사실은 바빠서 세간 평가에 귀 기울일 틈도 없었답니다. 우리 같은 사람들은 그냥 자기 집 음식만 똑바로 보는 거죠. 맛은 배신하지 않으니까. 이웃 가게 깎아내리는 일은 제 음식에 자신 없는 하수들이나 하는 짓이고."

"그럼요. 사이다 같은 말씀이십니다."

동 영감이 노련하게 추임새를 넣었다.

"돌아가신 옆집 사장님과는 평생을 보고도 모른 척 살았죠. 어쩌다 마주쳐도 서먹서먹했고. 그런 긴장 관계가 지금 돌이켜 보니 참 부질없는데 우리 아버지들도 참 독했구나 싶더라고요. 서로 죽고 살자고 장사한 것도 아닌데 말이죠."

심 사장이 옆집과 얽힌 몇몇 추억담을 더 들려주었으나 먼 과거의, 사건과는 무관한 것들이었다. 종업원들을 다 불러 모아 일일이 확인하는 성의까지 보여주었다. 심야 손님도, 살인 사건 용의자를 봤다는 사람도 나오지 않았다. 탐문전은 사실상 소득 없이 끝났다. 마지막 질문은 내가 했다.

"저, 순전히 개인적인 궁금증입니다. 혹 불편하시더라도 꼭 답을 듣고 싶습니다."

나는 가볍게 고개를 숙였고 심 사장은 입가에 밝은 미소를 머금었다.

"사장님 보시기에 옆집 냉면은 어떻습니까? 하도 예전 같지 않다는 말이 많아서요. 유명한 맛 평론가가 혹독하게 씹기도 했고. 냉면 장인의 솔직한 평가를 듣고 싶습니다. 사건 때문이 아니라 평양냉면을 사랑하는 사람으로서 여쭙습니다. 고기로

만 우린 육수 때문일까요? 아니면 고명이나 반찬 같은 부재료 때문일까요?"

낯선 형사의 돌발 질문에 심 사장은 바로 입을 열지 못했다. 도리어 동 영감이 벌컥 역정을 냈다.

"박희윤 경장. 지금 예의 없이 뭔 짓거리인가! 경찰 체통을 지키게. 수사와 무관한 라이벌 가게 냉면 맛이 어떠니 저떠니가 가당한가. 그런 곤란한 질문에 어떻게 대답하시라고. 나도 궁금하지만 어떻게 차마 입 밖으로 꺼내는가!"

동 영감이 사과의 의미로 다시 한쪽 무릎을 꿇고 심 사장과 눈높이를 맞췄다. 당황스럽고 헷갈리는 전개였다. 부하의 무례한 질문에 대신 사과를 하는 것인지, 아니면 이웃집 냉면 맛 평가를 자신도 청하는 것인지. 나도 얼결에 한쪽 무릎을 꿇을 수밖에 없었다. 심 사장 얼굴에 웃음기가 사라졌다. 두 손을 마구 내저었다.

"아아, 오늘 다들 정신없게 왜 이러시는지요. 그, 그게 뭐 어렵다고."

"그럼?"

동 영감이 고개를 들었다가 재차 숙였다. 여전히 헷갈렸다. 사과의 의미인지, 맛 평가를 청하는 것인지. 급기야 달변가인 심 사장이 말까지 더듬었다.

"제, 제가 표현에 서툴러서. 하, 한 마디로 말하자면 오래된 맛? 뭐 그런 느낌일까."

나도 모르게 눈썹을 찡그린 모양이다. 그 모습을 본 심 사장이 다시 손을 내저었다.

"아아, 오, 오래된 맛이 상했다는 의미가 아니고. 세, 세월이 흘러도 변치 않는 맛? 아니다. 묵은 맛? 그래요, 그게 비슷하겠네. 역시 이런 질문은 참 어렵습니다. 민감한 일이고요."

우리는 서촌 최고 번화가인 세종마을음식문화거리를 천천히 내려왔다. 좁은 골목길을 따라 걸어놓은 청사초롱이 머리 위에서 하늘거렸다. 동남아 관광객으로 보이는 한 무리가 알록달록한 대여 한복을 차려입고 셀카봉을 들고서 스쳐 갔다. 얼마 전까지 한방 족발을 팔던 점포에 피자와 맥주 간판을 다는 작업 트럭이 보였다. 대형 프랜차이즈 자본이 침투해 특색 없는 거리로 변질될까 걱정하기도 전에 동네 풍경은 획획 변해나갔다. 고즈넉하던 동네가 이젠 불야성의 먹자골목이 돼버렸다. 무엇이 옳고 그른지 당장은 알 수 없지만, 신촌인지 대학로인지 구분 못 할 정도로 획일화되는 모습은 좀 안타까웠다.

조금 전 〈효자면옥〉에서 심 사장이 들려준 얘기들을 곱씹어 보았다. 그 자리에서 내색은 안 했지만 속에서 희열이 차올랐다. 나도 모르게 얼굴에 히죽 미소가 번졌다. 역시 수사의 기본은 탐문. 나란히 걷던 동 영감이 내 속내를 읽기라도 한 것처럼 말을 걸어왔다.

"박희윤 경장. 옆집 냉면 맛은 왜 물어본 건가? 엉뚱한 질문을 할 땐 이유가 있겠지? 단순 호기심은 아닌 듯해서 내 거들기는 했네만."

역시나. 동 영감은 나를 몰아세우는 척 심 사장이 대답하지 않고는 못 배길 분위기를 조성했다. 상황을 만드는 재주는 타고났다.

"떠보고 싶었어요. 쾌활한 표정이 돌발 상황에서는 어떻게 변하는지."

"그래서 결론은? 만족스러운가?"

"네, 무척, 많이…."

나는 바람결에 흔들리는 청사초롱을 올려다보며 짧게 답했다.

"그래서? 뭐냐고?"

동 영감이 길 가운데서 걸음을 딱 멈춰 섰다. 말투가 시비조로 돌변했다.

"네?"

"결론이 만족스럽다며? 그럼 뒷말이 있어야지. 내가 무릎까지 꿇어가면서 강력한 어시스트를 했는데 어째서 정보를 공유하지 않는가?"

"그야 아직 확실치 않아서죠. 반장님이 또 막 떠벌리고 다니실까 봐."

뒷말이 되레 동 영감 심기를 자극해버렸다. 꺼억! 바로 목구멍에서 탁한 신음을 뽑아냈다. 삐치면 뒤끝 심하신 분이다. 애같지만 달래야 한다. 어쨌든 나의 상사니까.

"아, 반장님. 제가 심 사장님께 냉면 맛이 변했죠, 라고 물었는데 변하지 않았다라고 답했습니다. 그건 어떤 경우에 듣는 답일까요?"

동 영감이 안경을 벗어 반질한 이마에 걸치고서 팔짱을 꼈다. 엉뚱한 대답이 튀어나올까 봐 내가 바로 뒷말을 이었다.

"사실 유도한 대답이기는 하지만 심 사장님이 〈행복면옥〉 냉면을 근래에 먹어봤다는 뜻 아닐까요?"

"있을 수 있는 일이지. 경쟁 가게 음식을 분석하는 일은 장사의 기본 중 기본이잖은가. 아랫사람 시켜서 포장해 왔던지."

"〈행복면옥〉은 포장 판매 안 합니다. 혹시나 해서 다시 물었죠. 육수 때문인가요, 고명이나 반찬 때문인가요."

그제야 동 영감이 내 의도를 다 알아차렸다.

"오호라! 그런 건 가보지 않고선 알 수 없지. 그건 〈행복면옥〉을 직접 방문했다는 말씀이네. 그럼 대를 이은 웬수네 집에서 퍼먹은 거네. 선글라스에 머플러 두르고 변장하고 갔나? 성품으로 봐서 그런 잔머리 굴릴 할망구는 아닌데. 수십 년을 봐왔으니 서로 얼굴 모를 리도 없고. 사실 나도 꽤 찜찜했다고. 그 긴 세월 나란히 장사하면서 아예 교류가 없다는 자체가 비상식적이지. 남북한도 오가는 이 마당에 말이야. 그 중심에 냉면이 있는 것도 똑같고. 역시 교류에는 냉면이 갑인가 봐. 크하학."

경박하게 키득대던 동 영감 얼굴이 갑자기 굳어졌다.

"잠깐만. 근데 심 사장이 옆집 냉면을 먹었다는 건 무슨 의미인가? 혹시 심야 손님이…."

"네. 아마 맞을 겁니다. 제가 던진 미끼…, 아니 우리가 던진 미끼를 제대로 물어준 덕분이죠."

"그럼 심야 손님이 맡겼다는 술병에 왜 심 사장 지문은 안 나왔을까?"

"크게 간과한 게 있습니다. 그 술병 따지 않은 채였죠?"

"그게 지문이랑 관련 있나?"

"반장님. 술병 아래 헝겊이 놓여 있었습니다. 그건 어떤 의미일까요? 술병을 소중히 여겨 자주 닦아서 보관했다고 생각됩니다. 백 사장이 왜 그런 수고를 들였는지 지금 당장은 알 수 없지만."

"에잉. 결론은 노인네들 수작질이었군. 100퍼센트야."

내가 동 영감을 찌릿 쏘아보자 바로 말끝을 얼버무렸다.

"혹시 모르니 99퍼센트로 정정하겠네. 명섭 군은 청와대 그 분이 심야 손님이 아니라서 실망하겠지만 우리는 전모를 밝혀 낸 걸로 충분하네. 내 말 하지 않았나. 부지런히 움직이면 다 보인다고. 오케이, 이제 이 일은 손 털자고. 살인사건이야 종로서에서 알아서 할 테지. 그나저나 흐흐, 요망한 할망구 같으니. 눈썹 하나 까닥 안 하고 백 사장 모른다고 잡아떼더니. 그런데 먼저 떠나버려서 몹시 가슴이 아프겠구먼."

"그 부분은 수사 영역이 아닌 듯합니다."

나는 정색했다. 감정에 휘둘리기 싫었다. 인간관계에서 어떤 일이 일어나도 이상하지 않을 나이이고 세상 인연에는 다 사연이 있다. 지레짐작으로 희화화되는 일은 편치 않았다.

요행히 운이 닿아 꽁지머리 의뢰는 해결했다. 다시 밝히지만 수사의 기본은 탐문. 모양새 따지는 동 영감 체면도 세워줬으니 됐고. 그런데도 요도의 잔뇨감처럼 찜찜함이 남았다. 백 사장의 죽음 때문이겠지. 살인사건 수사가 이제부터 시작일 것 같은 건 기분 탓일까.

"저기로다. 악마의 소굴이."

동 영감이 서쪽 하늘을 응시하면서 외쳤다. 갑자기 뭔 소리인가 했다. 한옥 기와지붕들 사이로 우뚝 솟은 콘크리트 건물이 보였고 맨 위층에 〈대도실업〉 네 글자가 창문에 붙어 있었다. 사채업자 복마왕 사무소였다.

"반장님. 돈을 회수하려는 복마왕 올가미에 백 사장이 뭔가 자발적으로 발 담근 느낌이 진하게 들지 않습니까? 백 사장은 사망 보험금으로 빚을 갚고 가게를 지켰고, 복마왕은 청부 살인 대가로 원금에 밀린 이자까지 회수하니 원원. 제 생각이 너무 멀리 나간 걸까요?"

"어제도 얘기하지 않았나. 명섭 군이 설치고 다니는 거와 배치된다고."

"바로 그거죠. 만약에 자기 아버지가 사건에 연루된 걸 몰랐다면? 백 사장은 아무리 개망나니 아들이라도 엮이게 하고 싶지 않았던 겁니다. 여행 간 틈에 판을 벌렸다면 앞뒤가 맞습니다. 아들놈은 그냥 찌그러져 있으면 될 일을 눈치 없이 술병 주인 찾겠다며 나대는 거고."

생각이 거기까지 미치자 입안이 까끌거렸다. 동 영감도 씁쓸하게 입술을 다셨다. 아들놈 얘기에 착잡한 모양이다.

"우리 살인사건은 관여 않기로 하지 않았나?"

"아아. 저도 모르게 그만."

"박희윤 경장. 그러고 보면 혼나 킴이라는 자식도 그래. 뭔가 찜찜하지 않나. 세상에 양식당에 어울리는 식당이 어디 있나. 냉면 팔면 냉면집이고 스테이크 팔면 스테이크집이지. 왜 그딴 쓸데없는 소리를 해서 내 신경을 긁는지."

"반장님. 살인사건 관여는 않기로."

"아차차. 그랬지."

사실 혼나 킴 맛 평가는 나도 신경이 쓰였다. 평소와 달리 핵심에서 어긋나는, 과도하게 지엽적인 표현들.

경복궁역으로 꺾이는 골목 어귀에서 고함이 들렸다. 사이렌 소리도 요란하다. 순찰차가 보였고 경찰까지 출동했다. 폭등한 임대료에 항의해 얼마 전부터 1인 시위를 하던 빵집 가족들이 비품을 철거하러 온 용역들과 멱살잡이를 하고 섰다. 세입자와 건물주의 임대료 갈등. 정작 건물주는 팔짱 낀 채 구경하고 가난한 자끼리 엉기는 모습이 짠했다. 인정 많던 서촌이 지금은 젠트리피케이션의 최전선이 돼버렸다. 동 영감이 이맛살을 찌푸리며 까칠한 논평을 내놓았다.

"우리 민족 최고의 성군, 세종대왕이 태어난 자리에서 저게 대체 뭣 하는 짓거리인가. 탁하다 탁해."

점심시간이 끝날 무렵부터 가을비가 조립식 옥탑 지붕을 타닥타닥 두드렸다. 규칙적인 빗소리 덕에 사무실에 감성 충만

한 낭만이 감돌았다. 동 영감은 의자를 창 쪽으로 돌려놓고 앉아서 낮잠을 청했다. 식후 20분 수면은 뇌에 휴식을 줘서 머리 회전을 빠르게 한단다. 루틴처럼 꾸준히 실천하셨다. 주바리 선배가 드립 커피를 사다 줘서 입까지 행복했으나, 살인사건의 찝찝함은 집요하게도 가시지 않았다. 까칠한 맛 평론가 프로필에서 뜻밖의 사실을 발견했기 때문이다.

"주 선배, 그 아들자식 해외에서 요리 학교 다녔다고 했죠?"

"프랑스 어디더라. 아, 리옹에 있는 거. 갑자기 왜?"

주바리 선배는 자신의 품에서 웅크리고 잠든 덕분이 등을 쓰다듬었다.

"혼나 킴 프로필에서 뜻밖의 걸 봤어요. 대학을 졸업하고 프랑스에 있는 요리 학교에서 수학했다는데 리옹에 있는 그 학교입니다."

"진짜? 희윤 씨 은근 집요한 구석이 있네. 그러니까 지금 혼나 킴이랑 못난 아들놈은 동창이고 이전부터 아는 사이였다, 그걸 말하고 싶은 거지? 아니다. 학연 사회에서 서로 모르는 게 더 이상하네."

잠에서 깬 덕분이가 눈을 살포시 떴다. 주바리 선배 품에서 살살 빠져나오더니 내 품으로 건너오려고 했다. 나는 두 팔로 X 자를 그었다. 덕분이는 눈치가 있는 비만견인지라 굳이 싫다는 사람 괴롭히지 않았다.

"네. 같은 시기인 것도 확인했습니다. 혼나 킴이야 프로필에 나오고 아들자식은 페이스북 뒤져 보니까 사진이 있더라고요.

6년 전쯤 학교 친구들이랑 모네가 말년을 보낸 지베르니 마을에 여행 갔더군요. 물론 그 사진에 혼나 킴은 없습니다만 둘이 아는 사이인 건 확실합니다."

"근데 왜 혼나 킴은 동창 아버지가 운영하는 냉면집에 혹평을 날렸나, 이런 의문을 제기하고 싶은 거지? 둘 사이가 안 좋았나?"

역시 주바리 선배와는 정상적인 대화가 가능하다. 촉이 뛰어나진 않지만 해석 능력이 좋다. 기자들도 마찬가지다. 아이디어 발제는 훌륭해도 취재가 부실해 원고 질이 떨어지는 사람이 있는가 하면, 발제는 시원찮아도 충실한 취재로 양질의 기사를 쓰는 사람도 많다. 주바리 선배는 후자다. 행동력이 뛰어난 신뢰할 만한 파트너.

"주 선배, 혼나 킴이 〈행복면옥〉 냉면을 평가한 것 중에 이런 대목이 있어요. 메밀 비율을 80퍼센트 이상 쓰고 육수는 소와 돼지를 6 대 4로 활용한다. 너무 단정적이지 않습니까? 이 정도면 가내 비법일 텐데 음식 평론가 혀가 제 아무리 섬세해도 이걸 알 순 없죠. 또 하나. '스테이크 식당에 어울리는 마당을 가졌다'라는 표현도 그래요. 그건 사실 사업 재기하고 싶은 아들 욕심이잖아요. 둘 사이가 나빴다면 굳이 가게에 들러서 품평했을 리 없고 이런 불필요한 표현으로 아들에게 힘 실어줬을 리 없죠. 서촌을 기반으로 다시 레스토랑 열어보라고 마구 부추기는 느낌이 들지 않습니까?"

"그렇네. 그 자식이 자기 집 레시피를 떠벌렸네. 다시 사업을 하려니 냉면집이 걸림돌이 됐겠군."

"둘은 분명 커넥션이 있습니다."

물론 그 커넥션 실체를 당장은 알 수 없다. 어렴풋이 뭔가 잡힐 듯하지만 또렷하지는 않았다.

맑은 머리로 정리해보고 싶었다. 반쯤 남은 커피를 들고 옥상으로 나왔다. 가을비는 그새 그쳤고 먹구름이 서촌 위에 낮게 깔렸다. 인왕산과 북악산 정상이 흘러가는 연무에 모습을 감췄다가, 드러내기를 반복했다. 선계의 수묵화 같은 풍경을 바라보자 마음이 절로 안정됐다.

대기 중에 남아 있던 빗방울 하나가 안경 위에 톡 떨어졌다. 하늘을 한 번 올려다봤다. 먹구름이 가려버린 새파란 하늘. 순간, 머릿속에서 섬광이 번쩍했다. 떠오른 하나의 가능성. 꽁지머리가 한 말이 생각났다.

"할아버지는 평상에서 하늘 보며 술 푸는 걸 좋아하셨대. 그 버릇을 아버지도 물려받아서는…. 자기 가게에서 그러는 거 영 프로답지 않잖아."

아들놈이 유행을 좇아서 올렸다는 유리 지붕이 백 사장 눈에는 어떻게 비쳤을까. 청명한 시야에 이물감을 유발하는 비닐 막 같은 존재가 아니었을까. 짧은 전율이 온몸을 훑고 갔다. 그랬다. 어쩌면 그게 진실일지도. 증명은 힘들어 보이지만.

부검 결과를 다시 확인해야 한다. 주바리 선배가 챙겨다 놓은 게 있다. 사무실로 달려 들어왔다. 동 영감의 규칙적인 코고는 소리가 태평시대의 풍악처럼 들렸다. 덕분이는 어느 책상 아래로 숨어들었는지 보이지 않았다.

사인은 경부 압박에 의한 질식사. 쉽게 말해 목이 졸려 죽었다. 다만, 살해 방법을 단정하고 있지는 않았다. 만약 형사들 생각처럼 살해범이 피해자 등 뒤에서 끈으로 목을 끌어 올리듯이 조른 교사가 아니라면? 사인이 같아도 살해 방법이 달라지면 용의자에 확장성이 생긴다. 용의자가 달라지면 버려진 단서에 의미가 생긴다. 점박이 팀장은 그 부분을 간과했다. 오래전, 유명한 포크 가수의 죽음도 그랬다.

미수반이 나설 차례였다. 현장에 남겨진 흔적부터 찾는 게 급선무다. 그다음은 사람을 불러모아야 한다. 무대는 당연히 〈행복면옥〉.

졸고 있는 동 영감 앞에 서서 두 손바닥으로 책상을 탕 내리쳤다.

"수사의 신께서 제게도 힌트를 던져 주셨습니다. 반장님 발연기가 절대적으로 필요합니다."

화들짝 놀란 동 영감이 반사적으로 벌떡 일어났다. 표정은 꿈결인지 현실인지 몽롱해 보였다.

"걱정 말게. 내 인생 자체가 연기 인생 아닌가."

"오버액션도 있습니다."

"크하하. 맡겨주게. 이 한 몸 닿는 데까지!"

"과학수사계에서 접이형 사다리를 빌렸으면 합니다."

"문제없다네. 그래서 뭔가? 범인은 여럿인가? 명섭 군 알리바이를 깼는가? 그리고 나 말일세, 꼭 한 번 해보고 싶은 말이 있다네. 그 긴 세월을 경찰로 보내면서도 못 해봤던.”

“무슨?”

“범인은 이 안에 있다!”

“다들 안녕하신가. 오늘 이렇게 일부러 발걸음 해줘서 고맙네. 모두 알다시피 내가 오랜 친구를 잃어버렸어. 바로 이 자리에서 말이야. 그건 무척 슬픈 일이지. 내 오늘 여러분께 친히 모여주십사 부탁한 이유는 살인사건의 진상을 알게 돼 보고를 하기 위해서네. 원래는 술병 주인을 찾는 일이 시작이었으나, 몰입하다 보니까 한순간 전모가 보이더라고. 어쩌겠나. 능력인걸. 허허. 현직 경찰로서 못 본 척 넘길 수야 없지 않겠는가.”

동 영감 재능을 너무 얕잡아 봤다. 여러 사람들 앞에 나서기 좋아한다는 건 익히 알고 있지만 때론 근엄하게, 때론 능청맞게 좌중의 시선을 빨아들일지 몰랐다. 가끔은 형식이 결과를 만들기도 하니까. 진담과 농담을 섞은 한 마디 한 마디가 희한하게 긴장감을 유발했다. 〈행복면옥〉 내부의 처연한 울림 때문에 더 그렇게 들렸는지도 모르겠다.

동 영감 입에서 살인이란 단어가 흘러나오자 평상 주위에 몰려든 사람들 낯빛이 굳어졌다. 종로서 점박이 팀장도 몇 발짝 떨어진 툇마루에 구경꾼처럼 다리를 꼬고 앉아서 이쪽을 주시했다. 얼굴 가득한 절박함을 숨길 순 없었지만.

동 영감이 다시 좌중과 일일이 시선을 맞췄다.

"죽은 사람 두고 이런 얘기 뭣하네만, 백 사장이 성실함 하나야 타고났지. 하지만 대인관계가 서툴렀어. 서툴면 서툰 대로 자기만의 방식으로 가게와 자식 놈을 아꼈다고 생각하네. 긴 세월 쭉 지켜봤는데 그 양반에게는 그 둘이 자기 삶의 전부였으니까. 그래서 수사 초점을 거기에 맞춰봤다네."

동 영감이 다시 뜸을 들였다. 눈동자를 굴리면서 사람들 움직임을 살폈다. 그 자체로 묵직한 기운을 뿜어냈다. 다들 슬그머니 눈빛을 피했다. 동 영감은 분위기를 제압했다고 판단했는지 거만하게 목을 좌우로 한 번씩 꺾었다.

"우선, 살해 동기가 있는 사람들이 꽤 있더군. 그걸 들여다보는 건 수사의 기본. 하다못해 사이코패스의 무차별 살인도 쾌락이라는 동기가 있지 않은가. 우선 백 사장이 죽어서 가장 이득을 보는 사람은 누군가? 〈행복면옥〉은 재정 사정이 극도로 안 좋았고 백 사장은 몇 달 전 거액의 생명보험을 들었더구먼. 이 모든 상황에 똑 떨어지는 인물이 하나 있지."

꽁지머리는 모든 시선이 자신에게 쏠리자 바로 입을 삐죽거렸다.

"아저씨도 참…. 엉뚱한 짓 여전하시네. 내가 술병 주인을 찾아달랬지 살인범 잡아달랬나? 내 알리바이는 어쩌시려고. 크크."

동 영감은 대답하지 않았다.

"또 말일세, 백 사장이 아무리 중늙은이에다 방심을 했다고 해도 허수아비처럼 뚝딱 눕힐 수야 있나. 범인은 일단 백 사장을 압도하는 힘이 있어야 해. 그건 한 명 이상일 수도 있다는 거고. 예를 들면 조직원을 거느리고 빌려준 돈을 회수해야 하는 사람 말일세."

이번에는 다들 사채업자 복마왕을 쳐다봤다. 눈알이 부리부리하고 입술이 두툼한 혼혈 풍모의 중년. 중절모를 쓰고 얇은 털외투까지 걸치니 암흑가 보스 같았다. 그 좌우에 날렵한 체구의 양복 사내 둘이 호위무사처럼 붙어 섰다. 복마왕은 심기가 불편한지 들고 있던 지팡이로 바닥을 쿡 내리찍었다.

"똥칠수 행님도 이제 늙었나 보오. 그딴 이바구 하려고 나를 오라 가라 하다니. 개소리도 쌈박해야 들을 게 아뇨."

동 영감이 바로 고개를 끄덕했다.

"그렇지. 명섭 군에게는 벽돌보다 단단한 알리바이가 있고 경찰은 그걸 깨지 못했지. 또 복 사장네 청부 살인을 의심해봤지만 그도 심증뿐이라네. 기분 나빴다면 이해하게. 허허."

사람들은 뭐야? 하는 눈빛으로 서로를 바라봤다. 쌓였던 긴장이 일시에 무너져버렸다. 어째 동 영감이 강단 있게 밀어붙인다 싶더라니…. 다행히 방향성만은 놓치지 않았다.

"여보게들. 내가 진짜 궁금한 건 왜 백 사장이 평상에 등을 기대고 죽었을까 하는 점일세. 하늘을 올려다보면서 말이지. 처한 현실이 괴로워 그렇게 조용히 잠들고 싶었던 걸까?"

"뭐꼬. 그카마 사장님이 자살한 기라꼬? 말도 안 된데이."

이번에는 일산에서 달려온 주방장 김철현이었다. 양쪽 셔츠 소매를 걷어 올리며 달려들 기세였다. 동 영감은 그 또한 무시했다.

"그렇지. 자살은 말이 안 되지. 자기에게는 완수해야 할 사명이 있는데. 그게 무엇이냐. 선대로부터 물려받은 가게를 잘 지켜서 아들에게 가업을 잇게 하는 일. 자살은 그것만 보고 견뎌온 자기 삶을 부정하는 거니까. 워낙에 고지식한 양반이었잖아. 백 사장은 죽고 싶었지만 스스로 목숨을 끊을 순 없었네."

다들 다시 침묵했다. 혼나 킴이 침을 꿀꺽 삼켰는데 그 소리가 유난히 컸다. 그도 보통 배짱은 아니다. 참고인 신분이라고 할 수도 있겠지만, 굳이 참석 안 해도 될 자리인데 선뜻 달려왔다. 유명 노포의 몰락에 얽힌 사연을 현장에서 듣는 일도 색다른 경험이라며 되레 고마워했다. 역시 사고방식이 남다르다. 젊은 만큼 당돌하고 과할 정도로 자신감이 넘친다. 내가 갖지 못한 능력이어서인지 신선해 보이기까지 했다. 꽁지머리와 계속 무언의 눈빛을 주고받는 짓은 수상쩍지만.

"그니까, 똥칠수 행님이 말하려는 게 대체 뭐요?"

짜증 난 복마왕이 시비 걸듯 한 발짝 앞으로 나섰다. 동 영감이 움찔하면서 한 발짝 뒤로 물러났다. 복마왕이 사냥감 몰아세우듯 지팡이를 손으로 휘돌리며 다시 한 발짝 다가섰다. 동 영감은 주눅 든 표정으로 슬쩍 옆으로 발걸음을 옮겼다.

"자자 여러분. 이번 사건은 말일세, 경영난을 겪는 냉면집 사장과 철딱서니 없는 아들. 지인인 맛 평론가와 의리 없는 주방장 그리고 동네 사채업자가 엮인 사건이라네. 다들 수상쩍은 동기를 하나씩 가지고 있지. 하지만 애초 백 사장과 아무런 이해관계가 없는 데다가 완력도 없어서 알리바이가 불필요했던 사람. 그래서 처음부터 용의 선상에서 철저하게 배제된 사람도 있지. 하지만 그 살인은 선의였다네. 살인에 선의가 있느냐고 나보고 따지지는 말게나."

동 영감이 천천히 발걸음을 옮기는 순간, 바닥 돌부리에 구두코가 탁 걸리는가 싶더니 뚱뚱한 몸이 중심을 잃고 다이빙 자세가 됐다. 아앗! 모두가 비명을 지르는 찰나, 동 영감은 〈효자면옥〉 심 사장의 전동 휠체어 앞에 달린 수납 박스를 겨우 움켜잡았다. 얼굴을 그대로 바닥에 처박는 상황은 면했다. 그때였다. 수납 박스가 0.1톤에 육박하는 동 영감 몸무게를 이기지 못하고 뚝 떨어졌다. 동 영감은 수납 박스를 가슴에 품은 채 나뒹굴었다. 충격이 얼마나 컸던지 수납 박스 뚜껑이 열리면서 내용물이 다 쏟아졌다.

눈 깜짝할 새 일어난 일. 다들 소스라치게 놀랐다. 특히 전동 휠체어에 앉아 있던 심 사장이 두 손으로 입을 막고 얕은 비명을 질렀다. 동 영감이 크게 다칠 뻔해서가 아니다. 자신이 크게 다칠 뻔해서도 아니다. 바로 수납 박스에서 흘러나온 바람막이 점퍼와 목장갑, 물병. 그리고 아주 기다란 밧줄 하나. 그 밧줄이 무엇을 의미하는지 다들 바로 알아채지 못했다.

나는 두 눈을 감아버렸다. 상상이 현실로 드러났을 때의 자괴감. 나쁜 쪽 결과라면 더 그렇다. 괴롭지만 이 방식이 아니고선 전동 휠체어 수납 박스를 열어볼 수 없었다. 동 영감이 보여준 슬랩스틱 연기는 그야말로 달인급 경지. 고의가 아니었다는 주장이 하나도 어색하지 않을 만큼 자연스러웠다. 어느 누구도 항의할 수 없는 완벽 그 자체였다.

나는 고개를 들고 천장을 올려다봤다. 집채 양끝을 가로질러 투명 유리 지붕을 떠받드는 대들보. 사람들이 모이기 전에 사다리를 받치고 올라가서 나무 표면을 살폈고 심하게 눌린 흔적을 찾았다. 바로 허공에 매달린 백 사장의 육중한 몸무게를 지탱하던 밧줄 자국. 수납 박스에서 나온 밧줄의 표면 무늬는 시신의 삭흔과 일치하리라. 분위기가 엄중했다. 범인은 이 안에 있다. 동 영감은 그런 말을 입 밖에 낼 수 없었다.

직사각형 탁자와 의자 두 개. 종로서 지하층에 위치한 강력팀 진술 녹화실. 예전에는 취조실로 불렸던 그곳은 낡았지만 내부는 밝았다.

나는 조명이 어두운 창밖에서 창 너머 심을숙 사장을 보았다. 그녀는 허리를 꼿꼿이 펴고 앉아서 익숙한 대사를 읊듯 진술에 주저함이 없었다. 몸은 꼼짝도 하지 않았다. 입술 움직임이 없었다면 정지 화면 보는 것 같았으리라. 담담한 목소리가 스피커를 타고 이쪽으로 전달됐다.

"작년 봄이었나. 벚꽃 피는 계절이었으니 4월이겠네. 당시에는 봄이 와도 많이 우울했습니다. 무릎을 크게 다쳐서 평생 휠체어 신세를 져야 했거든요. 그렇다고 가게를 방치할 수 없어 별채를 개조해서 생활하게 됐고…. 일요일은 가게를 쉬니까 토요일 밤에 종업원들 다 퇴근시키고 나면 허함이 밀려오더라고. 그런 생활이 이어질수록 더 갑갑하고. 젊었을 때 웬만한 관광지 다 돌아봤을 정도로 세상 구경하는 걸 좋아했는데 말이죠."

심 사장이 짧은 숨을 내쉬었다.

"그날도 새벽까지 가게 문을 열어놓고 망연히 골목을 내다봤죠. 오가는 사람도 없겠다, 봄바람이나 쐬려고. 그렇게라도 안 하면 답답해서…. 가게 앞에 앙상한 벚나무가 몇 그루 있는데 거기 핀 꽃조차도 예쁘더라고요. 옴짝달싹할 수 없는 신세가 초라하기도 하고. 그렇게 넋 놓고 있는데 인기척이 들렸죠. 언제 나왔는지 〈행복면옥〉 사장님이 가게 앞에서 앙상한 벚나무를 멍하니 올려다보고 서 있더라고. 서로 아냐고요? 그럼요. 왜 모르겠어요. 어릴 적부터 수십 년을 봐왔는데. 말을 섞은 건 기억 남을 정도지만. 옛날에 아버지들끼리 멱살 잡고 거칠게 싸우는 걸 곁에서 보기도 했고. 듣자니 그 양반도 평생 가게를 지키며 일만 했다죠. 어쩌다 눈길이 마주쳐 버렸습니다. 인적 없는 봄날 새벽에 말라비틀어진 벚꽃에 위안을 받는 처지라니. 돈을 많이 벌고 못 벌고를 떠나서 그게 우리네 갇힌 삶인가 싶기도 하고…. 아무튼 말은 내가 먼저 걸었습니다. 용기를 냈죠. 그 양반 숫기 없다는 거 들었거든요. 왜 그랬는지 지금도 모르겠어요. 그날따라 기분이 그래서 무작정 어디든 가고 싶었던 것 같기도 하고. 벚꽃 길 따라서, 발길 닿는 대로."

심 사장은 모노드라마 배우처럼 혼몽한 표정으로 혼잣말을 이어나갔다. 마주 앉은 점박이 팀장을 향한 말만은 아니었다.

자기 자신에게 하는 말 같기도 했다. 나는 집중해서 듣는 동안 속속들이 그 마음을 헤아릴 수 있었다.

"사장님, 인왕산 꽃구경 안 가실래요? 진짜 벚꽃 보러. 지금 당장이요! 그 양반이 머뭇대는가 싶더니 뭔 뜻인지 알아채더라고. 머리를 한 번 긁적이며 다가와서는 내 간이 휠체어를 밀기 시작했어요. 전기가 아닌 사람 힘으로 움직이는 바퀴. 나는 그런 묵직한 손길이 그리웠나 봐요. 사직공원 옆으로 난 언덕을 올라가서 인왕산 둘레길을 걸었습니다. 꽃비가 흩날리는 벚꽃나무 터널을 지나 서촌 밤 풍경을 봤지요. 내가 사는 동네가 한밤에도 저렇게 반짝이는구나. 평생을 살면서도 몰랐는데. 다친 후 처음 나간 외출은 봄밤의 꿈처럼 감동이었습니다. 우리는 한참을 걸었습니다. 아버지 대의 갈등을 그렇게 마음으로 화해했던 게 아닌가 싶어요. 그 양반 의외로 웃기는 구석도 있더라고. 꽁하다고 생각했는데 막상 말문이 열리자 생뚱맞게 자기 가게가 얼마나 아름다운지를 자랑했습니다. 천진한 어린애 같았습니다. 마당에서 푸른 하늘을 볼 수 있다면서, 언제 들르면 냉면을 대접하겠노라 했죠. 냉면집 사장에게 냉면 대접이라니…. 그 말이 또 얼마나 웃기던지. 나도 모르게 깔깔 댔죠. 그렇게 계절 따라 인왕산을 걸었습니다. 봄에는 꽃을 보고 여름에는 신록을, 가을에는 단풍, 겨울에는 눈 구경을 했죠. 한 계절에 한 번씩, 식당이 쉬는 일요일 한밤에 떠나는 인왕산 산책. 그 원칙은 반드시 지켰습니다. 밤길은 인적이 없어서 좋더라고요. 누가 봐도 상관없다고 생각하면서도 막상 노친네가 되고 나니 동네 사람 시선에서 자유롭진 않더군요. 햇볕 화창한 날 당당하게 가지는 못했지만 노란 달빛에 비치는 서촌도 꽤 근사했어요. 눈물이 날 정도였죠. 그 양반이 휠체어를 아주 천천히 밀었는데 산바람 많이 호흡하라고 일부러 그랬던 것 같아요. 심야 손님이란 이름은 내가 붙였습니다. 밤에도 드나들 수 있는 맘 편한 사람이 되자고."

심 사장이 숨을 골랐다. 얼굴이 살포시 상기됐다. 내뱉고 나니 진술이 너무 감상적이라서 부끄러워하는 것 같았다. 한 손으로 볼을 어루만졌는데 진술 녹화실 정지 화면이 처음으로 움직이는 순간이었다.

맞은편에 뻬딱하게 앉은 점박이 팀장 말투는 딱딱했다. 노친네의 장황한 연애담 따위에는 관심 없소이다. 표정은 노골적으로 조롱했다.

"그런 얘기는 그만 됐고요, 그러니까 공모 계획은 누가 먼저 꺼냈습니까?"

"그 양반이 먼저 고민을 털어놨죠. 지난여름이었나. 그날은 홍제동 구름다리를 건너서 멀리 안산까지 가보기로 한 날인데 아쉽게도 종일 장맛비가 퍼부었죠. 내가 얼마나 고대를 했었는데. 결국 고집을 부렸습니다. 그래도 가요! 그 양반은 어쩔 수 없이 우의를 걸쳤습니다. 가는 도중에 뜬금없는 소리를 했고. 심 사장님, 나 어쩌면 죽을지 몰라요. 처음에는 무슨 불치병에 걸린 줄 알았습니다. 들어보니 그게 아니더라고요. 아들놈이, 아들놈이 사고를 쳤습니다. 가게만큼은 어떻게든 지키고 싶었는데…. 그 양반이 심하게 흐느꼈어요. 그리고 내게 부탁했어요. 제발 한 번만 도와주십시오. 일은 그렇게 시작됐습니다. 거절하기에는 그날 장맛비가 너무 많이 왔어…."

점박이 팀장이 손을 들어 말을 끊었다. 동시에 내 입에서 얕은 탄식이 나왔다. 아쉽다. 무엇이 저토록 급한가. 심 사장은 지금 소소한 연애담을 말하려는 게 아니다. 끈기 있게 들어주는 배려가 필요하다. 그래야 사건 배경도 알고 행간을 읽는 능력도 생기지 않겠는가. 기계적으로 체득한 수사 방식으로는 패턴에서 벗어난 사건은 해결하지 못할 터인데. 이번에 똑똑히 겪었지 않은가.

나의 바람에도 점박이 팀장은 마주 앉은 피의자를 더 몰아세웠다.

"그런 얘기는 됐다니깐. 참 말귀 못 알아들으시네. 그러니까 휠체어를 범행에 이용하자고 한 건 누구 생각인지 지금 그걸 묻고 있잖습니까? 바로 당신입니까?"

바로 당신. 냉정한 한마디가 심 사장 기분을 상하게 했다. 눈매에 남아 있던 인자함이 사라졌다. 대답이 모호해지고 짧아졌다.

"그 양반이 그랬습니다. 나중에 누가 묻거든 자신의 아이디어라고 답해달라고."

"그니까 조력한 죄밖에 없다? 오호, 그렇게 빠져나가시려고?"

"마찬가지입니다. 혹시 안 믿거든 협박을 받았노라 답해달라고."

"진짜 이렇게 비협조적으로 나올 겁니까. 백 사장이 죽기 직전에 무슨 말은 했습니까?"

"내게 고맙다고 했습니다. 도와줘서 감사하다고. 저 너머에 가서도 은혜 잊지 않겠다고. 산책 시간을 늘 기다렸다고. 살면서 처음 경험한 설레는 시간이었다고. 그리고 그 양반, 많이 울었습니다."

점박이 팀장은 조롱당한다고 느낀 모양이다. 발딱 일어서더니 탁자를 탕 내리쳤다. 얼굴을 심 사장 코앞까지 들이밀었다.

"초동수사 때 왜 얘기 안 했습니까? 그러니까 수사에 혼선이 빚어지고 꼬인 거 아닙니까? 경찰이 우스워요? 우습냐고! 원수 집안 사람과 히히덕 다니니까 재미납디까!"

심 사장도 지지 않고 눈을 치켜떴다. 단단히 화가 났다.

"말해야 할 이유는 뭔가요? 그리고 원수라니요? 냉정히 말하면 우리 아버지들 싸움이었죠. 아버지들이 만든 족쇄이고. 그 양반과 저는 서로를 비난한 적 없습니다. 속사정 모르는 사람들이 헛소문 퍼트리는 것이지. 형사님, 그게 진실 아닙니까? 내 말이 틀렸습니까?"

감정 조절 안 되는 쪽은 오히려 점박이 팀장이다. 논리에서 밀리자 인상을 쓰면서 겁박했다.

"살인 조력은 큰 죄입니다. 여생을 다 망치시려고? 따님이 알면 참 좋아하겠군요."

심 사장은 끝까지 담담했다. 한 번 어긋난 마음은 돌아서지 않았다.

"각오하고 있습니다. 단지, 그 양반 뜻대로 되지 않아서 그것이 무척 슬픕니다."

탁자 아래 심 사장 두 손이 보였다. 손가락 끝에 힘을 줘서 허벅지를 꽉 쥐어짜고 있었다. 짠했다. 형사와 마주한 얼굴은 당당해도 두려워서 떨리는 마음을 저렇게 버티나 싶었다. 어쩌면 두려움이 아니라 슬픔을 견디는 자신만의 방식일지도.

역시 사람 삶은 모르겠다. 나이 예순이 넘고 칠순 팔순이 되면 세상사 두려움이 다 없어지는지, 두려움이 없는 척을 하는 건지. 이성보다 감성에 지배받게 되는지. 그걸 확인할 수 있는 날이 언젠가 내게도 오겠지.

더 듣지 않아도 결론은 뻔했다. 어두운 복도를 돌아 종로서를 나왔다. 바로 앞은 안국역. 지하철을 타려다가 갑갑한 마음에 서울경찰청까지 걷기로 했다. 마음 같아서는 몇 시간이고 혼자 걷고 싶었다. 인사동 쪽 얕은 고개에 올라서자 경복궁이 보였고 서쪽 하늘에 노을이 물들었다.

심 사장 진술에서 궁금하던 몇몇 답을 들을 수 있었다. 내 생각과 미세하게 어긋난 것도 있었다.

"술병이요? 아, 그건 제 아버지가 물려줘서 보관해오던 술입니다. 〈행복면옥〉에 처음 초대받아 가던 날 선물로 가져갔습니다. 휠체어를 밀어서 세상 구경시켜준 노고에 대한 답례로. 두 집이 화해하고 싶은 마음도 담았고요. 그 양반이 가보처럼 아껴할 줄은 몰랐어요. 나중에 알았는데 틈틈이 반질반질 닦았다더군요. 이런 말을 하긴 했습니다. 아껴놨다고, 축하할 일이 생기면 그때 같이 건배를 합시다. 축하할 일이 뭔지 모르겠지만 어쩌면 가게를 지키게 된 날이 아닐까 싶어요."

가슴 짠했던 부분은 이웃집에 대한 평가였다.

"그 집 냉면을 처음 맛봤을 때 솔직히 대단하다고 생각했어요. 소박하지만 최소한의 자극만으로 모든 재료가 조화된 느낌이었습니다. 어릴 때 먹던 그런 맛이었죠. 안타깝게도 자극적인 맛에 길들여진 요즘 친구들은 그 진가를 못 알아봤어요. 그런 냉면을 만드는 장인이 바로 곁에 있었는데도. 그 양반은 대를 이어온 맛을 지키기 위해 안절부절 애썼습니다. 저는 그런 노력을 존경해요. 안타까운 건 장사 수완이 별로였죠. 식당 운영을 잘하는 건 또 별개의 문제라서. 주방장까지 관두고 나서는 철저하게 고독했죠. 지켜보는 사람이 안쓰러울 정도로."

동 영감이 들었다면 당황했을 진술도 나왔다.

"그 양반, 근본이 선했어요. 말투가 어눌해서 그렇지. 〈행복면옥〉에 처음 초대받아 간 날 놀랐습니다. 내 휠체어가 쉽게 드나들 수 있도록 대문 문턱을 떼버렸더라고요. 그걸 두고 어떤 단골이 얼굴을 크게 다쳐서 그랬다는 소문이 있던데 사실이 아닙니다. 그 양반도 웃어넘기더라고요. 말 많고 참견 잘하는 어떤 경찰이 그런 말 하고 다닌다고."

사건 종료. 그래도 큰 궁금증은 남았다. 심 사장은 왜 밧줄을 보관하고 있었을까. 증거 인멸을 위해서 멀리까지 움직일 수 없는 처지. 자기 몸의 일부분이라고 여겼을 휠체어. 어느 누구도 쉬이 열어볼 수 없는 가장 안전한 장소라고 판단했던 걸까.

주변이 잠잠해졌을 때 내다 버리려고 한 게 아니라 어쩌면 오랫동안 가지고 있을 심산이었을까. 역시 어렵다. 그네들 마음을 헤아리는 건. 꼭 나이 문제는 아닐 터인데. 어쩌면 동 영감은 그 답을 알고 있을까.

사무실 문 앞에 인기척이 있다 싶더라니 꽁지머리였다. 오늘은 주저 없이 바로 쳐들어왔다. 동 영감 책상에 놓아둔 자주색 보자기를 채 가듯 가슴에 품었다. 나흘 전 살살거릴 때와는 달리 바로 짜증부터 폭발시켰다.

"아저씨. 이거 필요 없지? 그지?"

동 영감은 창문 앞에 뒷짐을 지고 서서 고개만 끄덕였다. 누구도 예상치 못한 방향으로 사건이 끝나버려서 마주 보고 싶지 않은 모양이다. 형사는 늘 상대 눈빛을 보며 대화해야 한다고, 그래야 의사 전달에 왜곡이 없다고 강조하던 평소 모습과 달랐다.

"하긴, 술병은 명섭 군에게 더 의미가 있겠군. 애초 내가 받아선 안 될 물건 아닌가."

묘한 침묵이 흘렀다. 불편한 신경전. 대화에 공백이 생기면 못 견뎌하는 쪽은 역시 동 영감이다.

"보험금을 수령하지 못해서 안타깝게 됐네. 자네 호기심이 과했다고. 심야 손님에게 현혹돼 술병을 가져오지 않았더라면 어쩌면 미제로 남지 않았겠나. 물론 그런 일이 일어나선 절대 안 되겠지만. 한옥에 유리 지붕 올리는 공사를 밀어붙이지 않았다면 백 사장은 그런 극단적 상상을 못 했을 터인데. 세상일은 늘 그런 식이지. 그러니 누구를 탓하지 말게."

진짜 놀라운 일이었다. 어수룩해서 샌님 소리 듣던 백 사장이 어떻게 그런 과감한 일을 저질렀는지. 자신의 목을 맨 밧줄을 천장 대들보 위로 넘긴 다음, 전동 휠체어에 묶어서 심 사장에게 끌어달라는 부탁. 자신의 몸뚱이가 허공에 번쩍 들리는 순간 어떤 기분이었을까. 옥죄는 극한 고통에 후회했을까, 두려움 없는 결행에 안도했을까. 조력한 심 사장 심경은 어땠을까. 밧줄이 팽팽해질 때까지 전동 휠체어를 전진시키며 눈귀를 열었을까 닫았을까. 누가 봐도 불합리한 판단인데, 찾아보면 다른 방도가 있었을 텐데 극단적인 방식을 택했다. 자기 눈앞에서 가게가 넘어가는 일만은 막겠다는 일념. 그 하나를 위해서.

법의학적 소견은 정답이 아니라 확률을 의미한다. 그 점에서 백 사장에게 약간 운이 닿았다. 끈으로 목을 조르는 '교사'와 허공에 목매다는 '의사'. 백 사장 목 주변을 한 바퀴 돌아 수평으로 남아 있는 끈 흔적은 전형적인 교사의 증거였다. 몸뚱이가 허공에서 빙그르르 돌면서 끈 교차 부위가 말려도 비슷한 흔적이 남는 것을 간과했다. 명쾌했다면 좋았겠지만 늘 공식처럼 똑 떨어지는 건 아니니까. 이리 죽든 저리 죽든 '경부 압박에 의한 사망'이라는 결과만 놓고 성급하게 판단한 점박이 팀장 실책이 컸다. 살해 수법이 달라지면 용의자에 확장성이 생기는데 '피해자 목을 단번에 조른 완력의 남자' 이미지에 간혀버렸다. 아담한 체구의 이웃 여자를 주목하지 못했다.

"명섭 군, 냉면집을 조그맣게 다시 시작해보는 건 어떤가? 직접 재료 다듬고 끓이고 해서 말이지. 어릴 때부터 매일 아버지 모습 봐왔잖아."

또 불필요한 간섭. 동 영감이 절대 못 고치는 습관이다. 바로 실소가 날아들었다.

"어이쿠, 이젠 설교까지. 아저씨, 나 지금 입에서 욕 튀어나오려고 해."

꽁지머리는 진한 감정을 실어서 덧붙였다.

"우리 집 올 때마다 아버지 붙잡고 주절주절 훈계하는 거 밥맛이었어. 세상은 후다닥 변하는데 뭘 혼자 다 아는 척하는지. 부탁인데 다른 사람 일에 신경 좀 끄고 살아. 그리고 내 인생은 내가 잘 알아서 챙겨 갑니다요."

뒤돌아서는 동 영감의 얼굴이 시뻘겋다. 흠흠. 두 번의 마른기침. 벌컥 화를 낼 타이밍인데 놀랍게도 가벼운 웃음을 지었다.

"그랬군. 몰랐다네. 나 때와는 다른걸. 자네 말이 맞을 거야. 백 사장이 일군 〈행복면옥〉은 사라지겠지만 나름 역할은 다한 거니까. 나 같은 사람 입을 오랫동안 즐겁게 해줬으니. 이제 명섭 군이 어떤 식당을 열더라도 새로운 시작 아닌가. 그 식당이 〈행복면옥〉보다 더 오래, 몇 대를 이어가게 될지 모를 일이고. 내 관심이 과했다네. 백 사장도 가게에 대한 집착이 과했을 수 있고. 그래. 실패하더라고 하고 싶은 걸 하는 게 옳아. 그래도 죽음으로써 가게를 지키려고 했던 아버지 뜻만은 오래 기억해 주게."

동 영감 목소리에 장난기가 싹 사라졌다. 여태껏 들어보지 못한 진지한 말투였다.

꽁지머리가 대꾸 없이 문을 나서는데 왠지 그냥 보내선 안 될 것 같았다. 마음의 살인자. 나는 그를 그렇게 부르고 싶었다.

"잠시만. 아직 의문이 남아 있습니다. 물론 냉면이 아니라 사건 얘깁니다."

"아 씨, 또 뭔데? 이제 의미 없잖아?"

꽁지머리가 턱 끝을 쳐들었다. 가진 걸 다 잃어서인지 적의 를 드러내는 데 주저함이 없었다.

나도 반말로 쏘아붙였다. 일부러 능글능글한 표정을 지어 가며.

"나도 당신 기분 맞춰줄 생각 없거든? 지금 뭔가 대단히 착 각을 하는데 이건 수사라고. 뭔 말인지 알아? 또 다른 증거가 튀어나오면 형사상 책임을 질 수 있단 뜻이야. 지금 경고해두 지 않으면 후회할 것 같아서 말이지."

형사상 책임. 그 한마디의 무게감은 컸다. 말의 진공 상태랄 까 정전 상태랄까, 한순간 거대한 침묵이 사무실을 가득 채웠 다. 동 영감은 이쪽저쪽 눈치를 살피며 이마를 긁적였다. 비만 강아지 덕분이가 어디선가 기어 나와 내 다리 사이에서 노닐 기 시작했다. 간질거리는 느낌이 싫었지만 애써 참았다.

"하아…."

꽁지머리 탄식이 길었다. 동시에 뻣뻣하던 어깨를 축 늘어트렸다. 내가 아닌 동 영감을 향해서 하소연하듯 중얼거렸다.

"아저씨. 다들 내가 헛짓해서 가게 말아먹었다고 쑥덕대는데 결과가 좋지 않았으니 뭐 인정. 근데 모르는 게 있어. 나는 요리가 싫은 게 아냐. 그냥 가게가 싫었다고. 내가 셰프 일을 하는 건 그 점을 분명히 하고 싶어서야. 우리 집은 정돈된 레시피로 돌아가지 않아. 할아버지가 맨날 감으로 익반죽 했고 아버지가 곁에서 눈대중으로 그걸 배웠지. 아버지는 그 감을 안 잊으려고 평생을 안절부절 살았어. 그거 강박증이잖아. 어릴 때부터 봐왔는데 진이 빠지더라. 아니 요즘 누가 그렇게 만들어. 내게도 그런 식으로 전수받길 강요하니까 질려버렸다고. 줄타기 명인 아들이 줄타기 잘하는 거 아니잖아. 아버지는 평생을 할아버지가 쳐놓은 울타리 안에서 살았어. 그걸 벗어나려면 뭔가를 깨달아야 하는데 오히려 나를 자기 울타리에 가두려고 했다고. 뭐 내가 지금 뭔 말을 한들 안 믿겠지만."

줄타기 명인 비유가 웃겼는데 차마 웃지 못했다. 꽁지머리 감정이 조금 격해졌다.

"평양냉면 원형이 어떠니 족보가 어떠니 나불대는 집도 많지만 아버지는 그딴 거 관심 없었어. 주위에서 알아주지 않아도 마음에 두지 않았다고. 할아버지가 북에서 가져온 냉면 맛 그대로 오랫동안 손님상에 올리는 거, 그게 유일한 즐거움이자 자부심이었지. 진짜 소박했는데…."

동 영감이 가볍게 고개를 끄덕했다.

"그려그려. 내가 알지. 변치 않는 〈행복면옥〉 면발. 내 혀가 다 기억한다고. 그래서 사랑했고."

"아저씨. 인간들이 얼마나 웃기냐 하면 지들끼리 막 떠들고 놀아. 국물 맛이 달아졌네, 메밀 함량이 줄었네, 고기를 너무 삶았네. 새파란 새끼가 카메라 들고 와서 면전에서 막 씨부리는데 돌겠더라. 이 집도 슬슬 맛이 갔네 이러면서 젓가락으로 냉면 그릇 탕탕 두드리고. 또 그걸 인터넷에 싸지르더라. 그 새끼 대갈통에 냉면 그릇을 확 뒤집어씌워 버리고 싶더라고. 아버지는 그 꼴을 보고도 허허허. 그 모습이 병신 같아서 더 싫었고. 진짜 아니거든. 단언컨대 〈행복면옥〉 냉면은 변하지 않았어. 지들 입맛이 변한거지."

꽁지머리가 제 분에 못 이겨 씩씩댔다. 핏대를 세워가며 거친 표현을 쏟아냈고 이내 지쳤다. 눈자위에 눈물이 흥건히 배어 나왔는데, 사내라고 그 모습은 또 보이기 싫은 모양이다. 가슴에 보자기를 품고 휙 뒤돌아 나가버렸다. 내달리는 발자국 소리만 문틈으로 흘러 들어왔다.

마음의 살인자. 나도 모르게 다시 읊조렸다. 아들의 자책이 본질을 가리는 교묘한 변명으로밖에 안 들렸다.

확신한다. 그에게는 죄가 있다. 아버지 주변을 살살 맴돌면서 불안감을 악용한 죄. 아버지가 결행하도록 침묵으로써 부추긴 죄.

아들은 아버지 머릿속을 훤히 들여다보며 살았다. 심리적인 압박을 줘서 늘 자신이 원하는 쪽으로 유도했다. 유학을 떠날 때도, 레스토랑 사업을 벌릴 때도, 〈행복면옥〉이 회생 불능 상태에 빠졌을 때도 자신의 탈출구로 악용했다.

백 사장은 어떤 심정이었을까. 자식새끼가 기죽어서 옆을 서성대는 것만으로 심적 압박을 느꼈겠지. 자신만 결단하면 가게를 살릴 수 있다고 확신했겠지. 다 알면서도 따라줬으니 우둔한 걸까, 사명을 다했으니 결연한 걸까.

부자는 서로 침묵했지만 서로 속내를 읽고 있었다. 눈빛만으로 주고받은 시그널에는 앞날에 대한 약속도 함께 담겨 있었겠지.

내가 만약 백 사장이라면 어땠을까. 자식 대신 자신이 사는 쪽을 택할 순 없었을까. 갓 접어든 인생 노년기. 옆집 사람과 오래오래 서촌 밤 산책을 다니고 싶지 않았을까. 즐겁게 냉면 이야기나 하면서. 그 또한 충분히 삶의 희열일 텐데 다른 길을 택했다. 내 눈에는 그 점이 아프고 아프다.

결국 헛된 죽음이 돼버렸다. 백 사장은 자신의 꼼꼼한 계획에서 딱 하나를 계산에 넣지 못했다. 바로 아들의 과도한 호기심. 심야 손님을 찾아 나선 바로 그 호기심.

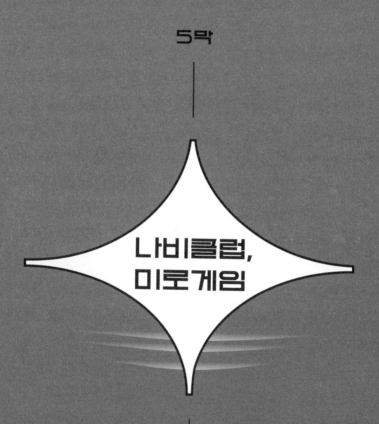

5막

나비클럽,
미로게임

지난주 애오개역 인근 연립주택에서 중년 남자가 음독자살한 사건이 있었다. 주바리 선배와 같이 현장 보강 조사를 나갔다가, 사무실로 막 돌아왔을 때 문자 호출을 받았다. 나의 친구이자 전직 형사이며 카페 〈이기적인 갈 사장〉 주인인 갈호태였다. 카페는 서울경찰청에서 멀지 않은 곳에 있었다. 아마도 신메뉴를 개발했으니 평가를 해달라는 부탁 같았다. 얼마 전에 들렀을 때 매출에 목매는 자영업자 특유의 앓는 소리를 해댔으니…. 카페 〈이기적인 갈 사장〉은 내가 경찰에 들어오기 전, 그러니까 짧은 백수 시절 몸을 의지한 곳이기도 하다. 자주 들른다 하면서도 새 직장을 가지고부터는 막상 쉽지 않았다.

　묵직한 손잡이가 달린 카페 문을 밀고 들어서자 방울이 딸랑거렸다. 갈호태는 내게 눈길조차 안 준 채 통유리 너머만 바라보며 투덜대고 있었다. 아직 점심시간 전이라서 매장에 손님은 한 명도 보이지 않았다.

"완전 깝깝하군."

졸부 집 자식으로 태어나서 세상만사 급할 것 없는 인생을 사는 그의 심기가 요즘 영 불편하다. 점점 심해지는 미세먼지가 연일 광화문 하늘을 뒤덮어서 갑갑한 게 아니다. 치킨집 운영보다 더 힘들다는 요즘 동네 카페 사장님 얼굴에 고뇌가 한 가득했다. 가수 싸이를 빼닮아서 반질반질 광택이 나던 볼에 마른버짐이 필 정도로.

사연인 즉, 석 달 전에 〈이기적인 갈 사장〉 건너편에 〈나비 클럽〉이란 카페가 새로 문을 열었다. 처음에는 의식하지 않았단다. 치킨집이나 커피집 개업했다가 엎어지고, 또 그 자리에 치킨집, 커피집 개업했다 엎어지고, 또 그 자리에 치킨집…. 그게 요즘 패가망신 창업 스토리 아니던가. 인근 서촌 맛집들이 프랜차이즈 공세에 훅훅 쓰러지는 걸 봤지만, 갈 사장 카페는 뜨는 이름에는 못 미치더라도 동네 터줏대감으로 나름 유명세가 있었다.

하지만 〈나비클럽〉은 무슨 마법을 부렸는지 바로 입소문이 났다. 실내를 아기자기한 무대 소품으로 꾸미고 나비 가면을 쓴 종업원이 서빙을 한다는데, 그곳에서 찍은 사진들이 인스타그램에서 인기를 끌면서 단박에 명소가 됐다. 인근 외국 대사관에 근무하는 금발 남녀들이 드나들더니 급기야 우리 오랜 단골들, 그러니까 바로 옆 미술관 큐레이터들과 축구 협회 직원들까지 슬금슬금 옮겨 가는 게 보였다. 자선단체가 아닌 다음에야 손님 빼앗기고 속 편한 사장이 세상에 어디 있을까. 갈호태의 질투는 당연한 본능이었다.

"저 집 사장 못난이일 거다. 그치? 그니까 저런 가면 쓰고 유치한 쇼를 하는 거라고. 무릇 커피란 맛으로 승부해야 하거늘. 기본! 초심! 본연! 그런 마음가짐으로. 알지? 결국 가면은 벗겨질 테고 오래 못 갈 거야."

"그런 발상 유치하지 않냐? 그런다고 위안이 되냐?"

내 핀잔에 바로 갈호태가 멋쩍어했다. 사실 〈이기적인 갈 사장〉도 튀는 상호 빼고는 방만한 경영이었다. 입지가 좋아서 버텼지 커피 맛은 무난한 정도이고 분위기도 큰 특색이 없었다. 개성 넘치는 가게들이 골목골목 들어차는 시대에 강호의 의리 운운하며 떠난 단골 욕하면 안 되는 것이다. 세운상가에서 카페 라테 하나로 시장을 평정했다는 가게를 벤치마킹할 필요가 있었다.

"생두 떼 와서 로스팅만이라도 직접 할까? 시그니처 메뉴 개발이 필요해."

갈호태가 그제야 나를 향해 고개를 꺾더니만 대안이라고 내놓았다. 나는 눈길을 피한 채 대답했다.

"누가 배워서 누가 할 건데? 너는 소맥 제조 전문가지 원두 전문가가 아니잖아. 비염 있어서 냄새도 잘 못 맡잖아."

갈호태가 잠시 생각에 잠겼다가 다시 물었다.

"그럼 핸드 드립 내려서 팔까? 에스프레소 머신에 의존하니까 단가도 그렇고 메뉴가 단순한 감이 있어."

"아서라. 뚱땡이 아재가 포트 들고 어깨 흔드는 거 비주얼 흉하다."

무안을 주려고 한 말이 아니다. 냉정한 조언이다. 팔은 안으로 굽는다고 나 또한 카페가 흥하길 바란다. 내 청춘 한 시절의 추억이 묻힌 곳이다. 자의로 장사를 접는 게 아니라 주변 경쟁에 밀려 문 닫는 것만큼은 차마 못 봐주겠다.

나도 모르게 한숨이 흘러나왔다. 서른다섯 두 남자가 바지 주머니에 두 손을 꽂고 창문 너머 대박 가게를 질투의 시선으로 보고 있자니 그것도 참 못났다 싶었다.

그때, 〈나비클럽〉 정문에서 종업원이 얼굴을 빠끔 내밀었다. 마치 우리가 욕하는 걸 듣기라도 한 듯 이면 도로를 가로질러 바로 가게로 들이닥쳤다. 서른 정도로 보이는 단발머리 아가씨. 턱이 갸름하고 키가 컸다. 왼쪽 가슴에 아르바이트 진세연이라는 명찰이 붙어 있었다.

"저희 사장님이 좀 뵙고 싶어 하십니다."

주인의 명을 전하는 전령사처럼 씩씩하게 말했다.

나비부인으로 불리는 〈나비클럽〉 사장과의 만남은 매장을 지나 통로 끝 작업실에서 이루어졌다. 미닫이문에 '나비의 방'이라는 글자가 붙어 있었다.

"아니, 왜 오라 가라 지랄이야. 자기가 먼저 개업 떡을 돌려도 시원찮을 판에. 요식업계 바닥도 엄연히 위아래가 존재하거늘."

갈호태는 서열에 목매는 꼰대처럼 구시렁대다가 문이 열리자마자 바로 태도가 돌변했다.

"아이고, 이웃끼리 인사가 늦었지요. 제가 먼저 찾아뵙고 자주 만나…."

갈호태가 말끝을 흐릴 정도로 실내 분위기가 기묘했다. 일단 왼쪽을 다 차지하는 큰 창문을 검은 커튼으로 닫아놓아 어둑했다. 보조등을 켜야 사물을 분간할 정도였다. 정면에 대형 책장 몇 개가 벽처럼 세워져 있고 오른쪽 벽에는 원색 나비 가면들이 표본처럼 걸려 있었다. 구석 자리에는 턴테이블과 화분 몇 개, 전신 거울, 아령 한 쪽과 요가 매트도 보였다. 오페라 선율이 들릴 듯 말 듯 흘러나왔다.

정면에 원목 책상이 놓여 있었는데 그 너머 회전의자에 앉은 여자가 우리를 올려다봤다. V 자 모양의 검은 나비 가면을 쓰고 있어서 코 아래쪽 얼굴만 보였다. 입술을 틀며 웃을 때 하얀 치아가 반짝였다. 확실히 당황 반, 황당 반의 상황이다.

우리가 쭈뼛쭈뼛 응접 소파에 엉덩이를 걸치기도 전에 나비부인이 실쭉이 자극했다.

"사장님이 개수작 부린 거죠? 영감님 하나를 손님으로 위장시켜서 우리 가게에 알 박은 거. 일당 얼마 주고 한 거야?"

갈호태는 무슨 말인지 금방 이해하지 못했다. 어깨를 들어올리며 말없이 나비부인만 쳐다봤다.

"그러니까, 쉰내 나는 영감님 하나가 사흘째 출근해 죽치고 앉아 있다고. 탑골공원에 가셔야 할 분이 번지수 잘못 찾아가지고. 이런 식으로 영업 방해하면 반칙이지."

뒤늦게 상황을 파악한 갈호태가 흠흠 헛기침을 했다. 형사
생활에서 터득한 상황 대처법은 절대 무시할 게 아니다. 당신
스타일은 한 번에 다 스캔했거든, 뭐 그런 분위기. 받은 무안을
바로 조롱으로 되갚았다.

"남녀노소 좀비귀천 막론하고 손님 한 분 한 분은 다 소중한
자산입니다. 설마 그분이 공짜로 차를 드시는 건 아닐 테지요?
그렇다고 여기가 노 키즈 존이나 노 시니어 존이라고 팻말을
내걸지도 않았지요? 쉰내라는 것도 그래요. 그런 논리라면 영
양 과다한 젊은이들 겨드랑이에서 솔솔 풍기는 건 뭔 냄새랍
니까? 형평성 차원에서 문제가 있지 않습니까? 이건 인권 문
제라고요. 결론적으로 그 영감님은 어떤 잘못도 없습니다. 뭔
근거를 가지고 따지셔야지."

노크 소리가 들렸다. 뿔테 안경을 낀 남자 종업원이 들어와
우리 앞에 커피를 한 잔씩 내려놓았다. 나비부인 목소리가 한
톤 낮아졌다.

"근거? 그저께 그 영감님이 사장님 가게에서 나오는 걸 내
가 봤거든. 한참 동안 얘기 나누셨잖아. 손님과 생선의 공통점
이 뭔지 알아요? 오래되면 냄새나는 거. 갖다 놓으신 분이 얼
른 치워주시죠."

"오호라. 거기서 오해가 생긴 거로군. 영감님이 오신 건 사
실입니다만."

갈호태가 한없이 너그러운 표정으로 전후 상황을 설명했다.

요지는 이랬다.

그제 예순 정도 된 백발 남자가 찾아와서 이것저것 캐물었
다. 동네에 분식집이라도 내려고 시장조사 나왔나 싶어 성실
하게 답해주었다. 〈나비클럽〉에 대해서도 집요한 관심을 보였
는데 홍보듯이 몇 마디 뱉은 게 전부다. 지금 그 장면을 목격
하고 오해하는 것이다.

듣고 보니 충분히 있을 수 있는 일인데 나비부인의 처리 방
식이 소란스럽고 고약해 욕지기가 올라왔다. 말끝마다 기분
상하게 하는 재주를 가졌다. 가면 뒤에 숨어서 타인을 힐난하
는 건 예의가 아니다.

"초면에 제가 할 말은 아니지만…."

그때 갈호태가 내 어깨를 붙잡았다. 다혈질 흥분남께서 웬
일일까. 지금은 마음을 다 비운 사람처럼 냉정했다.

"분부대로 내일 안으로 해결하지요. 경쟁 가게에 훼방꾼 보
냈다는 의심을 풀고 명예 회복을 위해서라도 말입니다. 우리
가 장사가 안 되지 가오가 없습니까."

철 지난 옛날 영화 대사가 왜 작업 멘트처럼 칙칙할까. 굳이
그렇게까지 나서지 않아도 될 일을. 설마! 나비부인에게 흑심
이? 그쪽으로 밝힘증이 있는 놈이지만 이건 아니다 싶었다. 나
도 모르게 고개를 흔들었다.

원목 책상 위에서 인터폰이 울렸다.

─사장님, 방송국에서 사람들 왔어요.

"돌겠군. 약속보다 30분이나 당겨서 오면 어쩌라고. 그래서

그런 거 안 찍는다니깐. 여튼 공중파도 아닌 것들이 갑질이야."

나비부인이 불만스럽게 주절대다가 우리를 빤히 봤다.

"사람 불러놓고 차 한 잔 없더라는 소문이 날까 두려우니 천천히 들고 가시죠. 아시겠지만 우리 집 커피 꽤 괜찮습니다. 맛의 비결을 분석하셔야지? 그죠? 약속대로 손님은 내일까지 치워주시고."

나비부인이 의자에서 일어서는데 생각보다 키가 크고 한쪽 다리를 살짝 절룩였다. 졸지에 우리는 주인 없는 방에서, 하얀 영국제 찻잔에 담긴, 원산지 모를 커피를 홀짝이게 생겼다.

어둑한 공기가 답답했나 보다. 갈호태가 창가로 다가가 커튼을 활짝 열어젖혔다. 미세먼지 탓에 희뿌연 햇살이 눈을 찔렀다. 나무 덱이 깔린 뒷마당에 큰 은행나무가 압도적인 위엄을 뽐냈다. 수령이 수백 년은 된 듯, 도심에서는 보기 힘든 고목이다. 파라솔이 퍼진 야외 테이블도 보였고 그 너머는 근린 공원으로 이어지는 샛길. 차량 통행이 많은 정문과 달리 뒤쪽은 한적한 별장 지대 같았다. 안개라도 깔리는 날은 제법 운치가 있을 듯했다. 작은 새들이 동시에 날아올랐다. 갈호태가 콧구멍을 후비며 부동산 업자처럼 물었다.

"이 건물 사서 들어왔겠지?"

"아마도."

"젠장, 그럼 아주 오래 버티겠네?"

"그렇겠지."

나는 그제야 식어가는 커피를 들었다. 눈치 없이 입이 달싹거렸다.

"와! 죽인다. 신맛이 적절히 배어나는 게 고급스러워. 무슨 원두를 베이스로 쓰는 걸까? 블렌딩 비율이 궁금하네."

갈호태가 양미간을 찡그렸다. 나 삐뚤어질 테야. 그런 표정.

그러거나 말거나 나는 커피 잔을 들고서 천천히 내부를 둘러봤다. 특이하게 책장에 특정 분야, 그러니까 대중문화 비평에 관한 책이 유독 많았다. 그중《무대의 계보학》,《은유로서의 음악》은 나도 읽어봤는데 이해가 쉽지 않은 책이었다.

책장 가운데 놓인 사진 액자도 눈에 들어왔다. 화려한 무대를 배경으로 배우 분장을 한 여자. 분명 어디서 본 적 있는데 기억이 가물가물했다. 이런 찜찜함은 못 참는 성격이라 예의가 아닌 줄 알면서 폰으로 사진을 찍어뒀다. 마침 미닫이문이 열리더니 단발머리가 쟁반을 들고 나타났다. 내가 바로 물어봤다.

"혹시 여기 이분이 사장님?"

내가 손가락으로 액자를 가리켰다. 단발머리가 고개를 끄덕. 무슨 비밀이라도 되는 듯 손바닥으로 입을 가렸다.

"중요한 공연을 앞두고 크게 다쳐서 그만두셨대요. 재능은 최고였다는데."

"아, 맞다. 뮤지컬 하던…. 이름이 금방 생각이 안 나네요."

내 질문에 단발머리는 설핏 웃기만 했다. 또 다른 궁금증이 생겼다.

"여기 로스팅과 블렌딩을 직접 하나 봐요. 훌륭합니다."

단발머리는 수줍어하며 고개를 숙였다.

"좋은 생두에 저는 거들 뿐입니다. 재료는 속이지 않으니까. 향으로 위장한 헤이즐넛 따위와 비교할 수 없죠."

"가성비 최강 알바십니다. 시급 500 올려드릴 테니 저희 가게로! 이건 스카우트 제의입니다."

갈호태 농담에 단발머리가 밝게 웃었다.

떠밀리듯 매장으로 나오니 한물간 개그맨 남녀가 구석 테이블에 나란히 앉아 수다를 이어갔다. 외식 전문 케이블 채널의 방송용 카메라가 근접해서 촬영을 하고 있었다. 나비부인은 뭐가 또 불만인지 주문대 안쪽에 서서 팔짱을 끼고 고개를 흔들어댔고.

문제의 백발 영감은 검은 아디다스 파카를 입고 두 다리를 쩍 벌린 채 창가 자리를 차지하고 앉았다. 머리숱은 정돈이 안 돼 한쪽이 떴고 안색은 거무튀튀했으나 눈매가 매서웠다. 귀 아래에 화살촉 문신이 있어서 어두운 세계에서 온 듯한 인상을 풍겼다. 그런 위압감 때문에 다짜고짜 내쫓을 수 없었을 것이다. 그래서 알 박기를 핑계 삼아 우리를 부른 것이고. 앞에 올려놓은 가죽 커버 성경과 돋보기안경이 묘하게 이질적이었다.

내 첫 느낌은 이랬다. 저 사람은 이곳에 그냥 차 마시러 오지 않았다. 어떤 사연을 품고서 목적을 가지고 왔다. 보란 듯이 동네를 배회하고 자신을 노출시키는 행위는 〈나비클럽〉과 분명 연관이 있다는 의미다. 인화성 강한 불길한 기운이 실내에 피어올랐다.

"아이고, 선생님. 여기서 또 뵙습니다."

갈호태가 능글능글 다가가 가볍게 고개를 숙였다. 백발 영감이 천천히 고개를 들면서 눈동자를 마주쳤다. 입술은 다 텄고 눈자위 핏줄이 터져 있을 정도로 피곤해 보였다. 까닭 모를 연민이 느껴졌다.

"여기서 이러시면 제가 곤란합니다. 어쩝니까요? 오해받게 생겼는데. 나가시죠. 저희 가게에서 차 한 잔 올리겠습니다."

영감이 눈을 동그랗게 뜨고 입을 반쯤 벌렸다. 얼굴에 곤혹스러움이 그대로 묻어났다. 자신의 계획이 일그러졌다는 표정. 바로 풀이 죽어서 순순히 일어났다. 갈호태가 가방 메는 걸 돕는데 팔을 홱 뿌리쳤다. 순간적으로 나비부인을 향해 거칠게 소리쳤다.

"용서를 빌라고, 용서를 빌란 말이다!"

그렇게 도발하고는 쌩하니 나가버렸다. 순식간의 일이었다. 소음 때문에 방송 촬영이 중단됐다. 나비부인 표정은 가면에 가려서 읽지 못했다. 의도된 소란이야. 나는 확신했다.

일찍 사무실에 출근해서 음독자살사건 현장에서 가져온 라면 박스를 풀었다. 8년을 은둔형 외톨이처럼 지내던 40대 남자의 변고였다. 미수반에서 보강 수사에 나선 이유는 같이 살던 노모의 간절한 청 때문이었다. 오랜 세월 외부와 단절돼 지냈지만 집에서의 생활은 문제가 없었다는 주장. 그녀는 자살 이유만이라도 알고 싶어 했다. 또 최근에 야구 모자를 쓴 낯선 사람이 찾아왔었다고 했다. 그러면서 애지중지 보관하고 있던 라면 박스를 내보였다. 아들 인생이 다 들어 있다고. 이사를 다닐 때도 곁에 두고 간직했다고. 그래서 버리지 못했다고 했다.

라면 박스 안에는 뜻밖에도 온갖 서류와 사진, 신문 기사를 스크랩한 앨범, 팸플릿, 명함 등이 가득했다. 주바리 선배와 마주 서서 하나씩 꺼내 보았다.

"희윤 씨, 이 사람 옛날에 유명 연예 기획사에서 일했다고 했지? 자기가 관여한 업무 자료들을 다 모아놓은 거고."

"제국엔터라고 한때 거기서 실장님으로 불리며 잘나갔답니다. 한순간 직장에서 쫓겨나며 폐인이 됐다고."

"그럼 그게 자살 동기네?"

"8년 전이라면 그렇겠지만 지금은 아니죠. 자살 직전에 찾아왔다는 야구 모자가 신경 쓰입니다. 평소에 찾아오는 손님은 아예 없었다니까. 놀이터에서 얘기하는 걸 노모가 먼발치에서 봐 인상착의는 모르겠다고 하네요."

"인터넷으로 주문한 청산가리 배달원 아닐까?"

"요즘 그런 식으로 영업하지 않습니다. 어디 놔두고 찾아가라고 하지."

"그렇게 허망하게 죽어버리니 불효자네. 엄마 가슴에 두 번이나 못을 박고. 어떻게라도 먹여 살리려고 수고한 모정을 물거품으로 만들어버렸어."

주바리 선배는 착잡한지 말끝을 흐렸다. 마음이 아픈 건 나도 마찬가지였다. 일흔 노모는 고된 간병 일을 하면서 살림을 지켜왔다. 이제 당신마저 삶의 의지가 없어졌을까 봐 걱정됐다.

라면 박스에서 오래된 팸플릿 하나를 꺼내든 순간, 슬픈 여운이 순식간에 증발해버렸다. 표지에서 뜻밖의 얼굴을 봤다. 한 뮤지컬 주연으로서 얼굴을 드러낸 배우. 바로 어제 만난 나비부인이었다. 있을 수 있는 일이긴 하지만 이 갑작스러운 찜찜함은 뭘까.

점심 때 〈이기적인 갈 사장〉에 달려갔다. 어제 소동이 어떻게 됐는지 궁금했다. 발길 끊었던 단골들이 몰려와 있어 웬일인가 싶었더니 궁금증은 바로 풀렸다. 길 건너 〈나비클럽〉이 오늘 문을 안 열었다. 갈호태 얼굴이 모처럼 해맑았다.

"봤냐? 결국 저쪽 집이 우리 매출 갉아먹었던 거야. 영원히 문을 못 열게 하는 방법 없을까?"

"갑작스럽게 휴무라니. 누가 상이라도 당했나."

"그야 내 알 바 아니지. 개업하고 처음 있는 일이긴 하다만."

자연스레 어제 백발 영감이 일으킨 소동이 눈앞에 재생됐다. 용서를 빌라? 그 도발과 관련이 있을까. 잠시 그런 생각을 하는데 멀리서 사이렌 소리가 울렸다. 소리가 점점 가까워지더니 급기야 온 동네 떠나갈 듯 앵앵거렸다.

길에 구급차 한 대가 급정거하는 게 보였다. 경찰 순찰차가 뒤따라 멈춰 섰다. 차에서 튀어나온 제복 대원들이 장비를 들고 발맞춰 〈나비클럽〉 안으로 몰려 들어갔다. 곧이어 노란색 띠가 정문에 길게 내걸렸다.

순식간에 동네가 소란스러워졌다. 이웃 가게 사람들이 문고리를 잡고 고개를 빠끔 내밀었다. 주차 차량, 통행 차량이 엉켜 이면 도로가 북새통이 됐다. 뒤늦게 몇몇 사복 덩치들이 낡은 승용차 문을 열고 등장했다. 서빙에 정신이 팔려 있던 갈호태가 그제야 돌아봤다.

"어! 홍 팀장이네. 저렇게 등장하면 강력사건이란 얘기잖아."

우연이 두 번 겹치면 사건이다. 내가 기자 시절 시경캡에게서, 각 경찰 라인의 형님들한테서 끊임없이 들은 말이다. 당시 출입처에서 만난 사람이 형사 갈호태였다. 그때만 해도 연쇄살인사건에 얽인 퇴직 기자로, 부적절한 행동으로 경찰 명예에 먹칠한 퇴출 형사로, 직장을 잃은 두 사람이 아름답지 못한 풍경으로 만나 한적한 카페에 한량처럼 눌러앉을지 상상도 못했었다. 거기에 내가 경찰이 되리라고는 더 상상 못 했고.

1시간쯤 지나서 낯익은 얼굴 둘이 가게로 들어왔다. 종로서 형사과 홍 팀장과 파트너. 일명 중년 잠바떼기와 청년 바바리. 원숭이를 닮은 잠바떼기는 지난해 프로야구 투수들이 얽힌 살인사건[1]을 해결한 공로로 늘그막에 강력 3팀장이 됐다.

그들이야말로 진정한 민폐. 예전부터 근처에 올 때마다 들러서 마치 믹스커피 얻어마시듯 커피를 요구하곤 했다. 갈호태는 당연하다는 듯 옛 동료들을 챙겼는데 내가 눈치를 줘도 귀를 막았다. 이기적이고 방만한 경영이었다.

1) 《탐정이 아닌 두 남자의 밤》(최혁곤 지음, 시공사 펴냄) 중 2막 〈목숨 걸고 베이스볼〉 참조

잠바떼기가 막걸리 잔 다루듯 머그컵을 휘휘 돌리고선 후룩후룩 소리 내 커피를 들이켰다. 창밖 풍경을 내다보며 대수롭잖게 툭 뱉었다.

"건넛집 여사장이 죽어부렀어. 머리빡에 돌 맞아갖고."

눈알이 튀어나올 소식이다. 나비부인이 살해당하다니. 갈호태도 화들짝 놀라 의자를 당겨 앉았다. 남자 머리 넷이 자연스레 주문대 중앙으로 모였다. 잠바떼기가 또 후루룩 소리를 내면서 뜸을 들였다. 내 얘기 듣고 싶으면 집중 좀 해주쇼. 일부러 애가 닳도록.

나비부인은 카페 뒷마당 은행나무 아래에서 쓰러진 채 발견됐다. 홈 웨어 원피스를 입고 있었고 사인은 후두부 타격에 의한 두개골 손상. 부검하면 정확해지겠지만 일단 검시에 의한 사망 추정 시각이 새벽 12시에서 2시 사이란다. 혹시? 어제 그 소동이 내 머릿속에서 용암처럼 부글부글 끓었다.

"형님, 그럼 살인사건이네? 용의자는? 동기는?"

갈호태 재촉에 홍 팀장은 또 머그컵을 휘휘 돌렸다.

"오늘은 좀 싱겁구마. 따불 샷 아니데?"

돌겠다. 형사들 넉살은 체질과 상관없이 체득하는 보호막 같은 것일까. 갈호태가 찌릿 눈빛을 쏘자 그제야 정색을 했다.

"아따 잘 암시롱 재촉하고 지랄이야. 인자부터 조사해봐야 재. 확실한 거는 타살이라는 거. 일손 딸리는 우리는 돼지게 생겼다는 거. 막내 신혼여행 가부렀응게. 가게 내부 CCTV와 구청 방범 카메라 영상 확보하고, 피해자 휴대전화 분석하고, 당일 행적 추적하고, 주변 관계자 탐문하면 답이야 나오겠재. 어렵기야 하겠는가. 시간이 걸려서 그라재."

"하긴. 시간과 장소가 특정되니."

갈호태도 당연하다는 듯 고개를 끄덕였다.

"그게 쪼까 껄쩍지근해. 가게 정문 안쪽에 달려 있는 CCTV 이거는 24시간 작동하드마. 근디 뒷문에는 CCTV가 읎써. 대신 정문이랑 뒷문에 비밀번호 걸어놓은 도어 록이 달려 있드마. 암튼 이거 봄시롱 날밤 까게 생겼다. 니미럴."

이 동네는 정부 부처와 외국 대사관이 몰려 있어서 치안이 좋기로 유명하다. 그래도 사각지대는 있을 수밖에 없다. 시신이 발견된 곳은 카페 뒷마당. 나지막하긴 하지만 담장도 있고 커다란 은행나무에 가려서 목격자가 없을 가능성이 컸다.

"일단 금전적 피해는 없는 것 같으니 원한에 의한 주변 인물의 소행일 가능성이 높다고 봐야재. 어라? 갈 사장도 이웃이구마. 동기도 있고. 경쟁에 밀려갖고 요즘 장사 잘 안된다메? 낄낄."

잠바떼기가 눈치 없이 주절댔고 바바리가 간신배처럼 앞니를 드러내고 키득댔다. 갈호태 두 볼이 뻘겋게 부풀어 올랐다. 빵 터지면 스팀이라도 내뿜을 기세였다.

경찰에게 어제의 수상한 상황을 숨길 순 없다. 탐문해보면 좌르르 쏟아질 것이다. 역시 계산 빠른 갈호태가 최적의 타이밍에 거래를 제안했다.

"형님. 내 선물 하나 드릴까? 대신 현장 좀 구경하게 해주십쇼?"

"그래? 구경이야 뭐 어렵겠냐. 대신 단서 나오면 꼭 알려주기. 오케?"

"수사 상황도 알려주셔야죠. 친한 이웃이 힘든 일을 당했는데 손 놓고 있을 수 없잖습니까?"

"아야 그건 곤란하지야. 친한 이웃은 개뿔. 얼굴에 몹시 기쁨이라고 써 있구마."

"형님, 저 한때 형사 밥 먹은 사람입니다. 어떻게 그런 식으로 말씀을…. 죽은 사장 원래 무슨 일 했는지 궁금하지 않으십니까? 기자들한테 생색내고 정보 바꿔 드셔야죠. 싫으면 내가 먼저 확 풀어버릴랍니다."

잠바떼기 얼굴에 화색이 돌았다. 갈호태 선물은 당연히 백발 영감의 존재였다.

'나비클럽' 내부 구조

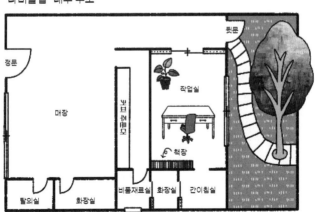

다음 날 점심 때야 우리는 사건 현장을 둘러볼 수 있었다. 카페 정문에 휴업 안내문이 내걸렸다. 건물 외벽을 끼고 돌아 뒷마당으로 갔다. 길게 걸린 노란 폴리스 라인 옆에 의경이 하나 지키고 섰다.

시신은 치워지고 나무 덱 위에 붉은 핏자국만 살인의 흔적으로 남아 있었다. 갈호태야 이런 광경이 신물이 날 테고 나도 몇 번 봐서 기괴한 느낌은 없었다. 바닥에 수북이 깔린 은행잎이 스산한 바람을 타고 핏자국을 덮었다, 내보였다 했다.

현장 상황은 잠바떼기한테서 충분히 들었다. 나비부인 시신은 오전 11시께 카페에 재료를 대주는 배달 사원이 발견했다. 트럭을 샛길에 세워놓고 뒷문으로 카트를 끌고 오다가 본 것. 외부에 노출돼 있지만 사람 발길이 잦지 않은 곳이라 발견이 늦어졌다. 경찰에 신고는 카페 알바생이 했다.

잠바떼기가 뒤통수에 돌을 맞았다고 표현한 건 단단한 도구라는 의미였다. 살해 도구는 현장에서 발견되지 않았다. 피해자가 등을 보이는 순간 뒤에서 내리쳤다는 얘긴데 그 정도로는 면식범 소행인지 아닌지 판단이 애매했다. 예상대로 비명을 들었다는 목격자도 나타나지 않았다. 국과수 부검 결과가 나오면 추가로 알려주기로 했는데 빨라야 사나흘이다.

갈호태가 바지 주머니에 손을 찔러 넣고 좀 심각한 표정으로 물었다.

"너 '찍사의 얼굴'이라는 저격 사이트 알지?"

안다. 모를 수가 없다. 갓 데뷔한 신인 배우나 가수, 작가, 운동선수들이 벌벌 떤다는 그곳. 맘에 안 드는 한 명을 찍어서 물러날 때까지 무자비한 악플질로 악명이 높았다. 표적이 퇴출되면 방구석 컴퓨터 앞에 앉은 하이에나들은 '미션 클리어'와 같은 쾌감을 느꼈다. 피해자의 자살까지 불러 사회문제화 됐는데도 외국 서버를 경유하는지 '초초'라고 알려진 운영자 실체는 그동안 알려지지 않았다.

"나비부인이 그 사이트 운영자였대. 작업실에서 수거해 간 컴퓨터 때문에 들통 났어. 오전에 홍 팀장이 전화로 알려주더라. 〈이기적인 갈 사장〉이 찍히지 않은 걸 천만다행으로 여기라나 뭐라나."

"세상에. 그럼 작업실에서 맨날 그딴 짓을. 아이러니군. 죽음 때문에 실체가 밝혀지다니."

"개인적으로는 경쟁 카페가 사라졌고, 국가적으로는 사회악이 사라졌으니 나쁘지 않은 결말이야. 흠흠."

"뭐냐? 이 신박한 헛소리는. 다 제 얼굴에 침 뱉긴데. 아무튼 〈나비클럽〉을 둘러싼 수상쩍은 일들이 연달아 일어나는 게 자연스럽지 못해. 우연은 아닐 테지."

사실이었다. 강력한 자기력에 의해 하나의 흐름에 빨려드는 느낌. 낡은 팸플릿에서 본 얼굴이 잠시 떠올랐다.

열어놓은 뒷문을 통해서 카페 안으로 들어갔다. 입구 왼쪽에 작업실이 있고 정면으로는 매장으로 향하는 길쭉한 통로가 나왔다. 내부를 찬찬히 둘러보기는 처음이다.

널찍한 단층 콘크리트 건물인데 전에는 화랑으로 사용됐다.

오래 산 주민들은 다들 은행나무집으로 불렀다. 뼈대가 되는 내벽을 살리다 보니 개방감은 부족했으나 알록달록한 벽지와 장식용 가면, 오렌지 톤 조명이 잘 어울려 충분히 몽환적인 느낌을 주었다.

직원들이 매장 중앙 탁자에 모여 있었다. 모두 다섯이고 그중 둘은 흰 셔츠에 검은 앞치마를 둘렀다. 다들 흐트러진 자세로 대책 회의 중이었다. 부도낸 업주가 야반도주한 공장 분위기가 이럴까. 잠바떼기가 일러주기를 낮 시간에 둘, 밤 시간에 둘 근무하고 매니저 역할을 하는 단발머리는 종일 일 보는 대신에 일찍 퇴근하는 시스템이라고 했다. 재료 관리와 로스팅도 그녀 몫이다.

"돌겠네. 모레가 정산일인데 설마 떼이진 않겠지?"

가는 콧수염이 한쪽 다리를 달달 떨면서 투덜댔다. 경찰에 맨 먼저 신고한 알바생이었다.

단발머리가 위로조로 말했다. 탬핑 작업이 고된지 오른 팔목을 주물렀다.

"걱정 마. 아마 법적으로 보호받을 수 있는 조치가 있을 거야."

이번엔 귀여운 상의 안경 사내가 단발머리 어깨를 격려하듯 두드렸다.

"세연 씨도 상심이 크겠지만 힘내. 애써 가게 키워놨는데 많이 아쉽다. 우리야 어차피 몇 달짜리 직장이지만."

낯이 익다 싶더니 어제 우리에게 커피를 대접한 청년. 오늘은 뿔테 대신 요즘 유행하는 은테를 껴서 바로 못 알아봤다.

갈호태가 흠흠 헛기침을 내더니 다짜고짜 그들 사이에 자리를 차지하고 앉았다.

"자자, 이쁜 동생들. 경찰한테 다 얘기했겠지만 확인 차원에서 몇 가지 묻는 거니 서로 오해는 말자. 내가 전직 형사로서, 앞집 이웃으로서 조언하자면 이런 일은 빨리 해결돼야 임금 체불 안 되고 새 주인 들어오고 그러지 않겠어? 동생들도 얼른 제 갈 길 가야지. 각자도생! 알지?"

"어머! 사장님 예전에 경찰이셨어요?"

단발머리가 놀라서 손으로 입술을 가렸고 콧수염이 당돌하게 받아쳤다.

"누나, 몰랐어? 작년 시골 마을에서 걸 그룹 '핫식스'와 보이 그룹 '레드불'이 엮인 사건[2] 있죠? 그 범인을 여기 사장님이 잡았잖아. TV에도 나왔고 쬐끔 유명해."

갈호태 눈과 입이 일자로 벌어지고 어깨가 으쓱하고 올라갔다. 기분이 좋을 때 볼 수 있는 특유의 표정.

"근데요, 아저씨. 이쁜 피의자와 눈 맞아서 부적절한 관계 맺다가 경찰에서 짤렸, 아니 관뒀다던데 그 소문 사실인가요? 글고 왜 초면에 반말 까세요?"

갈호태가 두 어깨를 들어 올린 상태에서 동작 그만. 몸이 조각상처럼 굳어버렸다. 정적이 의외로 길었다. 다들 당황해서 그냥 멋쩍게 웃었다. 갈호태가 손바닥으로 탁자를 탕 치면서 일어서서 얼굴을 콧수염 코앞까지 들이밀었다.

2) 《탐정이 아닌 두 남자의 밤》 중 5막 〈고도리 저택의 개사건〉 참조

"어이, 그만하지?"

민망하게도 윽박질이 소문을 시인한 모양새가 돼버렸다. 한 방 먹은 갈호태의 질문이 겉돌 게 뻔해 내가 냉큼 가세했다.

"담당 형사 말로는 사장님이 죽던 날에 밤새 여기 머물 예정 이었다고?"

이번에는 긴 생머리가 나섰다. 인근 대학교의 갈색 점퍼를 입었는데 문과대 표식이 붙어 있었다.

"네. 자주 주무세요. 집이 홍대 쪽인데 가족이 있는 것도 아 니니. 작업실에서 사업 구상하거나 글을 쓰시는 것 같았어요. 거기 간이 침대와 옷장, 화장실 다 딸려 있잖아요. 그날은 미리 얘기는 없었지만….."

역시나. 종업원들은 나비부인 실체에 대해서 몰랐다. 굳이 알려줄 필요는 없다. 갈호태도 같은 생각인지 저격 사이트 얘 기는 꺼내지 않았다.

"다들 사장님 맨 얼굴 본 적 있죠? 혹시나 흉터 같은 거 있 어서 일부러 나비 가면 쓰는 건 아니죠?"

다들 동시에 피식거렸다. 미소와 냉소가 함께 묻어나는 묘 함. 또 긴 생머리가 받았다.

"종일 그거 쓰고 답답해서 어떻게 견뎌요? 사장님 미인이세 요. 흉터는커녕 잡티도 없고. 나비 가면을 이용한 데는 두 가지 목적이 있다고 봐요. 하나는 가게 홍보를 위한 화제성. 이 부분 은 이미 성공했다고 판단되고, 그러면서도 외부에 얼굴 노출하 기는 싫은데 그 타협점이 가면인 거죠. 사장님은 불편한 다리 때문인지 대인관계를 좀 기피하는 경향이 있거든요. 자아와 타아, 개인과 다수 사이의 경계적 도구로 활용했다고 할까."

문과적인 해석인가. 똑똑하고 정확하다. 전의를 회복한 갈호태가 달라붙었다.

"에이, 장사 때문이라면 말이 안 되지. 방송에서 자기가 경영하는 식당이나 옷가게 노출하는 양심 불량 연예인이 얼마나 많아. 비밀주의 콘셉트가 아닌 다음에야 강력한 홍보 무기를 왜 포기해. 뮤지컬 배우가 경영하는 카페라고 선전했으면 훨씬 빨리 떴을걸? 동생들, 그렇지 않아? 관심병보다 무섭다는 은둔의 아티스트병을 앓으셨나? 크하하."

썰렁하지만 함의는 있었다. 단발머리도 고개를 끄덕했다.

"그렇네요. 항상 손님이 많아서 고민해보진 않았는데…. 아마도 과거 상처 때문이겠죠."

역시 사람들은 새로운 의문을 갖기 전까지는 익숙함을 자연스럽게 받아들인다. 내가 말을 돌렸다.

"혹시 사장님이 그제 온 백발 영감님과 얘기하는 거 본 사람?"

기대 없이 던졌는데 삐딱하게 있던 콧수염이 손을 올렸다.

"정확히 듣지는 못했지만, 사장님한테 갑자기 다가가서는 추악한 가면을 벗으라고 했어요. 완전 어이없어서. 추잡한 늙다리 변태 새끼 같았다니까. 술에 취하지도 않았던데."

"쫓아내지 그랬어요?"

"그게…."

콧수염이 눈치를 살폈다. 이번에는 단발머리가 팔을 들었다.

"제가 말렸습니다. 진상 손님이라고 오해한 상황이라 고의적인 싸움에 휘말릴까 봐. 일부러 시비 걸고 합의금 요구하는 사례가 많거든요. 그래서 보낸 사람들이 직접 해결하게 해야 한다고 사장님을 설득한 거예요. 일이 이렇게 될 줄은 몰랐어요. 죄송해요."

콧수염이 킥킥거리며 반박했다.

"에이, 세연이 누나. 왜 거짓말하고 그래. 그제 영감탱이랑 목소리 높이고 싸웠잖아. 다 망친다고, 얼른 떠나라고 그랬잖아."

콧수염은 폐업을 앞두고 어차피 이판사판. 앞으로 엮일 일 없으니 하고 싶은 말 하겠다는 투다. 망한 조직에 꼭 한둘씩 있는 캐릭터.

"그야, 빨리 내쫓으려고 한마디 했던 거지."

단발머리가 얼굴을 붉히며 말을 더듬었다.

"그래도 다툰 건 사실이잖아. 정확히 해야지."

콧수염은 고자질하는 아이처럼 혀를 날름 내밀었다.

명쾌하지 않았다. 나비부인의 행동은 그렇다 쳐도 백발 영감, 단발머리, 콧수염, 긴 생머리도 생각이 없거나 너무 많거나. 다들 얼굴에 그늘이 짙었다.

의구심을 가득 품고 다시 작업실을 찾았다. 내부는 그제 본 그대로였다. 달라진 점이 있다면 두 겹 커튼을 활짝 열어놔서 조명 없이도 환했다. 미세먼지를 품은 바깥 햇살은 여전히 탁했다. 책장 책들에 대한 의문도 풀렸다. 저런 명저들이 악의적으로 올리는 글에 인용됐다니…. 저격 사이트 운영이 죽음과 관련이 있을까. 강한 궁금증이 고개를 들었다.

휴대전화와 컴퓨터를 경찰이 싹 쓸어 가서 책상 위에는 모니터와 작은 돌 화분만 덩그러니 놓여 있었다.

커다란 섀시 창을 밀자 서늘한 바람이 불어 닥쳤다. 은행나무가 한눈에 들어왔다. 외부에서는 잘 보이지 않는 사각. 어쩌면 현장이 가장 잘 보이는 곳은 이 방이 아닌가 싶었다. 생각이 거기까지 미치자 머릿속에서 찜찜한 가능성이 하나 피어올랐다. 조금 전 콧수염에게서 들은 말이 신경 쓰이던 참이었다. 미묘한 뉘앙스의 차이. 증거 없는 판단이 얼마나 비효율적인지 잘 알지만 가끔은 그런 감에 기대보고 싶었다.

가슴 안에서 휴대전화 벨이 울었다. 주바리 선배였다.

"희윤 씨. 나비부인 얼굴이 나온 오래된 팸플릿 있지. 확인해봤더니 그게 당시에 인쇄는 됐지만 실제 배포되진 않았어. 내일 충무로 인쇄 골목에 다녀올 생각이야. 다행히 그 업체가 아직 영업을 하네."

소싯적에 날렸다는 형사. 일에 한 번 집념을 보이자 집요했다. 분명 노모의 눈물 때문이다.

경찰 동기회 간다는 갈호태 꼬드김에 말려들고 말았다. 커피 쿠폰 열 장에 혹해서 야밤에 가게를 대신 봐주는 신세라니. 뒷정리한다고 미적거리다 보니 퇴근까지 늦어져버렸다. 집이라고 얻어놓은 서대문 오피스텔까지는 지척이지만 찬바람 맞으며 걷기 싫었다. 이왕 늦은 거 영업 종료 팻말을 내걸고 실내에 스탠드만 밝혔다. 음악도 나른한 분위기의 곡으로 바꿔틀었다. 직장을 옮기기 전에 개인 용도로 사용하던 드리퍼를 선반에서 꺼냈다. 흙냄새가 강한 탄자니아를 조금 갈아서 채웠다. 뜨거운 물 몇 방울을 원두에 떨어트려 뜸 들이기를 한 다음, 드립 포트를 들고 천천히 스윙을 했다. 정성을 들였건만 〈나비클럽〉에서 얻어 마신 만큼 인상적인 맛은 아니었다.

가끔 호젓한 밤 카페에서 혼자 빈둥대는 일이 좋았다. 어쩌면 나비부인도 이런 몽상가적 삶을 즐겼는지 모르겠다. 안타깝게도 선량하지 못한 몽상가였지만. 화법이 과할 정도로 공격적이었는데 근저에는 바깥세상을 향한 적대심이 깔려 있다고 느꼈다. 신경증에 시달리는 현대인의 이미지. 성마름, 짜증, 질투, 집착, 불신 같은 온갖 부정적 단어가 결집된. 단발머리 말대로 향으로 코팅된 헤이즐넛 커피를 닮은 존재는 어쩌면 나비부인이 아닐지.

살인사건이 엉뚱한 쪽에서 풀려버렸다. 미궁에 빠지면 어쩌나 하는 우려를 비웃기라도 하듯이. 오후 늦게 종로서 홍 팀장이 전화로 희소식을 전해주었다. 경찰에 결정적인 제보가 익명으로 접수됐고 바로 용의자가 걸려들었다. 시신을 처음 발견한 배달원과 경찰에 신고를 한 콧수염. 둘은 짬짜미로 재료실 물건을 조금씩, 지속적으로 빼돌려 왔는데 재유통시키는 과정에서 발각됐다. 임의동행한 배달원이 혐의를 완강히 부인하며 버텼는데, 콧수염은 소식을 듣자마자 바로 내빼 행방이 묘연했다.

"그 양아치 새끼. 주둥이 함부로 놀릴 때 내 알아봤어."

악감정이 있던 갈호태의 첫마디였다. 층간 소음, 주차 시비 정도의 갈등에도 사람을 죽이는 시대라지만 단순 절도는 살인의 동기치고 약했다. 계획적이라기보다 우발적 범행에 무게가 실리는 이유였다. 홍 팀장은 둘을 옭아맬 범행 수법과 증거 확보에 수사력을 집중하고 있다고 덧붙였다.

남은 커피를 마저 삼키는데 포털 메인에 '단독'을 달고 기사가 하나 떴다.

〈피살된 광화문 카페 사장은 뮤지컬 배우 출신〉.

자극적인 소스를 쫓는 스포츠신문 기자들 촉은 확실히 빨랐다. 살인사건에 연예인이 연루되면 기사의 급이 달라진다. 그게 양날의 검인 걸 순진한 잠바떼기는 알까. 초기에 멋들어지게 해결하면 훈장이지만, 질질 늘어지면 쪼임은 쪼임대로 당하고 책임은 독박이다.

처음에는 기사에 H 씨로 표기됐으나 바로 현송희라는 이름이 실시간 검색어에 걸렸다. 나비부인 본명이다. 프로필을 살펴봤다. 올해 서른셋. 원래는 '레드카페인'이라는 걸 그룹 멤버로 데뷔했지만 뮤지컬에 더 빼어난 재능을 보여 전향한 케이스였다. 당시 대형 신인이 나타났다고 주목을 받았다. 이제야 확실히 기억난다. 오만하다고 느껴질 정도로 당차던 갸름한 고양이 상의 여자.

그녀의 재능을 아쉬워하는 포스트가 몇몇 블로그에 남아 있었다. 무대 사고만 없었더라면 한국을 대표하는 뮤지컬 배우로 성장했으리란 분석. 또래에 비해서 춤, 노래, 연기 다 능했고 무대에서 안정감과 완성도가 있었다. 당돌한 말투야 호불호가 있겠지만 실력은 의심할 여지가 없었다. 청춘을 저당 잡힌 채 얼마나 혹독한 연습을 했을지 눈에 선했다.

당시 사고 영상도 찾아봤다. 첫 주연 데뷔를 눈앞에 둔 시점이었다. 공연 개막 닷새 전 고궁 야외 리허설 현장. 가설무대 한쪽이 푹 꺼지면서 현송희가 맨홀에 빠지듯이 추락해버렸다. 한쪽 다리가 철골 기둥에 부딪치며 부러졌다. 주연이 급히 교체됐고, 그녀는 그렇게 사라졌다. 매장당한 꿈과 함께.

그 후 현송희 소식은 들을 수 없었다. 화면에서 사라지면 대중은 바로 잊는다. 인생의 전부라고 생각했던 걸 잃고 세상에서 고립된 느낌은 그 또래에겐 극복하기 힘든 고통이리라. 시인의 말처럼 좌절한 이 땅의 청춘들이 낯선 도시 어느 건물 모퉁이에서 방황하고 있겠지.

세월이 흘러 카페 주인으로 변신한 그녀가 레이더에 잡혔다. 살인사건이 일어나지 않았더라면 그조차 몰랐을 수 있다. 대중에게 잊힌 배우지만, 그렇게 관심이 사라진 지금에야 다시 외출할 용기를 얻었는지 모르겠다. 가면을 쓰고서라도. 그건 본능적 보호막이라고 이해하자. 그녀의 말투를 떠올릴수록 불쾌하다가도 또 짠한 부분이 있었다.

휴대전화로 찍어뒀던 나비부인 사진을 열어봤다. 무대 위의 그녀는 한없이 행복한 표정이었다. 독설을 퍼붓던 삐딱한 모습이 믿기지 않았다. 당신, 대체 무슨 짓을 한 거야. 아니 무슨 일을 당한 거야.

사건을 조금 더 들여다보고 싶었다. 떨어져서 보면 더 잘 보이는 법이다. 홍 팀장에게서 받아뒀던 〈나비클럽〉 평면도를 패드 화면에 띄워서 보는데 누가 출입문을 거칠게 두드렸다. 갈호태였다. 벽시계를 보니 어느새 새벽 1시.

"뭐야, 영업 종쳤으면 퇴근해야지. 이 시간까지 히터 빵빵하게 틀어놓고 말이야! 그것도 혼자! 이 불경기에!"

평소답지 않게 사소한 일로 짜증을 냈다. 몸에서 알코올과 삼겹살 냄새가 확 풍겼다. 동기회에서 경찰 명예를 실추시킨 놈이라고 면박이라도 먹은 걸까.

"기껏 가게 봐줬더니 꼬장 부리면 곤란하지. 그게 함께 살아가는 사회의 매너 아니겠니."

내가 거칠게 째려보자 갈호태가 슬머시 시선을 틀었다. 평면도를 보더니 패드를 강탈하듯이 채 갔다.

"아직도 이거야. 집착인지 끈기인지 가상하다만 용의자 나왔잖아. 그럼 끝난 거지. 경찰 무시하지 마라. 이딴 거 뚫어져라 본다고 사건이 한눈에 다 보…."

갈호태가 미로 퍼즐 달인처럼 손가락 끝을 지그재그로 쭉쭉 그어나갔다.

"…보, 보이잖아! 여길 봐봐!"

엄청난 발견에 스스로 감탄했는지 말을 더듬었다. 술을 깨려고 손바닥으로 두 볼을 다다다 두드렸다. 서둘러 코트 단추를 채웠다.

"가보자. 현장에."

"지금? 너야말로 집착인지 끈기인지. 날 밝으면 가도 되
잖…."

갈호태가 바로 문밖으로 사라졌다. 매사 적극적인 건 인정
하지만 성미 급한 건 진짜 못 말린다. 동 영감과 어찌 저렇게
닮은 구석이 많은지. 예전에는 한 건물에서 어떻게 같이 근무
했는지.

길을 가로질러 〈나비클럽〉 입구 도어 록 비밀번호를 눌렀다.
자세를 낮추고 길고양이처럼 숨어들었다. 도둑도 아닌데 왠지
그래야 할 것 같았다. 커피 향이 짙게 밴 매장 공기는 한기를
느낄 만큼 서늘했다.

"따라와. 얼른."

나는 주문대 앞에서 미적대는 갈호태를 놔두고 앞장섰다.
바로 작업실로 향했다. 단서는 그 안에 있다고 믿었다. 어둡고
길쭉한 통로를 지나서 문을 밀었다. 전원 스위치를 찾아 누르
자 실내가 환해졌다. 눈부심과 동시에 심장이 멎는 줄 알았다.
퉁퉁한 남자가 조폭 두목처럼 두 다리를 책상에 얹고 회전의
자에 앉아 있었다. 갈호태였다.

"진실은 풀렸어."

난공불락의 수수께끼를 푼 탐정 흉내를 냈다. 거기까지는
참아줄 만했는데 황당한 소리를 덧붙였다

"우리가 본 나비부인은 가짜야."

"뭔 말 같잖은 소리야?"

"1인 2역! 다 단발머리 자작극이지. 음하하."

갈호태가 천장을 향해 손가락을 찌르며 외쳤다. 싸이를 빼닮은 외모 때문에 마치 춤추는 한 장면 같았다. 절정의 희열이 얼굴에서 뿜어져 나왔다. 술도 한잔 들어갔겠다 말까지 술술이다.

"자자, 나비부인을 만난 그제 낮을 잘 기억해보자고. 단발머리가 한가한 틈을 타서 일부러 나를 데리러 온 거야. 전직 경찰인 나를 목격자로 유도하는 게 목적이었어. 우리를 작업실 쪽으로 안내해놓고선 자신은 바로 커피 주문대 안으로 들어가서 재료실을 거쳐 화장실, 침실을 통해 이곳으로 들어온 거야. 커튼을 닫아 일부러 방 안을 어둡게 했어. 우리는 나비부인을 본 적이 없잖아. 물론 알아도 가면 때문에 알아채기 힘들었을 거야. 느꼈는지 모르겠지만 둘 다 단발에 키가 크고 얼굴선도 비슷해. 닮았지? 가면을 쓰고 다리까지 절룩이니깐 그 이미지에 갇혀 의심조차 않았다고."

"방송국에서 약속 시간보다 일찍 온 것은?"

"방송국에선 정확한 시간에 왔어. 단발머리가 우리 앞에서만 일찍 온 것처럼 말한 거야. 내게 상황을 기억시키려고."

"중간에 안경 낀 종업원이 커피 가져왔잖아?"

"미리 지시를 해놨겠지. 자신은 재료실에서 작업해야 하니 시간 맞춰 가져다주라고. 그래서 아메리카노로 통일된 거야. 보통은 뭐 마실지 먼저 물어보잖아. 커피 못 마시는 사람도 있으니까. 그치?"

"우리가 방에서 나왔을 때 나비부인이 매장에 있었잖아?"

"다들 흰 셔츠에 검은 앞치마 차림이야. 가면을 앞치마 주머니에 숨겨놨다가 썼다 벗었다 하면 분간이 힘들다고. 우리 시선은 방송 촬영과 백발 영감에 쏠려 있었고, 외부인들까지 몰려와 어수선했잖아. 나비부인이라고 생각한 건 가면과 불편한 다리를 봤기 때문이야."

"CCTV는?"

"그건 매장 테이블만 나오잖아. 주문대 안쪽은 안 나와. 우리 가게도 그렇잖아."

"매장에 종업원도 있었잖아? 뿔테 안경."

"조력자일 수 있지. 나는 둘이 연애질 중이라고 확신해. 낮에 살포시 스킨십하는 거 봤지? 어깨를 토닥토닥. 그런 건 절대 내 눈 못 피한다. 에헴."

갈호태가 막힘없이 답했고, 내가 고양이처럼 갸르르 비웃었다.

"좋다. 인정. 근데 말이다, 왜 단발머리가 1인 2역을 해야 하지?"

"당연히 알리바이 조작! 그때 이미 나비부인은 죽었던 거야."

"근데 이를 어쩌나. 검시 결과가 명확한데? 나비부인은 그날 밤에 죽었는데? 제발, 수면제 먹여서 탈의실 같은 데 감금해놨다가 나중에 살해했다는 말은 마렴. 너 오늘 왜 그래? 취했지? 경찰 동기들한테 무시당했지? 잠시 혼이 비정상인 거지?"

말문이 막힌 갈호태의 눈동자가 갈 곳을 잃더니 시무룩이 고개를 숙였다. 뭔가 서러움에 북받친 표정.

"나보고 다음 모임부터 나오지 말래. 창피하다고. 경찰이라는 것들이 직접 본 것도 아니면서 선입견을 가지고 판단을 해. 피의자와 눈이 맞은 건 맞지만 강요한 건 아니거든?"

어이쿠. 또 그 얘기다. 알아, 안다고! 내 얼굴이 다 화끈거렸다.

그대로 무시해버리려다 '직접 본 것도 아니면서' 그 한마디를 듣는 순간 뇌리에 불빛이 번쩍했다. 뜨뜻한 피가 혈관을 역류하는 느낌이었다.

"아냐. 네가 제대로 짚었어. 뒷문 도어 록 비밀번호를 알고 있어서 출입이 자유로운 두 놈이 지금껏 그 루트로 재료실 물건을 빼돌렸던 거야. 간이 침실, 작업실을 거쳐 마지막엔 뒷문을 통해 다시 배달 트럭으로 옮겨진 거지. 그래서 정문 CCTV에 한 번도 걸리지 않았던 거고. 또 하나!"

나는 일부러 마른침을 꿀꺽 삼켰다.

"나비부인은 이 작업실 안에서 죽었어! 그날 암막 커튼을 쳐놓고 어둠 속에서 잠복하고 있다가 두 놈팡이와 딱 맞닥뜨린 거지. 빼도 박도 못할 현장 적발. 결국 다투다가 살인이 났고 시신도 빼돌린 물건처럼 뒷문을 통해 밖으로 옮겨진 거야. 시신이 이 방에서 발견되면 내부자가 의심받을 테니까. 한밤중에 외부에서 침입한 괴한에게 당한 걸로 위장한 거지. 도어 록의 존재가 외부와 차단됐다는 선입견을 만든 거야. 그 함정에 갇혀 단순한 걸 놓치고 있었다고. 나비부인은 누군가가 자기 방을 드나든다는 걸 알았어. 예민한 사람이니까. 아니면 단발머리가 일렀을 수도 있지. 요 정도 규모 가게에서 소량이라도 물건이 새는 걸 몰랐을 리가 없잖아."

책장 뒤로 문짝이 없는 간이 침실을 둘러보던 갈호태 표정이 조금 밝아졌다.

"근거는?"

"이웃 중에 비명 소리 들은 사람 없지? 한적한 동네지만 그래도 도심 뒷마당인데…. 이런 이중창이 설치된 실내라서 그렇지 않았을까? 게다가 자기 발로 바람 쐬러 나갈 생각이었다면 바람막이 겉옷 정도는 걸쳤을 거야. 근데 편한 실내용 원피스 차림이었잖아. 나비부인은 그날 자고 가는 걸 일부러 직원들에게 안 알렸어. 그걸 모르고 두 놈팡이가 작업하다 맞닥뜨린 거고."

"안 봐도 비디오네. 바로 두 놈팡이에게 까칠한 독설 날려주셨겠지. 콧수염 그 새끼도 한 싸가지하던데 현장이 들키자 욱했을 테고. 쯧쯧."

그새 원기를 충전한 갈호태가 고개를 도도하게 쳐들고 내게 엄지를 치켜세웠다. 코트 안주머니에서 휴대전화를 꺼내 발신 버튼을 눌렀다.

"그니까요, 형님. 제가 누굽니까. 네. 야밤에 전화드린 이유가 달리 있겠습니까. 그 두 놈이 어떤 식으로 물건을 훔쳤고 어떤 식으로 살해해 시신을 옮겼는지 전모를 말씀드리려는 거지요. 심심해서 현장 한 번 쓰윽 스캔하니깐 바로 보이네요. 에잉, 겨우 쐬주가 뭡니까. 술은 됐고요, 부탁 하나. 그 뭐냐, 살인 사건 일어난 집이란 걸 널리널리 알려서 다시는 여기 카페 못 내도록 해야죠. 노란색 폴리스 라인 그거 떼지 마시고 사람들이 오가며 볼 수 있도록 오래오래 걸어두세요. 그럼요. 이 골목에 카페는 〈이기적인 갈 사장〉 하나로 족합니다. 이런 S급 인재를 한순간 실수했다고 내쫓는 경찰 조직도 한심스럽고. 쯧쯧. 아, 혼잣말입니다. 앞으로 드립 커피 할 거니까 맛보러 오십쇼."

그러면서 살살 내 눈치를 살폈다.

나쁜 자식. 아무리 경쟁 관계라지만 망자에 대한 예의 없음이 눈꼴시었다. 그래도 속내를 솔직히 드러내니 그나마 낫다. 꿍꿍이셈 가득한 인간들이 널린 세상이라.

나도 천장을 향해 손가락을 한 번 찔렀다. 몸 안에 충만감이 차오르는 기분 좋은 밤.

"예쓰!"

그 쾌감은 짧았다. 불을 끄고 작업실을 나서는 순간, 저 멀리 정문 도어 록 불빛이 반짝거렸다. 잠금장치 풀리는 소리가 선명하게 울렸다. 침입자였다. 손전등 불빛이 허공에 몇 번 일렁이더니 묵직한 발걸음이 어둠을 차고 들어왔다. 우리는 화들짝 놀라 본능적으로 몸을 숙였다. 무릎걸음으로 원목 책상 뒤로, 다시 간이 침실 안으로 숨었다.

"경찰?"

내가 숨을 깔딱이며 속삭이자 어둠 저편에서 갈호태가 답했다.

"홍 팀장은 절대로 야밤에 현장 나오는 분이 아니셔. 출근은 정확하게, 퇴근은 칼같이. 강력계 형사로는 드문 캐릭터지. 그리고 경찰은 불 켜고 일하지 불 끄고 일하진 않지."

예상대로 작업실 미닫이가 열렸다. 처음부터 이곳이 목적지였다. 손전등 불빛이 다시 카펫 바닥에 일렁거렸다. 나는 머리만 빠끔 내밀고 동태를 살폈다. 윤곽이 흐릿한 사람 그림자가 백팩에서 페트병 같은 걸 꺼내 액체를 바닥에 콸콸 쏟아부었다. 강한 휘발유 냄새가 풍겼다.

바로 의도를 알아챘다. 한밤의 불장난. 공포심에 어쩔 줄 몰라 하는데 적막을 깨는 경박한 노랫소리가 흘렀다. 침입자가 실내 오디오를 튼 게 아니었다. 발원지는 바로 갈호태 휴대전화. 그가 애중하는 홍진영의 콧노래가 이어졌다. '산다는 건 다 그런 거래요~. 힘들고 아픈 날도 많지만~. 산다는 건 참 좋은 거래요~.' 정말 하나하나, 사사건건 빡쳐버리겠다.

손전등 불빛이 바로 우리가 숨은 곳으로 파고들었다. 그 때문에 음영이 진 갈호태 얼굴이 희미하게 드러났다. 벨소리가 요란한 휴대전화 화면을 내 쪽으로 들어 보였다. 발신자가 홍 팀장이었다.

뭐야, 절대 야밤에 일하는 분이 아니라며! 10분 전에 통화 다 끝냈잖아!

갈호태가 얼결에 통화 버튼을 눌렀으나 워낙에 기막힌 상황이라 막상 대화를 잇지 못했다. 임기응변치곤 허접했다. 잠바떼기 목소리가 스피커폰을 켠 것처럼 생생하게 흘러나왔다.

"아야~ 뭣 한다고 전화를 안 받냐. 시방 과장님 통해 서장님께 급보고 올려브렀듬마 좋아 환장하신단다. 점심 묵자시네. 해 뜨자마자 보도자료 뿌려불기로. 아따~ 아름다운 밤이랑게."

다시 고개를 내밀어 침입자를 살펴봤다. 불빛에 눈이 부셔서 여전히 정체를 알 수 없었다. 잠바떼기 주절거림은 계속됐다.

"니 덕분에 인자 두 놈 족쳐갖고 자백만 받으면 끝! 실적 쌓잉게 쪼까 승진 욕심이 생겨갖고. 우짜냐이. 케케. 니놈도 피의자랑 눈 맞아갖고 건들어불지만 않았어도…."

갑자기 갈호태가 두 주먹을 쥐고 벌떡 일어섰다. 급소를 찔려서 꿈틀대는 들짐승처럼 울부짖었다.

"우워어어! 그만하라니깐! 오해라니깐!"

내면에 쌓였던 스트레스가 엉뚱한 타이밍에 엉뚱한 방식으로 폭발했다. 갑자기 머리를 내밀고 어둠 속 침입자를 향해 돌진했다. 한 발로 원목 책상을 밟고 뛰어올랐다. 그 탄력으로 사지를 쫙 펴고 허공으로 몸을 날렸다. 침입자의 상체를 덮치려는 의도였는데… 짧았다. 퉁퉁한 몸뚱이가 그냥 쌀 포대처럼 침입자 두 발 앞에 툭 떨어졌다. 민망한 액션이었다.

그림자가 바로 뒤돌아 쏜살같이 튀었다. 뒷문을 통해 샛길쪽으로 도망치려는 듯했다. 휘발유 범벅에 똥배를 비비며 끙

끙 앓는 친구를 놔두고 내가 뒤쫓았다. 한바탕 심야 질주극이 펼쳐지나 싶었는데, 뒷문을 나서는 찰나 문짝 뒤에서 긴 막대가 날아왔다. 나는 두 팔을 들어서 가까스로 막았다. 이번엔 막대 끝이 내 복부를 찔렀다. 내장이 찢어지는 듯한 고통이 엄습했다. 그대로 주저앉고 말았다. 검은 비니에 마스크를 쓴 그림자가 시야에서 멀어졌다. 나는 기침을 토해내며 빤히 바라볼 수밖에 없었다. 긴 막대는 밀대 봉이었다.

갈호태 몸에서 이젠 술 냄새 대신 기름내가 진동했다. 불과 10분 전에 겪은 일의 충격파에서 헤어나질 못하고 있었다. 휘발유가 축축이 뿌려진 붉은 카펫 위에 온몸을 투척하는 몸 개그를 보여주셨으니. 속으로야 어금니를 깨물고 복수를 벼르겠으나 겉으로는 애써 태연했다. 민망하기는 나도 마찬가지라 팔목과 복부를 쑤시는 통증을 호소하지 않았다. 둘 다 패잔병처럼 응접 소파에 퍼져버렸다.

침입자 정체를 밝히는 게 급선무였다. 상대가 움직여준 덕에 소득은 있었다. 접촉은 흔적을 남기기 마련. 굳이 긍정적인 점을 찾자면 그 부분이다. 기억을 더듬어 어둠 속 상황을 복기해봤다.

왜 작업실에 불을 지르려고 했을까? 나비부인의 죽음과 떨어트려서 생각할 순 없다. 불을 지른다, 즉 태워버린다는 행위는 무언가의 인멸을 의미했다. 그 작업이 실패했다는 건? 역설적으로 그 무언가가 아직 이 작업실에 남아 있다는 의미다.

갈호태가 휘발유 뿌려진 자리를 서성거렸다. 나는 다친 팔목을 주무르며 시니컬하게 뱉었다.

"바로 그 자리야. 나비부인은 거기서 죽었어. 카펫 아래에 스며든 핏자국이 신경 쓰였던 거야. 시신을 옮겼다는 걸 숨겨야 하니까. 약품 검사하면 혈흔이 나올 테지. 대리석 바닥이었다면 락스로 지우는 게 가능하겠지만 카펫은 힘들잖아."

"방금 그 새끼 콧수염 맞지? 사람 없는 틈에 증거 없애려고 온 거."

"뻔하지. 물건 빼돌린 죄만 인정하겠다는 속셈. 절도와 살인은 무게가 다르잖아."

나는 행적을 감춘 놈의 얼굴을 떠올렸다. 퍼즐은 조금씩 맞아 들어갔으나 계속 신경이 쓰이는 건 빈약한 동기. 역시 우발적 살인인 걸까.

"이건 또 뭐니?"

복수를 갈망하며 미친 듯이 바닥을 훑던 갈호태가 길쭉한 플라스틱 조각 하나를 건져 올렸다. 어디에서 떨어진 부속품 같았다. 나도 궁금했으나 팔목 통증 때문에 집중이 쉽지 않았다.

카페를 나서는데 휴대전화가 울렸다. 주바리 선배였다. 오늘 충무로로 출근한다더니 흥분해서 약간 목소리가 들떴다.

"진짜였어. 문제의 팸플릿을 인쇄는 했지만 폐기한 이유. 그게 인쇄소 장부에 생생히 기록돼 있다고."

"네. 공연을 앞두고 사고로 주연이 급히 바뀌었죠."

"이미 알고 있구나. 근데 진짜 수상한 점이 뭔지 알아?"

"그것까진….”

"그 무대 추락사고가 있기 전날 이미 주연이 바뀐 팸플릿이 인쇄에 들어갔어. 물량이 많아서 서둘렀던 거야. 그때 바뀐 주연이 남궁슬예 맞지?”

"맞습니다. 당시에 얼터네이트였습니다. 보험용 보조 주연. 현송희가 전체 공연 횟수의 90퍼센트, 남궁슬예가 10퍼센트를 맡기로 계약했더군요. 결국 현송희가 사고를 당하면서 남궁슬예가 100퍼센트를 다 소화하게 됐고 체력적인 부담에도 성공적으로 끝냈죠. 그 덕에 일약 스타덤에 올랐고. 그나저나 현송희가 다칠지 어찌 알고?”

"그러니까. 그것이 문제로다. 당시 남궁슬예 소속사가 나는 새도 떨어트린다는 제국엔터. 이번에 음독자살한 사람의 옛 직장이기도 하지. 찜찜하지 않아? 자, 나는 이제 나는 새도 떨어트린다는 청담동 기획사로 달려갑니다.”

전화를 끊고 나서도 한동안 먹먹했다. 혹시 당시 사고가? 상상만으로도 께름칙했다.

"범인은 반드시 현장에 다시 나타난다는 말 들어봤냐?”

병원에서 왼팔에 반 깁스를 하고 점심 때 사흘 연속 카페로 출근한 참이었다. 갈호태가 내 부상은 안중에도 없고 시비 걸 듯 물었다. 지난밤의 망신살이 멋쩍어 일부러 그러는 줄 알았다.

내가 불쾌감을 내비치려는 찰나, 갈호태가 보고 있던 신문을 접어서 휙 던졌다. 방금 배달된 석간이었다. 펼쳐진 사회면에 작은 사진이 보였다. 고개를 푹 숙인 남자 뒷모습. 얼굴은 보이지 않았지만 검은 아디다스 파카를 감출 순 없었다. 백발 영감이 오늘 아침에 체포됐다. 헤드라인이 자극적이다.

〈마녀사냥에 숨진 딸을 위한 아버지의 복수극〉.

상황의 급반전. 둔기로 머리통을 제대로 맞은 기분이다. 혼란스러웠다. 자백은 가장 확실한 해결법. 진술까지 일관되면 주관이 개입할 여지가 없다.

갈호태가 입을 삐죽 내밀고 투덜거렸다.

"현장에서 뜬 지문 몇 개를 검색했더니 그 영감 것이 맨 먼저 튀어나왔다. 전과가 있는 데다 우리가 홍 팀장에게 던져준 얘기도 있고. 기대 없이 덮쳤는데 순순히 다 불었다네."

나는 말없이 고개만 끄떡일 수밖에 없었다.

"읽어보니 나비 사장 참 못됐더라. 완전 뺑덕어멈 심보던데. 그러니까 자기 꿈이 꺾였다고 공격적 비평으로 뜰 만한 애들 싹을 밟아버린 건데. 남 인생 질투해서 흠집 내는 것만큼 옹졸한 짓도 없지. 거기에 백발 영감 딸애가 표적이 된 거고. 성숙한 사회는 멀었나 보다."

"새로 생긴 이웃 카페가 잘된다고 질투하는 사람도 있던데. 그거랑은 좀 다른 건가? 그렇지. 성숙한 사회는 아직 멀었지."

갈호태가 발끈하며 뭐라고 구시렁댔으나 새겨듣지 않았다. 신문 기사를 집중해 읽었다.

"3년 전에 자살한 민지우가 제 딸입니다."

영감이 경찰에서 밝힌 첫마디였다. 바로 그 소동이 기억났다. 한 신인 배우가 주말연속극 첫 방송을 앞두고 TV 토크쇼에 나와서 별생각 없이 떠든 한마디.

"아버지와 지금은 같이 살 수 없지만 언젠가 행복하게 해드릴 거예요."

가족에 대한 사랑을 표시한다는 게 끔찍한 결과를 낳고 말았다. '같이 살 수 없다'란 말이 대중의 궁금증을 낳았고, 바로 그녀 아버지가 사기 폭행 전과자로 복역 중이라는 소문이 퍼져나갔다. 저격 사이트 하이에나들은 그 작은 흠을 놔두지 않았다. 그녀 언행 하나하나 아버지와 연결해 끊임없이, 가차 없이 물어뜯었다. 드라마 시청률이 추락하자 연출자와 주연배우까지 합세해 몰아세웠다. 스물두 살짜리 신인이 견디기 힘든 상황이었다. 그렇게 방송국 옥상에서 뛰어내렸다.

결정적으로 살해 도구가 백발 영감이 머물던 서울역 뒤편 쪽방에서 발견됐다. 피 묻은 아령. 빼도 박도 못할 증거였다. 나는 신문을 그대로 구겨서 쓰레기통에 처박았다.

오후에 형사 둘이 갈 사장 카페에 들이닥쳤다. 보강 수사차 다시 현장에 나온 길이었다. 잠바떼기는 얼굴이 오만상 일그러져 완전히 뭐 씹은 표정이다. 부하들 앞에서 으스대며 온갖 폼이란 폼은 다 잡았을 텐데…. 서장과의 점심은커녕 형사과장한테 얼마나 닦였을지 짐작하고 남았다. 바바리는 곁에서 비위 맞추느라 눈동자만 굴리며 안절부절. 그래도 보도자료 뿌리기 직전이라 최악의 참사만은 면했다.

잠바떼기가 바지 주머니에서 USB를 꺼내 탁자 위에 던졌다. 안에는 피의자 신문 영상이 들어 있다. 내가 챙겨달라고 사정사정했다. 복사본 뜨는 일이야 송치 보고서마다 첨부하는 일이라 어렵지 않지만 외부 유출은 엄연히 위법. 그럼에도 수고를 마다하지 않는 건, 너희 주장이 얼마나 황당한 짓거리였는지 직접 확인하라는 비아냥일 테지.

"이거 빼돌린 거 걸리믄 내 모가지 날아가분다. 알아서 해라 이. 글고 뭐시라? 뭐 대충 한 번 훑응께 싹 보인다고?"

잠바떼기가 뒤끝 작렬이다. 갈호태는 시선을 회피하며 연신 헛기침을 뱉었다. 그렇다고 자존심까지 꺾진 않았다.

"형님, 결과론적으로 일타쌍피. 살인범도 잡고 좀도둑도 잡고. 쿨럭! 두 놈팡이가 어떤 식으로 물건을 빼돌렸는지를 알아냈잖아요. 쿨럭! 어디 살인만 죄랍디까? 절도야말로 민생치안을 위해 최우선적으로 척결되어야 할 중대…."

참다못한 잠바떼기가 버럭 소리를 질렀다.

"어이! 그만해라이."

갈호태는 바로 두 손을 배꼽에 얹고 죄인처럼 침묵했다.

"이거 보고 나서 얘기해. 현장에 있지 않은 이상 이런 디테일 못 만들재. 전과자에 동기까정 명확하잖애. 그라고 아령 어디서 나왔는지 알재? 다 딱딱 맞아떨어지잖애."

말할수록 속이 끓는지 식은 커피를 원샷으로 들이켜곤 꺼억 트림을 뱉었다.

"아따 따불 샷 아니데? 이라고 밍밍해갖고 팔리겄냐."

잠바떼기는 짧은 시간에 온갖 역정을 다 쏟아붓고 바람처럼 사라졌다. 우리는 혼이 반쯤 나간 상태에서 모니터 앞에 앉았다. 신문 영상은 124분짜리였다. 백발 영감은 꼿꼿이 앉아서 질문을 회피하지 않았다. 중언부언이 많았으나 진술은 일관되고 구체성을 띠고 있었다. 잠바떼기 말대로 현장에 있지 않았으면 모를 디테일. 범행 동기도 신문에 난 내용과 일치했다.

"딸애는 내가 죽인 거나 마찬가지야. 이 못난 애비가 부담을 준 거라고. 옥살이하는 내내 복수할 날만 기다렸어. 지난여름에 출소하자마자 원흉을 찾아 나섰지. 컴퓨터 서번지 아이핀지 그딴 걸 내가 알 수가 있나. 가진 돈 다 털어 그쪽 전문가에게 사정사정했지. 끈질기게 추적하니 결국 꼬리가 잡히더라고. 형사님도 한번 생각해봐. 스물두 살짜리가 어떻게 그 상황을 견뎠을지. 제 엄마는 어릴 때 집 나가고 나는 평생 이 꼴이라 챙기지 못했어. 주위에서 걔를 질투만 했지 위로해줄 사람은 없었을 게야. 딸애는 말이야, 사회에 막 첫발을 디뎠다고. 겨우 스물둘이라고. 뭘 좀 잘못해도 용서되는 나이잖아. 세상 어느 놈년이 걔 앞날을 방해할 자격이 있어. 세상 어떤 아버지라도 그 여자를 죽이고 싶었을 거야!"

백발 영감 감정이 격해졌다. 바바리 형사가 제지했지만 소용없었다. 소리 없는 울음이 터졌다. 손바닥으로 얼굴을 감싸쥐었으나 멈추지 않았다. 투박한 눈물이 처연했다.

사건 당일 행적에 대한 진술이 이어졌다. 내 추측대로였다.

"사실은 나무 밑이 아니라 작업실에서 죽였어. 그날 낮에 카페에서 쫓겨나니까 조급해져서 발걸음이 더 안 떨어지더라고. 샛길에서 불 켜진 창문만 바라보며 배회했지. 밤 12시쯤 됐나. 때마침 여자가 바람을 쐬려는지 커튼을 젖히고 창문을 열더라고. 나비 가면은 쓰지 않았어. 틀림없었지. 딸애가 저주한 인간. 어떻게 잊을 수 있겠나. 놓칠 수 없는 기회였지. 얼른 다가가서 창틀을 두고 마주 섰어. 여자가 처음엔 경계심에 흠칫하더니 바로 알아보더라고. 내가 정체를 밝히고 몰아세웠지. 그런데 여자는 내가 누군지 이미 알고 있었나 봐. 피시식 웃데. 낮에 소동도 있었겠다, 소리 질러서 추행범으로 몰겠다고 도리어 협박하더라. 이런 말도 했어. 개나 소나 연기자가 되겠다는 현실에 냉정한 조언을 한 거라고. 그 정도로 의지가 박약하다면 애초 생존이 불가능한 아이라고. 막말 찍찍 뱉는 그년 이빨을 보는 순간 주둥이를 확 찢어버리고 싶었어. 너무 흥분해서 나도 모르게 손을 뻗었는데 뭔가가 잡혔어…. 눈을 떠보니 내가 그 안에 서 있더라고. 손에 든 게 아령인지는 나중에 알았고."

바바리 형사의 질문.

"시신은 왜 옮겼습니까?"

백발 영감의 대답.

"얼결에…. 동네 불량배 짓으로 보였으면 했거든. 경찰에도 악감정이 있어서 수사에 혼선을 주고 싶었고. 붉은 커튼으로 창문도 다 가려놨어. 피 묻은 아령은 내가 챙겼고. 진작 갖다 버렸어야 했는데 또 그게 막상…."

바바리 형사의 질문.

"그러니까, 처음부터 살해할 의도가 있었다는 겁니까?"

백발 영감의 즉답.

"얼굴만 확인하면 바로 죽여버릴 생각이었어. 그래서 밤새 기다렸던 거고. 여한은 없네."

사건의 막이 내렸다. 생생한 진술은 그가 진범이라고 가리켰다. 내용도 다 이해가 되는데 '세상 어떤 아버지라도 그 여자를 죽이고 싶었을 거야' 그 말이 입 끝에서 까끌거렸다.

"잠시만. 조금만 앞으로 되돌려봐."

내 부탁에 갈호태는 반응이 없었다. 손으로 마우스를 움켜쥔 채 졸고 있었다. 다 끝난 사건이라고 판단했는지 바로 긴장을 놓아버렸다.

나는 답답한 한숨을 내쉬며 같은 말을 되뇌었다.

"세상 어떤 아버지라도 그 여자를 죽이고 싶었을 거야."

진술의 여러 모순 중 그 말만은 진실이었다.

주바리 선배와 함께 다시 찾은 연립주택. 실내에 온기라고는 없었다. 노모 얼굴은 핼쑥해서 해골 같았고 피부는 바싹 말라 거죽만 남았다.

"어머님. 야구 모자를 쓴 방문객이 이 사람 아닙니까?"

주바리 선배가 사진을 보여주자 노모는 고개를 갸웃했다.

"글쎄. 얼굴은 기억이 잘…."

"그러면 혹시 다리가 불편하지 않던가요?"

내가 묻자 노모가 처음으로 눈빛이 반짝였다.

"아, 맞아. 그렇게 물으니까 생각이 나."

주바리 선배가 노모 손을 꼭 잡고 차근히 설명을 덧붙였다.

"어머님. 아드님은 8년 전에 어떤 부정한 일에 연루됐습니다. 퇴사 후에도 심적으로 압박이 컸던 모양입니다. 최근에 법정에서 증언을 해달라는 협박을 받았는데 차마 이겨낼 용기가 없었나 봅니다. 그게 이유입니다."

노모 눈동자가 허공에서 풀려버렸다. 우리는 나란히 고개를 숙였다. 돌아오는 차 안에서 주바리 선배가 중얼거렸다.

"물고 물리는 악연이로군."

무대 추락 사고는 예상대로 우연이 아니었다. 보조 주연을 띄우려는 대형 기획사의 음모. 나비부인은 당시에는 그 사실을 눈치채지 못하다가 최근에야 깨달았다. 제국엔터를 상대로 소송을 준비 중이었다. 관련 증거를 끌어모으고 당시 관련자들을 일일이 찾아다녔다. 작업실에서 수거한 컴퓨터를 디지털 포렌식 했더니 그런 내용을 확인할 수 있었다. 청담동 제국엔터에 혼자 쳐들어가서 확 뒤집어놓은 주바리 선배 활약이 더해졌고.

공기가 차갑게 젖어 있었다. 늦가을치고는 굵은 비가 새벽부터 내렸다. 미세먼지가 씻겨 내려갔는지 콧구멍으로 빨려 들어오는 바람이 깨끗했다. 〈나비클럽〉 정문에 내걸린 폴리스라인 한쪽이 떨어져서 비바람에 너덜거렸다. 정문 도어 록은 안에서 수동으로 잠가놓았는지 작동하지 않았다. 손을 이마에 얹고 통유리 안을 살펴봐도 어둑어둑한 내부는 잘 보이지 않았다.

비를 맞으며 총총걸음으로 뒷마당으로 뛰어갔다. 갈호태가 고급 코트가 비에 젖는다고 투덜거렸다. 은행나무 아래 핏자국에 빗물이 고여 있었다.

삐걱거리는 소리와 함께 뒷문이 열렸다. 단발머리가 등산용 백팩을 메고 3단 손잡이가 달린 대형 캐리어를 끌고 나왔다. 빨간 바람막이 패딩 점퍼에 청바지 차림. 멀리 떠나는 여행자 복장이었다. 하얀 셔츠에 검은 앞치마를 두른 모습만 봐서인지 낯설었다. 우리가 길을 막아선 모양새가 돼버렸다.

"정리는 다 하셨나요?"

내가 가볍게 목례를 하자 그녀가 따라 했다.

"정리랄 게 있나요. 그러시니 제가 여기 사장님 같잖아요. 하하."

"이런 식으로 일을 그만두게 돼서…. 이제 어디로?"

"당분간 쉬려고요. 다행히 주변 분들이 제 능력을 예쁘게 봐주셔서 다시 일자리 구하는 거야, 뭐. 늘 근무 조건이 문제죠."

"그러게요. 저희가 스카우트하고 싶지만 요게 안 맞아서."

내가 엄지와 검지로 원을 만들어 보이며 비위를 맞췄다. 단발머리가 다시 하하 웃었고 갈호태가 그 방심한 틈을 쑤시고 들어왔다.

"그러니까 그런 고급 기술을 가진 능력자가 알바로 일했다,

이거잖아. 어째 이상하다 그쵸? 계절과 습도, 원두 산패 정도에 맞춰 최적 상태로 로스팅하는 능력은 커피 기계 앞에 달라붙어서 바리스타 흉내 내는 거랑 급이 다른데. 그쵸?"

갈호태가 삐딱하게 묻자 단발머리 표정이 심각하게 굳었다.

"영감님을 내쫓으려고 했던 일은 이미 충분히 사과드렸습니다만."

조심스러운 경계의 눈빛, 방해받고 싶지 않은 나른한 눈빛이 교차했다. 갈호태는 그런 연민에 흔들리지 않는다. 전직 형사답게 몰아붙일 때는 무자비하다.

"악조건을 무릅쓰고 왜 동네 카페에서 알바로 굴렀는지 합리적 이유가 궁금하다, 지금 그 얘기죠. 나비 사장과 개인적인 친분이 있다든가 공동 창업자라면 또 이해하겠지만."

갈호태가 짝다리를 짚고 서서 코트에 묻은 빗방울을 괜히 하나씩 털어냈다. 단발머리가 나를 향해 몸을 틀더니 정색했다.

"사건, 종결된 게 아닌가요?"

내가 두 손을 모으며 웃었다. 일부러 가식적인 표정을 담아서.

"어휴, 자백한 사람이 있고 진술도 똑 떨어지는데 의심할 여지가 있겠습니까. 그래도 몇 가지가 찜찜해서…. 살인사건 수사에는 일말의 의심도 있어선 안 되잖아요."

젖은 바람이 다시 불어왔다. 그녀의 머리카락이 여러 갈래로 흩날리면서 얼굴에 달라붙었다. 가느다란 손가락으로 머리카락을 모아 귀 뒤로 쓸어 넘기자 전혀 다른 표정이 나타났다. 감정을 느낄 수 없는 마네킹 같은 얼굴. 불길한 기운이 자신을 향하고 있음을 깨달은 모양이다.

갈호태가 코트 안주머니에서 종이를 한 장 꺼내 펼쳐 들었다.

"어둠의 경로로 확보했습니다. 가족관계증명서란 겁니다. 당신에게 여동생이 한 명 있더라고. 이름이 진소영. 예명이 소영. 현송희 후임으로 레드카페인에서 보컬로 활동했더군. 저격 사이트 표적이 되면서 집요한 괴소문에 시달렸다던데. 대인공포증까지 앓다 결국 하차했고 팀마저 해체됐지. 지금은 격리병동에서 폐인 생활을 한다고…. 그러니까 당신한테는 백발 영감과 똑같은 범행 동기가 있는 거지."

단발머리는 반응하지 않았으나 눈썹이 꿈틀대는 걸 숨길 순 없었다. 빗방울이 다시 후드득 떨어졌다. 내가 목소리 톤을 살짝 낮췄다.

"진소영 씨 발병과 민지우 씨 죽음에는 시차가 몇 달밖에 없습니다. 그때 당신은 일본에서 커피 공부를 했고 영감님은 교도소에서 수감 생활을 했습니다. 접점은 없습니다만, 나는 당신이 영감님 얼굴을 안다고 생각합니다. 동생이 억울하게 당했으니 비슷한 사례를 수집했을 테고, 당연히 저격 사이트 운영자 정체를 쫓았겠지요. 민지우 장례식에 가서 조문했을 수도 있고. 당시 가석방된 영감님 사진이 잠시 인터넷에 떠돌았죠. 딸의 자존심을 뭉갠 천하에 못난 애비로 조롱당했고."

"대체 하고 싶은 말이 뭔가요?"

단발머리 목소리가 올라갔다. 캐리어를 똑바로 세웠다. 패딩 점퍼 주머니에 두 손을 찔러 넣고 꼿꼿이 섰다.

"백발 영감님이 경찰에서 밝힌 진술에 모순이 있어요. 범인은 무거운 아령으로 피해자 뒷머리 왼쪽 측면에 일격을 가했습니다. 돌아서는 순간 뒤에서 때린 겁니다. 영감님이 아직 완력이 있다고 해도 오른손잡이던데 쉽지 않죠. 또 책상 위에 작은 돌 화분이 있습니다. 흥분한 사람이 눈앞에 그걸 두고 여러 발짝 떨어진 구석에서 아령을 가져왔다? 그 부분도 설명이 쉽지 않습니다. 그런데도 영감님 자백이 굳건한 이유는 현장에 있지 않고선 알 수 없는 구체성 때문입니다. 하지만 알 수 있는 방법은 하나 더 있습니다."

단발머리 목울대가 꿈틀댔다. 나는 딴청 피우듯 무심하게 툭 뱉었다.

"바로 살인을 목격한 것. 저기 샛길에 서서 창문을 통해 작업실에서 일어난 모든 장면을 엿본 겁니다. 시신이 어떻게 옮겨졌는지까지. 영감님은 작업실에 들어가지 않았습니다. 그래서 아령과 돌 화분이 어디 있는지 몰랐고. 하나 더! 잘 아시겠지만 작업실 커튼은 두 겹에 앞뒤가 다른 색깔입니다. 작업실 안에서는 검은 색이, 밖에서는 붉은색만 보입니다. 영감님은 붉은 커튼을 쳐놓고 현장을 떠났다고 했는데 그건 외부에서 창을 봤다는 뜻입니다."

푸핫. 단발머리가 다급한 웃음을 터트렸다. 나는 안다. 말문이 막혔을 때 나오는 본능적인 방어법. 그래서 더 안쓰럽다.

"진세연 씨. 며칠 전 영감님이 갑자기 〈나비클럽〉에 나타나서 깜짝 놀랐죠? 당신은 바로 의도를 알아챘을 것이고, 자칫

하다간 치밀하게 준비해온 복수극을 망쳐버리겠구나 싶었겠죠. 원래 계획은 물증을 끌어모아서 나비부인 실체를 폭로하는 거 아닙니까? 신뢰를 얻으려고 열악한 근무 조건도 감내했던 건데. 그러니 영감님의 무대포식 접근이 당황스러웠을 겁니다. 말을 해도 그 고집불통이 알아들을 리 없죠. 그때 대화를 콧수염 알바가 엿들은 겁니다. 다 망친다, 얼른 떠나라. 망친다와 망하다, 둘의 뉘앙스는 다르죠. 즉, 장사가 망하는 게 아니라 일을 망치게 생겼다는 겁니다. 물론 콧수염은 카페 영업에 관한 다툼으로 오해했지만…. 다급해진 당신은 어설픈 구실로 우리까지 동원합니다. 그런데 결국 용서를 빌라고! 그 한마디가 눈치 빠른 나비부인 촉수를 건드리고 맙니다. 그간 당신이 보여준 과잉 희생에 의심을 품었을 테고, 어쩌면 그때부터 당신 얼굴에서 여동생 흔적을 봤을 수 있습니다. 나비부인은 전모를 눈치챕니다. 그리고 그날 밤 작업실에서 심하게 다퉜고 살인이 일어납니다. 당신처럼 꼼꼼한 능력자가 콧수염이 물건 빼돌리는 걸 모를 리 없죠. 일부러 모른 척해왔던 겁니다. 나중에 요긴하게 써먹으려고. 경찰에 제보해서 콧수염을 살해 용의자로 몬 것도 당신이지요?"

단발머리가 얼굴에 손부채질을 하며 심드렁한 표정을 지었다. 그 또한 다급한 방어법에 불과하다.

"진세연 씨. 그런데 다음 날 놀랍게도 범행 현장에서 흉기가 사라진 겁니다. 숨은 조력자가 있다는 걸 알게 됐죠. 백발 영감님 의도를 눈치챘을 것이고. 절망의 끝에서 당신은 다시 삶에 집착을 느끼게 됩니다."

단발머리가 턱을 들고 대꾸했다.

"그러니까 요점은, 제가 무거운 아령으로 사장님을 죽이고 시신을 옮겼다는 거죠? 동기가 있으니까."

"당신이 죽였다고 말하지 않았습니다. 탬핑할 때 보니까 당신도 오른손을 쓰더군요. 아령을 휘두를 만큼 강해 보이지 않고. 나비부인은 정체가 들통 난 당신에게 당장 일을 그만두라고 했을 것이고 심하게 다퉜을 뿐입니다. 당신은 결코 즉흥적이지 않아요."

"그럼 됐네요. 뭘 더…."

최적의 타이밍에 갈호태가 나섰다. 그는 항상 마지막 무대의 주연이고 싶어 한다. 동철수 영감과 어쩜 부자지간처럼 빼닮았을까. 나는 어쩌다가 그런 사람들이랑 연이어 엮였을까. 코트 안주머니에서 작은 비닐 지퍼 백에 든 갈색 플라스틱 조각을 꺼내 보였다.

"그날 밤에 말이야, 작업실에는 세 사람이 있었어. 범인은 왼손을 쓰고 힘이 세며 당신이 상처받을까 봐 걱정하는 사람. 뒷문 앞에 청소용 밀대가 있다는 것과 피가 붉은 카펫 어디쯤에 흘렀는지도 정확히 알고 있으며, 다투다가 깨진 자신의 안경테 조각을 찾지 못하자 불을 질러 통째 태워버리려고 했던 사람. 당신 걱정에 보디가드처럼 곁에 서 있다가 나비 사장의 적반하장 태도에 되레 더 격분해버린 사람."

클랙슨이 울렸다. 언제 왔는지 구형 프라이드 한 대가 샛길에 멈춰서 있었다. 운전석에서 귀여운 상의 안경 사내가 큰 우산을 펴 들고 내렸다.

갈호태가 잠시 그쪽을 응시하다가 시선을 거둬들였다.

"영감님은 살인 장면을 목격하고서야 자책하게 돼. 자신의 급하고 대책 없는 행동이 어떤 비극을 낳았는지. 나비 사장 정체를 폭로하기는커녕 또 다른 살인자를 만들어버렸다고. 그때 결심한 거야. 당신이, 자기 딸처럼 되지 않기를 바라는 배려. 앞날 창창한 당신이 후회 없이 살아보라는 배려. 그게 옳은 배려인지는 의문이지만 확실한 건 그게 진실이야."

갈호태 머리에서 100년에 한 번 나올까 말까 한 분석이었다.

젖은 공기가 불규칙하게 일렁거렸다. 단발머리가 입술을 꽉 깨물었다. 그녀는 백발 영감이 절대 진술을 번복하지 않으리란 사실을 알고 있다. 캐리어 손잡이를 힘껏 뽑았다.

"얘기 끝난 거죠? 그런 추측이 용의자 자백보다 더한 효력은 없겠죠?"

나는 길을 터줄 수밖에 없었다.

"아마도. 하지만 진실을 찾아가는 과정은 늘 이런 식으로 시작하는 겁니다. 경찰 노력이 어디까지 닿을지 알 수 없지만. 아 참, 작업실에서 발견된 깨진 안경테 조각에 핏자국이 묻어 있었습니다."

단발머리가 큰 걸음으로 스쳐갔다. 내가 등에 대고 말했다.

"하나 더. 8년 전에 일어난 나비부인의 무대 추락사고. 그거 누군가가 장비를 조작해서 고의로 일으킨 겁니다. 보조주연을 메인으로 띄우려고 소속사에서 위험한 장난을 쳤죠. 그 사건만 놓고 보면 나비부인도 피해자인 셈입니다. 당신 동생처럼."

단발머리 발걸음이 살짝 삐걱거렸다. 안경 사내가 달려와 캐리어를 차 뒷자리에 실었다. 두 사람이 연인으로 발전하리라는 갈호태의 장담. 우습게도 그 장담은 정확했고 진실에 접근하는 단초가 됐다. 누군가의 배려와 누군가와의 사랑이, 번민에 빠진 그녀 마음을 돌려세웠다. 좋아하는 사람이 생긴다는 것은 그런 것이다. 자신의 미래를 위해서 현재를 변명하고 설득한다.

단발머리가 차 앞에서 무심한 얼굴로 돌아봤다. 조금 큰 목소리였다.

"굴레였습니다."

묘한 말이었다. 여러 갈래 해석이 가능한.

나는 늙은 은행나무를 올려다보았다. 다행이다. 지난 공사 때 잘려나가지 않아서. 오랫동안 같은 자리를 지켜줘서. 거대한 도심 속에 뿌리 내린 다른 나무들처럼 앞으로의 운명은 또 어찌될지 모르겠지만.

주바리 선배 말이 맞았다. 물고 물리는 악연. 나비부인과 단발머리 그리고 백발 영감. 시작도 끝도 알 수 없는, 서로가 서로를 원망하다 뒤엉켜버린. 정작 음모를 꾸민 자들은 여전히 건재하다는 아이러니.

갈호태가 떠나가는 프라이드를 곁눈으로 쫓으며 밉상스레 주절댔다.

"내가 처음에 방향은 제대로 봤네. 둘이 그렇고 그런 사이라고. 그치? 인생은 속도가 아니라 방향이라고들 하지만 사건 수사도 마찬가지다. 그치?"

"뭐 1인 2역이 어째? 또 뭐랬냐, 폴리스 라인 떼지 말고 칭칭 감아서 오래…."

갈호태가 손뼉을 짝짝 치면서 내 말을 뭉갰다. 자신의 행동이 민망해서인지, 경쟁 가게가 사라졌다는 안도감인지, 아니면 애잔한 결말을 빨리 머릿속에서 떨치고 싶어서인지 알 수 없었다.

*〈나비클럽, 미로게임〉은《미스테리아》5호에 실렸던 작품을 연작 형식에 맞춰 개작했습니다.

6막

녹슨
총알이
지나간
자리

"갇힌 내 영혼을 좀 풀어주시라, 박 형사."

주바리 선배가 말했다. 12월의 첫 주. 바람이 세차지고 마른 낙엽이 발목 높이만큼 쌓이는 계절이다. 나른한 오후에 우리는 서촌 대림미술관 옆 카페 마당에 앉아 있었다. 오래된 2층 양옥 뼈대를 그대로 살려서 단장한 곳이라 젊은 연인들이 즐겨 찾는 명소였다. 그래서 우리는 나이 차이가 꽤 나는 누나와 남동생처럼 어색해 보였다. 주바리 선배가 두툼한 갈색 봉투 하나를 철제 테이블 위에 올려놓으며 다시 말했다.

"갇힌 내 영혼을 풀어주시라, 박 형사."

착 가라앉은 목소리였고 거듭된 부탁이 나를 당황스럽게 했다. 부탁 때문만이 아니라 따라붙는 호칭 때문이었다. 그녀는 평소에 나를 희윤 씨라고 불렀다. 절대 박 형사 혹은 박 경장이라고 부르지 않았다. 업무 외적으로 살갑게 대해주지 않았다. 첫 만남 때부터 경찰로 인정하기 싫다는 감정을 노골적으로 드러냈다.

평소에도 느꼈지만 주바리 선배는 충직한 경찰관의 피는 따로 있다고 믿었다. 자신들만의 위계와 명예를 가졌다고 자부하는 듯했다. 곁다리로 들어와서 설렁설렁 나대는 내 모습이 싫었을 수 있고, 목숨까지 걸린 범죄를 다루는 현장에서 진지함이 결여됐다고 인상을 쓸 수 있다.

이봐, 희윤 씨. 중앙경찰학교 6개월 수료했다고 다 같은 경찰이 아니야. 현장은 사람들의 생과 사, 진실과 거짓의 경계를 걸어야 하는 전쟁터라고. 쾌락을 찾아 심심풀이로 뛰어다니는 곳이 아니라고.

돌이켜 보니 주바리 선배는 행동 대신 표정으로써 그렇게 가르치고 싶었나 보다. 경직된 잣대가 내 눈에는 좀 고루해 보였지만.

그렇다고 그런 냉랭함이 딱히 서운하지 않았다. 좁은 사무실에서 불필요한 긴장은 직장 생활 질을 떨어트린다. 주관이 좀 센 상사의 성격 때문이려니, 그렇게 넘겼다. 당연히 특별한 감정은 부여하지 않았고.

주바리 선배가 내 눈을 빤히 보며 대답을 기다렸다. 초조함 때문인지 하얗게 핀 입술이 가늘게 떨렸다. 내가 주저하자 시선은 바로 자신감을 잃고 허공으로 향했다. 애써 식어버린 커피 잔을 들었다. 바람이 차갑고 셌다. 마당에 잠들어 있던 알록달록한 낙엽이 풀풀 일어나 사방으로 흩날렸다.

나는 갈색 봉투 안에 무엇이 들었는지 눈치챘다. 세월이 흘러 누렇게 변해버린 서류 뭉치. 조직에서 묵시적으로 발설 금지령을 내린 그녀 남편의 죽음과 관련된 그 사건. 지금, 내가 그 판도라 상자의 봉인을 풀기를 원하고 있다.

사실 내 마음은 바로 움직였으나 즉답은 피했다. 섣부른 기대감은 때론 큰 실망을 안긴다. 모든 범죄는 증거로 증명해야 한다. 어느 하나 만만한 사건 또한 없다. 내 짧은 경찰 생활에서 배운 교훈이라면 교훈이다.

"검토해보겠습니다."

고심 끝에 택한 대답이었다. 그래서일까. 주바리 선배 이마 주름이 바로 펴지진 않았지만 눈매와 턱선이 살짝 느슨해졌다. 미소까지는 아니더라고 충분히 인상 변화를 가져올 만한 움직임. 내 눈에는 정확히 보였다. 평소에는 마네킹처럼 표정 변화가 없었으니. 말투는 딱딱하고 웃지도 울지도 않았으니. 퇴직을 앞둔 늙은 형사는 꺄르르 웃는 그녀 얼굴을 한 번 보고 그만두는 게 소원이라고 했을 정도다.

주바리 선배가 천천히 눈동자를 굴려 사위를 주의 깊게 훑더니, 지갑에서 접은 메모지 하나를 꺼내 손가락에 끼워 건넸다. 전화번호와 호텔 이름이 검은색 볼펜으로 적혀 있었다.

"우리 그이를 아끼던 이들이 아직 곁에 있어. 다들 늙고 퇴직해서 기껏 몇몇뿐이지만. 항상 고마워. 이런저런 정보를 물어다 줘서, 또 내가 주저앉지 않게 해줘서. 몇 번이나 직장을 때려치우고 싶었지만 아직까지 떠날 수 없는 이유이기도 해."

주바리 선배 눈자위가 촉촉해졌다. 보고 싶지 않은 장면이었다. 눈물이 볼을 타고 미끄러지려는 찰나 내가 먼저 일어섰다.

갈색 봉투를 겨드랑이에 끼고, 두 손을 외투 주머니에 꽂고 미술관 골목을 빠져나왔다. 초록색 아디다스 저지를 커플룩으로 입은 연인이 담벼락에 벽화처럼 붙여놓은 전시회 포스터 앞에서 사진을 찍고 있다.

코트 깃을 세우고 어깨를 웅크린 채 사무실을 향해 느릿느릿 걸었다. 생각이 많아졌다. 막연함도 커졌다. 미제사건을 다룬 몇몇 영화 제목이 스쳐 갔다. 현실이, 그렇게 시나리오대로 술술 풀릴 리가 없다.

경복궁역 삼거리 횡단보도. 신호 대기시간이 긴 곳이라 한참을 기다려야 했다. 관광객과 직장인, 주민 발길이 뒤섞여 늘 혼잡하다. 시야를 길 건너편으로 가져갔다. 15층짜리 회색 서울지방경찰청사가 거대한 성벽처럼 위압적으로 막아섰다. 매일 드나들던 일터가 처음으로 경계심을 일으켰다. 일종의 경고 신호처럼 받아들여지는 건 기분 탓이겠지. 나도 모르게 발걸음이 멈칫했다. 저 거대한 성벽과 맞서려면 두 가지 방법밖에 없다. 정면 돌파를 하거나 돌아가거나. 앞의 방법은 당장은 불가능해 보였다.

신호등이 정확히 파란불로 바뀌는 순간 나는 발걸음을 돌렸다. 인왕산 전망이 기가 막힌 루프톱 카페를 알고 있지만 커피는 방금 마신 터라 마땅히 갈 곳이 생각 안 났다. 세검정 방향으로 들어가는 마을버스가 정류장에 멈춰 섰고 무작정 몸을 실었다. 10여 분을 달리면 창의문. 그곳에서 고불고불한 외길을 한참 걸으면 백사실 계곡에 닿는다. 계곡이라는 이름이 붙었지만 물길이 말라 사실 계곡보다는 우거진 태고의 숲 느낌이 강하다. 천연기념물 도롱뇽이 산다는데 한 번도 녀석들을 보지 못했다. 숲 중심부라고 할 수 있는 아담한 연못 터. 그곳 돌 벤치에 앉았다.

갈색 봉투를 무릎 위에 올려놓았다. 실 끈으로 봉해놓은 걸 빙빙 돌려서 개봉했다. 검은 표지를 덧대 철해놓은 두툼한 수사 자료가 한 권 나왔다. 한눈에 봐도 오래됐고, 또 계속 보완해온 것이 분명하다. 종이 사이즈가 다른 몇 장은 삐죽 튀어나와서 너덜거렸다. 표지에 굵은 고딕 글자가 보였다.

〈신아학원 인질사건 수사보고서〉.

사건 개요와 피해자 신상, 목격자 조서, 이런저런 사진 자료까지 합치니 200페이지도 넘는 분량이다. 최근까지 업데이트를 했는지 글자체도 종이 색깔도 제각각이고 원색의 포스트잇까지 붙어 있었다. 집요한 정성이 느껴졌다.

주바리 선배 개인이 가지고 있었다면 당연히 수사보고서 원본은 아니다. 추측컨대 맨 처음 구한 사본에다 꾸준히 자료를 첨부한 것이 아닐까 싶다. 오래된 사건인 경우 전산 등록 과정에서 기록의 왜곡이 있을 수밖에 없다. 특히 현장 상황도나 자료 사진 같은 이미지가 누락되는 경우가 많다. 결정적으로 누가 열람했는지 기록이 남는다. 어쩌면 주바리 선배는 그 부분을 가장 우려했는지 모르겠다. 그 긴 세월 책상 위 모니터를 방패 삼아 꼼꼼하게 새로운 정보를 손 글씨로 업데이트해온 치밀함. 아무리 사소한 정보라도 쓰임새가 있음을 그녀는 잘 안다. 한 글자 한 글자 흘려 봐서는 안 될 것 같은 경건함이 느껴졌다.

평일 오후 숲은 호젓했다. 답사객은 없었다. 마치 중세시대 영주처럼 울창한 숲의 주인이 된 듯하다. 시원을 알 수 없는 바람과 젖은 흙내가 집중력을 돋워주었다. 수사보고서 첫 장을 열었다.

20년 전 어느 봄날 휴일이었다. 서울 시내 신아대학교 캠퍼스 한쪽 끝에 붙어 있는 유서 깊은 석조 저택. 신아학원 이사장 김식은 볕 좋은 정원 잔디밭 테이블에 앉아 신문을 읽으며 오후를 보내고 있었다. 곁에서 젊은 부인 조현주가 다과를 들었고 갓 초등학교에 입학한 아들이 공을 차며 뛰어다녔다. 소위 부유층의 평화로운 휴일 풍경이었다. 만취한 중년 사내가 권총을 들고 그들 앞에 나타나기 전까지는. 중년 사내 이름은 이승규. 일주일 전에 해고당한 집안 운전기사였다. 비극적인 사건은 그렇게 시작됐다.

저택 2층에서 우연히 정원을 내려다보던 가정부 나순례가 화들짝 놀라서 112에 신고했다. 지령이 떨어졌고 인근 순찰차에 있던 경찰 둘이 열린 대문을 통해 정원 잔디밭에 뛰어들었다. 운전기사가 만취한 상태라 어떤 일이 일어날지 예측 불가능한 상황. 관내를 도는 형사 기동 차량의 지원을 기다리기엔 너무 급박했다.

일가족을 총으로 겁박하고 있던 이승규는 급작스러운 경찰의 등장에 당황했는지, 아니면 대들려고 작정했는지 바로 총구를 돌려 방아쇠를 당겼다. 첫 발이 앞서 있던 고민국 경장 허벅지에 맞았다. 뒤에 있던 김정호 순경이 즉각 대응 사격을 했고 이승규 어깨 부위에 명중. 이승규가 휘청대면서 깡으로 한 발을 당겼는데 그 총알이 그만, 김정호 순경 이마를 관통해 버렸다. 컥! 단말마의 비명이 하늘을 갈랐다. 다리를 다친 고민국 경장이 주저앉은 채 마구 방아쇠를 당겼다. 이승규 손에서 권총이 툭 떨어졌다. 그대로 쓰러져서 눈을 히뜩 뜬 채 죽었다. 더 이상의 총성은 없었다. 피를 튀기며 사람이 둘이나 죽어 나간 현장은 참혹했다. 상황 종료 후에도 일가족은 공포에 질려 벌벌 떨었다. 어린아이 울음소리가 특히 컸다.

사건 개요는 이러했다. 흐름에 특별한 모순은 보이지 않았다. 되레 눈에 거슬리는 부분은 사건 자체보다 한국 사회에서 존경받는 명문가가 연루됐다는 점이다. 이런 사실이 그동안 철저하게 비밀에 붙여져 있었다는 점도 그렇고.

"신아학원이라…."

일부러 소리 내 읊조려보았다. 당시도 그랬지만 지금도 위세 등등한 사학 재벌. 초중고교를 비롯해 몇 개의 대학을 거느리고 있다. 암 수술로 세계적인 명성을 쌓은 종합병원과 영향력 있는 방송사에 학원 체인 사업까지 진출해서 막강한 권력을 자랑하는 가문. 학원 설립자가 일제강점기 무장투쟁에 앞장선 독립운동가인 덕에 국민들 신망도 두터웠다. 그리고 신아대는 내 모교이기도 하다.

그런 집안에서 일어난 한낮의 인질극이라면 파장이 만만찮았을 텐데 왜 알려지지 않았을까. 내가 대학에 입학하기도 전에 일어난 일이라서? 아니다. 기자 생활을 하면서도 들어본 적 없다. 가장 궁금한 부분이다.

수사보고서를 보면 비공식적으로 경찰의 자체 진상 조사가 한 차례 이뤄지긴 했다. 주바리 선배의 강력한 진정으로 사건이 있고 3년쯤 후에. 당연히 결과는 바뀌지 않았다. 내부자 불만을 달래기 위한 요식행위에 불과했다.

그러니 나는 조금 위험한 선택을 한 셈이다. 인정에, 호기심에 끌려서 결론 난 사건을 뒤집고 다녀야 하는 역을 수락해버렸다. 경찰 위계질서를 무시하는 행동이다. 하지만 누군가는 해야 할 일이다. 한 치의 의심도 없도록. 그렇게 자위했다.

주바리 선배가 내게 청한 이유는 잘 알고 있다. 자신이 몸담고 있는 조직의 치부를 밝히는 일은 용기를 필요로 한다. 가족이 연루된 수사에 관여하는 일도 있을 수 없고. 절반쯤 자유인 취급받는 나 외에 사실 총대 멜 사람이 없었다. 나 스스로도 경찰 가족이 아니라 경찰 이웃 정도라고 생각한다. 피를 나눈 가족이 아니라서, 정을 나눈 이웃이라서 더 냉정히 파헤칠 수 있으리라. 최선을 다해보리라 맘먹었다.

숲에는 어둠이 빨리 온다. 어느새 해가 저물고 있다. 무음으로 해놨던 휴대전화를 살폈다. 보고 없이 무단 외출을 했는데도 동 영감은 따로 연락이 없었다. 송년회 참석 유무를 묻는 고교 동창들 톡방에만 빨간 숫자가 떠 있었다. 숲에서 검은 새들이 화르르 날아올랐다.

마지막 페이지를 넘기자마자 나도 모르게 벌떡 일어났다. 결론은 섰다. 의문의 사건이라기보다 명확한 사건이 은폐됐을 뿐이다. 더하여, 증명할 수 없을 뿐이고. 그건 그렇게 만든 자들이 있다는 의미다. 슬프게도 수사보고서에서 두 사람 이름을 발견했다. 당시 관할서장과 형사과장. 동철수와 최태평.

고개를 든 채 숨을 훅 내뱉었다. 고독한 형사 흉내를 내봤다. 동 영감 말대로 탁한 사건이었다. 뒤끝이 궁금하지 않나? 그 구수하던 목소리가 지금은 악의 속삭임 같다. 하늘에서 하얀 방울이 떨어지기 시작했다. 바람이 불자 사선으로 벚꽃 꽃잎처럼 흩날렸다. 예고 없던 첫눈. 숲에 어둠이 내렸다.

다음 날 아침 출근하자마자 연가를 냈다. 전화로 가능한 일이지만 챙겨야 할 물건이 있었다. 급작스레 자리를 비우는데도 동 영감은 시크하게 고개를 까딱했다. 잔소리는 잊지 않았지만.

"제주에 간다고 했는가? 이 계절에 떠나는 여행도 좋지. 혹 길 위에서 위기의 순간이 닥치면 나를 잊지 말게. 바로 달려갈 걸세. 허허."

맨 마지막 말이 영 찜찜했으나 동 영감에게는 비밀에 붙이기로 했다. 눈치의 달인이라 그의 시선을 피해 갈 수 있을진 모르겠지만. 수사보고서를 읽고 난 후라 사람이 완전히 달라 보였다. 그는 주바리 선배와 달리 조직 내 주류 세력. 엘리트 코스를 밟아서 누릴 만큼 다 누리고 퇴직했다. 땅 투기로—본 인은 한사코 부인의 눈썰미와 정보력 덕이라고 우기는— 일궈 놓은 호사스러운 전원주택과 두둑한 연금까지 있는 인생. 내 가 옛날 그 사건을 다시 파헤친다는 걸 알면 바로 넘버 2에게 달려가서 고자질할 양반이다.

"박희윤 경장, 소식 들었나 모르겠는데 살림옹 탁해서가 다 시 유튜브 활동을 시작했다네. 살살 움직일 만한가 봐. 허허."

"잘됐네요."

"읍내 택시 기사는 아주 긴 수감 생활을 해야 할 것이야. 그 자식 내 그럴 줄 알았다니까."

"그런가요."

흥미로운 소식이지만 내가 생각해도 성의 없는 대답. 정신 은 이미 딴 데 가 있었다.

주바리 선배는 오늘도 모니터 뒤에 무심히 앉아 있었다. 우 리는 따로 눈빛을 교환하지 않았다. 동 영감이 문을 나서는 나 를 불러 세웠다.

"아 참, 경찰 신분증은 맡기고 가게. 여행 중에 어떤 험한 꼴 을 당할지 모르니 카드 외에 현금을 조금 챙겨두는 게 좋을 거 야. 부서 차량도 한 며칠 그냥 사용해도 좋다네. 허락함세. 내 말 새겨듣게. 다 경험에서 나오는 지혜의 말씀이시네."

젠장. 동 영감은 내가 제주도에 가지 않는다는 걸 바로 알아챘다. 쏘나타 몰고 바다 건널 일 없다. 역시 찜찜하다. 엮이면 안 된다. 책상 아래에서 살찐 강아지 덕분이가 달려 나와 내 구두를 핥아주었다. 마지막 작별 인사처럼 불길했다.

작은 움직임 하나가 시작이었다. 두더지 한 마리가 살살 흙을 뚫고 땅 위로 머리를 살포시 내밀 듯이. 하나가 움직이자 곁에 잠들어 있던 다른 것들도 덩달아 꿈틀댔다. 땅에 균열이 일어나고 마침내 긴 세월 묻혀 있던 진실이 모습을 드러내려 하고 있었다.

작은 움직임은 바로 사고 직후 해외로 사라졌던 관련자의 귀국이었다. 그 정보를 포착한 주바리 선배가 침묵을 깨고 움직이기 시작했다. 사건 전모를 파헤칠 수 있는 최적의, 최후의 기회라고 판단한 듯했다.

잠복 이틀째. 서울시청 건너편 북창동 뒷골목.

나는 담벼락에 바짝 붙여 주차한 쏘나타 운전석에서 전방을 주시하며 '뻗치기' 중이다. 카페에서 건네받은 메모지에 적힌 호텔 간판이 앞쪽에 보였다. 막연한 기다림의 시간. 기자나 형사 생활의 기본. 경찰이 되어서까지 이 짓을 할지 몰랐다. 하지만 견뎌야 한다. 사건 해결을 위해서는 누구든 마주쳐야 하고 얘기를 들어야 한다. 그래야 작은 단서라도 생기고, 확인을 거쳐 실체에 접근할 수 있다. 감나무 홍시처럼 내 앞에 툭 떨어지길 기대한다면 그건 요행이다.

역시 보람이 있었다. 주변 술집, 식당 간판에 불이 켜지는 시간에 맞춰 작지만 단단해 보이는 사내가 허름한 호텔 유리문을 밀고 나왔다. 눈매가 가늘고 입이 튀어나와 여우처럼 생겼다. 털모자가 달린 갈색 패딩 점퍼를 입어 더 그렇게 보였다.

신아학원 인질사건 당시 경찰 한 명이 죽고 한 명이 다쳤다. 죽은 사람은 김정호 순경. 바로 주바리 선배 남편이다. 결혼 1주년을 이틀 앞둔 날이었다. 다친 사람은 고민국 경장. 그가 잠적 20년 만에 마침내 한국 땅에 모습을 드러냈다.

고 경장은 사건이 종결된 직후 총상으로 인한 정신적 충격을 호소했다. 연수원 한직으로 잠시 전보됐다가 어느 날 홀연히 사표를 내고 태국으로 떠났다. 이민이란 건 여행처럼 즉흥적으로 결정되지 않는다. 주변 동료들 얘기로도 그는 경찰 일을 그만둘 생각이 없었다. 당시 그는 홀로된 노모를 모시고 살았다. 직무에는 성실하지 못해도 아들로서는 효자였다. 그 상황에서 갑자기 이 땅을 떠난 게 자의적 선택이었을까. 남편을 잃은 슬픔에 사건을 들여다볼 기운조차 없었던 주바리 선배 가슴에 처음으로 의심이 싹트는 순간이었다.

또 다른 의심은 총성의 간격. 당시 현장에서 모두 일곱 발의 총알이 발사됐다. 운전기사가 맨 먼저 한 발을 쐈다. 김 순경이 두 발을 응사. 첫 번째는 공포탄, 두 번째가 실탄이었다. 경찰이 사용하는 6연발 38구경은 규칙상 첫 발을 공포탄으로 장전해야 한다. 운전기사가 쓰러지면서 다시 한 발. 뒤이어 고 경장이 세 번 연속 방아쇠를 당겨서 공포탄 두 발을 포함 총 일곱 번의 총성이 울렸다.

외진 지역이라 총성을 집중해 들은 사람은 많지 않았다. 탐문 과정에서 길 건너 동네 슈퍼마켓 노부부와 세탁소 사장이 미묘한 진술을 했다. 그들은 총성 숫자는 정확히 기억하지 못했지만 마지막 총성만은 좀 시차를 두고 울렸다고 했다. 그러나 바로 귀먹은 노인네들이 헛들은 걸로 치부됐다.

일단 현장에서 크게 다친 고 경장의 세세한 진술이 있었다. 피해 일가족도 똑같은 얘기를 했다. 당연히 다 진실로 간주됐고 외부의 삼자가 개입할 여지는 없었다. 그렇지만 뒤늦게 울린 한 발의 총성에 주바리 선배는 의심을 거두지 않았다.

가정부의 태도 또한 모호했는데, 겁에 질려 아무 것도 보고 듣지 못했다고 앵무새처럼 되뇌었다. 신고를 한 사람이 과연 그럴 수 있을까. 게다가 그녀는 사건이 있고 이듬해 뺑소니 교통사고로 사망했다. 비오는 날 새벽의 외진 국도변이었다.

주바리 선배의 집요함이 마침내 결정적인 오류를 하나 찾아냈다. 바로 순서의 문제. 진술대로라면 현장은 운전기사, 고 경장, 김 순경 순으로 위치해야 맞다. 하지만 당시 현장 사진과 상황도는 좀 달랐다. 가족이 있던 테이블 근처에서 운전기사가 죽었고, 거기서 조금 떨어진 곳에서 김 순경이 죽었다. 좀 더 멀리 떨어져서 부상당한 고 경장이 주저앉아 있었다. 즉, 고 경장과 김 순경 위치가 바뀌었다. 주바리 선배는 확신했다. 급하게 말을 맞추는 바람에 미처 확인하지 못한 부분이라고. 분명히 다른 그림이 현장에 있었다고. 자체 진상 조사에서도 그 부분은 얼버무려졌다.

하지만 수사 한계가 명확했다. 어쨌든 현장을 목도한 사람은 일가족과 고 경장뿐. 무시무시한 악몽을 겪은 이사장은 재차 언급하기조차 꺼렸다. 바로 집을 정리하고 이사할 정도였다. 결국 진실은 고 경장 입에 달렸다. 경찰은 두 가지 피를 가진다. 선량한 피와 불량한 피. 안타깝게도 이번 경우에는 후자였다.

호텔을 나온 고 경장이 반복해서 좌우를 힐끗힐끗 돌아봤다. 여우처럼 살살거리는 걸음에 경계심이 가득했다. 쏘나타 곁을 스쳐 갈 때, 나는 전화를 걸면서 사이드미러에 잡힌 모습을 지켜봤다. 고 경장은 잠시 멈춰서 폰에 찍힌 번호를 확인하더니 무시하고 다시 걷기 시작했다. 다행히 정보는 틀리지 않았다. 상대가 경계를 하고 있을 뿐이다.

사실 어제 처음 미행을 따라붙었는데 첫날이라 지켜만 봤다. 고 경장은 택시를 타고 멀리 파주에 있는 공원묘지에 다녀왔다. 죽은 모친이 그곳에 모셔져 있었다. 효자라고 소문났던 아들놈이 장례식에도 나타나지 않았다가 이제야 찾았다. 서울로 돌아와 저녁에는 청계천변 전통찻집에서 남자를 둘 만났다. 한 명은 자그마한데 영리해 보였고 다른 한 명은 건장한 싸움꾼처럼 보였다. 나는 손님으로 위장해 뒤쪽 테이블에서 귀를 세웠으나 그들이 누구인지, 어떤 얘기를 나눴는지 알아낼 수 없었다. 몰래 찍은 사진 한 장이 건진 전부였다. 화질이 시원찮았지만 얼굴을 알아볼 정도는 됐다. 주바리 선배에게 보냈더니 바로 전화를 걸어왔다.

"작은 남자는 예전에 경찰이었어. 이름은 송낙중. 재직 때도 평판은 좋지 않았지. 듣자니 신아재단에서 간부 직함을 가지고 이런저런 해결사 업무를 담당한다고 해. 덩치 쪽은 처음 보네."

"신아학원이 연루된 건 확실하군요? 대체 뭔 수작질인지."

"섣불리 단정할 순 없지."

주바리 선배는 몇 번의 좌절을 겪어서인지 신중했다. 10년 전에는 휴가를 다 털어서 직접 방콕까지 날아갔다. 고 경장이 운영하고 있던 현지 클럽을 급습했지만 허탕이었다. 미리 알고 있었다는 듯 바로 전날 유유히 사라졌다. 윗선에선 이 일을 어떻게 알았는지 주바리 선배에게 징계까지 내렸다. 경찰 내부에 일거수일투족을 감시하는 첩자가 있다는 의미였다. 그런 내용까지 손수 작업한 수사보고서에 들어 있었다. 그렇게 사건은 잊혀져갔다. 한 사람만 절규하는 마음으로 매일매일 잊지 않으려 애썼다. 그 상황에서 고 경장의 급작스러운 귀국은 잠자고 있던 당시 사건 관련자들 촉을 일시에 깨워버렸다.

여우처럼 걸어가는 남자 뒷모습이 검은 실루엣으로 보였다. 잠시 고민했다. 바로 다가가서 족칠까 아니면 미행을 더 해볼까. 답은 정해져 있다. 귀국 목적을 파악할 때까지 참아야 한다. 누구를 만나 무슨 일을 벌이려는지. 차에서 내려 코트 깃을 세우고 슬슬 따라붙었다.

거리 상점에서 이른 크리스마스 캐럴이 흘러나왔다. 낡은 건물들 위로 네온 간판이 반짝였고 그 위로는 전깃줄이 거미줄처럼 엉켜 있었다. 또 이렇게 한 해가 저무는구나 허망함이 들었다.

　아차차. 어쩔 수 없는 미행 초보. 잠시 상념에 젖었더니 바로 목표물을 시야에서 놓쳐버렸다. 아니 상대가 눈치를 채고 튀었다. 급히 한쪽으로 난 골목에 뛰어들었다. 끝은 막다른 길이었다. 절망감에 되돌아서는데 전봇대 옆에 세워둔 리어카 뒤에서 거친 손 하나가 쓰윽 튀어나왔다. 늙다리에 작은 체구라고 방심했다. 거칠게 내 멱살을 잡았는데 손아귀 힘이 대단했다.

　"누구냐? 경찰? 흥신소? 말해라! 누가 시킨 거지?"

　벌겋게 충혈된 눈동자는 빠르게 움직였고 목에서는 쉿소리가 났다. 경계심을 한가득 품고 있었다. 나는 얼결에 대답했다.

　"기, 기자요. 민주일보에서 일하는."

　"기자? 기자가 왜? 왜 날 뒤쫓는 거지? 어제 찻집에서도 네놈을 봤지."

　"아씨. 제, 제보가 들어왔다고. 일단 이거 좀 놓고 얘기합시다. 이렇게 깔끔하게 옷 입는 경찰이나 흥신소 직원 보셨소?"

　고 경장은 그제야 입꼬리를 올리고 피식 웃었다. 나는 두 손으로 그의 팔목을 잡고 겨우 떼어냈다. 구겨진 옷매무새를 정리하면서 여유를 부리는 척했으나 코트 안주머니에 뒀던 가죽지갑이 이미 그의 손에 넘어간 뒤였다. 다행이랄까. 예전에 사용하던 기자 명함을 몇 장 꽂아두었다. 그걸로 쉽게 출입할 수 있는 곳이 아직 많으니. 전직이긴 하지만 기자 일을 했었으니 완전히 거짓말은 아니다. 동 영감이 경찰 신분증을 내놓고 가라고 한 장면이 오버랩됐다. 무슨 예언자처럼.

"기자 씨, 목적이 뭐냐?"

"얘기를 듣고 싶습니다. 절대 해를 끼치지 않겠습니다. 하고 싶은 말씀 다 들어드리죠."

"하고 싶은 말? 뭔 말인지 모르겠군."

그러면서 고 경장이 좌우를 살폈다.

"이거 왜 이러십니까. 선수끼리. 제보를 받았다니깐. 20년 전 신아학원 인질사건. 고민국 경장님 맞잖습니까? 태국에서 그제 귀국한. 우리를 뭐 물로 보시나."

"제보자가 누구냐? 중년 여자 아니더냐? 맞지?"

"쳇. 제보자를 제 입으로 말하는 기자가 어디 있…."

말이 끝나기도 전에 복부에 단단한 주먹이 박혔다. 창자가 꼬여서 뒤틀리는 느낌. 숨을 들이켜자 쑤시는 듯한 통증이 가슴 전체를 파고들었다. 가슴을 움켜쥐자 이번에는 왼쪽 얼굴에 주먹이 박혔다. 빠르지는 않지만 척추까지 울리는 묵직한 주먹. 내 몸뚱이가 뒤로 젖혀지나 싶더니 그대로 전봇대 옆에 나뒹굴었다.

"미리 경고하마. 관심 끊어라. 괜한 일에 발 담갔다간 인생 좋 나는 거야. 누구처럼 말이다. 알아들었냐? 퉤."

나는 쓰러진 채 겨우 눈을 떴다. 거칠게 침을 뱉고 빠른 걸음으로 골목 밖으로 사라지는 여우의 등만 보였다. 쫓고 싶어도 몸을 움직일 수 없었다.

휴가가 사흘 지났다. 주말 포함 나흘 남았다. 고 경장한테서 얻어맞은 복부에 통증이 간헐적으로 반복됐다. 서대문 원룸 침대에 퍼져서 오전 내내 끙끙 앓아야 했다. 사건을 해결할 유일한 통로가 끊겨버렸다는 사실에 입안이 썼다.

주바리 선배에게 진행 상황을 일일이 알리지는 않았다. 아직 명확히 드러난 것이 없고 정황만으로 허황된 희망을 심어 주긴 싫었다. 사실과 의견을 구분해 정확한 정보만 전하고 싶었다.

오후에 집을 나왔다. 코트와 구두를 벗어 던지고 백수 시절 즐겨 입던 카키 야상에 인민군 모자를 눌러썼다. 활동하기 편하고 변장에도 도움이 됐다. 매사 조심해서 나쁠 건 없다는 생각에 갈 사장 카페 2층 방으로 당분간 거처를 옮겼다. 어제도 겪었다시피 신변에 위협이 있는 일이라 쌈박질 잘하는 친구와 있는 게 나을 것 같았다. 가게 안에 CCTV도 있으니.

인터넷 검색을 좀 해보려고 노트북을 켰는데 최근 많이 본 여자 얼굴이 포털에 뉴스 기사로 떠 있었다. 실종된 딸 흔적을 찾으려고 매해 봄마다 북한산 기슭을 떠도는 엄마. 그녀도 주바리 선배처럼 긴 세월을 '인내' 두 글자로 견뎌온 게 아닐까. 오늘은 도시락 공장에서 같이 일하는 동료들이 자신들의 휴가를 하루씩 갹출해서 그녀에게 선물했다는 미담을 전했다. 다가오는 새봄에는 시간에 쫓기지 말고 여한 없이 샅샅이 수색해보라고. 같은 하늘 아래 살아가면서 주위의 이런 배려는 은근 감동이다. 눈시울이 뜨뜻해졌다. 주바리 선배 주변에는 그런 동료가 누가 있을까. 금방 떠오르지 않았다.

신아학원 인질사건은 검색하면 할수록 희한했다. 인터넷이 뉴스에 본격적으로 활용되기 전이라고 해도 관련 기사가 마치 누군가의 지시에 의해 일시에 날아가버린 것 같았다. 한순간 휘발해버린 듯이. 연관 검색어 하나 뜨지 않았다. 그 정도 사건이면 추후에 TV 시사 고발 프로에서라도 한 번 다루는 게 정석 아닌가. 기껏 몇몇 신문에 단신으로 처리된 게 있기는 하지만 모두 이니셜 처리. 주택가에서 인질극이 발생해 범인과 경찰 한 명이 사망했다. 뭐 이런 식이다. 신아학원이란 이름은 어디에서도 찾을 수 없었다. 모종의 거래를 경찰이 받아준 게 아닐까 하는 의심이 드는 대목이다.

그럴수록 역설적으로 내 판단에 자신감이 생겼다. 숨겨진 뭔가가 분명히 있다. 숨기는 자가 범인이다. 부끄러운 줄 모르고 반성도 모르며 지금도 현장을 누비는 책임자들. 동철수와 최태평 얼굴이 다시 떠올랐다.

대신 정보를 얻을 수 있는 루트가 점점 줄어들었다. 전산 기록과 관할서에 보관 중인 증거 물품은 애초 거들떠보지 않기로 했다. 은폐하려고 작정했다면 이미 다 사라졌으리라. 감시의 눈도 아직 남아 있으리라. 접근하는 즉시 표적이 된다. 결국 주바리 선배가 수작업으로 모은 자료와 생존자 진술에 의존해야 할 터인데 역시 난망한 일이었다.

생각이 거기까지 미치자, 고 경장에게 너무 섣불리 다가선 듯싶었다. 상대는 은폐하려는 쪽 사람. 더 신중했어야 했는데.

커피를 한 잔 끓여서 곁에 놓고 수사보고서를 다시 펼쳤다. 관련자들 진술이야 왜곡이 있을 수 있지만 현장 사진은 거짓말하지 않는다. 처참하게 당한 김정호 순경이 보였다. 머리 아래에서 위쪽을 향해 박힌 탄환. 흥건하게 주위를 적시는 피. 주바리 선배는 이런 모습을 보고 어떻게 견뎌냈을지, 하얗게 지새웠을 밤을 생각하니 또 짠했다.

당시 상황도도 한참 뚫어져라 봤다.

운전기사는 가족이 모여 있던 테이블과 3, 4미터쯤 떨어진 곳에서 총에 맞아 죽었다. 거기서 90도 꺾인 일직선 위에 죽은 김 순경, 그 뒤에 다친 고 경장이 있고.

운전기사는 업무상 부주의로 해고당한 데 앙심을 품고 극단적인 소동을 일으켰다. 그 업무상 부주의가 뭘까. 또 왜 가족들 틈에 있지 않았을까. 생각이 거기까지 미쳤다. 주바리 선배가 간과한 부분이다. 어쩌면 그것이 실마리가 될지 모른다.

커피를 한 잔 더 내리는 중에 휴대전화가 요란하게 울렸다.

"네 놈 정체가 뭐야? 어디 구라를 쳐. 2년 동안 기사가 하나도 없잖아."

고 경장 목소리였다. 처음에는 무슨 말인가 싶었는데 곧 알아차렸다. 듣자 하니 인터넷에서 내가 그동안 쓴 기사 목록을 검색한 모양이다. 진짜 여우처럼 영리했다. 다행히 내게 그 정도 대처 능력은 있었다. 경찰을 하다 보면 임기응변은 터득하게 된다.

"그럴 수밖에. 1년은 해외 연수, 돌아와서 몸이 안 좋아 내근 부서에서 1년을 굴렀으니. 나 이제 막 필드에 복귀했다고. 폭행죄로 고소하지는 않을 테니 안심하십쇼."

나는 담담하게 말했다. 구구절절 변명은 덧붙이지 않았다. 잠시 침묵. 그 침묵이 신뢰를 줬나 보다. 결국 상대의 고압적인 말투가 좀 낮아졌다.

"저기 말이지, 나 좀 도와주라. 크게 뭐지게 생겼거든."

"그러면 만나야지요. 기브 앤 테이크. 실망시키지는 않을 겁니다. 목숨이 걸린 일이라면 보험 하나쯤은 필요치 않겠습니까. 혹 억울하지 않게!"

극적으로 다시 연결 고리가 이어졌다. 슬슬 재밌어지려고 한다. 재미라는 표현을 주바리 선배는 혐오하지만.

알고 싶은 욕구는 희한하게 가슴 통증을 없애주었다. 해외를 떠돌다 20년 만에 귀국한 남자. 또 촉을 세우고 그를 주시하는 주변인들. 무엇을 노리고 돌아온 것인지, 무슨 일이 일어날 것인지. 부딪쳐보면 알겠지.

"떡볶이 때문이었지요."

운전기사였던 남편의 해고 사유를 묻자 되돌아온 대답이었다. 전화기 너머 부인 목소리는 힘없고 늙었고 건조했다. 내가 경찰 신분을 밝히고 20년 전의 사건을 캐물어도 놀라지 않았다. 주민등록을 추적했더니 오래전 서울을 떠나 지금은 서쪽 바닷가 소도시에 살고 있었다.

내가 혼란스러워한다는 것을 전화기 너머로 느꼈는지 차근히 설명을 보냈다.

"종로에 신아빌딩이라고 있습니다. 재단 업무를 다 맡아서 보는 곳이라고 하더군요. 오래전 그날 남편은 외출을 했다가 귀가하는 이사장님과 아드님을 태우고 빌딩 앞에서 대기를 했답니다. 이사장님이 잠깐 업무차 들렀는데 중요한 일이 생겨서 얘기가 많이 길어졌대요. 아드님은 배가 고팠는지 길 앞 가게에서 떡볶이를 사달라고 떼를 썼답니다. 우리 사이에 애가 없어서인지 남편은 그 집 아드님을 무척 좋아했거든요. 군대 이야기를 해주면 그렇게 재밌어했대요. 근데 하필 떡볶이를 먹고 배탈이 크게 나서는…. 아드님이 입원까지 했었죠. 안 그래도 성미 급한 이사장님이 노발대발했고. 왜 길거리에서 파는 그딴 불량 식품을 허락도 없이 먹였냐고. 사실은 아드님이 졸라서 그런 건데. 그 일로 해고까지 당하고 뭐 그렇게 됐지요."

"그 정도로 해고라니…. 과하다고 느껴지는군요?"

"그런가요? 마흔 넘어서 대를 이을 외아들을 얻었으니. 애비 입장에서 과보호할 수 있겠다 싶긴 한데…. 아무튼 일이 꼬이려니 그렇게 됐답니다. 근데 그이는 그런 식으로 쫓겨난 게 몹시 분했던가 봅니다. 일자리를 잃어서가 아니라 무시당했다고 느꼈나 봐요. 며칠 밤잠을 설치더니 결국 그런 사고를 쳤죠. 그이가 사람은 착한데 어떨 땐 참 융통성이 없어요. 꼿꼿하다고 할까 좀 막혔다고 할까. 군인 출신이라고 다 그렇진 않을 텐데."

"사모님은 어떠셨습니까? 억울하지 않으셨습니까?"

묻자마자 바로 대답이 나왔다.

"내게 자식새끼라도 있었다면 그랬겠죠. 아버지가 인질범이라는 꼬리표가 붙었을 테니. 하지만 억울해한다고 그이가 술 먹고 총을 쐈다는 사실이 바뀌진 않잖아요. 경찰 조사에서 명확히 나왔으니. 조용히 넘어가줘서 어떨 땐 다행이다 싶다가도 어떨 땐 또 눈물이 나고….'"

나는 많이 놀랐다. 공권력의 권위일까 아니면 받아들이고 살아가는 일이 편해서일까. 기분 탓인지 자꾸 이사장 입장을 대변한다는 느낌이 들었다. 아드님이란 표현도 몹시 거슬렸다. 잠시 망설이다 물었다.

"사모님. 혹시 이후에 신아학원에서 연락이라도?"

부인이 잠시 뜸을 들였는데 대답이 모호했다.

"살다 보면 있을 수 있는 사고였죠. 알았어도 몰랐어도 막을 수 없는…. 조그만 성의를 거절하지 않았다고 그게 비난받을 일은 아니겠지요?"

어렴풋이 하나의 그림이 떠올랐으나 더 캐묻지 않았다. 부인은 맨 먼저 해야 할 질문을 마지막에 했다.

"그나저나 오래전 일은 왜 물어보시는 건가요? 혹시 경찰에서 재조사라도?"

나는 짧게 답했다.

"공식적인 재조사는 없습니다."

"떡볶이 때문입니다."

주바리 선배 역시 말뜻을 바로 알아듣지 못했다. 우리는 한 자리에서 35년을 영업했다는 종로통 분식집에서 만났다. 약속 장소는 내가 정했다. 실내는 작고 꾀죄죄해도 방송을 자주 타는 유명한 맛집이라고 했다.

"박 형사. 그게 운전기사 이승규가 실직한 이유라는 건가. 나는 거기까지 들여다볼 생각은 못 했는데…. 급한 마음에 눈앞의 그림만 봤나 보다."

"대외적으로야 나와 있었지요. 업무상 부주의로 잘렸다고. 그런데 그 업무상 부주의가 뭔지 궁금했거든요. 하여튼 애한테 불량 떡볶이를 먹인 죄로 해고당하고 인질극까지 벌였습니다. 선배도 메모해놓았지만 운전기사가 가지고 있던 권총은 군에서 장교 생활을 하다 예편할 때 가져 나온 겁니다. 옛날에는 그렇게 몰래 한 정씩 챙겼다더군요. 그 후 사업에 실패해 남의 집에서 집사처럼 차를 몰았지만 한 고집 하는 사람이랍니다. 부인과 통화를 했거든요. 그 일이 있기 전까지는 의외로 이사장 내외와 무리 없이 지냈다고 합니다. 초등학교 간 아들 등하교를 책임졌는데 애도 무척 잘 따랐다고 하고. 물론 성깔 있는 이사장이 가차 없이 내치면서 먼저 신뢰 관계를 깨트렸지만. 운전기사 입장에서는 분했을 테고 또 여기 이 집이 원망스러웠겠죠."

"여기 이 집?"

주바리 선배가 좌우를 둘러보며 되물었고 나는 포크로 굵은 떡볶이 하나를 쿡 찍었다.

"바로 이걸 먹고 식중독을 일으킨 겁니다. 여기 주인 할머니께 이미 확인했습니다. 옛일인데 잘 기억하고 계시더라고요. 아직도 죄책감에 산다고. 저기 건너편에 신아빌딩 보이시죠?"

주바리 선배가 창밖으로 시선을 주더니 묘한 한숨을 지었다. 사건 배경을 더 멀리 보지 못한 자신을 탓하면서 한편으로는 좀 실망한 것 같았다. 다급한 지금 상황에 내가 뭔가 대단한 물증이라도 챙겨 왔으리라 기대했는데 겨우 떡볶이 얘기라니. 그래도 해석하는 능력은 역시 좋다.

"박 형사. 그래도 나를 부른 건 뭔가 단서를 찾았다는 거지? 그렇지?"

"맞습니다. 같이 퍼즐을 풀어보고 싶어서요. 순서의 문제. 무슨 뜻인지 아시겠죠?"

주바리 선배는 바로 고개를 끄덕였다. 포크를 들더니 떡볶이 하나를 쿡 찍었다.

"선배. 까놓고 물어볼게요. 스스로 확신하는 답은 이미 가지고 계신 거 아닙니까? 선입견 가질까 봐 내게는 말 안 했지만."

"흐음…. 그렇게 대놓고 물으니 머쓱하네. 솔직히 그간 별의별 그림을 다 그려봤지. 처음에는 고 경장 무릎 총상은 스스로 자해한 것이 아닐까, 우리 그이 허리끈과 연결된 피탈고리를 바꿔 끼워서 권총을 바꿔치기한 게 아닐까, 그런 무시무시한 상상까지 했더랬지."

"그건 불가능하죠. 파출소 무기고에 1인 1정씩은 아니더라도 어쨌든 자기 권총은 지정이 돼 있으니. 일련번호도 다르고."

"정확해. 그렇게 하나하나 결론을 지워나갔어. 그리고 마침내 얻은 결론. 박 형사 혹시 알겠어?"

"저도 제 그림이 있습니다. 총을 맨 먼저 쏜 사람이 인질극을 벌인 운전기사 이승규가 아니라면? 바로 고 경장이라면! 이거 아닙니까?"

"역시. 현장에 도착한 고 경장이 먼저 연달아 세 발을 당겼어. 그 총알에 맞은 운전기사가 비틀대면서 응사했고 그게 고 경장 무릎에 박혔지. 그걸 뒤에서 본 우리 그이가 운전기사를 향해 두 발을 쐈고, 이승규는 총을 떨어트리고 죽었지. 그다음엔…. 여기가 어렵다. 차마 내 입 밖으로 내기가."

"곁에 쪼그리고 앉아 있던 김식 이사장이 이승규가 떨어트린 총을 주워 뒤늦게 김 순경을 쐈다고 생각하시는 거죠?"

"하아…. 박 형사 역시 대단해. 그렇게 순서를 바꿔보면 다 설명이 되잖아? 현장에서 발사된 총 일곱 발의 총알 숫자와 맞아떨어지지. 마지막 한 발은 뒤늦게 울렸다는 증언도 그렇고. 총기 전문가가 들었다면 군용 권총과 경찰 권총, 공포탄과 실탄의 미묘한 차이를 눈치챘겠지만 거기서 누가 그걸 알겠어. 하지만 말이야, 이 모든 건 내 입으로 쉽게 꺼낼 수 없는 무서운 얘기야. 아귀는 맞아도 증명할 수 없으니. 그러니 자신감 확 떨어지더라. 결정적으로 이사장이 우리 그이를 쐈을 리가 없잖아. 긴급 출동해서 목숨까지 구해줬는데 왜? 영원한 수수께끼야."

나는 손바닥으로 탁자 바닥을 짚었다. 얼굴을 살짝 주바리 선배 앞으로 가져갔다.

"선배, 첫 발포에 대해서는 제가 설명할 수 있습니다. 정황 증거가 있습니다. 사건 당시 가족이 앉아 있던 잔디밭 테이블과 운전기사가 총에 맞아 죽은 위치를 떠올려보십시오. 의외로 살짝 거리가 있지 않습니까?"

"그게 왜?"

"이승규는 장교 출신입니다. 군에서 단련이 됐지요. 총기도 잘 다루고 위기 시 상황 판단도 능합니다. 갑자기 경찰이 들이닥쳤다면 어떡해야 합니까? 가족한테서 떨어지기보다 바짝 붙어서 인질로 잡고 있어야 생존 확률이 높지 않을까요? 경찰이 조준할 수 없게끔. 그가 그걸 모를 리 없죠. 그런데 되레 가족과 분리되듯 멀찍이 있습니다. 왜 그랬을까요?"

"다치지 않게 하려고? 특히 귀여워했다는 아이."

"맞습니다. 운전기사는 애초 김식 이사장을 해칠 생각이 없었습니다. 협박해서 돈을 강탈할 생각도 없었고. 그냥 명예를 중히 여기는 자존심 강한 군인이었습니다. 만나서 하고 싶은 말 쏟아붓고 사과를 받고 싶던 겁니다. 욱하는 마음에 무모하게 접근한 방식이야 잘못됐지만. 하필 가정부가 그 장면을 봐버렸고 경찰이 그렇게 빨리 도착하리란 변수도 생각 못 했고."

"아…."

"선배 하나 더. 제가 알아봤는데 고 경장은 실제 총격전을 해본 적이 없습니다. 사실 경찰 중에 몇이나 경험이 있을까요.

현장에 막 도착한 고 경장은 어쩌면 운전기사가 투항 표시로 두 손 드는 순간을 저격 찬스라고 착각한 건 아닐까요. 경고 명령도 없이 연달아 방아쇠를 당겨버렸죠. 한 타이밍만 참았다면 알아챘을 겁니다. 물론 고 경장을 탓할 순 없습니다. 목숨이 오가는 상황에서 판단이 쉽지 않죠. 과잉 진압이냐 정당방위냐의 문제인데 딱 그런 경우입니다. 오해를 불러일으킨 운전기사 행동에도 아쉬움이 있고."

주바리 선배가 입을 반쯤 벌렸다.

"그럼, 김식 이사장이 우리 그이를 쐈다는 가설은?"

"네. 그게 진짜 어렵습니다. 어떤 증거도 없습니다. 단지 추측은 가능합니다."

나도 한숨을 쉬며 포크로 떡볶이를 하나 더 찍었다.

"운전기사는 즉사한 게 아닙니다. 한동안 숨이 붙어 있었습니다. 보셨겠지만 심장부나 머리를 관통한 총상이 없습니다. 운전기사를 저격한 김 순경이 조심조심 다가와서는 상태를 살핀 다음 무전으로 구급차를 부르려고 했던 것 같습니다. 이때 김 순경과 고 경장의 위치가 서로 바뀐 겁니다. 인질범이라도 목숨이 붙어 있는 한 살려야 하는 게 맞죠? 그런데…."

주바리 선배가 내 말을 채 갔다. 말투가 빨라졌다.

"흥분한 이사장이 그 꼴을 못 봤구나. 그냥 뒈지게 놔두라고 소리쳤겠지. 직전까지 자기에게 총을 겨눈 협박범이었으니."

"김 순경은 당연히 반대했겠죠. 하지만 이사장은 세상에 거리낄 것 없는 사람. 일개 순경 따위가 감히 자기 지시를 무시하다니. 그것도 자기 집에서. 이사장에 대해서 좀 알아봤는데 인자한 교육자 풍모지만 의외로 수완도 있고 다혈질인 사람입니다. 교육자를 빙자한 교육 사업가라고나 할까. 독립운동가 집안이라는 배경을 활용해 대학을 기업화한 대표적인 인물로 알려져 있더라고요. 순간적으로 자기 성질을 못 이겼던 겁니다. 바닥에 떨어져 있던 군용 권총을 주워서 꿇어앉은 채로 김 순경을 갈긴 겁니다. 그래서 총알이 머리에 수평이 아니라 아래에서 위를 향해 박힌 겁니다. 아무튼 이러면 총알 숫자, 총성 간격, 쓰러진 사람 배치, 그리고 총상의 각도까지 다 맞아떨어집니다. 당시 사고가 짜 맞추기 수사로 납득 못 할 결과가 나왔듯이, 우리도 이런 식으로 짜 맞출 수 있다는 얘기죠."

"역시 증명은 힘들겠지?"

"아마도요. 하지만 고 경장이 빈손으로 들어오지는 않았을 겁니다."

"그렇겠지. 무려 20년 만인데. 목적이 있겠지."

주바리 선배가 고개를 숙였다. 턱을 괴고 살짝 눈을 감았다.

"선배, 왜 당시에 이사장은 화약 반응 검사를 안 했을까요?"

"고 경장 진술이 맹목적으로 받들어지는 이상 필요성을 못 느꼈겠지. 독립운동가의 손자이자, 실세 장관을 지낸 사람의 아들이었던 이사장 권세에 쩔쩔맨 경찰도 서둘러 종결시키려고 무리수를 뒀고. 내가 몸담고 있는 조직이 너무 나약해서 비애를 느껴."

"허탈하신가요? 선배가 생각한 결론이 아니라서."

"무슨 말이야?"

"남편의 죽음에 명예로운 정당성을 부여하고 싶었는데, 한 인간의 하찮은 감정 소모에 허망하게 당해서."

"박 형사 가끔 잔일한 때가 있다."

"그러게요. 쉽게 고칠 수가 없네요. 끝날 때까지 끝난 게 아니라죠. 곧 고 경장을 만나러 갑니다. 그쪽에서 먼저 요청했으니 무슨 딜을 하자는 얘기가 아닐까 싶습니다. 기대해보십시오."

주바리 선배가 고개를 들었다.

"상황이 좋지 않아. 최선을 다해줘."

고맙다거나 미안하다는 말은 하지 않았다. 혹 부담을 느낄까 봐 그렇겠지. 그런 냉정함이 고마웠다. 나는 입 끝에서 맴돌던 말을 결국 꺼냈다.

"그나저나 우리 반장님 말입니다. 청장님도 그렇고. 그 당시에…."

"박 형사. 얼른 가봐. 조심하고."

주바리 선배가 의도적으로 말을 잘랐다.

모교 방문이 대체 얼마 만일까. 신아대 캠퍼스를 좌우로 살피며 천천히 걸었다. 학창 시절 수없이 거닐던 곳인데 왠지 공기가 낯설었다. 기말고사를 앞두고 있어서 밤에도 학생들로 붐볐다. 예전에 생활관으로 불렸던 곳은 외관을 번지르르 치장해서 요상한 외래어 이름이 붙여졌다. 프랜차이즈 식당에 편의점, 상점, 병원까지 입점해 쇼핑몰처럼 불을 환히 밝혔다.

대학 안에서 외식은 물론 쇼핑과 치료를 받고 편의점에서 택배까지 주고받을 수 있는 세상. 도심 속의 소도시 같았다. 한편으로 옛날 고즈넉한 낭만은 사라진 느낌이랄까. 동 영감과 붙어 살다 보니 나도 모르게 겉늙고 옛날 사람이 되는 기분이다.

캠퍼스를 관통하는 중앙로에는 메타세쿼이아가 양옆으로 도열해 있다. 길 맨 끝에 보이는 건물이 대학 본부. 그 뒤쪽에 신아학원 기념관이 있다. 20년 전 인질사건이 일어났던 현장. 그 일이 있고 김식 이사장 가족은 바로 저택을 떠났다. 가문이 대를 이어 살아온 곳인데 아무래도 꺼림칙했나 보다. 나도 대학 시절 오며 가며 몇 번 본 적 있지만 그때는 이미 담장을 허물고 기념관으로 바뀐 뒤라 그런 비극적인 장소인지 알지 못했다.

관리인이 퇴근을 했는지 2층짜리 석조 저택에 불은 꺼지고 출입문도 잠겨 있었다. 마당 경계를 따라 박힌 가로등 몇 개가 은은히 조명을 밝혔다.

나는 예전 대문이 있던 자리에 서서 전체를 조망했다. 그런 다음 널찍한 잔디밭을 일정한 보폭으로 걸어 들어갔다. 먼저 경찰이 주장하는 순서대로 움직여봤다. 맨 처음은 정원 테이블 옆 운전기사가 총을 쏜 자리. 그다음은 총을 맞고 고 경장이 무릎을 다친 자리. 그 몇 발짝 뒤가 김 순경이 대응 사격을 한 자리. 다시 운전기사가 쓰러진 자리로 왔다가 마지막 김 순경이 즉사한 자리로 갔다. 확실히 이 순서로는 일직선에 있던 김 순경과 고 경장의 위치 오류를 설명할 수 없다.

이번에는 내 설계대로 움직여봤다. 고 경장이 맨 먼저 총을 쏘고 운전기사, 김 순경. 마지막은 김식 이사장의 순서. 역시 훨씬 자연스럽다. 증명을 못 할 뿐이지.

"순서의 문제라…."

내 딴에는 조용히 읊조렸다고 생각했는데 크게 들렸나 보다.

"대단해. 뭐 딱 들어맞지는 않지만."

인기척에 놀라서 뒤돌아봤다. 어둠 속에서 검은 그림자가 쓰윽 나타났다. 털모자가 달린 패딩 점퍼 실루엣으로 바로 알아볼 수 있었다. 늙은 여우. 몸을 숨기고 한참 동안 나를 지켜본 모양이다. 혹시 불청객이라도 달고 왔나 싶어서.

어쩌다 보니 우리는 차렷 자세로 맞선 모양새가 됐다. 시합 직전의 격투기 선수들처럼.

"어이, 젊은 기자 씨. 제보자가 아직 날 원망하던가? 웬만하면 잊을 법한데. 역시 지 신랑 닮아서 독해."

다행이랄까. 고 경장은 아직 내 정체를 파악하지 못했다. 자기 신변 보호에 정신이 팔려 거기까지 신경을 못 썼겠지. 내가 굳이 밝힐 필요도 없었다.

"제보자 얼굴은 모릅니다. 목소리 딱딱한 중년 여성. 그 정도만 기억하죠. 그때 일로 남편이 죽었다고 했습니다."

"지랄…. 역시 주 여사가 맞는군. 그래서 뭘 원하던가? 내 주둥아리 찢어서라도 대답을 가져오래? 케케."

예민한 질문이었다. 대답을 잘해야 한다. 조금 생각을 다듬은 다음에 입을 열었다. 살살 달래듯이.

"요즘 기자들은 제보가 있다고 다 움직이지 않습니다. 데스크가 지시를 해도 마찬가지고. 나는 그냥 진실이 궁금합니다. 그날 어떤 일이 있었는지. 이제 세월이 흘러 법적 책임이니 그딴 거 상관없잖습니까? 죽은 사람이 살아나지도 않고 산 사람이 죽어야 할 이유도 없고. 그죠?"

"햐. 말재주로 나를 녹이네. 그럼 내 얘기해주지. 그렇게 궁금하다는데 그게 뭐 어렵다고. 케케."

깜짝 놀랐다. 아니 당황했다. 일이 이렇게 풀리다니. 고독한 하드보일드 형사는 누명을 쓰고, 암호도 풀고, 총탄 사이를 누비며 죽을 고비까지 넘겨야 한다. 목숨을 건 도박인데 상대가 술술 불어버리면 너무 싱겁잖아!

"기자 씨. 대신 조건이 있어."

어쩐지. 그러면 그렇지. 이 또한 대답을 잘해야 한다.

"가능한 일이라면 최선을 다하죠."

"좋아. 그럼 먼저 하나 묻자. 디지털 시대에 가장 강력한 증거물이 뭔지 아나?"

나는 어둠 속에서 고개를 저었다. 고 경장이 튀어나온 입을 더 내밀고 웃었다.

"바로 아날로그 증거물. 절대 조작이 불가능한. 그렇지? 내가 좋은 물건을 하나 가지고 있어. 그걸 좀 팔아주라. 기자 씨네 신문사에서 사든지 아니면 방송국에 줄을 좀 대줘. 액수만 맞으면 제보한 여자한테 팔아도 되고. 좋아할 거야."

"직접 하지 그러십니까?"

고 경장은 잠시 뜸을 들였다.

"알잖아? 뭐든 돈으로 바꾸는 게 제일 어렵다는 거. 살 만한 데를 찾아갔더니 내 제안을 무시하네. 되레 협박을 하네. 케케. 각오는 했지만…. 기자 씨도 아는가 모르겠는데 내가 한국 땅에 다시 발을 딛는 순간 온전히 내 목숨이 아닌 게야."

나는 청계천 찻집에서 본 자그마한 남자와 덩치 큰 해결사 얼굴을 떠올렸다.

"그럼 여기를 떠나지 말았어야죠?"

"떠나고 싶지 않았어. 그냥 내 손에 돈과 비행기 표를 쥐여 줬다고. 내 인생에서 물리고 싶은 딱 하루가 있다면 그날이야. 그날 현장에 출동하지 않았어야 했어. 모든 걸 개판으로 만들어버렸다고. 젠장."

"그럼 왜 돌아왔습니까? 역시 돈?"

고 경장이 패딩 점퍼 안주머니에서 작은 약병처럼 생긴 플라스틱 통을 꺼내 손에 들어 보였다.

"이거 필름 통이야. 그때는 다 이런 걸 사용했지. 당시 내가 현장 채증용 카메라를 갖고 있었거든. 어수선한 틈에 주저앉은 채로 몇 장 찍었는데 운 좋게 대박이가 걸렸어. 처음에는 수사에 도움이 되겠다 싶었는데 돌아가는 꼴을 보니까 심상찮데. 내 신변 보호를 위해서 필요하겠다 싶더라고."

"그런데, 이제 와서 생각이 바뀐 겁니까?"

"나 지금 거지야. 사업 자금 홀라당 말아먹었거든. 케케. 내다 팔 만한 물건은 이거밖에 없더라고. 이렇게 명확한 증거를 서랍 구석에 처박아놓기엔 아깝더란 말이지."

"지금 얘기, 당시 현장 조작이 있었다는 걸 인정하는 거군요?"

"인정이 아니라 강요지. 눈썰미 있는 형사라면 눈치 깠을 거야. 급조된 진술에 의구심을 가졌을 게고. 하지만 윗선 지시에 소심한 월급쟁이들은 바로 주둥이 닫았지. 윗선 위에는 더 윗선이 있었고, 우리 형님조차 실실 웃으며 비굴하게 달래더라. 어차피 결론은 바뀌지 않는다. 죽은 인질범이, 김 순경이 살아나는 게 아니다. 이왕 벌어진 일 한 사람 명예라도 지켜주자. 니기미 그게 누군지 알지? 이 나라 교육 대계를 위해 큰일 하실 분. 대충 감이 오지? 그런 집안들은 돈만큼 명예를 중시해. 불미스러운 일에 연루되는 걸 혐오하지. 어디서 듣고 왔는지 정보기관 애들까지 설쳐대는데 주눅 들데. 내게 하나의 답을 강요하더라고. 아차하면 독박 차겠다 싶어서 카메라는 내 주머니에 쑤셔 넣은 거고. 내가 그런 눈치는 또 있거든. 케케."

나는 고개를 끄덕했다. 목소리를 살짝 높였다.

"지금이라도 진실을 밝히시지 그러십니까? 늦지 않았습니다."

"크흐. 기자 씨, 낯간지럽게 왜 또 이래. 오해가 있나 본데 나는 양심선언하려고 돌아온 게 아냐. 돈 다 탕진하고 뒤늦게 그 짓하는 것도 웃기잖아. 아참, 혹시 지금 내가 하는 말 녹음하고 있나?"

나는 또 고개를 끄덕했다. 주머니에서 휴대전화를 꺼내 보였다.

"크흐. 철두철미하군. 다 부질없는 짓인걸. 그래 무슨 수로 알릴 텐가?"

"그건 내가 알아서 합니다. 그러니 말해주십시오. 김 순경을 쏜 사람은 운전기사가 아니지요? 누굽니까!"

"그걸 안들 알리기는 쉽지 않을 거야."

"그건 내가 알아서 한다니까. 말해주십시오!"

"쯧쯧. 말했잖아. 대답을 원하면 요걸 팔아달라니까."

고 경장이 다시 필름 통을 들고 흔들었다. 그 모습이 경멸스러웠다.

"이봐요. 당신의 이중적인 태도, 자신도 피해자라는 착각이 살아남은 사람 인생까지 망쳐놨다고. 제보자가 방콕까지 찾아갔다던데 찔리는 게 있으니까 피한 거잖아?"

"케케. 어쩔 수 없지. 그런 일은 역시 귀찮더라고. 만난들 뭘 얘기할지 뻔한데."

"주 선배는 그 일로 징계…."

제기랄! 결정적인 순간에 말실수를 했다. 입에 붙은 호칭이 문제였다.

"주 선배? 너 누구냐? 정체가 뭐냐?"

늙은 여우가 바로 럭비 선수처럼 자세를 낮췄다. 나를 향해 돌진해 오려는 순간, 움직임을 뚝 멈췄다. 멀뚱히 나를 쳐다보는가 싶더니 그냥 픽 쓰러졌다.

어디선가 화살촉이 날아든 느낌. 본능적으로 깨달았다. 소음기에서 발사된 총알. 몸이 알아서 반응했다. 급히 땅바닥에 뒹구는 필름 통을 주웠다. 다이빙하듯 기념비 뒤로 몸을 날렸다. 슉! 다시 화살촉이 날아든 느낌. 바로 옆에 흙이 튀면서 잔디가 패였다. 어느 쪽에서 쏘는지 알 수가 없었다. 더 머뭇거리다가는 여우 꼴이 날 것 같았다. 거리가 좁혀질수록 불리하다. 그나마 정확도가 떨어지는 권총. 판단은 바로 섰다. 심호흡을 했다. 하나, 둘, 셋. 바로 내달렸다. 대학본부 앞까지만 가면 사람들로 북적인다. 발등 옆에 불꽃이 다시 튀었다.

캠퍼스 중앙로로 나오자 주변이 환했다. 뒤를 주시하며 최대한 빠른 걸음으로 걸었다. 숨이 차올랐다. 순간 야상에 인민군 모자를 눌러 쓴 30대 남자가 대학 캠퍼스를 걷는 모습이 불온해 보인다고 생각했다. 적들 눈에 잘 띄기도 하고. 얼른 모자를 벗어서 쓰레기통에 처박았다. 다시 돌아보았다. 역시, 검은 양복을 입은 두 사내가 팔자걸음으로 슬슬 따라붙는 게 보였다. 나를 마치 토끼몰이 하듯이. 모두 앞 단추를 열어젖혔다. 안주머니에 감춘 권총을 재빨리 뽑기 위해 일 좀 한다는 놈들은 저렇게 다닌다. 어두운 일을 전문적으로 하는 꾼들로 보였다.

주바리 선배에게 연락하려고 야상 주머니에 손을 찔렀는데 젠장…. 넘어지고 도망치는 와중에 폰을 흘려버렸다. 막막함이 덮쳤다.

저들을 고용한 자는 누구일까. 신아학원 쪽이라면 캠퍼스 한가운데서 무자비한 총질은 하지 않겠지. 자기 집구석에 피칠하기는 싫은 법이다.

거리가 조금씩 좁혀졌다. 좌우를 둘러봐도 단과대학 건물만 삐죽삐죽 솟아 있다. 일단 가장 환히 불을 밝히고 있는 생활관으로 뛰어들었다. 1층 복도를 따라 길게 늘어선 서점, 카페, 문구점, 김밥집이 다 북적거렸다. 우선은 사람들을 방패로 삼는 편이 안전할 것 같았다.

손에 든 플라스틱 필름 통을 꽉 쥐었다. 절대 빼앗겨서는 안 되는 물건. 어떻게라도 처리하고 싶은데 물리적으로 쫓기자 마음이 더 다급해졌다. 뾰족한 묘수가 생각나지 않았다.

복도 끝에 다다르자 편의점 뒷문으로 연결됐다. 판단할 겨를도 없이 매장으로 들어갔다. 라면 선반 뒤에 숨어 커다란 통유리 너머로 바깥 동태를 살폈다. 검은 양복들은 보이지 않았다. 하지만 어디선가 분명 나를 지켜보고 있으리라. 건물에 출입구는 두 곳뿐이다. 들어온 곳이 아니라면 여기 편의점 정문. 그래도 잠시나마 숨을 고를 수 있었다. 어떻게라도 돌파구를 찾아야 하는데 휴대전화를 분실한 게 뼈아팠다.

좀 더 머무르며 기회를 엿보는데 바나나맛 우유를 든 여학생이 유리문을 밀고 나서는 게 보였다. 나는 그 옆에 애인처럼 슬쩍 달라붙었다. 다급한 사정을 설명할 틈도 없이 여학생이 화들짝 놀랐다. 치근덕대는 치한처럼 보였나 보다. 우유를 떨어트리며 비명을 내질렀다. 주위 시선을 다 끌었다.

바로 검은 양복 두 놈과 마주서야만 했다. 어디선가 검은 양복 둘이 더 나타나더니 양옆에 하나씩 합체되듯 붙었다. 순식간에 넷이 됐다. 거리는 대략 30, 40미터. 우두머리로 보이는 사내가 슬슬 다가왔다. 씩 웃으며 내가 흘린 휴대전화를 들고 흔들었다. 기억난다. 그제 봤다. 광화문 찻집에서 본 싸움꾼. 기업체마다 음지의 일을 해결해주는 조직과 결탁돼 있다더니 맞는 모양이다.

더는 피할 수 없는 상황이 됐다. 뭐라도 해보는 수밖에. 나도 오른 주먹을 높이 쳐들었다. 손가락을 폈다. 손아귀에 숨어있던 플라스틱 필름 통을 보여주고 흔들었다. 어디 한번 빼앗아 보시지! 일부러 도발했다. 내가 물건을 지니고 있다는 사실을 보여주고 싶었다.

검은 양복들이 바로 반응했다. 먹잇감을 확인한 것처럼. 슬슬 다가오는 발걸음이 빨라졌다. 나는 한 발짝씩 뒷걸음질 쳤다. 지나치던 학생들이 다 눈을 흘낏거렸다. 그들에게도 마치 영화 촬영 현장처럼 드문 장면이리라.

한순간, 나는 뒤돌아서 냅다 뛰었다. 주차장까지 150미터쯤 될까. 다행히 달리기라면 좀 자신 있다. 행인들이 일단 총격의 가림막이 돼주었다. 승산이 있다고 생각했는데 거리가 점점 좁혀지는 느낌이 들었다. 꾼들답게 그들도 주력이 만만찮았다. 그제야 주차장으로 달려가는 게 맞는 판단일까 싶었다. 차문을 열고 시동을 걸 틈이나 있을지.

그때 강력한 헤드라이트 불빛이 번쩍이더니 나를 향해 돌진해 왔다. 이어지는 타이어 마찰음 소리. 낯익은 쏘나타가 내 앞에 딱 멈춰 섰다. 운전석에서 맨머리 남자가 외쳤다.

"야! 타!"

동 영감이었다. 선택의 여지는 없었다. 조수석에 몸을 던지자 동 영감은 차 문이 닫히기도 전에 액셀을 밟았다. 경적을 마구 울려대며 대학 정문을 향해 돌진했다. 경비 초소 앞에 늘어선 화분대를 불도저처럼 밀어버리고 8차선 도로로 튀어나갔다.

사실 캠퍼스 밖이 더 위험했다. 신아학원에서 고용한 자들이라면 이제 그들 무대였다. 사이드미러를 봤다. 역시나, 장갑차처럼 생긴 검은 SUV가 따라붙었다.

"반장님이 왜 여기서 나오십니까! 반장님은 대체 누구십니까!"

내가 소리쳤다. 동 영감이 대답하지 않자 다시 소리쳤다.

"묻지 않습니까? 왜 여기서 나오시냐고요!"

동 영감이 시선은 정면에 두고 엉뚱한 대답을 했다.

"쏘나타에 위치 추적기를 달아놨네. 아아, 오해는 말게. 내가 사랑하는 최태평 청장 지시였어."

"그랬군요. 반장님은 주 선배 곁에서 딴짓 못 하게 만든 감시자입니까? 너무 잔인하지 않습니까? 수사 기록에서 반장님과 청장님 이름을 확인했습니다."

"그런 건 나중에 따지고 얼른 주 여사한테 지원 요청이나 때리게."

동 영감은 그러고는 입을 닫고 액셀만 콱콱 밟아댔다. 태연히 사거리 좌회전 신호를 무시했다. 사방에서 경적 소리가 잇따랐다.

다소 안도되는 점은 동 영감이 최소 저들 편은 아닌 듯했다. 그렇지 않고서야 이렇게 목숨 걸고 도망칠 일은 없을 테니.

검은 SUV가 빠른 속도로 따라붙었다. 한산한 도로로 접어들자마자 검은 양복 하나가 조수석 창밖으로 얼굴을 내밀었다. 권총을 꺼내 쏘나타 뒷바퀴를 겨냥했다. 동 영감이 눈치채고 바로 운전대를 휘감았다. 차가 중앙선을 가로질러 얼음판에 미끄러지듯 쭈욱 밀리나 싶더니, 이내 자세를 잡고 술집이 늘어선 먹자골목으로 달려들었다. 동 영감이 경적을 마구 눌렀다. 모세의 기적처럼 행인들이 양 갈래로 갈라졌다. 삼겹살 집 앞 플라스틱 의자 하나가 헤드라이트에 들이받혀 튕겨 나갔다.

"추격전에서 이 정도는 해줘야겠더라고."

나는 두려운데 동 영감은 조금 신이 났다. 운전 실력이 놀랍긴 했다. 하지만 상대도 만만찮았고, 무엇보다 그들은 망설임 없이 총을 쏴댔다. 사이드미러 안에 다시 검은 SUV가 들어왔다. 쉽게 끝날 추격전이 아니다.

동 영감이 시선을 정면에 고정한 채 물었다.

"고민국이가 뭘 가지고 있던가?"

나는 잠시 주저하다가 대답했다.

"현상용 필름입니다. 당시 현장에서 몰래 찍어놓은 거랍니다. 도피 생활하면서 신변 보호용으로 지니고 있었는데 사업이 망하자 돈으로 바꿔보려고 왔다네요. 목숨을 건 거래죠."

"돈 욕심이 화를 불렀군."

"우리를 쫓는 저 인간들 누굽니까? 요즘 세상에 도로에서 총 들고 설치다니."

"그래서 더 무서운 거야. 총질을 한다는 건 자신들이 다 책임 떠안고 가겠다는 뜻이지. 신아학원과 연결 고리 자르기. 저런 일을 업으로 뛰는 무자비한 애들이 있다네. 그러니 누군지 안들 뭔 의미가 있겠나. 우두머리 빼고는 돈 따라 무선 장난감처럼 움직이는 존재들인데. 크게 한탕하고 중국으로 동남아로 뿔뿔이 흩어질 걸세."

"반장님, 한강으로 차를 몰아주십시오. 어느 다리 위라도 좋습니다."

"오케이. 공사 중인 양화대교로 하겠네."

동 영감이 처음으로 이유를 묻지 않았다. 다시 8차선 대로로 빠져나온 쏘나타가 속도를 올리기 시작했다.

"박희윤 경장. 자네가 예전에 물었지. 반장님, 저는 앞의 사람입니까 뒤의 사람입니까? 내게 자네는 앞의 사람이네. 주 여사도 마찬가지고. 이건 진심일세. 나에 대한 의심을 거둬주게."

"설명이 더 필요한 부분입니다."

"자네는 최태평이와 내가 옛 인질사건을 감추려 한다고 생각하는가?"

나는 대답하지 않았다.

"박희윤 경장. 나는 말일세, 타고난 관운 하나로 호의호식하면서 경찰 생활을 끝냈지. 막상 퇴직하고 보니 두고두고 신경 쓰이는 게 있더라고. 바로 이 사건이지. 실무 책임자로서 침묵한 죄. 옷을 벗더라도 최소한 나는 그러면 안 됐는데. 권력층의 부당한 간섭을 막아내지 못해 사랑하는 현장 형사들에게 비굴함을 안겨줬어. 충직한 최태평이에게도 무력감을 안겨줬고. 증거가 없으니 어쩔 수 없잖아. 그렇게 자위하면서. 어느 날부터 잠이 안 오더라고. 속이 늘 얹힌 기분이었어. 이래선 안 되겠다 싶었지. 그래서 나는 돌아왔네. 내 손으로 매듭짓고 싶어서. 이제 와서 용서가 되겠냐마는 그래도 그래야 할 것 같더군. 최태평이도 같은 마음일 거야. 걔가 그러더군. 선배님, 뉘우침에는 시효가 없다지요. 나는 주 여사에게 죄인이네. 곁에서 최대한 지켜보고 싶었다고. 고꾸라지지 않고 잘 견뎌줘서 늘 고맙고 감사해."

동 영감이 어울리지 않게 코까지 훌쩍거렸다. 나는 잠시 말문을 잃었다. 이 또한 진실인가. 믿어야만 하는가.

"솔직히 말씀해주십시오. 최태평 청장님이야 존경하지만 제가 아는 반장님은 절대 자발적으로 각성하실 분이 아닙니다. 뭔가 다른 이유가 있죠? 그렇죠?"

"자네, 정말 냉정하군. 까칠하고."

"함께 생활한 시간이 있지 않습니까."

"으음. 실은 몇 해 전 자하문터널 너머 박수무당을 찾아갔더니 대놓고 혼쭐내더군. 젊은 날 침묵한 과오를 바로잡지 못하면 퇴직 후 급살 맞는다고. 내 시작은 그렇게 쪼잔했네만 앞서 말한 것처럼 부당한 조직을 바로잡겠다는 일념은 진심일세. 부디 믿어주⋯."

"네네. 그럼 그렇죠. 그다음 얘기는 목숨부터 건진 후에 듣도록 하겠습니다."

뒤쫓아 오는 해결사들 정체는 정확히 알 수 없다. 동 영감 말대로 그건 중요치 않다. 중요한 건 잘못하면 진짜 뒈지게 생겼다는 거!

양화대교 북단 진입로가 나타났다. 동 영감은 한쪽 차선을 막아놓은 간이 바리케이드를 그대로 밀고 다리 위로 뛰어들었다. 그런데 달릴수록 차가 날렵하게 바람을 가르지 못하는 느낌이었다. 주차장에 처박아났더니 결국 결정적인 순간에 빌빌거렸다.

갑자기 충돌음과 함께 순식간에 내 어깨가 앞으로 쏠렸다. 덩치 큰 SUV가 뒤꽁무니에 바짝 붙어서 들이받기 시작했다. 낡은 쏘나타 차체가 휘청거렸다.

이번에는 SUV가 가속을 붙이더니 측면에서 힘으로 밀어붙였다. 동 영감이 운전대를 움켜잡고 온몸으로 용을 써봤지만 무리였다. 오른쪽 앞바퀴가 인도 블록에 걸렸다. 속도를 이기지 못하고 차체가 번쩍 들리나 싶더니 180도로 발라당 뒤집혔다. 네 개의 바퀴가 허공에서 빙그르르 돌았다. 동 영감 정수리는 땅을, 두 다리는 하늘을 향했다. 불사조는 불사조였다. 뒤늦게 터진 에어백 사이에서 온몸을 비틀며 살아보겠노라 절박하게 외쳤다.

"제발 목숨만은 살려주게. 나는 혼자 몸이 아냐. 먹여 살려야 할 개새끼가 있다네. 덕분이를 놔두고 갈 순 없다고!"

나는 조수석 문짝을 발바닥으로 밀어 찼다. 겨우 밖으로 빠져나왔는데 발목을 접질렀는지 제대로 걸을 수 없었다. 절룩이면서 인도로 뛰어올랐다. 뒤쪽은 온통 검은 한강 물. 건장한 사내가 둘 다가왔다. 우두머리가 내게 손바닥을 펼쳐 보였다. 물건을 내놓으라는 손짓.

나는 다리 난간에 등을 기댄 채 필름 통 쥔 손을 높이 쳐들었다. 바로 뒤돌아서 미련 없이 한강에 던져버렸다. 달빛에 흐르는 강물은 번질번질 윤기 나는 석유 같았다. 필름 통은 가라앉았는지, 물결에 휩쓸려 갔는지 흔적조차 보이지 않았다. 거친 숨을 몰아쉬며 외쳤다.

"강물에 뛰어들어서 찾아보시던지. 지금 열라 추울 텐데. 시간도 더럽게 걸릴 테고."

우두머리가 손바닥으로 이마를 탁 쳤다. 악에 받친 표정. 권총을 내 심장에 겨눴다.

삶이 이렇게 끝나는가 싶었다. 하드보일드 형사의 숙명. 나는 아직 나를 내놓을 생각이 없는데 상황은 절망적이었다. 총구와 나 사이의 거리는 기껏 3, 4미터. 빗나갈 가능성은 없었다. 동 영감은 차 운전석에 뒤집힌 자세로 앉아 계속 소리소리 질러댔다.

비굴해지기는 싫었다.

"쏘라고!"

어디서 그런 용기가 나왔는지 모르겠다. 온몸은 공포에 질려 파르르 진동을 일으키는데 희한하게 마음은 편했다.

우두머리가 금니를 드러내며 실실 웃었다.

"내가 한강 물 다 퍼마셔서라도 찾을 테니 걱정일랑 마시고. 잘 가시게."

엄청난 폭주음이었다. 노란 경차가 반대편 차선을 역주행해 미친 속도로 돌진해 왔다. 급정거와 동시에 운전석 문이 열렸다. 파마머리를 뒤로 꽉 죄어 맨 주바리 선배였다. 일촉즉발의 상황을 보더니 절규하며 나를 불렀다.

"박 형사!"

이미 늦었다. 이어지는 말을 다 듣기에는. 내 눈앞에 시커먼 총구멍이 큼직하게 보였다.

탕!

한 발의 총성. 총구에서 빨간 불꽃이 튀었다.

나는 그대로 쓰러졌다. 총알에 의한 충격이라기보다 총성에 의한 충격 같았다. 뇌가 뻥 뚫리는 기분. 폭풍우가 치는 초원에 큰비가 내리는 풍경이 보였다. 하늘은 온통 먹구름. 나는 풍선 인형처럼 둥실둥실 초원을 떠다녔다. 멀리 무지개 너머로 밝은 빛이 보였다. 저 아래 대지에서 주바리 선배가 손을 들고 나를 향해 미친 듯이 달려오고 있었다.

몇몇 인상적인 장면이 주마등처럼 스쳐 갔다. 엄청난 일들을 겪었다. 연쇄살인범에게 애인을 잃었고, 신문사를 때려치우고, 카페에서 백수처럼 지내다가 경찰이 됐다. 서른 중반의 인생이 파노라마처럼 흘러갔다.

허공을 떠돌던 몸뚱이가 어느 순간 서서히 가라앉는 느낌.

마침내 바닥에 닿았다. 어느 땅인지는 모르겠다. 어떤 충격도 없었다. 희한하리만큼 푹신했다.

　사람들은 믿는다. 실체를 숨긴 채 세상을 움직이는 비밀 조직이 있다고. 역사적으로 그런 음모론은 항상 있어왔다. 어떻게 보면 절반은 맞고 절반은 틀렸다. 현대의 그들은, 자신들을 숨기기는커녕 재력을 무기로 보란 듯이 권력을 지배하니까. 그것이 비도덕을 넘어서 법을 위배할지라도.

　나는 그저 궁금증 많은 말단 형사에 불과하다. 사소한 불의에는 발끈하고 큰 불의 앞에서는 비굴해지는. 하찮고 미심쩍은 사건을 추적해 해답을 찾는 일에 보람을 느낀다. 부당한 거대 권력에 맞설 생각은 1도 없다. 그런 걸 구현해내는 위인들씨는 원래 따로 있는 법이니까. 다시 다짐했다. 목숨을 건 용기는 이번 한 번으로 족하다, 두 번은 그런 일에 휘말리지 않으리라. 그리고 감사했다. 서촌 카페 옥상에서 인왕산 바위 풍경을 보며 맥주를 마실 수 있는 일상으로 보내줘서. 처음으로 내 삶에 애착을 느꼈다. 내 몸이라고 함부로 다뤄서는 안 되는 것이었다. 하느님이 보우하사 너무 일찍 갈 운명은 아니었나 보다.

　사흘 동안 짧은 입원을 했다. 심신 안정을 위해서 조용히 쉬어야 한다며 동 영감이 병원에 반강제로 처넣다시피 했다. 그래놓고선 주스 한 박스 들고, 갈호태까지 끌고 문병을 와서는 병실에서 어찌나 떠들어대는지.

　"박희윤 경장. 그 상황에서 어떻게 그런 임기응변을 생각했는가? 나는 자네가 계속 필름 통을 흔들며 깨방정을 떨기에 저자식이 겁에 질려서 미쳤구나, 그렇게 생각했다네. 눈치채지 못했다고. 허허."

절박한 사정이 있었다. 내가 필름 통을 몸에 지녔다고 적들이 믿어야 했다. 최대한 시간을 끌기 위해서 마지막 순간에는 필름 통을 한강에 던져버렸다. 적들이 강을 샅샅이 뒤져서 건져냈는지는 알 수 없다. 그러거나 말거나.

내가 생활관 편의점에서 필름 통 안 내용물만 빼내 부친 택배. 비록 총알 배송은 아닐지라도 감시의 눈을 이리저리 피해 이틀 만에 서울경찰청 옥탑 사무실에 도착했다. 현상을 했고 상상 너머의 충격적인 사진 몇 장을 확인했다. 역시 순서의 문제. 그 말을 다시 읊조려보았다.

갈호태는 꺼내기 힘든 말을 아무렇지 않게 꺼내는 재주를 지녔다. 여자만 밝히지 않는다면 진짜 재능 있는 형사가 됐을 텐데.

"경찰 개자식들. 고작 그 정도 재벌가 압력에 발발 떨면서 피의자와 눈 좀 맞았다고 날 막장 취급해. 하늘 무서운 줄 알아야지."

동 영감이 곁에서 흠흠거렸으나 분노에 찬 갈호태를 말릴 순 없었다.

"권력기관 인맥을 동원해서 사건을 묻어버린 이사장도 쓰레기지만 거기에 굽실굽실 동조한 경찰은 더 쓰레기야. 누군가가 책임져야지. 그치? 그게 함께 사는 사회에 대한 예의지.

그치? 다수의 권력자와 연루된 이런 일은 널리 널리 알려서 국정조사 가야 하지 않나?"

동 영감이 민머리에 흐르는 땀을 문지르며 또 흠흠거렸다.

병실 창밖으로 함박눈이 내렸다. 아름다운 풍경을 넋 놓고 보고 있으니 눈물이 찔끔 났다. 나는 주바리 선배의 갇힌 영혼을 풀어줬다. 그 보답은 바로 돌려받았다. 바리스타처럼 커피를 잘 내린다고 주바리였던가, 〈영웅본색〉의 주윤발처럼 총을 잘 쏜다고 주바리였던가.

뇌리에 새겨져버린 슬로비디오 장면. 주바리 선배가 운전석에서 뛰어내리자마자 나를 소리쳐 불렀다. 두 다리를 벌리고 두 손을 모아 뻗었다. 주저 없이 권총 방아쇠를 당겼다. 총알이 허공을 가로질러 정확히 우두머리 손등을 꿰뚫었다. 일격! 사내 손에서 권총이 튕겨 나가는 순간 총구에 불꽃이 튀었다.

내 생에 다시 못 볼 결말의 완성이었다. 총구멍이 눈앞에 아른거리는 가위에 눌려 자주 잠에서 깨야 했다. 하지만 긍정적으로 받아들이기로 했다. 이 또한 지나가리라.

"언젠가 총 쏠 일이 있겠지. 늘 준비할 뿐이야."

예전에 그 말을 흘려들었다. 주바리 선배는 인내할 줄 알고, 용감하게 대들 줄도 아는 최고의 형사였다.

퇴원과 동시에 매듭지어야 할 일이 있었다. 동 영감을 모시고 종로에 있는 신아빌딩을 방문했을 때, 회색 정장을 잘 차려입은 이사장은 집무실 창밖으로 펼쳐진 도심 풍경을 내려다보고 서 있었다. 불청객인 걸 알았는지 돌아보지도 않았다.

동 영감이 말했다. 차분한 목소리였다.

"이사장님. 20년 전 자택에서 일어난 인질사건과 관련해 새로운 사실이 밝혀져 알려드리려고 왔습니다. 우리 경찰은 당시 상황과 관련된 현장 사진을 새로 입수했습니다."

짧지도 길지도 않은 침묵이 흘렀을까. 이사장이 첫마디를 뗐다.

"경찰이란 사람들이 참 그래요. 들쑤시지 않아도 될 일을 굳이 들쑤셔서 화를 키운다고 할까, 살아가는데 눈치가 좀 없다고 할까. 이제 겨우 잊을 만하면 자극한단 말입니다."

"허허. 설마 일부러 그러기야 하겠습니까."

"그래서요? 오늘 용건이?"

동 영감이 재킷 안주머니에서 인화된 사진 한 장을 꺼내 널찍한 원목 책상 위에 올려놓았다.

"보시면 아시겠지만 두 손으로 권총을 쥐고 있답니다. 여덟 살 난 아이가 말입니다. 바로 앞에 머리를 다친 경찰이 엎드린 채 죽어 있고."

그제야 이사장이 천천히 돌아봤다. 겨우 스물여덟. 지병이 깊어 퇴진한 아버지 김식에게서 작년에 자리를 물려받은 김인. 옛날 잔디밭에서 공을 차던 그 아이.

"그래서요. 이 아이 잘못이라는 것입니까? 기억에 아예 없는 일입니다만. 이런 식의 접근법 옳지가 않아요."

젊은 사람 말투가 참 징글맞다. 겸양이 가식 같고, 세상 물정

통달한 애늙은이처럼 가르치려는 꼴이라니. 무슨 선민의식에 절어 사셨나.

내 입이 참을 수 없을 만큼 간질거렸다.

"그럼 제가 그날의 기억을 복원시켜드리죠. 혹시 떡볶이 좋아하십니까? 아! 안 드시겠구나."

이사장 시선이 내 쪽으로 옮겨 왔고, 나도 눈에 힘을 주고 노려봤다.

"사진 속 이 아이는 무척 분했답니다. 평소 말도 못 붙일 정도로 엄했던 아버지를 대신해 맨날 신나는 군대 이야기를 들려주던 운전기사 아저씨가 총에 맞아 죽었으니. 그래서 아저씨를 쏴 죽인 사람이 무작정 미웠습니다. 어떻게라도 복수해야겠다고 맘먹었지요. 그것만이 자신이 떼써서 먹은 떡볶이 때문에 쫓겨난 아저씨에게서 용서를 받는 길이라고 믿었던 겁니다. 겨우 여덟 살입니다. 그 자그마한 키로 경찰 머리를 쏴어요. 무의식중에 충동적으로 벌인 일이 맞겠지요. 그런데 참 희한하단 말입니다. 아버지에게는 꼼짝 못 하면서 엉뚱한 쪽에 분노했다는 게. 다시 말씀드리지만 여덟 살이니까. 그러니까 가능한 일이겠죠?"

"그래서요. 이제 와서 죄를 따지겠다는 겁니까? 우리 잘못이라는 겁니까?"

"우리가 아니라 이사장님이죠. 무엇을 잘못했느냐? 꼴 난 가문 이름 더럽힐까 봐, 잘난 아이 앞날에 오점이 될까 봐 진실을 파묻은 죄! 당신들 때문에 한 사람 인생이 매장당했습니다. 양심에 손을 얹고 그 무게를 판단해보십시오."

"말조심하십시오. 꼴 난 가문이라니. 우리는 독립운동과 교육 사업으로 이 나라를 지켰습니다. 그 덕에 당신들이 오늘을 산다는 걸 아셔야지. 자부심 좀 가져도 되지 않나? 부디 존중을 부탁드립니다."

인내하고 있던 동 영감이 결국 삐쳤다. 거친 트림을 내뱉었다.

"독립운동과 교육 사업은 이사장의 증조부가 하셨지. 후손들은 할아버지의 고귀한 이름을 팔아 그냥 운동과 사업만 한 걸로 아네만. 맨날 골프장이나 돌고, 문어발식으로 학원 사업 확장해 재벌로 군림하고. 교육자인지 장사치인지. 그게 만인의 존경을 받는 독립운동가 할아버지가 원했던 후손들 모습인지 알 수 없네만."

"어이쿠, 영감님. 지금 훈계 몹시 흥해요."

젊은 이사장은 빈정대면서도 냉정했다. 다급한 상황에서도 말투가 빨라지지 않았다. 결정적 증거를 눈앞에 두고도 비굴한 타협을 시도하지 않았다. 넘치는 자신감. 역시 믿는 구석이 있어서인가. 권력의 힘인가.

되레 동 영감이 분해했다. 떨떠름한 표정에 몸을 부르르 떨며 모멸감을 참는 게 보였다. 판을 깨지 않기 위해서.

이사장은 우리를 더 응대할 생각이 없었다. 입술을 실쭉이 비틀더니 책상의 벨을 눌렀다. 바로 비서가 들어왔다.

"선생님들. 약속한 10분이 지났습니다."

이사장이 쐐기를 박듯 덧붙였다.

"아 참. 형사님들 그런 얘기에 귀 기울여줄 언론이 몇이나 있을까 싶습니다만. 혹 사실관계가 하나라도 어긋나면 뒷감당할 각오는 하셔야 할 겁니다. 옷 벗는 정도로는 부족하다는 거잘 아시죠?"

"허허. 옷 벗는 거라면 지금 여기서도 홀라당 벗을 수 있네. 아직 세상을 잘 모르나 본데 내 본때를 보여주지. 언론이 뭣이어째? 대국민 사과 문구나 생각하며 딱 기다리게."

쫓겨나다시피 문을 나서면서도 동 영감 허세는 죽지 않았다. 저 자신감은 어디서 나오는 걸까.

이유는 이틀 후에 바로 알았다. 나를 이끌고 합정동에 위치한 스튜디오로 향했다. 170만 구독자를 가진 친구의 유튜브 채널을 통해서 신아학원 인질사건 전모를 터트렸다. 불의 앞에무기력했던 남자, 동철수 반장 일생일대 역습사건이었다. 불량한 피를 가진 경찰들, 신아학원 녹을 먹는 방송국 기자들, 정보기관 조직원들은 허를 찔렸고 어떤 방해도 할 수 없었다. 꼬리를 물고 소식은 퍼져 나갔고 파장은 컸다. 여론이 들끓고 있지만 신아학원 측에서는 아직 공식 입장을 내놓지 않고 있다.

그들 판단이 몹시 궁금했다. 병든 아버지와 젊은 아들이 함께 등장해 고개를 숙일까. 나는 안다. 사람 본성은 바뀌기 어렵다는 것을. 그래서 그런 행동을 한다고 해도 진심이 아니라는것을. 아니면 국민을 상대로 훈화 말씀이라도 남길지 모를 일이다. 나라를 구원한 구국의 가문이니까. 동 영감과 나의 임무는 끝났다. 판단은 함께 살아가는 사람들 몫이다.

재개장을 앞둔 혜화당이 몹시 그리워졌다. 이른 봄날에 다시 초대받아 가게 된다면 살림옹에게 정중히 감사 인사를 올릴 예정이다.

내가 묘비도 없는 봉분 앞에 국화꽃 한 다발을 놓으며 물었다.

"반장님, 여기 누가 잠들어 있는지 아십니까?"

다시 찾은 가수왕 하필의 집 정원. 산기슭에서 불어오는 삭풍이 거셌다. 목에 머플러를 둘둘 만 동 영감이 허연 입김을 뱉으며 고개를 저었다.

"볕 잘 드는 잔디밭 한쪽에 이런 묘가 있었다니. 내가 사건에 집중하느라 미처 못 봤던 게로군. 나지막한 데다 나무에 둘러싸여 있기도 하고. 그래 누가 묻혀 있는가? 하필 선생 유언과 관련이라도 있는가?"

"그토록 집터에 집착한 이유를 알았습니다. 이곳에는 극적인 삶을 살다 간 한 여성이 잠들어 있습니다. 제가 토지대장 발급받아서 확인했습니다. 궁금하시죠?"

내 괜한 질문이 또 이상한 상상력에 불을 지펴버린 걸까. 갑자기 동 영감 얼굴이 새파랗게 질렸다. 살을 에는 바람 때문이 아니었다. 불현듯 무시무시한 풍경 하나를 떠올린 모양이다. 몸을 부르르 떨었다.

"서, 설마…. 오래전 이 동네에서 실종돼 노모가 찾아 헤맨다는 소녀가…. 어찌 그런 일이. 잠깐만! 그러고 보니 젊은 가정부도 어느 날 홀연히 사라졌다지. 설마 여기 함께 파묻…."

"아아, 아니. 그게."

"맙소사! 하필 선생이 젊은 날의 순간적 욕정을 견디지 못했구먼. 그럴 사람이 아닌데 어쩌자고 그런 반인륜적인 짓을. 그래놓고선 사실이 발각될까 두려워 재개발을 반대했던 게로군. 박물관으로 남겨서 아예 땅을 파헤치지 못하도록. 세상에 믿을 사람 없다더니. 절망적이야. 당장 내 18번부터 갈아치워야겠네."

봇물 터진 동 영감 입부터 막아야 했다. 더 듣고 있으려니 나까지 오싹한 기분이 들었다.

"반장님! 젊은 시절 하필 씨에게는 예술적 영감을 준 동거인이 있었습니다. 이 집에서 짧은 시절 함께 살았지요. 그 연인이 여기 잠들어 있습니다."

"그건 또 뭔 소리인가?"

"하필 씨가 여기 정착한 후 만든 노래부터 확실히 깊이가 달라졌죠? 평론가들이 호평하고 앨범 판매도 잘됐고. 뽕삘만 있던 그저 그런 가수에서 자기 틀을 깨고 아티스트로 거듭나는 시기였죠."

"확 끌리는 얘기로군. 계속해보게. 그래 그 연인이 누구인가?"

"이 집을 짓고 평생을 산 사람입니다. 화가 전숙희."

"엉? 아니 두 사람 나이 차가."

"한 20년 날 겁니다. 뭐 그게 문제되겠습니까. 좀 알아봤는데 화가는 평생 독신으로 살았고 말년에는 폐 질환으로 건강이 좋지 못했답니다. 이 집을 내놓고 싶지 않았는데 치료비 마련 때문에 어쩔 수 없었다고. 뒤늦게 그 사연을 안 하필 씨는 화가가 죽을 때까지 여기 머무르도록 했답니다. 두 사람이 같이 산 기간은 몇 계절밖에 안 될 겁니다. 함께 노래 짓고 그림 그리고…. 생각만큼 거창한 사랑은 아니었을 수도 있고. 예술가들 삶은 작품처럼 아름답지 않다고 하니까."

"창작에 영감을 준 뮤즈로군?"

"화가 쪽도 마찬가지입니다. 생전에 그렇게 두드러진 작가는 아니었답니다. 그런데 사후 재발견이라고 할까. 최근 평단의 집중 조명을 받고 있습니다. 특히 말년에 투병하면서 그린 몇 점은 대단하다는 평입니다. 젊은 시절보다 더 과감한 색과 터치로 엄청난 에너지가 뿜어져 나온다고. 개인적인 느낌인지 모르겠지만 얼마 전 회고전에서 본 화가의 그림과 하필 씨 노래가 묘하게 닮았다고 생각했습니다. 노랫말을 마치 화폭에 그대로 옮겨놓은 것 같더란 말입니다."

"유무형 창작물의 교감이라. 전혀 불가능할 것 같지는 않군."

"맞습니다. 하필 씨는 화가가 안식할 수 있도록 배려했습니다. 평생 애착하던 이 집터에 묻어서 능선 풍경을 바라볼 수 있도록. 하필 씨에겐 그 시절 기억이 너무 강렬해서 흔한 현실의 연애 따윈 하찮았을 수 있고. 집을 고치지 않고 옛 분위기 그대로 보존한 것도 당시 추억을 잊지 않으려고 그랬나 봐요. 필사모 멤버들에게 냉랭했던 이유도, 자신처럼 그들도 틀을 깨고 나오길 바라서였다면 과한 추측일까요."

"아름다운 이야기일세. 우리 같은 평범이들이야 깊은 속뜻까지 알 수 없지만."

"네. 사실 하필 씨가 무척 고맙습니다. 끝까지 배려 깊은 사람으로 남아줘서. 저도 잠시 의심했었습니다. 그게 직업이다 보니. 사람 속을 들여다보는 일은 언제나 어렵습니다."

나는 뒤돌아서서 어제 폭설을 맞은 겨울 숲을 바라보았다. 날아든 눈가루가 앙상한 나뭇가지를 만나 반짝이는 꽃으로 피었다. 생명력을 불어넣는 마법처럼.

시야가 환해지고 코끝이 찡했다. 비로소 내 눈에 하필이란 사람이 선명하게 보였다. 동 영감이 곁에서 귀에 익은 노래 한 소절을 흥얼거리기 시작했다.

'젊은 경찰관이여! 조국은 그대를 믿노라!'

중앙경찰학교 정문에 붙어 있는 이 짧은 문구를 넘버 2는 퇴임의 변 마지막에 인용했다. 투명한 조직이 건강한 조직이다, 후배들에게 부끄러운 유산은 물려주고 싶지 않았다. 그것이 자신의 마지막 임무였다면서.

최태평 청장이 지난주 전격적으로 물러났다. 부임한 지 겨우 1년 만이다. 여섯 명의 치안정감 중 차기 경찰청장으로 가장 유력한 후보였는데 중도 낙마. 넘버 1을 향한 꿈이 좌절됐다.

다음 날 신문 지면에 해설 기사가 실렸다. 내 눈에 정확한 분석은 어디에도 없었다. 서장으로 재직할 때 관내 클럽 단속과 관련된 부정에 연루됐다느니, 성 추문으로 물의를 일으켰다느니 하는 설까지 나돌았다.

하지만 나는 안다. 조직의 병든 부위를 들쑤신 죄, 결론 난 수사를 뒤집은 죄, 사회적으로 존경받는 집안에 모욕을 안긴 죄. 권력자들 심기를 건드렸고 그 대가는 컸다. 외부 압력이 들어왔는지, 그보다 먼저 사표를 내던졌는지는 넘버 2만이 안다. 이러나저러나 결과는 바뀌지 않겠지만. 그는 주위에 어떤 억울함도 호소하지 않았다. 혼자 가슴에 묻고 가겠다는 단호함을 보였다. 떠나는 자는 말이 없는 법이다.

오늘은 넘버 2 퇴임식이 있는 날.

그간의 소란 때문인지 서울경찰청 강당에서 약소하게 열렸다. 미수반 식구는 참석하지 않았다. 우리 셋은 어차피 이질적인 존재였다. 대신 경찰 정복을 갖춰 입고 정문 초소 옆 벤치에 쪼르르 앉아서 대기했다. 내게 어울리지 않는 옷차림이 오늘따라 더 어색하게 느껴졌다. 정복의 무게가 아니라 마음의 무게가 더해져서 그런 기분이 든 것이리라. 마음의 무게라는 표현을 대신할 적절한 단어는 떠오르지 않지만 그냥 책임감 같은 게 아닐까.

동 영감이 반복해서 손목시계를 들여다봤다. 퇴임식이 끝난

지 10여 분. 드디어 현관 앞에 넘버 2가 몇몇 간부들과 함께 모습을 드러냈고 대기하고 있던 차에 올랐다. 창문 밖으로 잠시 손을 흔들었다. 검은 세단이 크게 원을 그리더니 우리를 향해 다가왔다.

동 영감이 먼저 일어났고 다음은 주바리 선배, 내가 맨 마지막이었다. 우리 셋은 나란히 일렬로 서서 길을 막았다. 검은 세단이 조금씩 속도를 줄이더니 딱 멈춰 섰다.

뒤 차창이 스르르 내려오고 넘버 2가 고개를 밖으로 내밀었다. 어떤 각도에서 봐도 관리받는 중년 탤런트처럼 얼굴이 뽀얗다. 고르고 하얀 치아에 목소리까지 근사하니 방송 쪽으로 진출해도 먹히겠다 싶었다. 현관에서 환송차 따라 나왔던 몇몇 간부들이 이쪽을 호기심 어린 눈으로 주시했다.

하관이 넓은 동 영감이 콧구멍을 최대한 키웠다.

"자네는 정말 멋진 후배야. 진정한 사나이기도 하고. 조직의 자존심을 지켰네. 고맙다네."

동 영감이 깜짝 거수경례를 했다. 넘버 2가 화들짝 놀라 차에서 내렸다. 하얀 얼굴이 바로 발개졌다.

"아이고 선배님, 이거 길바닥에서 왜 이러십니까. 쪽팔리잖습니까. 제 선에서 끝을 봐서 다행입니다. 누군가는 총대 메야 할 일이었으니. 그래도 늦었지요. 아무튼 현장에서 몸 바쳐 임무를 완수해주셔서 제가 도리어 감사합니다. 진실을 확인하고 과오를 뉘우치는 데는 시효가 없으니까요."

"아니라네. 내 인생에 가장 보람찬 시간이었지. 잊지 못할 것이야."

"그래, 선배님은 이제 어떡하실 겁니까? 형수님 홀로 계신 전원주택으로 내려가셔야죠?"

"허허, 후배 왜 이러는가. 당연히 용인으로 가…지는 않을 걸세. 이혼소송 중이야. 요즘은 그걸 해혼이라 하더구먼. 천하 명당인 여기 사대문 안에 눌러앉아서 백수를 누리고 싶어. 저기 자하문 너머 부암동의 유명한 풍수꾼한테 물어봤더니 늙어서 명당터에 사는 게 그렇게 건강에 좋대. 이제 급살 맞을 걱정도 없으니 덕분이랑 맛집이나 찾아다니며 소일할까 해. 여자 친구도 사귀고 좀 원초적으로 살고 싶어졌네. 내 인생 자체가 방랑 인생 아닌가. 걱정 말게."

주바리 선배는 거수경례 대신 두 손을 앞으로 모으고 고개를 숙였다. 정복을 입고 저런 인사는 개인적인 감사의 의미였다. 그래서 지금만큼은 전혀 경찰답지 않았다.

넘비 2가 달콤한 목소리로 물었다.

"주바리, 아니 주혜순 경위. 긴 시간 잘 견뎌줘서 고마워요. 너무 늦었습니다. 당시에 일을 매듭짓지 못한 죄. 제가 이렇게나마 사과를 드립니다. 이제 경찰에서 못다 한 봉사를 하셔야죠?"

"다 청장님 덕분입니다. 가슴에 박혀 있던 응어리가 얼음물처럼 녹아버렸습니다. 제 역할은 여기까지입니다. 그이도 이제 제 마음에서 놓아줄까 합니다. 저도 이제 반장님처럼 자유로운 인생입니다. 마음의 짐을 다 내려놓고 안 가본 길을 가보고 싶어졌습니다. 조금 긴 여행을 다녀왔다가 커피 가게를 열 겁니다. 청장님 오시는 거 늘 환영입니다. 쿠폰 왕창 쏘겠습니다."

마지막으로 나와 눈이 마주쳤다. 나는 거수경례도 고개를 숙이지도 않았다. 그냥 눈빛만 교환했다. 넘버 2가 악수를 청했는데 역시나 보들보들하고 따뜻한 손. 앞날을 기원한다는 게 그만 민망한 말이 나와버렸다.

"이제 꽃길만 걸어가십시오."

너무 오글거렸는지 동 영감이 키득거렸다. 무슨 애인 기념일 챙기는 것도 아니고. 하지만 내 말은 진심이다.

"박희윤 경장. 조직 적응은 완전히 끝났을 테니 경찰에 남으셔야죠? 남다른 능력자라 미제사건 해결에 큰 힘이 될 겁니다."

"광화문에 탐정 사무소를 열 생각입니다. 예전 경찰에 근무했던 갈호태라는 친구와 함께요. 탐정업이 활성화된다니 얼른 시장 선점을 해야죠. 개업식 때 이제 자연인이 되신 청장님이 축하 인사를 해주시면 영업 활동에 대단한 도움이 될 듯합니다."

최태평 청장 두 눈동자에 호기심이 감돌았다.

"오호. 역시나 판단이 빨라요. 그 호색한, 아니 호탕한 갈호태 형사를 나도 잘 알지요. 예전에 같이 근무했었답니다. 여자 밝히는 버릇만 고친다면 진짜 멋진 형사가 됐을 텐데. 하여튼 근사한 계획입니다. 개업 인사 가능합니다. 약속하죠."

세심한 넘버 2는 절대 빈말을 하지 않는다. 역시, 먼저 자신의 새끼손가락을 내밀었다. 나도 새끼손가락을 내밀었다. 언젠가 재회를 약속하는 연인처럼. 넘버 2는 그렇게 떠나갔다. 어쩌면 부임할 때부터 예견된 수순. 넘버 1이 되겠다는 꿈은 애초 꾸지 않았다. 단언컨대 그에겐 다 계획이 있었다. 차량 뒷모습이 시야에서 완전히 사라질 때까지 우리는 시선을 떼지 못했다.

"그나저나 반장님은 진짜 어쩌시려고요?"

내가 묻자 동 영감 목소리가 활기찼다.

"사실 막막했는데 방금 자네 말을 듣고 생각났네. 길이란 갈라졌다가 결국 다시 만나기 마련 아닌가. 우리네 인생처럼. 내 비록 노구에 힘은 드나 세상의 빛과 소금 같은 존재가 되도록 좀 더 공헌하지. 내 경찰 인맥이 사방팔방 미치지 않는 곳이 없으니 탐정 사무소에 소소한 일감 정도는 받아 올 수 있을 거야."

헉! 독수리에게 먹이를 낚아채인 느낌. 서둘러 봉합시키고 싶었다.

"아, 아니. 저희는 월급 챙겨드릴 형편이 안 됩니다. 몸싸움이나 총격전 같은 위급한 상황에 내몰릴 수도 있습니다. 무리하지…."

"이 사람아. 나는 불사조야. 게다가 그린 라이트 인생. 자식도 없잖은가. 내가 탐독하는 작가 챈들러가 이런 말을 했다지. 명탐정은 결혼하지 않는다. 그래서 이혼소송까지 하는 사람이라고. 이 나이에 세상 뭐가 무섭겠나. 그런 걱정은 말게. 치안감 출신 동철수의 전력 질주가 다시 시작될 터이니 믿어보게.

늙은이를 왜 무슨 괴물 취급하는가. 그렇지 않다는 걸 내 증명해 보일 것이야."

역시 위치 선정의 달인. 어디에서 달려들어야 할지 정확한 지점을 알고 있다. 알고서도 당할 수밖에 없는. 찜찜하다. 동 영감과 탐정 사무소라니. 게다가 갈호태까지. 야릇한 풍경이 눈앞에 그려졌다. 안 된다. 아니 될 말이다. 절로 고개를 세차게 흔들었다. 서둘러 다른 쪽으로 관심을 돌려야 했다.

"그나저나 저희도 마지막 작별의 한잔해야지요?"

이번에는 주바리 선배가 즉각 반응했다.

"젊은 친구들이 모이는 서촌 〈효자바베〉로 가시죠. 합리적인 가격으로 다양한 바비큐랑 생맥주를 맛볼 수 있는 곳입니다. 리믹스된 70, 80년대 팝 댄스음악이 나온답니다."

"그래? 보니 엠이나 모던 토킹 같은?"

동 영감이 문득 젊은 시절 생각이 나는지 두 손을 사마귀처럼 들어 관절꺾기 춤을 시도했는데 각도가 시원찮았다. 마치 배불뚝이 노인네의 산낙지 춤 같았다. 그 모습을 보고 주바리 선배가 깔깔깔 웃으면서 조언도 잊지 않았다.

"네, 반장님. 그렇지만 좁은 가게입니다. 자리에서 어깨춤까지는 용서하되 엉덩이는 흔들지 마십시오. 절대로!"

마침내 보았다. 환하게 웃는 주바리 선배 얼굴을.

〈끝〉

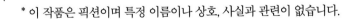

《은퇴 형사 동철수의 영광》은 수년 전에 발표했던《탐정이 아닌 두 남자의 밤》의 후속작이라기보다 별개의 작품으로 생각하고 집필했다. 사건 흐름은 이어지지만 주인공과 배경이 바뀌었다. 똑같은 형식의 연작물보다는 설정에 변화를 주고 싶었다.

오랫동안 중노년들의 '갈망'과 '집착'이란 소재에 관심이 많았다. 투병, 노욕, 이혼, 가업, 유산, 자식, 소외, 죽음 등 그 세대 고민을 얘깃거리로 많이 활용했다. 에피소드 곳곳에 그들이 사건 유발자와 해결자로 등장한다.

또 평소 익숙하고 좋아하는 장소를 무대로 빌려왔다. 서울 광화문과 서촌 일대, 노포 냉면집, 성곽길, 한옥카페, 시골 적산가옥, 지금은 없어진 북한산 자락의 호텔 등등. 금속공예를 하시는 모 작가님 작업실 구경을 갔다가, 한옥을 개조한 치킨집에서 맥주를 마시다가 소중한 아이디어를 얻었다. 그런 날은 희열을 느꼈다. 좌충우돌하지만 긍정의 기운이 넘치는 동 영감님 덕분인지 글 쓰는 내내 즐거웠다.

밥벌이를 위해 직장일을 병행하다보니 작업 속도가 더뎌 늘 아쉽지만, 감질나게 쌓이던 원고가 한 권의 책으로 묶여 보람을 느낀다. 뭔가 거창한 '깊이'를 담기보다 잔재미 있는 일상물을 써보려고 노력했다. 혹 독자님들이 지루하다고 느끼신다면 전적으로 글쓴이 능력이 부족한 탓이다.

사건 설정과 검증, 그리고 서울지방경찰청을 묘사하는데 두 분 도움을 많이 받았다. 김 형사님, 장 형사님 존경합니다! 추리작가협회 박광규, 황세연 선배와 후배 송시우의 조언에도 감사드린다. 이 책이 길고도 답답한 시절에 독자님들의 무료함을 잠시나마 달래주길 기대해본다.

은퇴 형사 동철수의 영광

2021년 4월 16일 초판 1쇄 인쇄
2021년 4월 23일 초판 1쇄 발행

지은이 | 최혁곤
발행인 | 윤호권 박헌용
책임편집 | 김혜정

발행처 (주)시공사
출판등록 1989년 5월 10일(제3-248호)

주소 | 서울특별시 성동구 상원1길 22 7층(우편번호 04779)
전화 | 편집(02)2046-2853·마케팅(02)2046-2800
팩스 | 편집·마케팅(02)585-1755
홈페이지 www.sigongsa.com

ISBN 979-11-6579-543-6 (04810)
ISBN 978-89-527-7434-7 (set)